Carolin Schairer

Lass keine Fremden ins Haus

Carolin Schairer

Lass keine Fremden ins Haus

Roman

Ulrike HELMER Verlag

Bibliografische Information der Deutschen Nationalbibliothek
Die Deutsche Nationalbibliothek verzeichnet diese Publikation in der Deutschen Nationalbibliografie; detaillierte bibliografische Daten sind im Internet über http://dnb.d-nb.de abrufbar.

Gedruckt auf säurefreiem, alterbeständigem Werkdruckpapier.

ISBN 978-3-89741-311-5

Covergestaltung: Atelier KatarinaS / NL
unter Verwendung des Fotos »belle à 40 ans«, © Eleonore H / fotolia

Ulrike Helmer Verlag
Neugartenstraße 36c, D-65843 Sulzbach/Taunus
E-Mail: info@ulrike-helmer-verlag.de

www.ulrike-helmer-verlag.de

LAURA sah nervös auf die Uhr, obwohl ihr klar war, dass sie noch eine Viertelstunde warten musste. Barbara kam zu ihren Treffen generell mit viertelstündiger Verspätung. Etwas zu wissen hieß jedoch noch lange nicht, sich damit auch abzufinden, und gerade an diesem Abend war jede Minute, die sie auf sie warten musste, sechzig Sekunden zu lang.

Seit Wochen hatte sie auf die Gelegenheit gewartet, Barbara nach Feierabend endlich einmal allein zu treffen. Als Christine den gemeinsamen Kinobesuch vor zwei Tagen wegen einer dringenden Familienangelegenheit absagen musste, war Laura innerlich vor Freude fast geplatzt. Barbaras Vorschlag, den Kinobesuch dann doch einfach auf die folgende Woche zu verschieben, wenn alle drei Zeit hatten, traf sie hart in der Magengrube. So war sie geistesgegenwärtig mit der Behauptung dazwischengefahren, sie habe die Kinokarten aber schon gekauft. Ihre spontane Reaktion erfüllte sie auch jetzt noch mit Stolz, zu dem sich allerdings leichte Schuldgefühle gesellten: Christine hatte sich nicht davon abhalten lassen, ihr die Kosten für die Kinokarte zu erstatten. Reuig nahm Laura sich vor, dies am Ende des Jahres mit einem entsprechend größeren Weihnachtsgeschenk wieder auszugleichen.

Stolz war sie auch darauf, Mutter erfolgreich ausgespielt zu haben. Die Tickets, dank derer die alte Dame nun in Begleitung ihrer besten Freundin Berta in die Oper ging, hatten sie zwar ein halbes Vermögen gekostet, aber immerhin ihren Zweck erfüllt: Laura hatte die Wohnung eine kostbare Stunde für sich allein, um sich in Ruhe auf ihr Treffen mit Barbara vorzubereiten. Dann verließ sie das Haus in einem neuen, dekolletierten Kleid, mit wehendem Haar und dieser Art von Make-up, bei dem eine gewisse Sorte Mütter sofort misstrauisch geworden wäre. Dass ihre Tochter demnächst achtundzwanzig Jahre alt wurde, hinderte auch Anna Maria Eisner bisher leider nicht daran, ihr »eigen Fleisch und Blut« immer noch zu kontrollieren wie ein tollpatschiges Kleinkind, das vor Fehltritten bewahrt werden musste. Die Empörung darüber versetzte Laura nur leider nicht in den Stand, sich mit einem Schlag zu befreien. Daher träumte sie gern von Schlägen, die von außen kämen. Unruhig ging sie vor dem Kino auf und ab. An einer staatlichen Wiener Schule war eine Schülerin unter dem tonnenschweren Schultor begraben worden. In Gedanken sah Laura nun ihre Mutter gemessenen Schrittes die Staatsoper betreten, während das große offene Holztor bedrohlich aus den Scharnieren geriet ... Die Vorstellung ließ sie schmunzeln.

Ihr Schmunzeln wurde zu einem breiten Lächeln, als sie Barbara um die Ecke biegen sah. Barbaras langes, dunkles Haar floss gleichmäßig über ihre schmalen Schultern. Und auch sie lächelte, ja, sie erwiderte Lauras Lächeln schon von Weitem. Lauras Herz begann unruhig zu flattern. Als Barbara sie umarmte und mit zwei flüchtigen Küssen auf die Wangen begrüßte, musste sie ihre ganze Selbstbeherrschung aufwenden, um sie nicht ein paar Sekunden länger als bei einer gewöhnlichen Begrüßung unter Kolleginnen zu umarmen.

»Du lieber Himmel, hast du heute noch etwas Größeres vor?« Barbaras Blick glitt an ihr herab. »Ich habe dich noch nie in einem Cocktailkleid gesehen!«

Laura fühlte, wie ihr der Schweiß ausbrach. Was, wenn sie mit ihrem Aufzug genau das Gegenteil von dem erreichte, was sie eigentlich bezwecken wollte?

»Gefällt es dir nicht?«, fragte sie ängstlich.

»Du siehst phantastisch aus!« Barbara legte den Kopf schief. Ihr Augenlid zuckte – ein Tick, den Laura besonders lieb gewonnen hatte. »Aber ... ein Cocktailkleid für einen Kinobesuch? – Ich komme mir neben dir vor wie Aschenputtel mit meiner alten Jeans und der Jacke.«

»Es ist eigentlich nur ein Sommerkleid mit Spaghettiträgern. Den Bolero trage ich bloß darüber, weil ... na, es ist abends schon etwas frisch«, beschwichtigte Laura verlegen, während sie in Gedanken ergänzte: Und du siehst immer super aus. Egal, was du trägst. Nicht auszudenken, wie gut du erst aussähest, wenn du gar nichts mehr trügest.

Sie behielt es für sich. Vielleicht bot sich später eine bessere Gelegenheit. Vielleicht, vielleicht ...

»Wir sollten jetzt hineingehen«, meinte sie stattdessen. »Der Film beginnt in ein paar Minuten.«

Barbara hob ihre dunklen, schmalen Augenbrauen.

»Wollten wir nicht vorher drüben in der Bar ein Gläschen trinken gehen?« Noch ehe Laura etwas erwidern konnte, gab sie sich selbst die Antwort. »Herrje, ich bin wahrscheinlich wieder zu spät! – Egal, dann werden wir das eben nach der Vorstellung tun.«

Es läuft alles prima, beruhige dich, ermahnte sich Laura, als sie später neben Barbara im Kinosaal saß, nur getrennt durch eine schmale, mit Polsterstoff überzogene Seitenlehne.

Trotzdem gelang es ihr nicht, sich auf den Film einzulassen. Johnny Depp begeisterte sie genauso wenig wie Orlando Boom, und Piraten, die sich bei Mondschein in lebende Skelette verwandelten, verursachten ihr nicht einmal einen Hauch von Gänsehaut. Da war es etwas ganz anderes, wenn ein schwarz maskierter Mann nachts über ein Kellerfenster die Hintertür zum Haus aufbrach und sich mit einer Pistole in der Hand leise in Richtung des Schlafzimmers schlich, in dem ein älteres Ehepaar selig schlief. Das passierte schließlich täglich!

Den Film hatte Barbara ausgesucht, und sie erlebte die Handlung sichtlich mit. Als einer der Piraten seine Hand nach der schönen Gouverneurstochter ausstreckte, schrie sie erschrocken auf und griff nach Lauras Arm. Laura hatte den Bolero längst ausgezogen, und Barbaras Finger gruben sich in die nackte Haut. Ihr wurde heiß. Sehr heiß.

Jeglicher Widerstand, alle Vorsätze schmolzen dahin. Laura zog Barbara mit der linken Hand dicht an sich, während sie mit der rechten schnell die Armlehne zwischen ihren Sitzen hochklappte. Ihre Schenkel berührten sich. Ein warmer Schauder lief ihr über den Rücken. Sie kuschelte sich eng an Barbaras Schulter. Die fühlte sich weich an, weicher, als sie erwartet hatte. Ihr Hals roch leicht nach Zedern und einem Hauch von Zimt.

Barbaras Hand, die noch immer auf ihrem nackten Arm lag, streichelte ihr nun sanft über die Haut. Laura wagte sich kaum zu bewegen. Das Herz klopfte im Staccato, und sie hatte Mühe, überhaupt noch zu atmen. Was sie sich in ihren kühnsten Träumen – und davon hatte sie in den vergangenen Wochen einige gehabt – ausgemalt hatte, hier nun wurde es wahr: Barbara Rodriguez berührte sie.

Vielleicht ist es nur Zufall, meldete sich ihre Ratio zu Wort. Vielleicht meint sie es rein freundschaftlich. Doch ein jäher, piratenhafter Mut ließ ihre Bedenken schwinden. Langsam hob sie den Kopf, bewegte ihn Barbaras vollen Lippen entgegen …

»Willst du dir wirklich den ganzen Abspann anschauen?«

Laura riss die Augen auf. Ungläubig blinzelte sie in den erleuchteten Kinosaal. An der Leinwand zogen bereits die Namen der Nebendarsteller vorbei. Rechts von ihr stauten sich unwillige Besucher, die sich durch den Damm zweier sitzender Frauen davon abgehalten sahen, zum Ausgang zu gelangen. Die Polsterlehne befand sich noch immer zwischen ihren Sitzen. Barbara war inzwischen aufgestanden und wandte sich zum Gehen.

»Komm schon, Laura. Lass uns die Bar gegenüber stürmen, ehe die anderen im Saal auf dieselbe Idee kommen!« Sie grinste vergnügt.

Draußen hatte es noch mehr abgekühlt. Laura fröstelte nun; der Bolero änderte wenig daran. Der Temperatursturz ernüchterte sie vollständig.

Nichts war passiert, nichts. Wieder einmal hatte sie die Chance, die sich ihr bot, nicht genutzt!

»Das war ein toller Film«, sagte Barbara unbefangen, während sie die Straße überquerten. »Ich finde, wir sollten öfter zusammen ins Kino gehen. Oder auch mal was anderes gemeinsam unternehmen.«

Laura schöpfte Hoffnung. Es würden sich also weitere Gelegenheiten bieten. Irgendwann würde sie piratenmutig genug sein, um Barbara deutlich zu zeigen, dass sie nicht nur eine gewöhnliche Freundin und Kollegin für sie sein wollte!

Die Villa stand auf einer Anhöhe. Das gusseiserne Tor quietschte, als sie es öffnete, das Schloss hinterließ einen bräunlichroten Fleck auf ihrem Handschuh. Unter ihren Füßen knirschte der Kies, als sie sich dem feudalen Eingangsportal näherte.

Ein ungestümer Herbstwind ließ die Bäume rauschen. Fröstelnd blieb sie stehen und zog ihren Mantel zusammen. Sie fühlte sich beobachtet. Hinter den großen Fenstern an der Vorderseite des Gebäudes regte sich jedoch nichts. Obwohl es dämmerte, brannte kein Licht. Das irritierte sie; schließlich wurde sie erwartet.

Links von ihr lag ein Park, dessen Ausmaße sie nur erahnen konnte. Sie hatte bei ihrer Arbeit viele Villen dieser Art gesehen, einige davon besser erhalten als diese. Doch keine war von so viel Eigengrund umgeben. Auf der Fahrt hatte sie den letzten Weiler schon lange passiert, ehe sie auf die kleine Schotterstraße abgebogen war. Wenn sie jetzt dem Gebäude den Rücken zukehrte, konnte sie die Dächer des Dorfes sehen. Aus einigen Schornsteinen stieg Rauch auf.

Pappeln, Kastanienbäume und Akazien bogen sich unter dem Ansturm der nächsten Böe. Hinter einer Rosenhecke lag eine Wiese voll von klebrigem Laub, das der Regen der letzten

Tage durchnässt hatte. Dürre Rosenzweige ragten in den Weg. Sie setzte ihren Fuß auf die erste Stufe der steinernen Treppe, die zu einer blauen Eingangstüre führte. Hinter ihr knackste ein Ast, sie zuckte zusammen und fuhr herum. Die Bäume bogen sich erneut im Wind. Die alte Akazie ächzte. Ein einzelnes Blatt löste sich von einem fast schon kahlen Ast und segelte zu Boden.

Ihr Herz schlug schnell und laut gegen ihre Brust.

Lächerlich, einfach lächerlich. Sie würde sich nicht unterkriegen lassen. Nicht sie. Und vor allem nicht auf so plumpe Art. Sie würde sich nicht vor dem Leben verstecken wegen einer kindischen, aus Ärger und Wut erwachsenen Drohung.

Entschlossen betätigte sie den großen Klingelknopf rechts neben dem Einlass. Kein Summen, kein Gong, keine Melodie. Im Zweifel, ob die Türglocke funktionierte, drückte sie den Knopf erneut.

Ein »idyllisches Anwesen«. Die Beschreibung drängte sich ihr unwillkürlich auf, es war eine Art Berufskrankheit, in Begriffen wie »idyllisch« oder »lichtdurchflutet« zu schwärmen. Ihr Blick fiel auf die Risse im Verputz, direkt über der doppelflügeligen Eingangstüre, unter deren blauem Lack narbiges Holz durchbrach.

Drinnen näherten sich Schritte. Ausladende, entschlossene Schritte auf festen Sohlen, ganz und gar nicht das Schlurfen eines alten Menschen, das sie erwartet hatte. Mit Macht unterdrückte sie das spontane Bedürfnis, sich einfach umzudrehen und wegzulaufen.

Sie gehörte schließlich nicht zu diesen Frauen, die sich ständig in der Opferrolle sahen, die vor allem und jedem Angst hatten, am meisten vor dem Leben.

Mit quälender Langsamkeit drehte sich der Schlüssel im Schloss. Sie straffte die Schultern.

Die Türe wurde geöffnet. Ein Mann mittleren Alters stand vor ihr, ein dünnes Lächeln im Gesicht. Ihr eigenes Lächeln gefror; unwillkürlich wich sie zurück.

»Du …?!«

»Ich weiß, du hast jemand anderen erwartet. Ich kann das erklären. Komm doch bitte herein.«

Sie rührte sich nicht in der Stelle. »Was willst *du* hier?« Die Schärfe in ihrer eigenen Stimme stand im scharfen Kontrast zu seinem warmen, angenehmen Tenor.

»Mit dir reden. Ein ganz normales, ruhiges Gespräch führen. Das ist alles, was ich will.«

»Ich wüsste nicht, was es zwischen uns noch zu reden gibt.«

Er trat zur Seite und wies mit einladender Geste ins Hausinnere. »Komm doch erst einmal herein. Es gibt hier weiß Gott gemütlichere Orte, um alte Zeiten aufzufrischen.«

»Ich habe daran kein Interesse. Es gibt nichts zu sagen. Ich bin hier, um meinen Job zu tun! Das Leben geht schließlich weiter. *Mein* Leben geht weiter. Im Gegensatz zu euch habe ich eine Zukunft. – Wo ist die Besitzerin des Hauses? Ich habe einen Termin mit ihr.«

»Du solltest dich einmal hören: So verbittert. So böse.« Sein Tonfall verlor nicht an Gelassenheit. »In deinen Augen stehe ich also auf der Seite des Bösen. Das enttäuscht mich. Ich habe versucht, mich mit dir zu treffen, mehrmals. Leider hebst du nicht ab, wenn ich dich anrufe. Und deine Sekretärin stellt mich nicht zu dir durch. Ich war also gezwungen, zu einem kleinen Trick zu greifen, wenn ich mit dir in Ruhe reden will. Die Hausbesitzerin ist meine Patentante. Mir blieb nichts anderes übrig, als sie zu bitten, mit dir diesen Termin zu arrangieren.«

Sie verharrte noch immer auf derselben Stelle. »Wenn du glaubst, dass es eine gute Idee war, mich ins Nirgendwo zu lotsen, um ein Gespräch zu führen, muss ich dich enttäuschen. Ich sehe keine Veranlassung, mit dir über Dinge zu sprechen, über die wir schon oft genug diskutiert haben.«

»Ich will dir ein Angebot machen«, stellte er klar. »Wenn es dich nicht interessiert, werde ich das akzeptieren und dich nie wieder belästigen. Das einzige, worum ich dich bitte, ist eine Viertelstunde. Du musst zugeben, das wäre nur fair, nach all den Jahren.«

»Merkwürdig, das Wort aus deinem Munde zu hören«, erwiderte sie süffisant. Dennoch trat sie einen Schritt nach vorne. Der Wind hatte an Intensität zugenommen, es begann zu tröpfeln.

»Ich weiß, dass ich nicht immer fair war. Und das tut mir leid. Aber du musst Gleiches nicht mit Gleichem vergelten, oder?«

Ein dicker Regentropfen zersprang auf ihrer Stirn, ein weiterer traf ihre Lippen.

»Bitte!«, schob er nach. »Nur fünfzehn Minuten.«

Sie gab sich einen Ruck. Was war schon dabei. Fünfzehn weitere Minuten ihres Lebens, dann hatte sie ihn los.

»Aber das ist das letzte Mal, dass ich mit dir sprechen werde«, stellte sie klar, während sie ihm ins Hausinnere folgte. Er nahm ihr galant den Mantel ab, den er unter seinen eigenen hängte, obgleich es noch freie Kleiderbügel gab.

Gleichzeitig nahm die Architektur des Hauses ihre Aufmerksamkeit gefangen: das offene Treppenhaus mit seiner ausladenden Treppe erstreckte sich über drei Stockwerke; wenn sie den Kopf hob, konnte sie bis an die Decke sehen.

Er war ihrem Blick gefolgt und betätigte nun einen Lichtschalter. Bruchteile von Sekunden später war das Deckengemälde hell beleuchtet. Eingefasst von Stuck, schwebten musizierende Putten.

»Untypisch für ein Haus wie dieses, ich weiß«, meinte er. »Aber der Besitzer hatte ein Faible für barocke Kunst und ließ es in den achtziger Jahren anbringen. Zuvor soll es an dieser Stelle eine simple Holzdecke gegeben haben.«

»Sagtest du nicht, die Besitzerin sei deine Patentante?«

Sie folgte ihm quer durch die Eingangshalle in ein großes Zimmer. Im offenen Kamin brannte Feuer, auf dem dunkelbraunen Teetisch standen zwei Weingläser und eine bereits geöffnete Flasche. Er hatte fest damit gerechnet, dass sie eintreten würde. Dass er Recht behalten hatte, grämte sie.

Auf seine Aufforderung hin nahm sie auf einem der beiden altmodischen Polsterstühle Platz. Sie ließ ihren Blick durch das Zimmer schweifen. An den Wänden hingen Ölgemälde, alle zeigten biblische Szenen. Erneut fühlte sie sich an eine Kirche erinnert.

Neben einem Sekretär, der zwischen den zwei von schweren Brokatvorhängen gesäumten Rundbogenfenstern an der Wand stand, tauchte ein Deckenfluter mit einer kitschigen goldenen Metallverzierung den Raum in schummriges Licht. Einen kurzen Moment lang fragte sie sich, weshalb sie das Licht nicht von außen gesehen hatte, obwohl die Vorhänge offen waren. Ein Blick hinaus in die Dämmerung lieferte ihr die Erklärung: der Raum lag auf der Rückseite des Hauses. Durch die von Regentropfen benetzten Scheiben konnte sie einen weiteren Teil des Gartens erkennen, wilder und verwachsener als auf der Vorderseite. Diese Vegetation hatte lange keinen Gärtner gesehen.

»Es ist ein wunderbares Haus«, riss seine Stimme sie aus ihren Gedanken. »Über hundertfünfzig Jahre alt. Ursprünglich von einem Landadeligen als Sommerdomizil erbaut, kaum genutzt ... die Erben brauchten Geld und verkauften es an einen jüdischen Kaufmann. Dann kam der Zweite Weltkrieg, der Kaufmann musste flüchten ...«

»Fünfzehn Minuten«, unterbrach sie ihn. »Komm zur Sache.«

Er griff nach der Flasche und schenkte Rotwein in beide Gläser.

»Nach dem Krieg stand das Haus längere Zeit leer und wurde dann versteigert. Der Besitzer war ein ausgesprochener Weinliebhaber und ließ einen Großteil des Souterrains in einen Weinkeller umfunktionieren. Da unten lagern ganze Schätze! Du wirst staunen, wenn ich dir das zeige. Das hier ist zum Beispiel ein Bordeaux St. Emilion 1989.«

Er reichte ihr das Glas und prostete ihr zu.

Sie lächelte, denn sie waren beide große Weingenießer. Aufmerksam nahm sie einen Schluck und verkostete. Der Wein war wirklich sensationell.

»Wo ist deine Großtante jetzt?«

Er lehnte sich im Polsterstuhl zurück, balancierte das Weinglas kunstvoll auf seinem Oberschenkel, ohne es jedoch ganz aus der Hand zu lassen.

»Eine alte Freundin besuchen. Ich habe sie weggeschickt, um mit dir alleine zu sein.«

»Du hast noch ganze zwölf Minuten. Die Zeit läuft.«

Sein Seufzen wirkte auf sie theatralisch.

»Meine Liebe. Ich weiß, du hast einige sehr leidvolle Monate hinter dir. Ich verstehe, dass du momentan vom Leben enttäuscht bist.«

»Irrtum! Ich bin nicht vom Leben enttäuscht, sondern von dir.«

Er ließ sie weiterreden. »Ja ja, wie auch immer. Du bist enttäuscht, und ich verstehe das. Ich kann dir nur nochmals versichern, dass das ein ganz großes Missverständnis ist, was die geschäftliche Seite anbelangt. Ich wurde von den Entwicklungen genauso überrascht wie du. Ich wusste nichts davon. Das lag allein in den Händen deines Mannes. Mein einziger Fehler war, dass ich zu lange die Augen zugemacht habe, mich zu wenig ums Geschäft gekümmert habe.« Er senkte die Stimme und starrte in sein Weinglas. »Die letzten Monate waren auch für mich nicht leicht. Es ist alles andere als erbaulich, erkennen zu müssen, dass man von allen Seiten betrogen wird ... allem voran von seiner eigenen Frau.«

Sie griff nach ihrem Glas.

»Von der eigenen Frau, von der Frau, die man liebt – und von seinem Freund«, fuhr er fort. »Das ist bitter. So, als würde einem der Boden unter den Füßen weggezogen.«

»Was du nicht sagst.« Sie nahm einen Schluck Wein.

»Ich weiß, dass es für dich auch ein schwerer Schlag gewesen sein muss. Aber im Gegensatz zu mir warst du an all dem nicht unschuldig.«

»Reden wir nun über das Geschäftliche oder gleitest du ab ins Private?«

Die Süffisanz in ihrem Tonfall war nicht zu überhören. Er ging nicht darauf ein.

»So leicht ist das in unserem Fall ja nicht voneinander zu trennen.«

»Für mich war es nur eine Affäre«, stellte sie klar. »Ich hatte nie mehr im Sinn.«

»Ach ja?« Er stellte sein Weinglas schwungvoll auf den Tisch und beugte sich nach vorn. Zum ersten Mal seit ihrem Eintreffen verlor die Souveränität, die er ausgestrahlt hatte, an Glaubwürdigkeit. »Dann hat es dich also nicht getroffen, dass sie dich mit deinem Mann betrogen hat – oder dein Mann dich mit ihr? Hat dich das völlig kalt gelassen? – Tut mir leid, das nehme ich dir nicht ab!«

»Angesichts des Geschäftlichen haben diese privaten Turbulenzen für mich erheblich an Bedeutung verloren«, erwiderte sie unbewegt. »Zum Glück hatte ich immerhin in beruflicher Hinsicht den Weitblick, in letzter Sekunde die Notbremse zu ziehen.«

»Das heißt, dein Entschluss steht wirklich fest? Du willst alles aufgeben, uns in der Luft hängen lassen und dann öffentlich zur Steinigung an den Pranger stellen?«

»Wir sind hier in Österreich. Die Gefahr einer öffentlichen Steinigung kannst du also getrost vergessen.« Sie sah demonstrativ auf ihre Armbanduhr. »Dir bleiben noch fünf Minuten. Wenn du mir also etwas wirklich Relevantes zu sagen hast, dann tu es jetzt, denn dann bin ich weg und werde dafür sorgen, dass sich unsere Wege erst wieder vor Gericht kreuzen.«

Er schenkte Wein nach, als überhöre er ihre Worte. »Betty hat mich vor ein paar Tagen aufgesucht und mir unter Tränen erklärt, dass alles ein großer Irrtum war. Sie hat mich auf

Knien um Verzeihung gebeten. Sie will den Rest ihres Lebens an meiner Seite verbringen, hat sie gesagt. Ich denke, ich werde ihr verzeihen.«

»Das freut mich für dich«, sagte sie, ohne eine Miene zu verziehen. »Dann scheint zumindest dein Privatleben eine erfreuliche Wendung zu nehmen.«

»Es ist für mich eine Alternative, aber nicht der Königsweg«, erwiderte er. Er machte eine Pause und sah sie erwartungsvoll an. Betont lässig griff sie nach ihrem Weinglas und trank einen Schluck, sagte aber nichts.

Er stand auf, schob den Polstersessel nahe an den ihren heran und lehnte sich noch näher zu ihr als zuvor. Ihre Beine berührten sich fast.

»Wir beide haben uns immer gut verstanden – mehr als das, würde ich sagen. Ich weiß bis heute nicht, warum du dich eigentlich für ihn entschieden hast und nicht für mich. Sieh uns beide an: Wir sind Erfolgsmenschen. Wir haben dieselben Werte, dieselben Ziele. Wir sind gewohnt, hart zu arbeiten und viel zu erreichen. Wir haben schon bewiesen, dass wir gut darin sind, gemeinsam Geschäfte zu machen. Wir haben etwas aufgebaut. Aus dem Nichts. Wir werden das auch ein zweites Mal schaffen, an einem anderen Ort.«

Sie atmete tief durch. Seine Augen ruhten hoffnungsvoll auf ihr.

»Du hast den Ernst der Lage noch immer nicht begriffen, nicht wahr? – Die Finanzmarktaufsicht hat längst Wind von der Sache. Das sind Profis. Die finden, wonach sie suchen, keine Sorge, und wenn sie die ganze Firma auseinandernehmen müssen. Das Spiel ist aus, begreif es endlich! Und ich werde vorbehaltlos aussagen, wenn es sein muss, auch gegen euch. Ich werde meinen Kopf nicht dafür hinhalten, dass ihr eure Geldgier nicht zügeln konntet. Ich werde alles dafür tun, um meine eigene Firma zu retten, meinen Ruf und meine Existenz.«

Er schnaubte. »Mitgehangen, mitgefangen! Obendrein,

was macht dich denn so verdammt sicher, dass du aus dieser Sache straffrei herauskommst? Glaubst du tatsächlich, dass du bis zum Ende den Unschuldsengel spielen kannst?«

»Ich bin unschuldig, und ich werde alles tun, um die Angelegenheit restlos aufzuklären. Notfalls werde ich die Konsequenzen tragen.«

»Und ins Gefängnis gehen für etwas, das in erster Linie dein Mann verbrochen hat?«

Sie schwieg.

»Es gibt eine bessere Lösung als dass du die besten Jahre deines Lebens hinter Gittern verbringst.« Er legte seine Hand auf ihr Knie, genau da, wo ihr Rock endete. »Du bist für mich die perfekte Partnerin. Beruflich und privat.« Mit der anderen deutete er auf ein Kuvert, das auf dem Tisch lag. »In diesem Umschlag sind vier Tickets nach Panama. Der Flug geht morgen in den frühen Morgenstunden. Wir können alle gemeinsam flüchten, oder wir vernichten zwei dieser Tickets und überlassen Bernd und Betty ihrem Schicksal. Niemand wird uns jemals finden.«

Sie streifte seine Hand ab und richtete sich auf. »Die Zeit ist um. Ich gehe.«

Als sie sich erheben wollte, kam er ihr zuvor und drückte sie mit sanfter Gewalt auf den Polstersessel zurück. Sie ließ es geschehen, doch sie fühlte sich unwohl.

»Von Panama aus werden wir mit dem Boot über Venezuela auf die Isla Margerita flüchten. Ein Freund von mir hat in Pampatar eine Tauchschule. Er schuldet mir einen Gefallen. Wir werden bei ihm Unterschlupf finden, zumindest eine Weile. Da sind so viele Touristen. Wir fallen dort nicht weiter auf.«

Sie war versucht, ihn zu fragen, ob er das wirklich ernst meinte. Ein Blick in sein entschlossenes Gesicht gab ihr die Antwort.

»Alexandra! Ich liebe dich! Willst du das nicht begreifen?« Er fiel vor ihr auf die Knie, was sie trotz der Umstände laut auflachen ließ. Dass ein erwachsener Mann in Anzughose, Hemd und Krawatte vor ihr auf dem Boden kniete, war eine schlichtweg absurde Situation. »Bitte! Bitte lass uns zusammen fortgehen. Lass uns ein anderes Leben beginnen ... irgendwo, wo uns niemand kennt und wir ganz von vorne anfangen können. Lass uns das restliche Geld nehmen und abhauen, bevor uns die Finanzmarktaufsicht genauer ins Visier nimmt ...«

Der Ernst in seinen Gesichtszügen hielt sie zurück, erneut lauthals zu lachen. Stattdessen erwiderte sie ruhig: »Abgesehen davon, dass ich mich nicht ein Leben lang vor der Justiz verstecken will, frage ich mich, von welchem Geld du sprichst. Über das Geschäftskonto können wir derzeit nur noch eingeschränkt verfügen, wenn ich dich erinnern darf, da hat die Bank bereits den Daumen drauf. Oder hast du dir etwa doch privat ein paar Millionen zur Seite geschafft? – Wenn das der Fall ist, wäre das wohl eindeutiger Beweis, dass nicht nur mein Mann Geld veruntreut hat.«

»Ich habe auf meine Weise vorgesorgt.« Er richtete sich auf und nahm wieder Platz. »Was ich gesagt habe, ist mir ernst: ich liebe dich. Ich habe dich immer geliebt. Ich will eine Zukunft mit dir.«

»Nein!« Sie musste sich beherrschen, ihn nicht anzuschreien. Sie hatte es gewusst, ein Gespräch mit ihm war sinnlos. »Schluss! Ich bin an deinem Angebot nicht interessiert; mein Entschluss steht fest. Ich werde Selbstanzeige erstatten.«

»Ist das dein letztes Wort?«

»Mein allerletztes.«

Sie erhoben sich fast gleichzeitig.

»Das muss ich dann wohl akzeptieren«, meinte er resigniert. »Danke trotzdem, dass du mich zumindest angehört hast.«

Es gab keinen Grund für sie, unhöflich zu sein. »Danke für den Wein«, sagte sie, als sie bei der Garderobe angekommen waren.

Er machte keine Anstalten, ihr den Mantel zu reichen, sondern stand mit hängenden Schultern da wie ein unschlüssiger Schulbub. Als sie die Hand nach dem Kleiderbügel ausstreckte, wurde er plötzlich wieder lebendig.

»Warte! – Wenn du schon hier bist, schau dir doch zumindest kurz das Haus an. Es bietet wirklich einige architektonische Raffinessen. Und der Weinkeller! Der wird dir ganz besonders gut gefallen.«

Erneut hatte sie das plötzliche Gefühl, beobachtet zu werden. Ihre Augen glitten nach oben, die Galerie entlang, über die Stockwerke, hinauf zum Deckenfresko. Die Putten schauten mit unbewegten Gesichtern auf sie hinab.

»Ich weiß nicht. Ich ...« Der Wein wärmte sie von innen.

Sie schaute nochmals nach oben. Die Galerie war leer. Die Putten schienen über sie zu lachen. Seine Gesichtszüge waren weich und hoffnungsvoll. Er war der Mann, in den sie sich vor Jahren verliebt hatte. Er war ein guter Verlierer, schon immer gewesen. Er hatte akzeptiert, dass sie letztendlich einen anderen geheiratet hatte, er hatte verstanden, dass sie ihn als Kameraden mehr schätzte denn als Liebhaber. Was also hatte sie zu fürchten?

»Komm schon«, meinte er salopp und knuffte sie spielerisch in die Seite. »Man könnte fast meinen, du hast Angst, mit mir in den Keller zu gehen.«

Angst. Das Wort hallte in ihr wider. Nie würde sie zu diesen schwachen Frauen gehören, die nicht mehr lebten, sondern sich nur noch vor Eventualitäten fürchteten, die ohnehin niemals eintreffen würden.

»Also gut«, sagte sie. »Unserer alten Liebe zum Wein wegen.« Sie ließ es zu, dass er sich bei ihr einhakte, als sie hinabgingen. Der Keller war unverputzt, die Ziegel makellos und sauber. Ein Neonröhre leuchtete ihnen den Weg, als sie gemeinsam den schmalen Gang entlang auf eine gusseiserne Türe zuschritten.

Er angelte einen dicken Schlüsselbund aus der Tasche, der

so antiquiert wirkte, dass er sie unwillkürlich an einen alten Märchenfilm erinnerte. Die Hexe in diesem Film, die die Seelen kleiner Kinder in Käfige sperrte, hatte einen ähnlichen Schlüsselbund bei sich getragen. Das Gefühl von Unwohlsein kehrte zurück. Kalte Hände legten sich um ihr Herz und pressten es zusammen.

Oben fiel eine Tür ins Schloss.

Sie zuckte zusammen. »Ich glaube, es ist langsam wirklich Zeit zu gehen«, sagte sie und bemühte sich, ihrer Stimme einen festen Klang zu geben.

Er hatte den passenden Schlüssel gefunden. Das Schloss knirschte, als er ihn darin umdrehte. Er stieß die Tür auf und tastete an der linken Seite nach dem Lichtschalter.

Er fluchte. »Vorher ging es doch noch. Möglicherweise ist die Sicherung rausgeflogen …«

»Lass gut sein!« Ihre Stimme klang schriller, als es ihr lieb war. »Ich muss die Bordeaux-Sammlung nicht unbedingt sehen.«

»Nein, warte … ich muss nur hierüber ums Eck, da ist der Sicherungskasten.«

Er ließ sie stehen und verschwand in einem Seitengang. Sie hörte ihn mit etwas Metallenem hantieren, vernahm sein nochmaliges Fluchen.

Die kalten Hände hatten ihr Herz noch immer fest im Griff.

Die Neonröhre flackerte. Im Nebengang fiel Metall auf Beton. Plötzlich war es stockdunkel. Schritte näherten sich ihr von hinten, sie fuhr herum, prallte gegen einen menschlichen Körper und dann mit der Stirn gegen die Wand. Etwas traf sie am Kopf. Die Beine knickten unter ihr weg.

Ich bin in eine Falle getappt, war ihr letzter Gedanke, ehe sie mit dem Kopf auf dem steinernen Boden aufschlug.

Als Laura das Haus verließ, setzte Nieselregen ein. Entnervt verzog sie das Gesicht und blieb einen Moment lang unschlüssig stehen. Sollte sie umkehren, vier Stockwerke nach oben steigen und ihren Schirm holen? Wo lag er überhaupt? Sie versuchte sich zu erinnern, wann sie ihn das letzte Mal benutzt hatte. Gestern hatte es nicht geregnet. Vorgestern?

Die Ampel am unteren Ende der Straße schaltete auf grün. Schneller als erwartet war das erste Auto auf ihrer Höhe, blendete sie mit seinem Scheinwerferlicht und rauschte durch die Pfützen, die sich in den Schlaglöchern gebildet hatten. Laura war in Gedanken noch in ihrem Vorzimmer, suchte die mit allem denkbaren Krimskrams beladenen Regale nach dem Regenschirm ab, als die Fontäne sie traf. Ein Schwall Dreckwasser, die der Autoreifen hochwirbelte, spritzte über ihre Beine und färbte den Saum ihres knöchellangen Rocks, der unter dem Mantel hervorragte, braunschwarz. Entsetzt sprang sie zurück und prallte gegen eine Frau mit einem Kind an der Hand, die in diesem Augenblick hinter ihr vorbeiging. Das Kind fiel prompt auf den Gehsteig und begann zu heulen, die Mutter beschimpfte Laura, die sich wortreich entschuldigte, während der Nieselregen ihr bis auf die Kopfhaut sickerte und den grauen Webpelzmantel schwer werden ließ.

In der Straßenbahn standen die Leute dicht aneinander gedrängt. Der Herr neben ihr hielt sich an einem Deckengriff fest, um Halt zu finden; sie selbst erreichte mit ihren 1,60 Meter Körpergröße den Griff nicht einmal mit den Fingerspitzen. Um in Falle einer abrupten Bremsung nicht unsanft nach vorne katapultiert zu werden – Mutter war dies schon passiert –, teilte sie sich den grauen Metallbalken am Eingang mit ein paar Teenagern und nahm in Kauf, dass eines der Mädchen seinen nassen Regenschirm wie selbstverständlich an ihre Beine lehnte. Ob sich so ein Regenschirm wohl auch als Tatwaffe eignete?

Laura war froh, als die Tram schließlich hielt und sie in die U-Bahn umsteigen konnte. Hier herrschte weniger Getümmel, zu ihrer Überraschung ergatterte sie sogar einen Platz. Sie griff nach der Gratis-Zeitung, die auf dem Nebensitz lag.

MYSTERIÖSER MORD IN VILLA. In großen Lettern prangte die Schlagzeile auf Seite eins unter einem Bild, dass ein herrschaftliches Anwesen in einem Park zeigte. Das Gebäude wirkte bedrohlich.

Wie passend, dass in so einem Haus ein Mord passiert, dachte Laura und überflog den Artikel. In dem Anwesen waren zwei Leichen entdeckt worden, ein Mann mittleren Alters und eine alte Frau. Sie war tot im Keller ihres Hauses gefunden worden und, so einer ersten Diagnose des Gerichtsmediziners zu Folge, vermutlich einem Herzinfarkt erlegen. Der Mann war erschossen worden. Zum Zeitpunkt des Redaktionsschlusses hatte die Polizei seine Identität noch nicht feststellen können. Auch das Tatmotiv war bisher völlig unklar. Eine mobile Altenpflegerin, die alle zwei Tage bei der alten Dame nach dem Rechten sah, hatte die Leichen entdeckt und die Polizei alarmiert. Die Altenpflegerin stand seither unter Schock.

Laura ließ die Zeitung sinken. Ein grausiger Fund. So langweilig ihr eigener Job als Verkaufsberaterin für Kleinkunst des 20. Jahrhunderts auch war, zumindest blieb ihr erspart, allein in alte Häuser gehen zu müssen und über Ermordete zu stolpern. Andererseits wäre es natürlich auch wahnsinnig aufregend, solche Mordfälle aufzuklären und der Welt nach umfangreichen Ermittlungen den Mörder zu präsentieren. Aber dazu gehörte es wohl leider auch, echte Leichen zu betrachten. Laura begegnete tagtäglich Toten, bislang aber nur in den Kriminalromanen und -filmen, die sie gierig verschlang.

Leise seufzend blätterte sie auf die nächste Seite. *Immer mehr Einbrüche in Wien.* Gegenüber dem Vorjahr war die Zahl um mehr als dreißig Prozent gestiegen. Besonders betroffen waren die Bezirke Wien-Donaustadt und Wien-Floridsdorf. Was für ein Glück, dass sie in Wien-Währing wohnte. Mutter hatte darauf bestanden, in einem teureren Bezirk zu wohnen und lieber auf eine größere Wohnung zu verzichten.

Gerüchte um Bankrott der Siberius-Finanzgruppe erhärten sich. Merkel will Banken-Finanzspritze geben. Republik unterstützt Kommunalkredit bei Übernahme.

Laura überflog die Wirtschaftsüberschriften wie immer und blätterte weiter zum Kulturteil. Als die U-Bahn in der nächsten Station hielt, legte sie die Zeitung schnell auf den frei gewordenen Platz ihr gegenüber in der Hoffnung, dass sich niemand die Mühe machte, das Blatt zu entfernen, um sich dorthin zu setzen.

Die Ausdünstungen des alten Mannes, der den Platz gerade eben verlassen hatte, hingen ihr noch in der Nase. Er hatte so stark nach Mottenkugeln gerochen, dass ihr fast schlecht geworden war. Sie hasste diesen Geruch. Täglich wehte er sie an, wenn ältere Herrschaften den Verkaufsraum belagerten, in ihren wallenden Pelzmänteln, Wolljacken und Fellmützen mit altmodischen Ohrenklappen an der Seite, und herumnörgelten, wenn sie länger an der Kassa warten mussten als gewohnt. Neulich hatte sie einen Krimi gelesen, in dem ein Enkel seine reiche Großmutter langsam vergiftete, indem er heimlich Mottenkugeln in ihr Bettzeug schmuggelte. Die Chemikalien in den Kugeln waren krebserregend. Der Titel des Krimis lautete *Mord auf Raten*, und es war dem Kommissar weiß Gott nicht leicht gefallen, dem Enkel diese raffinierte Tat nachzuweisen.

Lauras Hoffnung, bis zur nächsten Station für sich allein zu sitzen, wurde nicht erfüllt. Schlanke, lange Finger griffen nach der Zeitung und schoben sie zur Seite. Die Finger waren weiß. Fast blutleer.

Besorgt hob Laura den Kopf und zuckte unweigerlich zusammen. Die Gestalt, die ihr gegenüber Platz genommen hatte und nun die Hände eigenartig starr ineinander verkrampft hielt, wirkte auf sie ganz und gar sonderbar. Der dunkle Mantel hatte an der Seite einen Riss, aus dem helles Innenfutter quoll. Auf dem Kopf thronte ein hässlicher Tiroler Hut mit einem zerzausten Gamsbart und einem kitschigen Edelweißanstecker. Der Hut stand im krassen Kontrast zu dem eleganten Ledermantel. Rotblondes Haar, teilweise verfilzt, teils strähnig, quoll wirr unter dem Hut hervor.

Ein Obdachloser. Instinktiv hielt Laura die Luft an. Penner brachten gewöhnlich eine noch härtere olfaktorische Note mit sich als kunstsammelnde Pelzträger. Als sie schließlich wieder atmen musste, roch es jedoch nicht besser oder schlechter als sonst. Die Gestalt trug außerdem keinerlei Plastiktüten oder Jutesäcke mit sich. Vielleicht war ihr Gegenüber nur eines dieser verschrobenen Exemplare, die gelegentlich in öffentlichen Verkehrsmitteln ihre Wege kreuzten.

Die Gestalt hob abrupt den Kopf. Ihre Blicke trafen sich. Klare, graue Augen starrten sie sekundenlang an. Schnell senkte Laura den Blick. Ihr Herz flatterte unruhig.

Die Augen gehörten zum Gesicht einer Frau – einem Gesicht, von dem sich Laura sicher war, dass sie es nie wieder vergessen würde. Es war ein blasses Gesicht mit feinen, ebenmäßigen Gesichtszügen, in dem alles perfekt aufeinander abgestimmt erschien: die schmale Nase, die vollen Lippen, die geschwungenen Augenbrauen. Die Frau, wohl nicht viel älter als sie selbst, war einfach unglaublich schön.

Aus einer unbestimmten Furcht, dass sich ihre Blicke erneut auf diese Weise treffen könnten, wagte sie nicht mehr aufzusehen. Sie fixierte ihre eigenen Hände, die in grauen, mit Kaninchenfell gefütterten Lederhandschuhen steckten, und fragte sich, ob ihr Gegenüber nicht fror. Warum ging eine Frau mit so intelligenten, wachen Augen in solch einem Aufzug und bloßen Händen aus dem Haus?

Bei der nächsten Station musste sie aussteigen. Die Unbekannte blieb sitzen.

Laura legte den Fußweg von der U-Bahn-Station zu ihrer Arbeitsstätte wie im Trance zurück. Sie nahm den Regen, der inzwischen deutlich stärker geworden war, nicht mehr zur Kenntnis. Erst als sie die feudale Eingangshalle des Karolinums betreten hatte und im Vorübergehen im Glas einer Vitrine einen Blick auf ihr eigenes Abbild erhaschte, fand sie jäh zurück in die Realität.

»Du bist eineinhalb Minuten zu spät.« Johanna Fraunberger, ihre Arbeitskollegin, stand bereits mit angestecktem Namenschild und in Erwartung zahlreicher Kunden vor der Kassa. Laura durchquerte eilig den Verkaufsraum. In dem kleinen fensterlosen Büro, das sie für ihre Verwaltungsarbeiten nutzten, warf sie schnell einen Blick in den Wandspiegel.

Oh Gott, sie sah schrecklich aus. Die wirren Locken, die sie täglich mit viel Mühe ausbürstete, hatten sich durch die Nässe eingerollt. Ihr Anblick erinnerte sie spontan an ein Schaf, das schon lange nicht mehr geschoren worden war. Das Make-up war im Regen zerlaufen, die Wimperntusche hatte schwarze Rinnsale hinterlassen. Mit einem Taschentuch versuchte Laura die Spuren zu beseitigen, als die Bürotür aufging. Eine hochgewachsene Frau Mitte vierzig mit blondem Kurzhaarschnitt streckte ihren Kopf ins Zimmer.

»Ist es zu viel verlangt, wenn Sie sich zu Hause um Ihre Beauty-Pflege kümmern?«

Laura schoss das Blut in den Kopf. »Tut mir leid«, stotterte sie. »Der Regen ...«

Ihre Chefin ließ ihr keine Chance, eine Entschuldigung vorzubringen. »Für solche Wetterlagen ist der Regenschirm erfunden worden. Die Minuten, die Sie hier vertrödeln, werden Ihnen selbstverständlich von der Dienstzeit abgezogen. Wir sind hier ein Auktionshaus, keine Sozialstation.«

»Ja, Frau Dr. Burger. Entschuldigen Sie.« Lauras Stimme hörte sich sogar in ihren eigenen Ohren piepsig an.

»In fünf Minuten will ich Sie vorne an der Kassa sehen.«

Die Burgerschen Absätze klapperten eilig über den abgenutzten Steinboden. Lauras Hände zitterten, während sie das feuchte Haar zu einem Pferdeschwanz zusammenband. Schon wieder hatte sie ihrem Ruf alle Ehre gemacht. Laura, die immer zu spät kam. Laura, die unzuverlässig war. Laura, die ...

Sie biss sich auf die Lippen. Nein, daran durfte sie jetzt nicht denken. Nicht daran! Es war schon schlimm genug, gleich in der Früh den Zorn ihrer Vorgesetzten zu wecken. Sie musste sich den Tag nicht selbst noch schlimmer gestalten, indem sie sich bewusst den Vorfall mit Barbara in Erinnerung rief, dessentwegen sie nach acht Jahren Beschäftigung im bekanntesten österreichischen Auktionshaus noch immer im Verkaufsraum stand, anstatt als Schätzmeisterin tätig zu sein oder direkt bei den Auktionen mitzuarbeiten. Zum Glück hatte Mutter damals von der Sache nichts mitbekommen.

Laura atmete tief durch und betrat den Verkaufsraum.

Johanna Fraunberger trippelte bereits eilfertig und mit vorgerecktem Kinn an der Seite eines Stammkunden umher, in der linken Hand den Schlüsselbund, mit dem sich sämtliche Vitrinen öffnen ließen. Ihr Hintern wackelte bei jedem Schritt, während ihr Busen stramm nach vorne ragte. Obwohl sie seit fünf Jahren zusammenarbeiteten, war Laura noch nicht dahintergekommen, was das physiologische Geheimnis an diesem Gang war. Sie selbst hatte versucht, Johannas Art der Fortbewegung zu imitieren, abends, in ihrer Wohnung. Seitdem wusste sie: Was bei Johanna so selbstverständlich wirkte, war für einen Menschen mit anderem Körperbau eine wahre Herausforderung. Oh Gott, wie hasste sie diese Frau!

An der Kassa war Dorothea Lowetschek, ihre andere Kollegin, bereits damit beschäftigt, einer japanischen Touristin zwei Gallé-Vasen bruchsicher zu verpacken. Laura ging ihr zur Hand, indem sie das Formular für den Zoll ausfüllte.

Als die Japanerin mit den Vasen verschwunden war, begann Dorothea mit einer ausführlichen Schilderung der Untugenden ihrer Schwiegertochter, die ihrer Meinung nach weder kochen noch einen Haushalt führen konnte. Für ihren »Burli« – einen vierzundzwanzigjährigen Elektriker, der vor zwei Jahren mit der Disko-Schönheit ein Kind gezeugt und sie dann auch geheiratet hatte – hatte sie sich weiß Gott etwas Besseres vorgestellt. Da Dorothea Lowetschek seit dreieinhalb Jahren Lauras Kollegin und obendrein sehr auskunftsfreudig war, was ihr eigenes Privatleben und dasjenige anderer Leute betraf, hatte Laura die Geschichte von Anfang an mitverfolgen müssen und kannte bereits sämtliche Details. So nickte sie nur gelegentlich oder gab ein kurzes »Hmm« von sich. Ihre Gedanken waren allein bei der schönen, seltsamen Frau aus der U-Bahn.

Abends sah sie sie wieder. Sie stand am Gehsteig vor dem Supermarkt, der auf der Strecke zwischen U-Bahn-Station und Lauras Wohnung lag, und starrte ausdruckslos auf ein graues Haus an der gegenüberliegenden Straßenseite. Den Mantel hielt sie vor der Brust zusammen, als hätte er keine Knöpfe; ihre Hände waren weiß wie Wachs.

Lauras Herzschlag beschleunigte sich. Sie zwang sich, die Fremde nicht anzustarren, und betrat eilig den Laden. Erst als sie Brot, Butter und die restlichen Lebensmittel in der Plastiktüte verstaute, riskierte sie einen genaueren Blick auf die Frau. Hinter der großen Fensterscheibe des Supermarkts fühlte sie sich sicher. Die Frau ging jetzt draußen auf und ab. Ihr Gang war eigenartig schleppend, ja, humpelnd.

Laura kniff ungläubig die Augen zusammen, als sie bemerkte, was die Ursache dafür war: die Fremde hatte nur noch einen Schuh. Der linke Fuß steckte in einem spitzen Stiletto, während sie rechts nahezu barfuß ging – etwas, das aussah wie Fetzen einer Seidenstrumpfhose, bedeckte gerade einmal den Knöchel.

Dieser Stiletto, er passte ebensowenig wie das ebenmäßige Gesicht zu der Vorstellung, die Laura von einer Streunerin hatte. Und dennoch war sie es offensichtlich: obdachlos. Warum sonst ging ein Mensch bei diesen herbstlichen Temperaturen und dem kühlen Nordwind, der jetzt durch die Stadt blies, barfuß auf der Straße umher?

Sicherlich hat die Frau Hunger, schoss es Laura durch den Kopf. Sie überlegte, ob sie noch eine Wurstsemmel kaufen sollte, verwarf den Gedanken aber rasch wieder. Sie konnte ja nicht einfach zu einer völlig Fremden gehen und ihr etwas zu essen in die Hand drücken. Schließlich wusste sie nicht einmal mit Gewissheit, ob sie tatsächlich obdachlos und arm war. Womöglich wartete sie nur auf jemanden, und der Stiletto war aufgrund irgendeines Missgeschicks verschwunden.

Ja, so musste es sein. Laura nahm die Plastiktüte an sich. Schnellen Schrittes ging sie an der Frau vorbei, ohne einen weiteren Blick zu riskieren. Welche Obdachlose trug schon Stilettos? Gleich würde ein schwarzer Mercedes oder BMW um die Ecke biegen, die Dame stiege ein und würde dem Herrn am Steuer erzählen, dass sie einen grauenhaften Tag hinter sich hatte, für den er sie bedauern konnte.

Immerhin würde sie ihm nicht berichten müssen, dass eine wildfremde Frau ihr eine Wurstsemmel angeboten hatte, weil sie sie für eine ausgehungerte Obdachlose hielt.

Während Laura zu Hause die Lebensmittel in den Kühlschrank räumte, war sie stolz, ihrer spontanen Eingebung nicht gefolgt zu sein. Vorsicht ist besser als Nachsicht, hatte Mutter immer gesagt. Da hatte Mutter Recht gehabt. Es wäre eine peinliche Situation gewesen, für sie und die Frau.

In der linken Hand den Teller mit ihrem Abendessen, in der rechten ein Glas Rotwein, ging Laura hinüber ins Wohnzimmer. Sie knipste die Stehlampe an und ließ sich auf das braun-beige gestreifte Biedermeiersofa sinken.

Die Dämmerung war bereits in Dunkelheit übergangen. Laura biss in ihr Butterbrot, als ihr auffiel, dass der Mann aus dem vierten Stock vom Haus gegenüber am offenen Fenster stand und ungeniert in ihr Wohnzimmer glotzte. Seit sie einmal versehentlich mit nacktem Oberkörper durch das hell erleuchtete Zimmer gelaufen war, hoffte er anscheinend auf Nachschlag.

Notgeiler Spanner!

Wütend sprang sie auf und wollte mit einem Ruck die schweren Vorhänge zuziehen, stoppte aber mitten in der Bewegung. An der Haltestelle gegenüber wartete im Schein der Straßenlaterne eine inzwischen schon fast vertraute Gestalt. Die Frau saß auf der Bank im Wartehäuschen, hielt den Kopf gesenkt und den Oberkörper in sonderbar gekrümmter Haltung.

Ihr Anblick bescherte Laura ein flaues Gefühl in der Magengegend. Sie dachte an die Wurstsemmel und wünschte einen Augenblick lang, sie hätte sie ihr trotzdem in die Hand gedrückt, ungeachtet einer daraus eventuell erwachsenden Peinlichkeit.

Die Frau dort wartet nur auf die Straßenbahn.

Laura schrie sich den Satz in Gedanken zu. Sie schloss die Vorhänge und widmete sich wieder ihrem Abendessen. Das Brot klebte mit einem Mal im Mund und war kaum herunterzubringen; der Joghurt hinterließ einen sauren Nachgeschmack. Das Ticken der Standuhr neben dem braunen Kachelofen war lauter als zuvor.

In ORF 1 wurde ein Bobrennen übertragen, in ORF 2 traten eine »Frau Erna« und eine »Frau Anna« bei einem live übertragenen Telefonquiz gegeneinander an. Im dritten Programm, einem Privatsender, lief Werbung. Laura knipste eine Weile zwischen den Fernsehprogrammen hin- und her und bedauerte zum wiederholten Male den Umstand, dass sich Mutter als einzige im Haus dem Kabelnetz verweigert hatte. Sie habe ihr Leben lang nur ORF 1 und ORF 2 gesehen, hatte sie damals auf der Eigentümerversammlung gesagt. So einen neumodischen Krampf brauche sie nun wirklich nicht. Obendrein würden da nur Pornos laufen.

Einige der Anwesenden hatten gegrinst; das junge Ehepaar, das neu im ersten Stock eingezogen war, hatte sogar hell aufgelacht.

»Mutter, bitte!«, hatte sie ihr daher ins Ohr geflüstert. Ihr Versuch, sie zum Schweigen zu bringen, wurde vom Gegenteil gekrönt: die Mutter hatte erst richtig zu wettern angefangen, die Kabelprogramme aus Deutschland als sinnlose Amerikanisierung und Hochburg der Unmoral bezeichnet und im Brustton der Überzeugung hinzugefügt: »Ich habe eine Tochter im Haus! Glauben Sie denn, ich will, dass dieses unschuldige junge Mädchen mit so einem Sex-Programm konfrontiert wird?«

Damals war sie zarte zweiunddreißig Jahre alt gewesen. Noch immer lief Laura ein Schauder über den Rücken, wenn sie an die teils amüsierten, teils geschockten Blicke der anderen Wohnungseigentümer dachte.

Auf ORF 2 kam nun der Wetterbericht. Die allseits bekannte Wettermoderatorin verkündete mit einer gewissen Theatralik in der Stimme, dass für heute die bisher kälteste Nacht in diesem Spätherbst erwartet wurde, mit Temperaturen unter der Nullmarke. Schneefall sei in höheren Lagen nicht auszuschließen.

Laura bezwang den Impuls, zum vierten Mal aus dem Fenster zu schauen, trank noch ein Gläschen Wein, ließ die »Seitenblicke«-Sendung an sich vorüberziehen und entschied sich dann für eine amerikanische Krimiserie, in der gutaussehende Ermittlerinnen und smarte Sezierer anhand von schauderhaften Leichenüberresten und blutgetränkten Tatorten Mordfälle rekonstruierten und jedes Mal genau dann erfolgreich den Mörder fassten, wenn sich die Sendezeit dem Ende entgegen neigte. Seit Mutter tot war, verfolgte sie die Serie regelmäßig. Vor den Blutflecken und Schlachtermessern, die in irgendeinem Körper zu stecken pflegten, der sich zuckend auf dem Asphalt wand, grauste es sie noch immer. Manchmal träumte sie auch davon. Und trotzdem schaltete sie beim nächsten Mal wieder ein.

Nach der Sendung wollte sie sich noch ein Gläschen Wein gönnen, doch die Flasche war inzwischen leer. Es erstaunte sie immer wieder, wie zügig der Inhalt einer ganzen Flasche schwand. Speziell Rotwein wies einen hohen Verdunstungsgrad auf. Eine neue würde sie trotzdem erst morgen öffnen. Man musste sich im Griff haben, was Alkohol anging. Sie wusch die Flasche sorgfältig aus, trocknete sie liebevoll ab und stellte sie zu ihren Vorgängerinnen in das kleine Kabinett, das einst ihr Kinderzimmer gewesen war. Schon lange hatte sie sich vorgenommen, sich um Regale zu kümmern, in denen sie ihre Flaschensammlung dekorativ anrichten konnte. Der Platz am Boden der kleinen Kammer wurde allmählich knapp.

Ehe sie zu Bett ging, warf sie einen letzten Blick aus dem Fenster. Die Gestalt saß noch immer in dieser eigenartigen Körperhaltung an der Straßenbahnhaltestelle. Lauras Herz begann erneut unruhig zu klopfen. Warum war sie denn nicht abgeholt worden? Oder zumindest in eine Bahn eingestiegen?

Wir stecken unsere Nase nicht in anderer Leute Angelegenheiten. Das gehört sich nicht!

Die Stimme ihrer Mutter war so präsent, dass sie schnell den Vorhangspalt zuzog und zu Bett ging. Lange fand sie keinen Schlaf. Die kälteste Nacht in diesem Spätherbst. Graue Augen, die sie anschauten. Direkt und klar.

Weit nach Mitternacht schreckte sie hoch. Mit angehaltenem Atem lauschte sie in die Dunkelheit. Hatte drüben im Wohnzimmer nicht der Parkettboden geächzt, so als würde jemand darübergehen?

Nun war kein Laut mehr zu vernehmen. Laura atmete tief durch und knipste das Licht an. Sie wartete eine Weile, dann, als es noch immer still war, erhob sie sich und ging ins Badezimmer. Der Wein forderte seinen Tribut.

Auf dem Rückweg ins Schlafzimmer zog es sie zum Fenster. Sie schob den Vorhang zur Seite. Unten im Wartehäuschen erkannte sie die Umrisse der Unbekannten. Sie kauerte mit angezogenen Beinen auf der Bank, den Kopf auf die Knie gestützt. Der Tiroler Hut lag vor ihr auf dem Asphalt.

Die kälteste Nacht in diesem Spätherbst.

Die Frau würde ganz sicher erfrieren.

Ein heftiger Windstoß fegte durch die Straße, ließ die alten Außenfenster erzittern und blies den Tiroler Hut vom Gehsteig auf die Straße.

Laura zog den Vorhang zu. Sie konnte und wollte dieses Szenario nicht länger mit anschauen.

Eine Wildfremde. Eine Obdachlose. Möglicherweise ist sie eine Kriminelle und auf der Flucht, schimpfte Mutter in ihr. *Du solltest die Polizei holen. Sicher eine Ausländerin. Sehr wahrscheinlich hat sie Flöhe.*

Sie hörte Mutters aufgebrachte Stimme, schlüpfte in Mantel und Stiefel, nahm zwei Treppenstufen auf einmal und stand kurze Zeit später vor dem Hauseingang. Sie verharrte kurz, atmete die kalte Nachtluft ein.

Ihr Herzschlag raste, als sie Augenblicke später vor der Frau stand, die noch immer völlig bewegungslos mit dem Kopf auf den Knien auf der Bank kauerte.

»Entschuldigen Sie«, begann Laura zaghaft.

Keine Reaktion.

»Entschuldigen Sie!«

Die Fremde rührte sich nicht.

Um Himmels Willen, wahrscheinlich war sie schon erfroren! Laura nahm ihren ganzen Mut zusammen. Sie streckte die Hand aus und berührte die Frau vorsichtig an der Schulter.

Blitzschnell fuhr die Gestalt hoch und stieß ihre Hand heftig zur Seite. Laura, geschockt von der unerwarteten Abwehr, wich zurück.

»Ent...entschuldigen Sie«, stammelte sie. *Was für eine blödsinnige Idee! Ich habe es dir gesagt.* Die Stimme ihrer

Mutter meldete sich geifernd zu Wort. *Diese Leute leben nicht umsonst auf der Straße. Die sind psychisch gestört, völlig unberechenbar. Gib ihnen nichts. Geh einfach vorbei, sieh sie nicht an!*

Eine plötzliche Angst erfasste Laura: Was, wenn diese Frau plötzlich ein Messer zücken und auf sie losgehen würde, auf offener Straße? Sie wollte umkehren und flüchten, zurück ins sichere Haus, weg von der vermeintlich Irren, als sich ihre Augen trafen. Schlagartig erkannte sie, dass in den Augen der Unbekannten dieselbe Angst stand, die von ihr selbst Besitz ergriffen hatte.

»Ich tue Ihnen nichts«, sagte sie und konnte nichts dagegen unternehmen, dass ihre Stimme zitterte.

Die Frau krümmte sich plötzlich zusammen und hustete. Es war ein bellender, tiefer Husten, der gar nicht mehr enden wollte.

Womöglich hat sie eine ansteckende Krankheit. Irgendeine Seuche. Pass nur auf …

Sei still, Mutter!

Laura streckte der Unbekannten nochmals ihre Hand entgegen. »Sie können nicht hier bleiben. Es wird sehr kalt nachts. Kommen Sie mit. Ich bringe Sie ins Warme.«

Die Hand, die sich jetzt zögernd in die ihre legte, war eiskalt. Die Fremde ließ sich über die Straße führen, humpelte auf ihrem einen Schuh die Stiege hinauf und stand wenig später in Lauras Wohnung.

Laura schloss die Tür. Ihre eigene Unsicherheit und Furcht überspielend, verfiel sie in den Tonfall der geübten Gastgeberin: »Bitte legen Sie doch ab.«

Die Frau zog ihren Mantel nur fester vor der Brust zusammen. Laura fiel erst jetzt auf, dass er nicht nur viel zu groß, sondern offensichtlich auch ein Herrenmantel war.

Sie bat sie ins Wohnzimmer, wies auf das Sofa.

»Bitte nehmen Sie doch Platz. Ich koche Ihnen einen Tee.«

Die Frau setzte sich auf die äußerste Kante des schmalen

Sofas; ihre Augen streiften unruhig über die altrosa Blümchentapete, die monumentale Schrankwand mit den zahlreichen Büchern, den Esstisch und die verglaste Vitrine. Sie verharrte noch immer in derselben Position, als Laura wenig später mit einem Teller dampfender Suppe zurückkehrte. In der Küche war ihr bewusst geworden, dass die Unbekannte vermutlich den ganzen Tag noch nichts Warmes gegessen hatte.

Die Fremde sah sie kurz an, ein ungläubiges Staunen im Blick, und begann dann langsam zu essen.

Laura sah ihr dabei zu und wusste nicht recht, was sie sagen sollte. Innerlich verspürte sie den leisen Triumph, wieder einmal etwas getan zu haben, das Mutter nicht gefallen hätte. Gleichzeitig trug sie weiter diese unbestimmte Angst in sich, dass ihr Gast plötzlich ein Messer zücken und ihr an die Kehle gehen könnte. Schließlich wurden in dieser Stadt jeden Tag Alleinstehende in ihren Wohnungen von Trickbetrügern ausgeraubt.

Irgendwann fiel ihr ein, dass sie sich noch nicht einmal vorgestellt hatte. »Mein Name ist Laura Eisner.«

Die Fremde blickte kurz auf, konzentrierte sich dann aber wieder auf die Suppe. Sie legte den Löffel erst zur Seite, als der Teller leer war, und starrte auf die Tischplatte.

»Vielleicht möchten Sie eine warme Dusche?«

Da von der Fremden keine Reaktion kam, ging Laura ins Schlafzimmer und kam mit zwei großen Handtüchern zurück. Sie deutete auf eine Tür. »Hier ist das Badezimmer.«

Auf dem Weg streifte sich die Fremde den Schuh ab. Sie bückte sich und verschwand damit im Badezimmer. Laura vernahm das Drehen des Schlüssels im Schloss. Kurze Zeit später hörte sie Wasser rauschen.

Sie atmete tief durch.

Sie hatte es tatsächlich getan: eine Wildfremde in die Wohnung gebeten. Wer weiß, was nun kam. Sie seufzte. Mutter hätte diesmal berechtigten Grund gehabt, an ihrem Geisteszustand zu zweifeln.

Das Geräusch laufenden Wassers stoppte. Laura vernahm das Quietschen des Hahns, der zugedreht wurde, und dann das Surren des Föns. Ihr kam in den Sinn, dass ihre Besucherin zwar Handtücher, aber keine frische Kleidung hatte. Rasch holte sie eine alte Gymnastikhose, die sie noch zu Studienzeiten einmal für einen Yoga-Kurs angeschafft hatte, und ein schwarzes Shirt aus Baumwolle.

Sie klopfte. »Ich habe trockene Kleidung für Sie.«

Die Badezimmertüre öffnete sich einen Spalt weit, eine schmale Hand, die zu einem dünnen, blassen Arm gehörte, nahm die Kleidungsstücke entgegen.

Als die Frau aus dem Badezimmer kam, hatte Laura bereits Bettzeug auf dem Biedermeiersofa angerichtet.

»Sie können heute Nacht hier schlafen, wenn Sie wollen.«

Die Fremde stand im Türrahmen, ihr Kleiderbündel in der Hand. Sie wirkte unschlüssig. Plötzlich schien sie sich einen innerlichen Ruck zu geben, denn sie setzte sich in Bewegung und humpelte in Richtung Sofa. Laura bemerkte erst jetzt, dass der Fuß, an dem der Schuh gefehlt hatte, völlig wundgelaufen war.

Während die Frau zögerlich Platz nahm, holte Laura Jod und Verbandszeug aus dem Badezimmer. Ihre Besucherin hatte die Handtücher sorgfältig an den freien Haken gehängt und die Badewanne gereinigt. Hatte ein Mensch, der auf der Straße lebte, derartig gute Manieren?

Die Frau zuckte zurück, als Laura das Jod vorsichtig auf den geschundenen Fuß auftrug. An manchen Stellen war die Haut fast völlig durchgelaufen; helles Blut hatte eine dünne Kruste gebildet. Zum ersten Mal war Lauras Bedürfnis, einem Menschen zu helfen, größer als ihr Ekel vor offenen Wunden. Sie kam sich fast wie eine professionelle Krankenschwester vor, als sie den Verband um den Fuß wickelte und mit Hansaplast fixierte.

»Danke.«

Die Stimme war leise, aber angenehm und klar.

»Bitte.«

Laura hätte gern mehr darauf erwidert, doch ihr fiel nichts ein, was für die Situation auch nur annähernd gepasst hätte. Die Frau wirkte so erschöpft und dabei so angespannt, dass es völlig unpassend gewesen wäre, eine der vielen Fragen zu stellen, die ihr im Moment durch den Kopf gingen. Zudem wurde ihre Besucherin von einem neuerlichen Hustenanfall geschüttelt.

Als Laura ihr das Bündel mit den alten Sachen abnehmen wollte, schüttelte sie heftig den Kopf. Sie hielt es eng an sich gepresst, als sie unter die Bettdecke schlüpfte.

Laura hätte die verschmutzten Klamotten gerne über Nacht in die Waschmaschine gegeben, doch sie verstand, dass die Frau sich im Moment noch nicht davon trennen wollte. Möglicherweise war es das einzige Besitztum, das sie hatte.

Ehe sie selbst zurück ins Schlafzimmer ging, holte sie aus der Küche ein großes Fleischermesser. Vielleicht war es doch nur eine Kriminelle, die sich jetzt hier eine Weile ausruhte und ihr in den frühen Morgenstunden zusetzen würde! Nun, sie würde das kaum verhindern können, aber immerhin war sie vorbereitet. Sie konnte sich wehren!

Als sie das Wohnzimmer durchquerte, das Messer unter ihrem Schlafanzug verborgen, war die Fremde bereits eingeschlafen.

Laura blieb stehen, so berührt war sie von dem Anblick. Die Besucherin sah aus wie ein Engel. Das schöne Gesicht wirkte nun völlig entspannt; kräftiges, langes Haar fiel ihr bis über die Schultern. Die Nasenflügel bebten leicht, wenn sie ausatmete.

Konnte ihr diese Person tatsächlich etwas antun? Jetzt schien es Laura mit einem Mal schwer vorstellbar. Sie trat etwas näher und betrachtete die Schlafende genau. Fältchen um die Augen, ebenso auf der Stirn. Zuvor waren sie ihr nicht aufgefallen. Wie alt mochte sie sein? Fünfunddreißig? Vierzig?

Laura dachte an den einzelnen Stiletto, der jetzt wohl in

dem Bündel Kleidung steckte. Ein Schuh aus schwarzem Rauleder, mit einem Absatz, auf dem sie selbst niemals auch nur zehn Meter hätte laufen können, ohne umzuknicken. Ihre Besucherin hatte damit offensichtlich keine Mühe gehabt.

Ein dunkler Gedanke schoss ihr durch den Kopf. Konnte es sein, dass die Fremde auf ihrer Couch eine Prostituierte war?

Laura dachte an all die Krimis, die sie gelesen und gesehen hatte: Prostituierte auf der Flucht vor ihrem böswilligen Zuhälter, Prostituierte, denen ein enttäuschter, aber liebestoller Freier oder dessen eifersüchtige Ehefrau nach dem Leben trachtete, Prostituierte, die aus der Drogenszene aussteigen wollten, aber denen von ihrem Dealer die Kehle durchgeschnitten wurde ... Ihr lief ein Schauder über den Rücken. Die Frau auf dem Sofa mochte harmlos sein, aber wer war ihr vielleicht auf den Fersen?

Sie legte das große Fleischermesser direkt neben sich, als sie unter die Bettdecke schlüpfte, und umfasste seinen Griff. Ihr Blick fiel auf die Ziffern des Radioweckers auf ihrem Nachtkästchen. Drei Uhr zehn. Lang würde die Nacht nicht werden.

Sie schloss die Augen, öffnete sie aber gleich wieder, als im Nebenzimmer ein bellender Husten ertönte. Hoffentlich hatte die Fremde nicht Tuberkulose oder irgendeine andere ansteckende Krankheit. Erst neulich hatte sie in diesem U-Bahn-Gratisblatt gelesen, dass die Zahl der Tuberkulose-Kranken auch hierzulande wieder anstieg, bedingt durch verstärkte Immigration aus den ehemaligen GUS-Staaten.

Eine Prostituierte aus Weißrussland oder der Ukraine, nach Wien verschleppt von skrupellosen Menschenhändlern? – Lauras Phantasie schlug Purzelbäume und hielt den Schlaf fern. Von drüben drangen heftige Hustenanfälle herüber. Die Intervalle, in denen es im Nebenzimmer ruhig war, wurden immer kürzer.

Irgendwann siegte die Müdigkeit. Doch die Nachtruhe

währte nicht lang. Ein heftiger Schlag riss Laura aus dem Schlaf. Pfeilschnell saß sie im Bett, die Augen schreckensweit aufgerissen, das Fleischmesser in der rechten Hand, und lauschte in die Dunkelheit. Wartete auf Schritte, die sich dem Schlafzimmer näherten. Die skrupellose Betrügerin, die sich erst ihr Mitgefühl und dann den Zugang zu ihrer Wohnung erschlichen hatte. Doch das einzige, was sie schließlich vernahm, war ein unterdrücktes Stöhnen.

Laura rappelte sich hoch. Zitternd und mit gezücktem Messer öffnete sie die Türe zum Wohnzimmer. Was sie sah, ließ sie die Waffe schleunigst auf den Esszimmertisch legen: Ihre Besucherin war offensichtlich von dem Sofa gefallen, das weiß Gott keine gemütliche Schlafcouch war. Sie lag auf dem blanken Parkettboden und stöhnte leise. Als sich Laura neben sie auf den Boden kniete, flackerten ihre Lider. Die Augen der Frau glänzten fiebrig.

Laura griff ihr an die Stirn. Sie glühte.

Auch das noch!

»Kommen Sie. Legen Sie sich wieder hin.«

Nur unter großem Kraftaufwand gelang es ihr, die Frau, die ein gutes Stück größer war als sie selbst, hochzuziehen und auf das Sofa zurückzubefördern. Dort saß sie nun mit geschlossenen Augen und angezogenen Beinen, die Bettdecke bis zum Kinn gezogen, und wimmerte.

Salbeitee und kalte Umschläge.

Die bewährten Hausmittel ihrer Mutter, wenn sie sich eine fiebrige Erkältung zugezogen hatte. Laura setzte einen Teekessel mit warmem Wasser auf und kramte aus dem Küchenregal einen Rest Salbeitee hervor. Während sie die Küchentücher mit eiskaltem Leistungswasser tränkte, fragte sie sich, wie das nur weitergehen sollte. Sie hatte der Unbekannten Quartier für eine Nacht geben wollen. Doch in diesem Zustand konnte sie sie in ein paar Stunden unmöglich vor die Türe setzen.

»Ja, Herr Professor, da haben Sie Recht. – Sehr wohl, Herr Professor. Einen Moment noch. Die Kollegin ist gleich soweit.« Johanna Fraunberger riss ihr regelrecht die Quittung aus der Hand, kaum dass Laura den Firmenstempel daraufgedrückt hatte. Mit einem galanten Lächeln händigte sie dem alten Herren eine prall gefüllte Einkaufstasche mit dem Logo des Karolinums und den abgestempelten Beleg aus. »Einen schönen Tag noch, Herr Professor.«

Als er weg war, drehte sie sich zu Laura um, eine steile Stirnfalte im Gesicht.

»Heute bist du wieder besonders langsam. Das kann doch nicht so lange dauern. Du machst das schon seit über acht Jahren; inzwischen müsstest du das eigentlich können.«

»Ich kann es ja«, verteidigte sich Laura und fühlte sich innerlich tief getroffen. Was maßte sich diese Frau an, die immerhin satte sechs Jahre jünger war als sie selbst? »Und ich kann das auch schnell. Aber wenn du ewig vor der Schublade mit dem Firmenstempel stehst und alles blockierst, habe ich ja ...«

Johanna ließ sie nicht ausreden.

»Ich bin jetzt im Lager. Es wird Zeit, dass da oben mal wieder richtig aufgeräumt wird!«

Mit diesen Worten und wackelndem Hinterteil verschwand sie aus dem Verkaufsraum. Laura trat wütend mit dem Fuß gegen die Theke, die Hände zu Fäusten geballt. Irgendwann würde sie Johanna mit der metallenen Kassa-Box erschlagen! Natürlich nur, wenn sie sicher sein konnte, dass dieser gewaltsame Tod auf keinen Fall mit ihr in Verbindung gebracht werden konnte. Unlängst hatte sie einen Krimi gelesen, in dem eine gedemütigte Ehefrau ihren Mann dummerweise mit einem Kochtopf erschlagen hatte. Prompt war sie sofort die Hauptverdächtige. Nein, die Kassa-Box schied als Tatwaffe aus.

»Entschuldigen Sie ... diese Waren hier, wann ist denn da die Auktion?«

Ein älteres Ehepaar hatte den Verkaufsraum betreten. Um den Hals des Mannes hing eine Spiegelreflex-Kamera; die Frau hatte eine Plastiktüte mit aufgedrucktem Mozart in der Hand.

»Hierfür gibt es keine Auktion, die können Sie einfach so kaufen, zu den angeschriebenen Fixpreisen«, erwiderte Laura höflich und sah in den Augen der Touristen die Jagdlust verebben.

Das Telefon klingelte. Der pensionierte Hofrat Theobald Fresenius wollte wissen, ob neue Fuchs-Graphiken eingetroffen waren. Laura verneinte. Sie hatte kaum aufgelegt, als ein älterer Herr zu ihrer Rechten Interesse an einem Silberlöffel bekundete, der sich in einer der hinteren Vitrinen befand. Laura schnappte sich den Schlüsselbund, ging mit ihm nach hinten und sperrte die Vitrine auf. Der Herr entschied sich schließlich gegen den Löffel. Er war ihm zu gewöhnlich.

Kaum war sie wieder an der Verkaufstheke, klingelte das Telefon erneut.

»Du, Laura, heute dauert es bei mir ein bisschen länger, da ist so viel los.« Dorothea Lowetscheks Stimme knarrte durch den Hörer. »Ihr könnt ja dann auch eine Viertelstunde länger Mittagspause machen. Du bist doch eh mit der Johanna im Verkaufsraum, derweil!«

Laura wollte erläutern, dass Johanna im Lager herumräumte und der Verkaufsraum gerade voller Kunden war, doch Dorothea hatte bereits aufgelegt. Während sie eine junge Frau, die oben bei einer Auktion eine wertvolle Porzellanfigur ersteigert hatte, mit Verpackungsmaterial ausstattete, verwünschte sie Dorotheas Angewohnheit, ihre wöchentlichen Termine im Nagelstudio immer in die Mittagspause zu legen.

»Eine Unverschämtheit ist das hier!« Eine Dame im weißen Pelzmantel baute sich nun in voller Größe vor ihr auf. »Über fünf Minuten warte ich hier schon auf Bedienung! Ich werde mich bei der Geschäftsleitung über Sie beschweren.«

»Entschuldigen Sie bitte.« Laura bekam sofort ein flaues Gefühl im Magen. Nicht schon wieder! Erst neulich hatte sie dort antanzen müssen, nachdem ein stadtbekannter Rechtsanwalt sich beim Geschäftsführer persönlich darüber beschwert hatte, dass er angeblich nicht freundlich genug bedient worden sei. In Wahrheit war er darüber erbost gewesen, dass sie mit ihm nach Feierabend nicht wie vorgeschlagen auf einen Kaffee ausgehen wollte. »Womit kann ich Ihnen helfen?«

»Die Toilette!«, sagte die Dame, deren Name Laura im Moment nicht einfiel. Sie wusste aber, dass die blond gefärbte Matrone früher Sängerin im Staatsopernchor gewesen war. »Die Kundentoilette im Keller ist abgeschlossen. Wo, bitte schön, kann ich mir die Hände waschen?«

Die Toilette im Keller war unlängst geschlossen worden, weil die Laufkundschaft, die das Karolinum als willkommene Station zur Erleichterung sah, übers Jahr zuviel Klopapier verbrauchte. Die Geschäftsleitung hatte die Entscheidung damit begründet, dass sich das in Relation zu den Einnahmen nicht rechnete. Seither beschwerten sich die Leute regelmäßig bei Laura und ihren Kolleginnen, die im Haus die erste Anlaufstelle für Anfragen aller Art waren.

»Im zweiten Stock, beim Kaffeehaus«, erwiderte Laura freundlich.

»Wie bitte? – Ich soll hinauf in den zweiten Stock gehen, nur weil ich einem natürlichen Bedürfnis nachgehen will?«

»Sie können auch den Lift nehmen«, meinte Laura arglos.

Die Gesichtsfarbe der Dame wechselte von dezent gepudert zu tomatenrot.

»Jetzt werden Sie bloß nicht unverschämt! Das muss ich mir als Stammkundin nicht gefallen lassen!«

Sie drehte sich abrupt in Richtung Ausgang und rauschte ab.

Laura lehnte sich gegen die Verkaufstheke und strich sich eine Strähne, die aus ihrem aufgesteckten Haar gerutscht war, aus der Stirn. Als ob sie an diesem Tag nicht andere Probleme hatte! Sie war völlig übermüdet. Und in ihrer Wohnung lag eine kranke Frau, von der sie nicht wusste, wer sie war, woher sie kam und ob sie gute oder böse Absichten hatte.

Kurz bevor sie zur Arbeit aufgebrochen war, hatte sie Fieber gemessen. Die Anzeige war am frühen Morgen bereits leicht über 39 Grad gestiegen. Zu dem bellenden Husten hatte sich ein Schnupfen gesellt.

Laura war von Unruhe erfüllt. Es war ihr nicht wohl bei dem Gedanken, dass diese Wildfremde allein in ihrer Wohnung lag. Was, wenn sie doch Übles im Sinn führte? Wenn sie, kaum dass Laura das Haus verlassen hatte, Mutters Schmuck entdeckte und das Sparbuch aufstöberte, und mit beidem die Flucht ergriff? Wenn sie zuvor vermittels eines Tuches eine der Weinflaschen im Kämmerchen ergriff und aufschlug, die natürlich ihre, Lauras Fingerabdrücke trug, und mit dem Scherbenhals im Treppenhaus eine andere Hausbewohnerin überfiel, um sich Zutritt zu deren Wohnung zu verschaffen und auch dieses arme Opfer seines Schmuckes und Sparbuches zu berauben?

Laura wurde den ganzen Tag über von Krimis geplagt, die sich unerbittlich in ihrem Kopf abspulten, und atmete auf, als die Arbeit endlich vorüber war. Als sie die Wohnungstüre aufschloss, rechnete sie trotz aller rationalen Überlegungen instinktiv mit Verwüstung, wenn nicht gar mit Toten.

Die Fremde lag im Wohnzimmer auf dem Boden. Offenbar war sie wieder vom Sofa gerollt und hatte sich nicht aus eigener Kraft zurückhieven können. Ihr Atem ging schwer und rasselnd. Laura legte ihr die Hand auf die Stirn. Die Stirn war heiß. Heißer als je zuvor.

Die Fremde schlug die Augen auf, schloss sie aber gleich wieder, als sie Laura erkannte.

Mit einem Blick auf den Couchtisch erkannte Laura, dass die Kranke die Brotscheiben und den in Spalten geschnittenen Apfel, den sie auf einem Teller angerichtet hatte, nicht angerührt hatte. Lediglich die Wasserflasche war leerer geworden.

Laura half ihr zurück auf das Sofa und ging in die Küche.

Fast schon automatisch setzte sie heißes Wasser für Suppe und Tee auf. Aus dem Wohnzimmer erklang der heftige Husten der Fiebernden.

Zum Glück hatte sie die Mittagspause dazu genutzt, sich in der Apotheke mit Hustensaft, Aspirin und Nasentropfen einzudecken.

Robert Schumann, Symphonie Nummer Zwei, C-Dur. Opus 61. Noch nie hatte ein Konzert für Laura so lange gedauert. Unruhig rutschte sie auf dem Polstersessel hin und her. Sie fühlte den missbilligenden Blick der älteren Dame neben ihr auf sich ruhen. Tante Berta konnte nicht verstehen, dass sie an diesem Abend so gar keinen Sinn für Musik hatte. Natürlich nicht. Tante Berta wusste ja auch nicht, dass ihre junge Begleiterin heute Morgen eine Frau mit 40 Grad Fieber und Schüttelfrost in der Wohnung zurückgelassen hatte, die in ihren Augen mehr tot als lebendig gewesen war.

Am liebsten hätte sie abgesagt. Aber eine Absage hätte Fragen aufgeworfen. Seit Mutters Tod gingen sie jeden zweiten Mittwoch zu den Philharmonikern. Tante Berta war eine der wenigen Glücklichen, die nach mehr als einem Jahrzehnt auf der Warteliste vor sieben Jahren endlich stolze Abonnement-Besitzerin geworden war. Zuvor war Mutter die Ehre zugekommen, Berta in die ehrwürdigen Hallen des Wiener Musikvereins zu begleiten. Seit Mutter nicht mehr war, durfte Laura die Tante begleiten.

Gewöhnlich wusste sie diese Ehre, die sie kostenlos in eine der vorderen Reihen beförderte, zu schätzen. Heute war sie nur froh, als der letzte Ton endlich verklungen war; Applaus ertönte, die ersten Leute erhoben sich von ihren Plätzen.

»Was ist denn nur los mit dir? Du bist komplett unkonzentriert!« Bertas Stirn lag in Falten, als sie gemeinsam in Richtung Garderobe gingen, um ihre Mäntel zu holen.

»Tut mir leid«, entschuldigte sich Laura und hielt Berta den Mantel, den die Garderobenfrau zusammen mit dem ihren über den Tresen geschoben hatte. »Es war einfach ein stressiger Tag. Ich glaube, das Weihnachtsgeschäft beginnt jedes Jahr früher.«

»Ich dachte, Mittwoch ist dein freier Tag?«

»Das war früher so, als wir noch abwechselnd Samstagsdienst hatten. Jetzt gibt es spezielle Samstagskräfte und ich arbeite nur noch werktags.«

Es gehörte zum festen Ritual, dass sie nach dem Konzert gemeinsam das Café Diglas in der Wollzeile aufsuchten. Laura bestellte sich einen Tee mit Rum, ließ Berta reden und dachte sich nach Hause.

»Du hörst mir gar nicht zu!«

Der vorwurfsvolle Ton ließ sie auffahren. »Doch, ja doch, ich höre zu.«

»Was habe ich als letztes gesagt?«

»Äh ... Anna Netrebko. Dass du in NEWS Bilder von ihrer Wohnung gesehen hast.«

»Das war zuvor. Was habe ich danach gesagt?«

Laura schwieg. Sie hatte keine Ahnung. Aber wie konnte sie sich auch mit derartigen Banalitäten befassen, wenn ...

»In deinem Alter habe ich noch Bäume ausgerissen! Mein Alltag als Krankenschwester war auch alles andere als gemütlich. Um bis zu dreißig Patienten habe ich mich kümmern müssen, oft ganz allein auf der Station! Und trotzdem bin ich abends noch ausgegangen. Sonst hätte ich ja auch meinen Franz nicht kennen gelernt.«

In meinem Alter warst du schon längst Hausfrau und wurdest von deinem Mann versorgt.

Laura behielt ihre Gedanken für sich, da sie wusste, dass dieser Einwand ein ganz anderes, noch unliebsameres Thema nach sich zöge. Doch Berta brachte es auch so aufs Tablett.

»Was machen denn deine Verabredungen? Hast du dich in letzter Zeit überhaupt verabredet? Oder verbringst du deine Abende vor dem Fernseher, um dich mit irgendwelchem amerikanischen Schwachsinn berieseln zu lassen?«

Berta war eindeutig Mutters beste Freundin. Und zum Glück nur ihre Nenntante. Im Falle einer Blutsverwandtschaft hätte die Gute sich noch verantwortlicher gefühlt und keinerlei Schamgrenzen mehr gekannt.

»Ich habe momentan beruflich wirklich viel zu tun«, sagte Laura ausweichend. »Mir bleibt einfach keine Zeit.«

»Ich möchte nur einmal wissen, was mit dir los ist.«

Berta war unerbittlich.

»Eine Frau in deinem Alter. Sitzt daheim herum und unternimmt nichts, das ist doch eine Schande! – Du musst aufpassen, Laura, du wirst nicht jünger!«

Laura griff nach ihrer dampfenden Teetasse. Wie viele Liter heißes Wasser waren wohl nötig, um einen Menschen bis zur Unkenntlichkeit zu verbrühen? Die Vorstellung, Berta nackt mit geröteter Haut, die sich an einigen Stellen bereits vom Körper löste und Blasen warf, vor Schmerzen schreiend, auf dem Boden des Cafés herumrollen zu sehen, verschaffte ihr Genugtuung.

Allerdings nur kurz, denn dann waren ihre Gedanken wieder bei der Fremden. Mit 40 Grad Fieber war doch nicht zu spaßen. Sie würde ihr gleich wieder kalte Umschläge machen, wenn sie zu Hause war.

»Ich verstehe nicht, dass ein hübsches Mädchen wie du niemanden kennenlernt«, fuhr Berta fort. »Bei euch im Karolinum gehen so viele gutaussehende Männer ein und aus, da wird doch einmal einer dabei sein, der sich für dich interessiert. Du musst halt ein bisschen auf dich aufmerksam machen. Wie wäre es denn mit einem kürzeren Rock, zum Beispiel?«

»Berta!« Laura trank einen Schluck. Je schneller sie das Glas leerte, desto rascher konnte sie sich verabschieden.

»Und ein bisschen Farbe würde dir wahrscheinlich gut tun. Dieses ewige Beige, Braun und Grau, das ist doch trübsinnig für eine junge Frau!«

»Alles, was farblich ansprechend ist, ist als Dienstkleidung verboten«, erwiderte Laura stoisch. »Und die Röcke müssen zwei Handbreit unterhalb der Knie enden, alles andere wird von der Geschäftsleitung nicht akzeptiert.«

»Aber nach Feierabend kannst du dich ja umziehen.«

»Tue ich auch.«

Das war nicht gelogen. Ihre Schlafanzüge waren lila, rosa und hellblau. Einer hatte sogar einen mintgrünen Kragen.

Berta kommentierte ihre Aussage mit einem unzufriedenen Grunzen. »Sieh mal, der junge Mann am Nebentisch. Der schaut dich schon die ganze Zeit an.«

Laura unterdrückte ein Seufzen. Aus purer Höflichkeit folgte sie Bertas Blick. Am Nebentisch saßen zwei junge Männer. Einer schaute tatsächlich zu ihr hin. Als sie seinen Blick erwiderte, lächelte er und winkte ihr zu. Laura lächelte ebenfalls und winkte zurück.

»Na bitte.«

Berta wirkte zum ersten Mal an diesem Abend zufrieden.

»Das ist Ralf. Er war diesen Sommer bei uns Praktikant«, stellte Laura klar.

»Na und? – Ein adretter Bursche, scheint aus gutem Haus zu sein, so, wie er sein Weinglas hält. Gut angezogen ist er auch ...«

»Er ist fünfundzwanzig!« Laura musste sich beherrschen, um ihre Stimme ruhig klingen zu lassen.

»Wenn schon. Wenn du erst einmal in meinem Alter bist, wirst du einen elf Jahre jüngeren Mann zu schätzen wissen. Mein Franz, Gott hab ihn selig, war leider achtzehn Jahre älter als ich. Ich will nicht ins Detail gehen, mein liebes Kind, was die letzten Jahre unserer Ehe angeht, aber nur so viel«, sie beugte sich zu Laura über den Tisch und senkte die Stimme, »wenn du als Frau um die Vierzig einen fast sechzigjährigen

Mann hast, sind die Bedürfnisse oft sehr unterschiedlich gelagert. Du verstehst.«

Laura nickte. Natürlich verstand sie. Nachvollziehen konnte sie es dennoch nicht. Bedürfnisse dieser Art verspürte sie schon lange nicht mehr. Eigentlich hatte sie sie noch nie wirklich verspürt. Dieses Ineinanderstecken, das war einfach nichts für sie. Sie hatte es probiert, aber es hatte ihr nichts gebracht, außer Probleme mit Mutter. Die würde es zwar jetzt nicht mehr geben, aber an ihrer Unlust hatte sich nichts geändert, im Gegenteil. Gegenwärtig konnte sie sich nicht einmal vorstellen, einen Mann überhaupt nur zu küssen. Schon damals hatte sie sich gefragt, was alle Frauen so toll daran fanden, wenn ihnen jemand die Zunge in den Hals hängte.

»Vielleicht solltest du es einmal über eine Partneragentur versuchen«, kam es nun von Berta. »Ich habe gehört, da gibt es einige, die wirklich seriös sind und auch bei schwierigen Fällen helfen.«

Laura fühlte sich zu müde, um zu widersprechen, und versuchte dann, dem Gespräch eine andere Wendung zu geben. »Wie geht es Peter mit der Apotheke? Läuft das Geschäft gut?«

Peter war Bertas Sohn. Er war siebenunddreißig, ein Jahr älter als sie selbst. Sie hatten zusammen einen Tanzkurs besucht, als sie sechzehn und er siebzehn war – auf Wunsch ihrer Mütter, die schon damals eng befreundet waren. Laura hatte einige peinliche Gespräche belauscht, in denen Berta sie verkuppeln wollte und später lange darüber lamentiert hatte, dass aus ihnen kein Paar geworden war. »Du musst Laura abends ausgehen lassen«, hatte die Freundin ihrer Mutter in den Ohren gelegen. »Wie soll sie dem Peter näherkommen, wenn sie sich nur am späten Nachmittag in der Tanzstunde sehen und danach eine Cola trinken?«

»Das Mädchen ist doch noch viel zu jung«, hatte ihre Mutter stets erwidert. »In zwei, drei Jahren vielleicht, aber jetzt doch noch nicht!«

Zwei Jahre später hatte Peter bereits eine vollbusige Rechtsanwaltstochter an seiner Seite gehabt und nur noch verschämt gegrüßt, wenn sie sich in der Stadt zufällig über den Weg liefen.

»Oh, Peter geht es vorzüglich«, gab Berta bereitwillig Auskunft, und Laura war froh, dass ihr nicht vorhandenes Liebesleben nun kein Thema mehr war. »Cornelia ist wieder schwanger; im Mai ist Geburtstermin. Mit drei Kindern ist die Wohnung im Achten dann natürlich zu klein. Peter baut jetzt in Liesing ein Haus. Der Bezirk ist natürlich eine Katastrophe, lauter Proleten, keine Kultureinrichtungen, aber Grundstücke in Döbling, Grinzing oder Hietzing sind nun einmal kaum zu bezahlen. Nun ja. Ich hoffe, er weiß, was er tut.«

Sie musste nach Hause. Jetzt gleich. Sofort. Laura kramte einen Fünf-Euro-Schein aus der Geldtasche und legte ihn auf den Tisch.

»Berta, tut mir leid. Ich muss gehen. Mir fallen fast die Augen zu.«

»Dir ist bewusst, dass ich ein noch fast volles Glas weißen Spritzer vor mir stehen habe?« Bertas Lippen kräuselten sich.

Laura spürte einen Anflug von Schuldbewusstsein und suchte nach verbindlichen Worten, doch als sie Bertas verstimmte Miene sah, verabschiedete sie sich hastig und ließ sie einfach sitzen. Es war das erste Mal, dass sie einen solchen Abgang zu Stande brachte, und das schlechte Gewissen plagte sie noch, als sie ihre Wohnung betrat.

Keuchendes Bellen drang aus der Stube. Es war nicht einer dieser Anfälle, wie sie ihn nun schon mehrmals erlebt hatte, es war eine ganze nicht enden wollende Salve. Laura ließ ihren Mantel achtlos auf den Boden fallen und stürzte ins Wohnzimmer.

Die Kranke saß aufrecht auf dem Sofa, ein Taschentuch vor den Mund gepresst. Ihr schlanker Körper wurde vom Husten geschüttelt. Laura setzte sich neben sie, klopfte ihr auf den Rücken und reichte ihr ein frisches Taschentuch.

Als sie das benutzte entgegennahm, sah sie, dass es rote Flecken hatte. Blut. Die Fremde spuckte Blut.

Der Schock fuhr Laura durch sämtliche Glieder.

»Wasser«, flüsterte die Frau, als der Hustenanfall geendet hatte. Laura setzte ihr das bereitstehende Wasserglas an die Lippen und sah zu, wie sie trank. Dann half sie der Kranken auf und stützte sie auf ihrem Weg ins Badezimmer. Das Shirt, das sie trug, war völlig durchschwitzt. Eilfertig holte Laura ein frisches aus dem Kleiderschrank. Eine zweite Gymnastikhose hatte sie nicht, aber ihr fiel die alte Jogginghose ein. Zum ersten Mal bewährte es sich, dass sie Mutters Schrankhälfte noch nicht ausgeräumt hatte.

Die Frau saß auf der Badematte, den Rücken gegen die Wanne gelehnt. Ihr Atem ging schwer. Sie sah aus wie ein Häuflein Elend.

Eine tiefe Angst kroch Laura von den Zehenspitzen bis hinauf zum Haaransatz. Was war, wenn das Fieber noch weiter stieg und sie sterben ließ, hier, bei ihr zu Hause? Wie sollte sie die Leiche einer Namenlosen in ihrer Wohnung erklären?

Die Fremde stöhnte gequält, als Laura ihr das nasse Shirt auszog und aus der Hose half. Völlig passiv ließ sie sich den Oberkörper mit lauwarmem Wasser abwaschen und dann frische Kleidung überziehen.

Eine Viertelstunde später lag sie im Bett. Laura hatte angesichts des schlimmen Zustands der Frau entschieden, ihr das Schlafzimmer zu überlassen und selbst aufs Sofa umzusiedeln. Das Bett war bequemer und vor allem breiter.

Nun saß sie auf dem Sofa und überlegte. Die Fremde brauchte einen Arzt. Der Hustensaft, den sie besorgt hatte, war völlig wirkungslos geblieben. Ob die Fremde überhaupt krankenversichert war? Sie kannte ja nicht einmal ihren Namen.

Würde ein Notarzt wohl eine Obdachlose behandeln? Was würde eine Privatbehandlung kosten, in Verbindung mit einem Hausbesuch um diese Uhrzeit? Was, wenn ihr Zustand so bedenklich war, dass sie in ein Krankenhaus eingeliefert werden musste? Wer würde die Kosten tragen?

Laura empfand ein drückendes Gefühl im Magen. Sie war sich plötzlich nicht mehr sicher, was schlimmer war: dass eine fremde Frau in ihrer Wohnung starb oder dass sie die Rechnung für einen möglicherweise drei oder vier Wochen währenden Krankenhausaufenthalt präsentiert bekam. Sie mit ihrem kleinen Verkäuferinnengehalt.

Sie löschte das Licht und versuchte, Schlaf zu finden. Ihre Glieder waren bleischwer. Trotzdem konnte sie kein Auge zu tun. Schließlich stand sie wieder auf und ging hinüber ins Schlafzimmer. Die Stirn der Frau war glühend heiß, ihre Lippen trocken und aufgesprungen. Zu dem Rasseln, das jeden Atemzug begleitete, mischte sich nun ein eigenartiger Pfeifton. Es schien, als würde ihr das Atmen immer schwerer fallen. Das frische Shirt war schon wieder völlig nass; einige Strähnen ihres langen Haares klebten feucht im Gesicht. Das Fieberthermometer, das sie ihr sanft unter die Achsel schob, zeigte 40,2 Grad an. Die Panik in Laura stieg.

Ob nun ihre Existenz auf dem Spiel stand oder nicht, sie musste etwas tun. Sie konnte doch nicht einfach zusehen, wie ein Mensch, für den sie die Verantwortung übernommen hatte, zu Grunde ging! Wenn sie doch wenigstens einen langjährigen Hausarzt hätte, einen Arzt, dem sie vertrauen konnte. Sie würde einen Notarzt anrufen müssen. Oder sollte sie ein Taxi rufen und gleich ins Krankenhaus fahren? – Laura begrub den Gedanken sofort. Wie sollte sie ihre Patientin vom vierten Stockwerk ins Parterre befördern?

Peter! Peter Dreimeier.

Er war schließlich Apotheker, er wusste sicher Rat. Mit fliegenden Fingern suchte sie seine Nummer heraus. Sie wusste, es war reichlich spät für einen derartigen Anruf. Sie waren nicht gerade enge Freunde. Das letzte Mal waren sie sich bei Mutters Beerdigung begegnet.

»Dreimeier.«

Sie war erleichtert, dass er selbst es war, der nach achtmaligem Läuten den Hörer abhob, und nicht seine Frau.

»Hier ist Laura, Laura Eisner.« Ihre Stimme klang gehetzt. Sie wollte den Anruf möglichst schnell hinter sich bringen.

Bettzeug raschelte. Offenbar setzte er sich nun auf. »Laura!« In seiner Stimme lag tiefste Verwunderung. »Aber warum rufst du um halb zwei Uhr früh an? Ist dir was passiert?«

»Ich brauche deine Hilfe.« Sie musste sich zwingen, weiterzusprechen. Sie hasste es, andere Leute um etwas zu bitten, zumal wenn diese Leute attraktiv und erfolgreich waren und ein perfektes Leben führten. »Wenn jemand Blut hustet, was ist das für eine Krankheit?«

Laura meldete sich am nächsten Morgen krank. Das konnte sie vor ihrem eigenen Gewissen insofern vertreten, als sie sich tatsächlich nicht besonders gut fühlte. Hinter ihr lag eine bewegte Nacht, in der sie ihrem Besuch mehrmals Wadenwickel gemacht, Schmerzmittel gegeben und Wasser eingeflößt hatte.

Akute, schwere Bronchitis, lautete Peters Ferndiagnose, nachdem sie ihm sämtliche Symptome geschildert hatte. Ihn zu einem Urteil zu bewegen war einfach gewesen. Wesentlich schwerer war es, ihn dazu zu überreden, ihr Antibiotika ohne Rezept auszuhändigen, und dies auch noch mitten in der Nacht. Er verstand nicht, weshalb sie keinen Arzt rufen wollte. Letztendlich war ihr nichts anderes übrig geblieben, als ihm zu offenbaren, dass das Antibiotikum nicht für sie, sondern für jemand anderen gedacht war, jemanden ohne Krankenversicherung. Peter hatte skeptisch geklungen, ihr aber noch in der Nacht Antibiotika und ein Schmerzmittel ausgehändigt. Laura war froh, dass sein Haus in Wien-Liesing noch nicht gebaut war. So lag seine Wohnung noch direkt gegenüber der Apotheke, was bei seiner Hilfsbereitschaft letztendlich wohl den Ausschlag gab.

Nun verabreichte sie der Frau regelmäßig die Medikamente, ließ sich weder durch Fieber noch den rasselnden Atem beunruhigen – Peter hatte ihr versichert, dass dies normale Begleiterscheinungen dieser Erkrankung waren –, und versuchte hin und wieder, ihr neben Wasser und Tee auch Suppe einzuflößen. Meist war die Kranke jedoch appetitlos und wehrte die Verköstigung mit einer schwachen Handbewegung ab.

Drei Tage lang ging es so dahin, ohne dass sich eine wesentliche Besserung einstellte. Antibiotika brauchen einige Zeit, bis sie wirken, hatte ihr Peter gesagt, ihr gleichzeitig aber eingeschärft, unbedingt einen Arzt einzuschalten, wenn sich der Zustand verschlimmerte. Er hatte ihr eine Adresse in der Diakonie genannt; Ärzte betreuten dort kostenlos illegale Immigranten ohne Krankenversicherung.

Inzwischen fühlte Laura sich völlig ausgelaugt. Die Sorge wie auch die unkomfortable Schlafstätte ließen sie kaum zur Ruhe kommen. Der Schlaf übermannte sie, als sie am wenigsten mit ihm rechnete. Sie hatte neue Wadenwickel angelegt und wollte sich kurz auf die Bettkante setzen, um sich etwas zu entspannen, als ihr die Lider zufielen.

Das Rascheln der Bettdecke unmittelbar neben sich riss Laura aus ihrem leichten Schlaf. Die Frau hatte sich zu ihr gedreht und schaute ihr direkt ins Gesicht. Die Blässe war aus ihrem Gesicht fast verschwunden und ein leichtes Rosé überzog ihre Wangen. Offensichtlich hatte das Antibiotikum endlich gewirkt. Laura suchte nach passenden Worten, doch die Fremde kam ihr zuvor.

»Wo bin ich?« Ihr Gesicht war angespannt. Sie lächelte nicht.

»In meiner Wohnung«, sagte Laura. Sie nannte Straße und Hausnummer.

»Wer sind Sie?«

Laura nannte nochmals ihren Namen. Kein Wunder, dass ihn die Fremde in ihrem Zustand bisher nicht zur Kenntnis genommen hatte.

»Wo bin ich?«

Laura war völlig perplex. Hatte sie ihr die Frage nicht gerade beantwortet? Sie wiederholte noch einmal die Adresse. Die Fremde verdrehte die Augen und setzte sich abrupt auf.

»Das sagten Sie bereits.« Ihre Stimme klang unwirsch. »Ich meine, in welcher Stadt!«

Laura richtete sich ebenfalls auf. Sie fühlte sich brüskiert. Da bot sie einer Unbekannten tagelang Pflege und Quartier, und statt einem Dankeschön kam diese schräge Reaktion.

»Sie sind in Wien«, antwortete sie dennoch höflich.

»Wien«, wiederholte die Frau. Sie starrte an die Wand.

Laura hielt es für an der Zeit, selbst eine Frage zu stellen.

»Und wer sind Sie? Ich meine, verraten Sie mir Ihren Namen?«

Die Unbekannte fuhr sich durchs Haar. Sie drehte ihren Kopf in Lauras Richtung, schien jedoch durch sie hindurchzusehen.

»Kann ich ein Bad nehmen?«

Laura schluckte. Sie hatte sich das erste Gespräch mit ihrer Besucherin ein wenig anders vorgestellt. »Natürlich«, sagte sie. »Finden Sie das Badezimmer alleine, oder soll ich ...?«

»Ich weiß, wo es ist. Ich denke, ich war dort schon des Öfteren.« Sie erhob sich. An der Türschwelle drehte sie sich kurz um. »Danke.«

Hatte diese seltsame Person ihr eben wirklich gedankt? Benommen ging Laura ins Wohnzimmer. Im Badezimmer hörte sie das Wasser rauschen. Was hatte ich mir erwartet, dachte sie sich. Ich habe eine Frau in meine Wohnung gelassen, die möglicherweise eine Zeit lang auf der Straße gelebt und mich nicht einmal um Quartier gebeten hat. Jetzt zu denken, dass sie mir vor Dankbarkeit um den Hals fällt, ist wohl wirklich zuviel verlangt.

Was nun, Laura? Willst du sie jetzt aus deiner Wohnung hinauskomplimentieren?

Sie warf einen Blick aus dem Fenster. Es regnete wieder einmal. Zudem brach die Dämmerung herein.

»Wo ist meine Kleidung?«

Die Frau stand auf der Schwelle zum Wohnzimmer, ein Handtuch um den Körper geschlungen. Ihr ganzes Auftreten wirkte auf Laura herrisch – und angesichts der Situation ausgesprochen unhöflich.

Sie deutete auf das Bündel, das seit Tagen unangetastet neben dem Sofa lag. »Hier. Aber ich glaube nicht, dass …« Dass diese Kleidungsstücke sauber sind, wollte Laura sagen, doch die Unbekannte riss ihr das Bündel nahezu aus der Hand und verschwand erneut im Badezimmer. Wenige Minuten später stand sie bereits wieder auf der Türschwelle. Sie trug die Jogginghose von Lauras Mutter, die ihr viel zu weit war und gut fünfzehn Zentimeter oberhalb des Knöchels endete, dazu das Baumwollshirt von zuvor. Ihre Gesichtszüge gaben nicht zu erkennen, was in ihrem Inneren vor sich ging. Lediglich ihre Stimme hatte nun an Dominanz verloren.

»Kann ich diese Kleidung noch eine Weile ausleihen?«

Für die zehn Minuten, die Sie noch mein Gast sind, gerne, schoss es Laura durch den Kopf. Sie nickte.

Die Frau nahm unaufgefordert in dem Schaukelstuhl Platz, der dem Sofa gegenüber stand und bisher allein Mutter vorbehalten gewesen war.

»Wie kam ich hierher?«

»Ich habe Sie an der Straßenbahnhaltestelle aufgesammelt. Es war Nacht, es war kalt … und Sie sahen aus, als hätten Sie kein Zuhause. Ich habe Sie daher mit in meine Wohnung genommen. Dann sind Sie krank geworden.«

»Wohnen Sie hier alleine?«

»Ja, seit dem Tod meiner Mutter.«

»Wie lange ist das her?«

»Drei Jahre.«

Laura fühlte sich allmählich wie bei einem Verhör. Die Augen der Fremden glitten durch das Zimmer. Prüfend, wie Laura schien.

»Haben Sie jemandem erzählt, dass ich hier bin?«

»Nein, niemandem.« Sie sprach es aus und wurde sich im selben Atemzug bewusst, dass sie einen Kardinalfehler begangen hatte. Sie hatte sich der Fremden ausgeliefert. Diese seltsame Besucherin konnte ihr nun alles Mögliche antun in der Gewissheit, dass niemand zur Hilfe kommen würde. Obendrein war Wochenende. Nicht einmal in der Arbeit würde man sie vermissen. Wie blöd war sie eigentlich? Wozu hatte sie all die Krimis gelesen, wenn sie weiterhin so lächerlich naiv an das Gute im Menschen glaubte?

Laura versuchte sich ihr Entsetzen nicht anmerken zu lassen, als sie sich erhob. Sie ging in die Küche. Jetzt, da sie sich dem prüfenden Blick der Fremden entzogen hatte, fiel jede Selbstbeherrschung von ihr ab und sie begann unkontrolliert zu zittern.

Das ist das Resultat deiner eigenen Dummheit, hätte Mutter gewiss gesagt. *Wie kann man auch nur einen wildfremden Menschen in seine Wohnung lassen?*

Die plötzliche Angst, die von ihr Besitz ergriffen hatte, trieb ihr die Tränen in die Augen. Sicher würde gleich etwas sehr Schlimmes passieren. Sie konnte es förmlich schon spüren.

»Kann ich ein Glas Wasser haben?«

Laura fuhr herum.

Die Fremde stand unmittelbar hinter ihr.

»Ich ...«, begann sie und verstummte abrupt, als sie in Lauras Gesicht blickte. Sie strich sich eine Strähne ihres offenen, langen Haares aus dem Gesicht. »Es tut mir leid«, sagte sie, wobei ihre Stimme nun deutlich weicher klang. »Ich wollte Sie nicht verletzen. Sie haben sehr viel für mich getan. Ich bin nur ... verwirrt und ich fühle mich noch immer sehr wacklig auf den Beinen.«

Laura wischte sich mit dem Handrücken die Tränen aus den Augen. »Haben Sie Hunger?« Etwas Besseres fiel ihr darauf nicht ein.

Die Fremde sah sie überrascht an.

»Ja ... wenn ich ehrlich bin, fühle ich mich, als hätte ich tagelang gehungert.«

»Das haben Sie ja auch.« Laura setzte einen Topf mit Wasser auf. Sie kramte aus einem der oberen Küchenkästen eine Packung Spaghetti und ein Glas Fertigsugo hervor. »Mögen Sie Nudeln mit Tomatensoße?«

»Ja, gerne, vielen Dank. – Kann ich Ihnen zur Hand gehen?«

Laura schüttelte den Kopf. Sie wollte die Frau, deren Namen sie noch immer nicht kannte, lieber nicht bei sich in der Küche haben. In den Schubladen befanden sich immerhin zahlreiche Messer. Wer wusste schon, zu was diese Person fähig war?

»Ruhen Sie sich lieber aus. Sie sagten ja selbst, dass Sie sich noch nicht ganz fit fühlen.«

»Danke. Das ist nett.«

Laura war froh, als die andere den Raum verließ. Die Unbekannte war nun zwar höflich, aber sie zweifelte noch immer daran, dass es gut war, sie in die Wohnung gebeten zu haben. Eine Frau, die sich nicht einmal vorstellte!

Als sie mit zwei Tellern Nudeln ins Wohnzimmer zurückkam, stand ihr Gast vor der Schrankwand und ließ den Blick über die Buchrücken und die CD-Sammlung schweifen.

»Sie lieben klassische Literatur, Opern und Krimis? – Eine interessante Mischung!«

»Ich habe Germanistik studiert«, gab Laura Auskunft, während sie die Teller auf den Esstisch stellte. »Die Musik und die Krimis sind nur zum Hobby ... eine private Leidenschaft.« Wenn sie das Wort Leidenschaft aussprach, hörte es sich sogar in ihren eigenen Ohren fremd an. »Entschuldigen Sie.« Es kostete Laura einige Überwindung, in die Offensive zu gehen. »Ich will Ihnen nicht zu nahe treten, aber ... Sie haben sicher auch einen Namen?«

Die Frau schaute sie einen Moment lang mit weit aufgerissenen Augen an. Ihr Blick schweifte nochmals unruhig über das Bücherregal, ehe sie antwortete: »Ja, natürlich. Tosca. Tosca Raimund. Entschuldigen Sie bitte, dass ich mich noch nicht vorgestellt habe.« Ihr Mund verzog sich zu einem Lächeln. Es wirkte seltsam verkrampft.

»Tosca«, wiederholte Laura. »Sind Sie Italienerin?«

»Höre ich mich so an?«

Sie konnte Leute, die Fragen mit einer Gegenfrage beantworteten, nicht ausstehen. Im Grunde konnte sie die Frau überhaupt nicht einordnen, auch sprachlich nicht. Sie sprach ohne jeden Akzent. Die Art und Weise, wie sie die Endsilben aussprach und einzelne Wörter betonte, erinnerten allenfalls an die Sprechweise von Bühnenschauspielern.

Tosca schlang die Pasta in sich hinein, als wäre sie kurz vor dem Verhungern. Begleitet von heftigen Hustenanfällen, zog sie sich unmittelbar danach wieder ins Schlafzimmer zurück.

Laura erledigte den Abwasch und überlegte angestrengt, wie das alles nun weitergehen sollte. Draußen war es dunkel und kalt. Die Frau war noch immer nicht gesund. Es wäre unmenschlich, sie einfach vor die Türe zu setzen. Ihre Sympathie für die Unbekannte hielt sich nach wie vor in Grenzen.

Tosca lag mit offenen Augen im Bett und starrte an die Wand, als Laura eintrat und sich auf die äußerste Bettkante setzte.

»Möchten Sie vielleicht jemanden anrufen, der Sie nach Hause bringt?«

Tosca drehte den Kopf langsam in ihre Richtung.

»Nein«, sagte sie. »Nein, ich glaube nicht.«

Toll, dachte Laura ironisch. Was will sie dann? Hier wohnen?

Tosca schien ihre Gedanken zu erraten.

»Hören Sie«, begann sie ernst. »Ich weiß, ich habe Ihre Gastfreundschaft wahrscheinlich schon über alle Maßen beansprucht. Aber ich bitte Sie, mich noch etwas hierbleiben zu lassen ... bis es mir besser geht. Ich verspreche Ihnen, ich werde mich völlig unauffällig verhalten, und ich werde mich für alles revanchieren.«

»Haben Sie kein Zuhause?«

Die Frage drängte sich Laura unwillkürlich auf.

»Ich hatte einen kleinen Unfall«, erwiderte Tosca, ohne auf ihre Frage einzugehen. »Ich brauche einfach ... etwas Zeit. Bitte.«

Laura seufzte in Gedanken. »Okay«, sagte sie. »Gute Nacht.«

Und wieder verbrachte sie eine unruhige Nacht auf dem elenden Biedermeiersofa, ein großes Küchenmesser eng an ihrer Seite. Warum war sie damals nicht hartnäckiger geblieben mit ihrem Vorschlag, es gegen eine bequeme, bunte Couch auszutauschen! Wieso war sie immer und immer wieder am Veto ihrer Mutter gescheitert?

Dorothea Lowetschek hatte sich nicht davon abbringen lassen, die Glasvitrine im Foyer gemeinsam umzudekorieren. Dorothea dekorierte die linke Seite, Laura widmete sich der rechten, wohl wissend, dass das Gesamtergebnis alles andere als harmonisch wirken würde. Dorothea hatte nun einmal eine vollkommen andere Vorstellung von Ästhetik als sie selbst.

Im Verkaufsraum kümmerte sich Johanna währenddessen um fünf Kunden gleichzeitig, schien darin aber keine besondere Herausforderung zu sehen. Ihr geschäftiger Tonfall drang bis hinaus ins Foyer.

Dorothea quatschte die ganze Zeit. Erst erzählte sie von Burli und der schrecklichen angeheirateten Verwandtschaft, dann zog sie ein paar Wiener Prominente durch den Kakao, und schließlich landete sie beim Versagen der Politiker und der Wirtschaftskrise. Vermutlich war sie nur deshalb so wild darauf gewesen, gemeinsam zu dekorieren, damit sie ihre Geschichten abladen konnte. Laura ließ sie reden. Sie konnte dieser Frau ja wohl kaum eine der Porzellanfiguren in den Mund stecken, um sie zum Schweigen zu bringen!

»... und wen trifft es bei der Krise immer? Doch nur die Kleinen! Uns, die hart für unser Geld arbeiten, wird es genommen, wenn diese reichen Säcke alles in die eigene Tasche stecken. Und die Wirtschaftsbosse, das sind die Allerärgsten! Allesamt Betrüger. Erst reden Sie uns ein, dass wir alle Aktionäre werden sollen, dann stecken wir unser Erspartes in irgendwelche Fonds, und dann geht alles den Bach herunter! Und die Herren setzen sich ab nach Südamerika und machen sich ein schönes Leben!«

Es lag jenseits von Lauras Vorstellungskraft, ihre Ersparnisse in Aktien zu stecken. Konzentriert stellte sie eine Reihe von kleinen Porzellanelefanten der Größe nach nebeneinander.

»Sechzig Millionen sind verschwunden!«, plapperte Dorothea weiter. »Alles Geld von Leuten, die mit Aktienfonds für ihre Pension vorsorgen wollten. Mit dem Geld sind die über alle Berge. Und vorher haben Sie noch ihren Kompagnon umgebracht. Und diese arme alte Frau hat auch noch sterben müssen! Skrupellose Mörder und Diebe sind das. Aber du wirst sehen, erwischt werden die nicht! Oder glaubst du, diese Gauner sind so dumm, der Justiz in die Hände zu laufen? Wahrscheinlich sitzen die in ihrer Jacht und schippern über den Pazifik. Oder was glaubst du?«

Laura drapierte kunstvoll gefaltete grüne Servietten hinter die weißen Elefanten. Mit etwas Phantasie spazierte die Elefantenherde gerade aus einem grünen Dschungel ins Licht.

»Laura?«

»Wie? Was?«

Erst jetzt erkannte sie, dass anscheinend ihre Meinung gefragt war. Sie versuchte anhand der Schlagworte, die sie aufgeschnappt hatte, zu rekonstruieren, um was es ging. »Ach so, der Doppelmord in dieser Villa.« Sie erinnerte sich vage an den Zeitungsbericht. »Ja, schrecklich, finde ich auch. Hoffentlich kriegen sie den Mörder.«

»Na, sie wissen ja jetzt schon, wer es ist!« Dorothea begutachtete die Reihe mit den weißen Elefanten und kräuselte prompt die Nase. »Dieses Ehepaar steckt dahinter, Siberius. Von der Finanzgruppe Siberius, das stand doch in der Zeitung! Erst haben sie die Anleger um sechzig Millionen geprellt, dann haben sie ihren Geschäftspartner umgelegt, und schließlich sind sie nach Südamerika abgerauscht, sind dort irgendwo untergetaucht und lassen sich die Sonne auf den Bauch scheinen und kühle Drinks servieren.«

Laura verstand gar nichts. »Ich dachte, die Frau ist auch tot?«

»Ja, aber das war ja nicht die Siberius! Das war doch die Hausbesitzerin. Die Polizei hat ja deshalb erst gedacht, es ist ein Raubmord. Aber es hat nichts gefehlt. Und dann wurden die Zusammenhänge klar.«

Der kleine Rollwagen war leer, die Vitrine voll. Laura trat drei Schritte zurück und betrachtete das Ergebnis. Dorothea war zum Glück zu sehr von den Geschehnissen gefangen, um sich länger mit Elefanten aufzuhalten. »Die Siberius war mir ja noch nie sympathisch. So arrogant. Die hat nie gegrüßt. Nur der Mann, das war ein fescher Kerl! Groß, stark – ein richtiger Mann eben!«

Laura unterdrückte den Impuls, die linke Seite der Vitrine komplett umzuräumen.

»Du kannst dich eh noch erinnern: Die Siberius war die, die gesagt hat, dass es bei uns wie auf einem Flohmarkt aussieht.«

Sie konnte sich weder erinnern noch Dorotheas Interesse an der Angelegenheit teilen. Gedanklich war sie zu Hause in ihrer Wohnung. Sie konnte sich einfach nicht daran gewöhnen, dass dort jemand war, der da eindeutig nicht hingehörte.

»Ich glaube, an dem Tag hatte ich frei«, sagte sie zu Dorothea.

»Tatsächlich? Ich hätte schwören können, dass du da warst. Obwohl …« Dorothea legte die Stirn in Falten.

Laura blickte in Richtung Verkaufsraum. Johanna brauchte sicher Hilfe. Gerade war eine halbe Busladung Touristen in den Freiverkauf spaziert.

»Vielleicht war es ja doch Johanna. Der Siberius ist jedenfalls ein echter Feschak.«

Das wohlbekannte Klappern von Absatzschuhen näherte sich. Sekunden später bog Frau Dr. Sabine Burger um die Ecke. Mit missbilligendem Gesichtsausdruck baute sie sich vor ihren Mitarbeiterinnen auf, richtete ihren Blick jedoch auf Laura.

»Ich wüsste nicht, seit wann tratschen zu Ihrem Aufgabengebiet gehört«, bemerkte sie spitz. »Ihre Privatplaudereien halten Sie gefälligst außerhalb der Arbeitszeit!«

Dorothea schaute unbeteiligt auf die Vitrine.

Laura entschuldigte sich und ging in den Laden zurück. Während sie einem Kunden ein wertvolles Teeservice als Geschenk verpackte, hoffte sie inständig, dass die Burger auf dem Weg in ihr Büro im Lift stecken bleiben und erst nach Stunden befreit werden würde. Was wäre, wenn jemand den Aufzug manipuliert hätte und er mitsamt der Burger in rasendem Tempo bis hinunter in die Kellerschoße raste? Ungebremst, natürlich!

Warum hatte sie nur etwas so Unbrauchbares wie Germanistik studiert, anstatt einen technischen Beruf zu erlernen, der ihr in gewissen Situationen wenigstens nützlich sein konnte?

Laura hielt das nicht mehr aus. Die Unruhe und Anspannung, die sie seit Tagen umtrieben, machten es ihr unmöglich, ruhig auf dem Sofa zu sitzen und zu entspannen, obwohl es ihr gut getan hätte, so sehr ihr die Füße vom vielen Herumlaufen auch wehtaten.

Auf dem Sofa saß ja auch nicht sie, sondern die Fremde und starrte ins Leere. Tosca. Seit vier Tagen wusste sie zwar nun den Namen, aber das war bereits alles.

Tosca sprach auch sonst nicht sehr viel. Ihre Unnahbarkeit machte sie umso unheimlicher. Allen Fragen, die Laura ihr am ersten Tag gestellt hatte, war sie ausgewichen. Nichts deutete darauf hin, dass sie vorhatte, die Wohnung in absehbarer Zeit wieder zu verlassen, auch wenn sie jetzt kaum mehr hustete. Inzwischen machte sie sogar einen ziemlich gesunden Eindruck, zumindest körperlich.

Laura wollte endlich wieder alleine sein. Sie war nicht gewohnt, mit jemand anderem zusammen zu leben. Natürlich, mit Mutter hatte sie in dieser Wohnung gelebt, bis zu deren Tod. Aber das war etwas ganz anderes gewesen. Mit ihr wusste sie, was sie reden konnte und was nicht, und Mutter hatte keine Geheimnisse vor ihr – abgesehen von all diesen Dingen, die den Vater und dessen Familie betrafen. Aber das war eben ein spezielles Thema.

Am Montag, als sie wieder zur Arbeit gehen musste, hatte sie Tosca so beiläufig wie möglich angewiesen, die Türe einfach ins Schloss fallen zu lassen, wenn sie gehen wolle. Sie hoffte, Tosca hatte auch so verstanden, dass sie ihr auf keinen Fall einen Wohnungsschlüssel aushändigen würde. Am Abend, als Laura zurückgekommen war, saß Tosca immer noch reglos dort, wo sie sie am Morgen zurückgelassen hatte, in Mutters Sessel, und starrte die Wand an. Und so war es bisher nun jeden Tag gewesen.

Dass sie sich untertags doch bewegt hatte, sah Laura nur an kleinen, kaum merklichen Veränderungen in ihrer Wohnung: ein Handtuch, das anders am Haken hing als in der

Früh, eine Tasse, die auf der verkehrten Seite im Küchenkasten stand, ein auf den falschen Stapel gelegter Teller oder der Joghurt im Kühlschrank, der plötzlich fehlte. Als Laura es am Vortag nicht mehr geschafft hatte, ihr Frühstücksgeschirr vom Esstisch zu räumen, hatte Tosca es abends bereits abgespült und eingeräumt.

Überhaupt war sie sehr ordentlich, ja, fast unsichtbar. Nie fand Laura auch nur ein einziges Haar auf dem Fliesenboden im Badezimmer oder im Abfluss der Wanne. Tosca hinterließ keine Zahnpastaflecken im Waschbecken, keine Brösel auf dem Esstisch und hatte ihr Bettzeug stets schon ordentlich zusammengelegt, wenn Laura in der Früh ihr Schlafzimmer verließ.

Zumindest mein Bett habe ich mir zurückerobert, dachte Laura trotzig, wenn auch mit schlechtem Gewissen. Denn in Wahrheit hatte Tosca selbst das Bett geräumt, als sie realisiert hatte, dass Laura auf dem unbequemen Sofa schlief.

Trotzdem. Es war, als ob die Wohnung nicht mehr ihr selbst gehörte.

Der Abend verstrich in quälender Langsamkeit. Laura setzte sich schließlich auf einen der durchgesessenen Art Nouveau-Stühle beim Esstisch und blätterte lustlos in einem der Ausstellungskataloge, die sie seit Beginn ihrer Tätigkeit im Karolinum sammelte. Meißner Porzellan um 1900. Alles Auktionsware, die demnächst versteigert werden würde.

Auf ihrem Nachtkästchen lag noch immer jener Krimi, den sie sich ein paar Tage vor Toscas Auftauchen in der Stadtbibliothek ausgeliehen hatte. In fünf Tagen lief die Leihfrist ab. Sie hatte erst wenige Seiten gelesen, obgleich die Geschichte spannend begonnen hatte. Doch mit Tosca um sich herum war es ihr unmöglich, sich auf den neuesten Fall eines skandinavischen Kommissars einzulassen.

Tosca starrte unbewegt in den Raum. Irgendwann erhob sie sich und ging ins Badezimmer. Anhaltendes Rauschen verriet, dass sie eine Dusche nahm.

Einer jähen Eingebung folgend, schaute Laura sich um. Sie wusste nun, wie sie diesen Gast nachdrücklicher auffordern konnte, endlich zu gehen. Erst als sie auf die Knie gegangen war, fand sie das Kleiderbündel, es war weit unter das Sofa gerutscht. Sie würde die Sachen waschen. Heute noch. Dann konnten sie über Nacht trocknen. Und am nächsten Morgen würde sie Tosca mitsamt ihren Klamotten verabschieden.

Das Bündel war mit der kaputten Seidenstrumpfhose verschnürt. Kopfschüttelnd löste Laura den festen Knoten. Sie würde ihr wohl eine neue geben müssen. Dann sah sie das Markenetikett am Saum. Nun gut, eine solche Edelmarke hatte sie nicht zu bieten.

Langsam rollte sie die Kleidung auseinander. Ein Rock, klassisch geschnitten, anthrazitfarben, und ein tailliertes Jackett im selben Ton. Eine Prostituierte wäre anders gekleidet. Im Grunde hatte sie diese Möglichkeit ohnehin schon längst verworfen. Der Rock war an der Seite eingerissen; am Jackett fehlten zwei Knöpfe.

Beinahe hätte sie die Bluse übersehen. Sie steckte in einem der Jackenärmel, zusammengerollt zu einer kleinen Stoffwurst. Laura strich mit dem Finger über das Material. Es war glatt und kühl. Seide. Offensichtlich litt diese Tosca nicht unter Geldnot. Noch ein Grund mehr, sie ohne schlechtes Gewissen hinauszukomplimentieren. Sie konnte ja in ein Hotel ziehen.

Langsam entrollte Laura die Bluse. Sie war cremefarben und hatte ein unregelmäßiges braunes Muster. Seidenmalerei, sie sah die Kunstschaffende direkt vor sich, wie sie zwei expressive Farbfelder quer über die Brust geworfen hatte; wildes Gesprenkel tanzte vom Ellbogen hinab zur Manschette, während der andere Ärmel nur kleine, dunklere Tupfen aufwies. So, als hätte die Malerin mit Farbe gespritzt. Ein alberner Punkt saß einsam auf dem Kragen. Anscheinend lagen die Begabungen der Künstlerin auf anderen Gebieten.

Sie fuhr mit der Hand über den größten Fleck. Er fühlte sich hart an. Konnte man Seidenfarbe überhaupt waschen? Sie hielt die Bluse gegen das Licht – und erstarrte. Jähe Erkenntnis jagte ihr einen Schauder über den Rücken; ihr Körper war von einer Sekunde auf die andere mit Gänsehaut überzogen. Die Bluse fiel ihr aus der Hand.

Blut. Was sie da sah, war nichts anderes als eingetrocknetes Blut. Viel Blut.

Das Plätschern drüben im Bad verstummte. Laura überkam Panik. In Windeseile rollte sie die Kleidung wieder zusammen und schob das Bündel zurück unters Sofa. Ihr Herz raste noch immer, als Tosca das Zimmer betrat, das Badetuch salopp um den Körper geschlungen.

»Könnte ich bitte noch einmal frische Kleidung haben?«

Laura ging zum Kleiderschrank und holte die frisch gewaschene Gymnastikhose und ein Shirt hervor. Sie vermied jeglichen Blickkontakt – aus Furcht, ihr sei anzusehen, was sie soeben entdeckt hatte.

Kurze Zeit später hatte sich Tosca ihr Nachtlager auf dem Sofa gerichtet. Lauras Knie fühlten sich noch immer weich an, als sie an ihr vorbei in die Küche ging. Sie setzte sich auf den Hocker und versuchte einen klaren Gedanken zu fassen. Dass das Blut von Tosca stammte, konnte sie wohl ausschließen. Sie hatte keinerlei Verletzungen gehabt, abgesehen von dem wundgelaufenen Fuß.

Wenn das Blut aber nicht von ihr stammte, musste es von jemand anderem kommen. Die Ungeheuerlichkeit hinter dieser Banalität traf sie mit Wucht. Einen Moment lang saß sie benommen da. Dann, einer plötzlichen Eingebung folgend, ging sie zurück ins Wohnzimmer, zur Schrankwand, genau an jene Stelle, an der Tosca gestanden hatte, als sie sie vor Tagen nach ihrem Namen gefragt hatte.

Tosca. Natürlich. Laura griff nach der CD-Hülle, die an erster Stelle stand. Wer nannte sein Kind auch schon Tosca? Tosca, die Vertonung der berühmten Oper von Giacomo Puccini, in der Inszenierung mit Ruggero Raimondi. Wie oft hatte sie diese Musik schon gehört und die CD-Hülle in den Händen gehalten. Ruggero Raimondi. Tosca Raimund. Wie dumm war sie gewesen, dass sie dieses seltsame Namenskonstrukt für bare Münze gehalten hatte!

»Wenn Sie Musik hören möchten, lassen Sie sich bitte nicht abhalten. Es stört mich nicht.«

Toscas Stimme aus dem Hintergrund ließ sie zusammenzucken, der Kommentar rief aber auch Ärger in ihr hervor. Natürlich würde sie Musik hören, wann immer sie wollte! Wessen Wohnung war das hier? – Ganz sicher würde sie nicht um Erlaubnis fragen, egal, ob es diese Person nun störte oder nicht. Die letzten Tage hatte sie lediglich aus Rücksicht auf eine Kranke darauf verzichtet.

Laura legte die CD zurück ins Regal. »Nein. Ich ... habe nur etwas gesucht«, sagte sie schnell und ging zurück in die Küche.

Eine Frau, die einen falschen Namen nannte, Blut an ihrer Kleidung hatte und sich in ihrer Wohnung versteckte. Das Puzzle in Lauras Kopf nahm Gestalt an und offenbarte ihr die schreckliche Wahrheit: Sie teilte die Wohnung mit einer Verbrecherin, vermutlich einer Mörderin! Lauras Magen krampfte sich zusammen. Es war nicht auszuschließen, wenn nicht sogar höchst wahrscheinlich, dass ihr diese Frau ebenfalls etwas antat. Sie dachte an Fälle wie in »Aktenzeichen XY«: Oft hatte sich der spätere Mörder Einlass in die Häuser seiner Opfer verschafft, indem er auf Mitleid setzte. Der Wolf im Schafspelz.

Laura verbrachte die Nacht schlaflos mit dem Fleischermesser in der Hand. Bei jedem Knacksen, das sich aus dem Nebenzimmer stahl, fuhr sie auf. Am Morgen fühlte sie sich wie gerädert, hatte aber einen Entschluss gefasst: Sie würde zur Polizei gehen.

Es war stockdunkel. Der Geruch von Moder schlug ihr entgegen; die Luft war feucht und schwer.

Vorsichtig tastete sie den Untergrund ab. Erde oder Lehm. Sie setzte sich auf. Sofort wurde ihr schwindlig. Benommen griff sie sich an den Kopf. Stechender Schmerz flutete in Wellen durch ihren Körper. Ihr war übel.

Eine kleine Stelle am Kopf fühlte sich feucht und klebrig an. Sie roch an den Fingern, berührte sie vorsichtig mit der Zungenspitze. Ihre Finger schmeckten nach Blut.

Angst legte sich über sie wie eine erdrückend schwere Decke. Sie rang nach Atem. Sie musste hier raus. Musste.

Mit Macht zwang sie sich aufzustehen, tastete sich an der Mauer entlang. Ziellos. Der Raum war groß und ohne Hindernis, also offenbar leer. Die Mauer bröselte unter ihren Händen. Sie hielt inne. Ihre Nägel waren eingerissen, die Fingerspitzen wund.

Ihre Augen hatten sich allmählich an die Dunkelheit gewöhnt. Es gab keine Lichtquelle, kein Fenster. Der Raum musste eine Tür haben. Jeder Raum hatte eine Tür.

Schritt für Schritt setzte sie ihren Weg entlang der Mauer fort. Ihre Beine stießen gegen etwas Großes, Weiches. Ein Sack. Langsam tastete sie sich die Mauer entlang nach unten, ging in die Knie ...

Sie fuhr aus dem Schlaf. Ihr Herz raste, der Körper war mit Schweiß überzogen. Wo war sie? – Es roch nicht nach Moder, die Luft war trocken. Der Mond schien durch den Spalt zwischen den Vorhängen und tauchte den Raum in dämmriges Licht. Sie wusste nicht, wer sie war. Aber sie wusste immerhin, wo sie war: in dieser Wohnung, bei dieser Frau. Seit Tagen träumte sie von der Mauer, die unter ihren Fingern bröselte, dem modrigen Geruch, der Dunkelheit.

Jedes Mal raste ihr Herz, jedes Mal überkam sie blanke Panik, wenn sie sich dem Sack näherte.

Und jedes Mal wachte sie auf, ehe sie ihn öffnete.

Laura hatte noch nie mit der Polizei zu tun gehabt.

Was ihr jetziges Problem betraf, so wusste sie nicht einmal, wie sie es benennen sollte. In meiner Wohnung wohnt seit über einer Woche eine Fremde, und deren Kleidung ist voller Blut –?

Das war die Wahrheit. Doch diese Wahrheit warf Fragen auf, die sie in kein gutes Licht rückten. Wer ließ schon wildfremde Personen in blutbefleckten Kleidern in seine Wohnung?

Zudem, wie konnte sie sich sicher sein, dass die Polizei sie nicht der Mittäterschaft schuldig sah? – Schließlich hatte sie der Fremden ein Versteck geboten. Sie hatte einmal einen Kriminalroman gelesen, in dem eine alleinstehende Frau Zeugin eines Mordes wurde. Als sie bei der Polizei aussagte, stand sie noch immer unter Schock und war so nervös, dass sie sich in Widersprüche verwickelte. So wurde sie letztendlich zur Hauptverdächtigen und stand am Ende der Geschichte kurz vor der Verurteilung. In letzter Sekunde gelang es ihrem engagierten Anwalt, die Unschuld seiner Mandantin zu beweisen. Die Parallelen zwischen ihr und dieser Frau waren beängstigend deutlich, nur dass es in ihrem Fall wohl keinen engagierten Anwalt gab. Sie würde ins Gefängnis gehen für einen Mord, den sie nicht begangen hatte, während Tosca lächelnd in einer Eisdiele saß und sich mit Unschuldsmiene dunkelrote Saucenflecke über ihre vanillefarbene Seidenbluse träufelte ...

Laura rang lange mit sich, ob sie das Risiko auf sich nehmen sollte, sich am Ende selbst verdächtig zu machen. Sie verwarf den Gedanken endgültig, als sie auf dem Polizeirevier einem bulligen Herrn in Uniform gegenüberstand, der breiten Wiener Jargon sprach und sich durch ihr morgendliches Auftauchen offensichtlich beim Frühstückskaffee gestört fühlte. Trotzdem zückte sie tapfer den Stiletto – das einzige Stück der so genannten Tosca, das sie zu entwenden gewagt hatte.

»Für Fundsachen ist das Fundamt zuständig«, belehrte sie der Bulle knapp, noch ehe sie etwas sagen hatte können. »Außerdem, was wollen Sie mit einem alten Schuh, den will kein Mensch mehr.«

Er nahm wieder hinter seinem Schreibtisch Platz und biss in seine Frühstückssemmel, während Laura nach Worten suchte. Eigentlich hatte sie gehofft, einen Blick in die Datei weiblicher potenzieller Gewaltverbrecher werfen zu können. Vielleicht war Tosca da sowieso abgespeichert, und sie könnte verkünden: Ich weiß, wo diese Frau ist, sobald ihr das Foto vorgelegt wurde.

»Suchen Sie noch etwas, meine Dame?«

Die Stimme der Staatsgewalt war ungeduldig, ja, fast ungehalten. Laura verließ der Mut, die komplexe Lage der Dinge darzulegen. Als sie wieder draußen auf der Straße stand, empfand sie das als Niederlage, war aber dennoch froh.

Dem Polizisten wünschte sie, dass er an seiner Semmel erstickte.

Mit der Gastfreundschaft war es dennoch vorbei. Sie würde ihre Wohnung nicht länger mit einem Wesen teilen, das möglicherweise ein Menschenleben auf dem Gewissen hatte. Auch wenn sie das der Polizei nicht hatte erklären können.

Die Sache war entschieden. Nun musste sie nur noch umgesetzt werden. Dazu fehlte ihr allerdings jede Idee, so sehr sie der Frage von Toscas Verabschiedung auch alle Konzentration widmete. Bis Mittag kassierte sie von einem Stammkunden zwanzig Euro zuviel, von einem japanischen Touristen dagegen zwanzig zu wenig, nahm einen 100-Euro-Schein an, ohne ihn zuvor auf Echtheit zu prüfen, und verstreute eine ganze Rolle Wechselgeld über den Boden vor der Verkaufstheke.

Zum ersten Mal war sie froh, als sich Johanna an die Kassa drängelte.

Den ganzen Tag grübelte sie darüber, wie sie die Fremde aus der Wohnung schaffen konnte. In ihren dunkelsten Phantasien malte sie sich aus, dass sie diese so genannte Tosca mit vorgehaltenem Messer zwingen würde, die Wohnung zu verlassen. Allerdings war Tosca größer als sie und vermutlich auch fitter. Zumindest deuteten ihre Armmuskeln darauf hin. Es wäre der Frau sicher ein Leichtes, ihr das Messer zu entwenden und es stattdessen gegen sie zu richten. Vielleicht war es besser, sie mit Schlafmittel ruhigzustellen und irgendwo in der Stadt auszusetzen? Allerdings, wie sollte sie eine erwachsene Frau allein aus dem vierten Stock auf die Straße befördern, wenn sie schon Schwierigkeiten hatte, eine Kiste Mineralwasser vom Supermarkt nach Hause zu schleppen?

Als sie in der Straßenbahn nach Hause saß, hatte sie eine geniale Idee: Sie würde ihr sagen, dass sie gehen musste. Sie würde einfach sagen: Bitte gehen Sie. Gehen Sie, Tosca. Noch als Laura die Wohnung betrat, saß ihr der Satz sprungbereit auf den Lippen, bis sie erkannte, dass das Wort »einfach« hier völlig fehl am Platz war. Der Parkettboden glänzte wie seit langer Zeit nicht mehr, der Staub war verschwunden, und das Badezimmer sah aus wie aus einer Putzmittel-Werbung. Tosca saß in Mutters Stuhl, starrte aber ausnahmsweise nicht ins Leere, sondern sah sie direkt an. »Ich habe mir erlaubt, ein bisschen sauber zu machen«, sagte sie. »Ich hoffe, es ist für Sie okay.«

Nein, es ist nicht okay. Überhaupt gar nicht okay. Es ist noch immer *meine* Wohnung, es ist allein meine Entscheidung, wann und wer hier putzt!

Laura nickte nur stumm und ging in die Küche. Sie stellte eine Pfanne auf den Herd und briet sich zwei Eier, obwohl sie keinen Appetit verspürte.

Sag es. – *Sag es!*

Die Worte hämmerten in ihrem Kopf.

Was soll nur aus dir werden? – Mutters Stimme scholl aus allen Ecken. *Du schaffst es nicht, die Polizei zu verständigen, und du schaffst es nicht, diese Person vor die Tür zu setzen. Was schaffst du überhaupt? Willst du vielleicht warten, bis sie dich umbringt?*

Natürlich. Mutter hatte wieder Recht. Diese Tosca, oder wie auch immer die Frau heißen mochte, hatte die Wohnung in einer einzigen, völlig durchschaubaren Absicht geputzt: Sie wollte ihre Spuren verwischen. Keine Fingerabdrücke auf den Möbeln, keine Haare auf dem Boden. Jetzt musste diese Gangsterin nur noch mit Mutters Schmuck das Weite suchen. Und sie, Laura, vorher umbringen.

Tatatatatatatata! Konzentriert hackte Laura den Schnittlauch in winzig kleine Stücke.

So würde Tosca mit ihr verfahren. Niemand würde sie vermissen. Im Karolinum würde es heißen: typisch Laura. Sie ist eben immer schon *unzuverlässig* gewesen. Ein, zwei Wochen würden sie warten und die Stelle nachbesetzen. Niemand käme auf die Idee, bei ihr nach dem Rechten zu sehen. Vielleicht würde zumindest der Verwesungsgeruch aus ihrer Wohnung irgendwann dazu führen, dass die Nachbarn auf ihr Ableben aufmerksam wurden.

Es gab wahrscheinlich nur einen Weg, um dem Lauf der Dinge eine jähe Wendung zu geben: Sie musste Tosca zuvorkommen. Das Küchenmesser zitterte in ihrer Hand, als sie sich ausmalte, wie sie es Tosca in den Brustkorb rammen würde. Schon in Gedanken wurde ihr schlecht ob der Vorstellung, dass dies eine recht blutige Angelegenheit werden würde. Hoffentlich würde die Polizei ihr abnehmen, dass sie in Notwehr gehandelt hatte.

»Kann ich –?«

Mit einem Aufschrei fuhr Laura herum, das Messer gezückt. Tosca stieß ebenfalls einen Schrei aus und wich zurück an die Wand. Jegliche Farbe war aus ihrem Gesicht verschwunden. »Was ...!«, stieß sie hervor, die Augen weit aufgerissen.

Laura hielt das Messer nun mit beiden Händen umklammert.

»Verschwinden Sie aus meiner Wohnung.«

»Wie? Ja … ich meine … jetzt sofort?«

Tosca wirkte völlig geschockt.

»Ich weiß, was Sie vorhaben!« Das Messer in ihrer Hand verlieh ihr Stärke. Sie machte einen Schritt nach vorne. Tosca presste sich gegen die Wand; ihre Augenlider flackerten.

»Bitte«, sagte sie. »Bitte! Seien Sie vernünftig.«

»Ich weiß, dass Sie nicht Tosca Raimund heißen, und ich habe das Blut auf Ihrer Kleidung gesehen. Sie wollen mich umbringen!«

Tosca schlug die Hände vor das Gesicht. »Aber das ist doch völlig verrückt!« Sie schüttelte den Kopf und machte einen Schritt auf Laura zu. Laura hob drohend das Messer.

»Warum sollte ich Sie umbringen wollen?«

Mutters Schmuck. Der Trieb zu töten. Aus Panik, entdeckt zu werden. Laura fielen mehrere Gründe ein. Hinter ihr auf der Herdplatte begann das Rührei zu qualmen.

»Hören Sie! Bitte! Ich schwöre, ich tue Ihnen nichts an. Ich werde gehen, wie Sie das wollten. Aber bitte … bitte! Lassen Sie das Messer sinken. Und nehmen Sie schleunigst das Ei vom Herd, ehe die Wohnung Feuer fängt.«

Der Qualm war inzwischen so dicht, dass Laura husten musste. Sie drehte sich um und versuchte das Gusseisen einhändig von der glühenden Herdplatte zu zerren. Als es nicht gelang, legte sie das Messer schließlich beiseite. Das Rührei klebte als schwarzer, verkohlter Batzen am Pfannenboden; Fettspritzer übersäten Kacheln und Küchenplatte.

»Gehen Sie«, sagte Laura, als sie sich Tosca wieder zuwandte. »Es ist genug. Ich will weder Ihren Namen wissen noch die Gründe, weshalb Sie hier sind!«

»Ich verstehe.« Tosca verließ die Küche. Als sie wiederkam, trug sie den dunklen Herrenmantel, in dem sie gekommen war; das Bündel Kleidung hatte sie unter dem Arm.

»Sobald es mir möglich ist, werde ich Ihnen Ihre Kleider zurückbringen«, sagte sie. Ihre Stimme klang ernüchtert, ihr Gesicht war völlig ausdruckslos. »Es tut mir leid, wenn ich Ihnen Umstände bereitet habe. Das war nicht meine Absicht. Danke für alles.«

Als die Wohnungstür hinter ihr ins Schloss fiel, atmete Laura tief durch. Sie ließ sich abgekämpft aufs Sofa sinken und wartete, dass sich Erleichterung einstellte. Doch stattdessen umschlich sie das stechende Gefühl, wieder einmal alles falsch gemacht zu haben.

Sie schaltete den Fernseher ein und sah sich zur Beruhigung die Nachrichten an. Am meisten überraschte sie, dass auf Wiens Einkaufsstraßen die Weihnachtsbeleuchtung montiert worden war. Anfang November. Die beginnen auch jedes Jahr früher. Sie zeigten Bilder vom Graben, einem Stück der Fußgängerzone in der Innenstadt, der mit großen, hässlichen Laternen geschmückt war. Laura waren sie auf dem Weg zur U-Bahn nicht einmal aufgefallen. Der erste Weihnachtsmarkt werde in zwei Wochen eröffnen, sagte die sonore Männerstimme, ehe die Berichterstattung zum Sport wechselte.

Laura seufzte. Seit Mutters Tod gab es für sie nichts Schlimmeres als Weihnachten. Andererseits war die Annahme, dass sie der einzige Mensch in dieser Stadt war, der alleine in seiner Wohnung saß, während alle anderen im Familienkreis feierten, eine absurd, einfach lächerliche Idee, und doch schnürte ihr der Schmerz manchmal fast die Luft ab.

Es liegt allein in Ihrer Hand, hatte ihr die Therapeutin gesagt, die sie nach Mutters Tod konsultiert hatte. *Sie allein können Ihrem Leben eine andere Wendung geben. Jeden Tag.*

Was sie nicht gesagt hatte, war, wie sie das anstellen sollte.

Der Wetterbericht sagte für die Nacht den ersten Schneefall voraus. Die Temperaturen sollten bis auf minus fünf Grad absinken. Nein, es war nicht ihre Schuld, wenn Tosca keine

Unterkunft mehr besaß. Sie war lange genug gastfreundlich gewesen. Das stechende Gefühl in der Bauchgegend musste vom Hunger kommen.

In der Küche nahm sie die zweite Pfanne heraus. Die andere stellte sie ans Küchenfenster, das wie in vielen Altbauten ins Stiegenhaus wies. Was für eine seltsame Idee, den Mief ins Haus zu leiten statt hinaus! Laura erstarrte, als sie eine dunkle Silhouette sah, die sich vor dem Fenster auf- und ab bewegte.

Was würden die Nachbarn sagen, wenn sie entdeckten, dass eine seltsame Frau stundenlang ausgerechnet vor ihrer Wohnungstür herumspazierte? – Laura beschloss, sich keinen Gerüchten auszusetzen. Sie ging und öffnete die Wohnungstüre.

»Nur noch eine Nacht!«, sagte sie mit Bestimmtheit.

Als Laura am Abend in die U-Bahn stieg, spürte sie eine nahezu unzähmbare Freude in sich. Endlich. Endlich hatte der Spuk ein Ende. Ihre Wohnung gehörte wieder ihr.

Ich verspreche, ich werde heute gehen. Sie hörte Toscas Worte noch deutlich in ihrem Ohr. *Ich will nur noch eine Dusche nehmen. Dann lasse ich die Tür ins Schloss fallen.*

Als sie das Licht in ihrer Küche sah, erstarrte sie. Nein, das konnte nicht sein!

Im Flur schlug ihr der Geruch von gebratenem Fleisch entgegen. Ihr Magen knurrte, obwohl ihr Bauch voller Ärger war.

Tosca stand am Herd, eine Kochschürze umgebunden. Sie schaltete den Herd sofort aus, als sie Laura kommen hörte.

»Ich habe mir erlaubt, aus dem, was im Kühlschrank war, etwas zu kochen«, sagte sie, als wäre ihre Anwesenheit in dieser Küche das Selbstverständlichste der Welt.

Laura stellte ihre Handtasche mit einem Ruck auf dem Küchentisch ab.

»Wir hatten eine Vereinbarung«, sagte sie steif.

»Es tut mir leid. Ich verstehe, dass Sie verärgert sind.«

Wie schön, ihr Ärger war also nachvollziehbar. Das änderte die Situation natürlich gewaltig. Laut sagte sie: »Ich will, dass Sie gehen. Sofort!«

»Bitte hören Sie mir zu.« Tosca schien für einen Moment die Selbstsicherheit, die sie sonst ausstrahlte, zu verlieren. »Es hat draußen Minusgrade. Ich habe kein Geld. Ich weiß nicht, wohin ich gehen soll.«

»Es gibt Notschlafstellen.«

Laura war selbst erstaunt, dass es ihr gelang, so klare Worte zu finden. Vermutlich lag es an der Verzweiflung, die sie angesichts der Situation empfand.

»Bitte tun Sie mir das nicht an.« Tosca schaute ihr direkt in die Augen. Ihr Blick war ein einziges Flehen. »Ich werde alles tun, um Ihnen so wenige Umstände wie möglich zu machen. Ich werde putzen, kochen – was auch immer Sie wollen! Aber bitte, bitte ... lassen Sie mich hier bleiben! Ich schwöre, ich habe nichts Böses im Sinn.«

Die blutbefleckte Bluse erschien vor Lauras innerem Auge.

»Nein.« Sie schüttelte den Kopf. »Sie werden gehen. Und zwar jetzt sofort.«

Tosca blieb regungslos stehen und starrte sie an. »Ich kann nicht. Es tut mir leid.«

Laura fühlte sich angesichts dieser Weigerung hilflos. Sie erwog, dann eben selbst zu gehen. Das Feld zu räumen, bevor es zum Schlachtfeld würde. Sich aus ihrer eigenen Wohnung verdrängen zu lassen, von einer Mörderin. Dann wäre sie obdachlos. Die Rollen würden sich vertauscht haben. Für Bruchteile von Sekunden sah sie ein anderes Szenario vor sich: Tosca mit dem Küchenmesser im Brustkorb. Wieder überkam sie eine Gänsehaut. So viel Blut hinterließ auf dem Parkettboden gewiss hässliche Flecken. Nein, es gab nur einen Ausweg.

»Ich werde die Polizei rufen.«

Sie ging ins Wohnzimmer und griff nach dem Telefon, einem antiken Modell mit Hörer. Diesmal würde sie ohne Umschweife zur Sache kommen. Das Risiko, für ihren Leichtsinn, eine Fremde in die Wohnung zu lassen, scheele Kommentare einzufangen, musste sie auf sich nehmen.

»Lassen Sie das!«

Tosca entriss ihr den Hörer mit unerwarteter Heftigkeit.

Panik ergriff von Laura Besitz. Die Polizei. Sie *musste* den Notruf erreichen! Entschlossen griff sie von Neuem nach dem Hörer, während Tosca sie daran zu hindern versuchte. Eine Sekunde lang hielten sie inne und starrten sich an, dann begann der Kampf. In ihrer Angst schlug und trat Laura wild um sich, bohrte ihrem Gegenüber sogar die Fingernägel ins Gesicht. Tosca schien nicht minder panisch. Sie hielt den Hörer eisern umklammert und versuchte Lauras Händen auszuweichen. Das Telefon fiel herunter, schlug mit Karacho auf das Parkett. Laura verlor das Gleichgewicht, ging unter dem Druck von Toscas Händen zu Boden, klammerte sich im Stürzen an deren Schulterblätter und zog sie mit.

Schwer atmend lag Tosca auf ihr, mit wildem Blick. Laura glaubte, sterben zu müssen. So wie das Gewicht dieser Frau auf ihrer Brust lastete, konnte sie jeden Augenblick ersticken. Sie wollte schreien, wollte zumindest die Nachbarn auf den gewaltsamen Tod, den sie nun sterben sollte, aufmerksam machen, doch statt einem Schrei brach nur verzweifeltes Schluchzen aus ihr heraus. Tosca richtete sich auf, fixierte Lauras Hände aber noch immer mit den ihren am Boden.

»Bitte!«, sagte sie mit bebender Stimme. »Rufen Sie nicht die Polizei!«

Laura liefen Tränen über das Gesicht.

»Beruhigen Sie sich. Ich tue Ihnen nichts! – Aber bitte rufen Sie nicht die Polizei! Geben Sie mir Zeit, bitte.«

Zeit für was? Zur Flucht? Um sie in aller Ruhe umzubringen und ihre Leiche verschwinden zu lassen?

Tosca ließ ihre Hände los und kauerte sich neben sie auf den Boden. Sie griff sich an die Wange. Erst jetzt bemerkte Laura, dass sie ihr bei der Rangelei einen tiefen Kratzer zugefügt hatte. Er blutete leicht. Tosca wirkte auf einmal sehr resigniert und erschöpft. Die Arroganz, die sonst auf ihren Zügen lag, war völlig verschwunden. Übrig blieb jenes schöne Gesicht, dass Laura vor rund zwei Wochen in der U-Bahn in ihren Bann gezogen hatte. Ein schönes Gesicht mit einem blutigen Kratzer.

Laura setzte sich auf und schniefte.

»Ich weiß, dass Sie nicht Tosca Raimund heißen«, stellte sie dumpf fest. »Und es war eine verdammt blöde Idee, mir so einen Namen aufzubinden!«

»Mir ist auf die Schnelle nichts anderes eingefallen.«

»Wer sind Sie wirklich?«

Tosca schwieg und bekam wieder diesen leeren, starren Blick, den Laura in den vergangenen Tagen so oft an ihr bemerkt hatte.

»Ich weiß es nicht«, sagte sie dann.

»Wie soll ich das verstehen?«

Laura runzelte die Stirn. Der Ärger, der durch ihre Panik kurzfristig verdrängt worden war, kam zurück. Sie erhob sich, blickte auf Tosca herab.

»Sie erwarten, dass ich Ihnen Unterkunft gebe. Sie erwarten, dass ich Ihnen glaube, dass Sie mir nichts antun wollen. Sie erwarten, dass ich blutdurchtränkte Kleidung finde und keine Fragen stelle. Und dann wollen oder können Sie mir nicht einmal Ihren Namen sagen! Das einfach so hinzunehmen ist wohl etwas zuviel verlangt.«

»Ich weiß.« Tosca starrte wieder ins Leere. »Lassen Sie uns erst einmal zusammen zu Abend essen«, meinte sie dann unvermittelt. »Ich werde Ihnen alles erklären. Versprochen.«

Nur noch eine Nacht. Versprochen.

Toscas Versprechen waren genauso tragfähig wie ihre Kleider und ihr Schuhwerk.

»Danach werden Sie unwiderruflich verschwinden«, sagte Laura.

Tosca öffnete den Mund.

Im selben Augenblick schrillte die Türglocke.

Ihre Blicke trafen sich.

»Erwarten Sie Besuch?«

Laura schüttelte den Kopf. Um diese Zeit niemals, und auch sonst nicht. Waren möglicherweise die Nachbarn durch den Lärm des herabpolternden Telefons darauf aufmerksam geworden, dass etwas nicht stimmte?

Die Türglocke schrillte erneut, diesmal intensiver und lang anhaltend. Dann verstummte das Läuten, und jemand hämmerte mit den Fäusten von außen an die Tür.

»Laura. – Laura! Mach auf. Ich weiß, dass du da bist. Und ich werde dich retten!«

Die Stimme war unverkennbar, ihr plötzliches Erklingen vor der Wohnungstür irritierend.

»Wer ist das?« Tosca wirkte äußerst beunruhigt.

»Laura! Wenn du nicht aufmachst, rufe ich die Polizei!«

Tosca zuckte zusammen. Laura atmete tief durch und öffnete die Wohnungstür. Eine alte Dame mit Mantel, Hut und Regenschirm fiel ihr um den Hals und drückte sie so fest an sich, dass ihr fast die Luft weg blieb.

»Laura, um Gottes Willen, Kind, was ist passiert?« Sogar im fahlen Licht der Vorzimmerlampe waren die hektischen roten Flecken in Bertas Gesicht nicht zu übersehen. »Bist du wohlauf? – Ich habe mir solche Sorgen gemacht, als du heute nicht gekommen bist. In all den Jahren hast du noch nie die Oper vergessen. Da habe ich gewusst, dass ich mit dem Schlimmsten rechnen muss! – Sag, Kind, fehlt dir etwas?«

Die Erkenntnis traf Laura wie ein Blitz.

Verdammt. Die Philharmoniker. Alle vierzehn Tage. Sie hatte das Konzert tatsächlich völlig verschwitzt.

Im Wohnzimmer wurde ein Stuhl verrückt. Berta runzelte irritiert die Stirn, während Laura versuchte, ihr die Sicht zu verdecken. Sie durfte auf keinen Fall auf Tosca treffen. Sie würde Fragen stellen, viele unangenehme, bohrende Fragen.

»Wer ist da bei dir?« Auf Bertas Stirne bildeten sich zwei steile Falten. »Laura!« Ihre Stimmung wechselte schlagartig von Besorgnis zu Skepsis. »Ist das dieser illegale Asylant, der sich bei dir einquartiert hat?«

Berta versuchte ins Zimmer zu gelangen, doch Laura stand stocksteif vor ihr und versperrte ihr den Weg.

»Ich habe mir Sorgen gemacht, ernsthafte Sorgen! Peter erzählte mir neulich, dass du Medikamente gebraucht hast ... für einen kranken Einwanderer, der nicht krankenversichert ist. – Laura, mit diesen Illegalen ist nicht zu spaßen! Du denkst vielleicht, dass dich dieser Mann liebt – weiß der Himmel, was er dir versprochen hat! Aber in Wahrheit ist er nur an der österreichischen Staatsbürgerschaft interessiert! Es ist höchste Zeit, dass ich mich einschalte ...«

Berta drängte sich rigoros an ihr vorbei.

Laura glaubte, ohnmächtig werden zu müssen. Wenn sie jetzt erklärte, dass der illegale Asylant in Wahrheit eine potenzielle Mörderin war, würde Berta sie so oder so für verrückt erklären.

»Guten Tag. Tosca Raimund.«

Tosca streckte Berta mit galantem Lächeln die Hand entgegen. Berta, völlig verdattert angesichts der fremden Frau in Gymnastikhose, ergriff die ausgestreckte Rechte und nannte auch ihren Namen. Der Blick, den sie in Lauras Richtung sandte, war ein einziges Fragezeichen.

Laura wünschte Berta weit weg und Peter auf den Mond. Musste er über alles und jedes seiner Mutter Bericht erstatten? Wie konnte ein erwachsener Mensch nur so abhängig sein? Konnte er nicht einmal etwas für sich behalten, wenn sie ihn um einen winzigkleinen Gefallen bat?

Sie rang sich ebenfalls ein Lächeln ab und sagte im Brustton der Überzeugung: »Tosca ist eine Studienfreundin von mir. Ihr Besuch in Wien kam sehr überraschend. Da habe ich das Konzert vollkommen vergessen. Tut mir leid, Tante Berta. Ich hoffe, du kannst mir noch einmal verzeihen.«

»Ach ... na ja.« Berta lächelte unsicher. »Das kann ja einmal passieren. Habe mir nur Sorgen gemacht.«

»Das musst du nicht. Wie du siehst, ist alles in bester Ordnung.« Laura war selbst erstaunt, wie fest ihre Stimme klang.

War es vor einer halben Stunde noch Tosca gewesen, die sie dringend aus ihrer Wohnung haben wollte, so galt dieser Wunsch jetzt uneingeschränkt Berta. Zu ihrer Erleichterung schien er sich nun zu erfüllen. Berta hatte schon den Rückzug angetreten, als ihr Blick zufällig auf das Telefon fiel, das noch immer am Boden lag. Wie angewurzelt blieb sie stehen, schaute erst Laura an, dann Tosca.

»Sie haben da eine Schramme im Gesicht.«

Ihre Stimme triefte vor Misstrauen.

»Oh ... ja, tatsächlich.« Tosca griff sich ins Gesicht. »Das muss passiert sein, als mir das Telefon herunterfiel.«

»Willst du deine Freundin nicht verarzten? Die Wunde kann sich entzünden.«

Nun ging ihre potenzielle Mörderin schon als Freundin durch! Laura wurde es abwechselnd heiß und kalt. Schnell holte sie Watte und Jod aus dem Badezimmer. Bertas wachsamen Blick im Rücken, tupfte sie den Kratzer ab, während die alte Dame sich auf dem Sofa niederließ und Mantel und Hut ablegte.

»Laura hat mir nie von Ihnen erzählt.«

»Ach, wirklich?«

Toscas Stimme drückte pures Erstaunen aus.

»Wir hatten uns etwas aus den Augen verloren«, beeilte sich Laura zu sagen. »Tosca ist ja aus Wien weggezogen und hat beruflich sehr viel um die Ohren, daher war unser Kontakt seltener geworden. Aber jetzt hat sie sich wieder gemeldet, und es ist so, als hätten wir uns erst vor Kurzem das letzte Mal gesehen.«

»Aha.« Bertas Augen ruhten prüfend auf Tosca. »Ich hoffe, Sie haben nicht auch so einen Hungerleider-Job wie Laura. Ihre Berufsbezeichnung lautet offiziell Beraterin, aber in Wahrheit ist sie nichts anderes als eine studierte Verkäuferin.«

Laura wünschte, der Boden würde sich auftun und sie verschlingen. Sie war nicht erpicht darauf, Tosca nun auch noch einen tieferen Einblick in ihr Arbeitsleben zu geben. Es reichte schon, dass sie in ihre Privatsphäre eingedrungen war.

»In Zeiten wie diesen sind gute Jobs leider rar«, sagte Tosca gelassen. »Man muss froh sein, wenn man überhaupt etwas bekommt.«

»Was also arbeiten Sie genau?«

Tosca sandte einen hilfesuchenden Blick in Lauras Richtung.

»Tosca ist ... sie hat eine Galerie.« Laura schluckte. »In Düsseldorf. Sie ist ziemlich gut im Geschäft.«

»Eine Galerie«, wiederholte Berta nachdenklich. »Für welche Stilrichtung?«

Toscas Augen weiteten sich. Lauras Verstand war komplett blockiert. »Surrealismus«, kam es schließlich über ihre Lippen. Laura wollte schon erleichtert aufatmen, als prompt Bertas nächste Frage kam.

»Und von welchen Künstlern sprechen wir da?«

Tosca antwortete, ohne eine Sekunde zu zögern. »Dali, Magritte, Miró und einige andere, weniger bekannte.«

Laura beschloss, dem Wortwechsel ein Ende zu machen. Berta war Kunstliebhaberin und blickte inzwischen offenbar über die alten Meister hinaus. Es durfte nicht sein, dass dieses Gespräch in eine mündliche Prüfung für Kunsthistoriker ausartete.

»Ich habe gekocht«, sagte sie. »Möchtest du zum Essen bleiben?«

Im Grunde wollte sie das genaue Gegenteil. Um das zu erreichen, war es das Beste, Berta mit deren eigenen Waffen zu schlagen – ihren Vorstellungen von Anstand.

»Nein, nein, meine Liebe. Ich will mich nicht aufdrängen. Hauptsache, dir geht es gut.«

Die Rechnung ging auf. Berta erhob sich unter Ächzen vom Sofa, griff nach Mantel und Hut. Sie verabschiedete sich von Tosca und zog Laura mit sich unter dem Vorwand, sich zur Tür begleiten zu lassen. Als sie im Vorraum standen, senkte sie die Stimme.

»Die passt nicht zu dir«, stellte sie nüchtern fest. »Ich kann nicht glauben, dass das eine Freundin von dir ist.«

»Wieso?«

»Bitte, Laura.« Berta verzog das Gesicht. »Bleib auf dem Boden der Tatsachen. Du weißt selbst am besten, wie du bist. – Diese Frau stellt dich in jeder Hinsicht in den Schatten.«

Laura schloss für einen kurzen Augenblick die Augen. Ein Schlag in die Magengrube hätte nicht mehr schmerzen können.

»Du solltest dich beeilen«, sagte sie. »Die nächste Straßenbahn fährt in zwei Minuten, ansonsten musst du eine Viertelstunde warten. Die Taktung ist sehr schlecht um diese Uhrzeit.«

Sie ließ die Tür hinter Berta ins Schloss fallen, lehnte sich dagegen und bedeckte ihr Gesicht mit den Händen. Am liebsten wäre sie jetzt auch aus der Wohnung spaziert. Was war innerhalb weniger Tage aus ihrem Leben geworden?!

»Ich hätte nicht gedacht, dass du so viel Phantasie hast.« Tosca stand unmittelbar vor ihr.

»Ich hätte auch nicht gedacht, dass du dich als Surrealismus-Expertin entpuppst.«

Laura ließ die Hände sinken. Toscas Lippen umspielten ein zaghaftes Lächeln.

»Ich auch nicht«, sagte sie dann. »Ich weiß ja nicht einmal, wie ich heiße.«

Es war die plötzliche Ernsthaftigkeit in ihren Augen, die Laura begreifen ließ: Sie sagte das nicht so dahin.

»Ist es also wirklich wahr?«

»Ich habe dich nicht angelogen. Nicht absichtlich, zumindest. Ich wollte es dir die ganze Zeit sagen, aber ich hatte Angst, du würdest mich dann erst recht davonjagen. Laura ... Ich weiß nicht, wie ich heiße, ich weiß nicht, warum ich hier bin, und ich weiß nicht, wie dieses Blut an meine Bluse gekommen ist. Ich erinnere mich an nichts! Und das macht mir schreckliche Angst.«

Alles, was Tosca sagte, klang aufrichtig. Zum ersten Mal hatte Laura das Gefühl, dass sie ihr uneingeschränkt die Wahrheit sagte.

»Kann ich dich weiterhin Tosca nennen?«

Tosca seufzte.

»Im Moment kann ich dir keine Alternative dazu bieten.«

Die Mauer bröselte unter ihren Händen. Ihre Finger fuhren durch feine, klebrige Fäden. Im selben Augenblick fühlte sie das Kitzeln filigraner Spinnenbeine auf ihrer Haut. Sie stieß einen Schrei aus und schüttelte reflexartig die Hand.

Ihr Schrei hallte von den Wänden wider. Der Raum musste groß sein. Und hoch. Sie streckte sich. Sie konnte die Decke nicht berühren.

Langsam bückte sie sich. Ihre Hände griffen in feines Gewebe. Sie hielt inne. Mit Jute hatte sie gerechnet, nicht mit Stoff. Sie tastete weiter – und erstarrte. Unter dem Stoff war ein Arm. Der Arm hing an einem gewaltigen, fettleibigen Körper. Der Körper war lauwarm, aber reglos. Sie rang nach Atem, wich zwei Schritte zurück, taumelte, stürzte zu Boden.

Die Dunkelheit drohte sie zu ersticken. Panisches Keuchen hallte im Raum. Ihr eigener Atem.

Sie lag da, bewegungslos, bemüht, ihre Angst zu bändigen. Sie war hier allein mit einem reglosen Körper. Wer reglos war, konnte ihr nichts tun. Wo kein anderer sich regte, drohte auch keine Gefahr. Die Rationalität dieser Überlegung war es, die ihr die Kraft gab, aufzustehen und sich nochmals dem Körper zu nähern.

Sie fühlte keinen Puls. Stattdessen ertastete sie dauergewelltes Haar und Perlenohrringe. Der Mund der Frau war mit Klebeband bedeckt. Und nicht nur der Mund. Das Band war großzügig verklebt worden; auch die Nasenlöcher verschwanden darunter.

Sie verstand nichts. Nicht, wer diese Frau war, und schon gar nicht, weshalb sie selbst hier in diesem dunklen Raum festsaß, zusammen mit einer toten Fremden. Sie kannte keine fettleibige alte Frau mit Dauerwelle.

Und sie wollte nicht enden wie diese Frau.

Verzweifelt tastete sie sich erneut die Mauer entlang. Ihre Finger berührten kaltes Metall. Eine Tür. Sie drückte die Klinke nach unten. Die Tür war verschlossen. Sie hämmerte gegen den Stahl, rüttelte mit aller Kraft an der Klinke.

Dann begann sie zu schreien, während ihre Fäuste unaufhaltsam weitertrommelten. Sie schrie, bis ihre Stimme versagte. Erschöpft ließ sie sich auf den Boden sinken. Der Schmerz in ihrem Kopf war unerträglich. Sie hatte Angst, unglaubliche Angst. Nein, sie wollte nicht sterben. Vergessen in einem dunklen Raum. Niemand würde sie hier finden. Gab es überhaupt jemanden, der nach ihr suchte?

Sie umschlang ihre Knie mit den Armen und wartete. Versuchte einen klaren Gedanken zu fassen. Der Kopfschmerz war stechend und raubte ihr jede Energie.

Dann hörte sie ein Geräusch. Schritte, die sich von draußen näherten. Ein Schlüssel, der ins Schloss gesteckt wurde und sich knirschend umdrehte.

Im Zeitlupentempo öffnete sich die Tür. Ein fahler Lichtschein erleuchtete den Raum. Sie starrte auf die Türöffnung und wusste mit jäher Gewissheit: Was jetzt kam, war nicht die Rettung aus ihrer Situation. Es war erst der Anfang.

Ein lautes Rumsen, begleitet von einem entsetzten Aufschrei, ließ Laura aus dem Schlaf fahren. Mit einem Satz war sie aus dem Bett, knipste im Wohnzimmer das Licht an.

Tosca kauerte auf dem Boden, zitternd, das Gesicht tränenüberströmt. Es war das erste Mal, dass Laura sie in diesem Zustand sah. Sie kniete sich neben sie, streckte vorsichtig die Hand nach ihr aus, strich ihr über die Wange. Toscas Haut war von kaltem Schweiß überzogen. Sie schien Laura überhaupt nicht wahrzunehmen.

»Tosca! Tosca, was ist? Ist alles okay?«

Die Angesprochene wandte ihr das Gesicht zu und sah sie mit weit aufgerissenen Augen an.

Was für eine dumme Frage, schalt sich Laura selbst. Nichts war okay.

Gleichzeitig fragte sie sich, wie sie sich je vor dieser Frau hatte fürchten können. Sie wirkte in diesem Moment nur klein und elend.

Seit Bertas unerwartetem Auftauchen in ihrer Wohnung waren vier Tage vergangen. Vier Tage, in denen Laura kein einziges Mal mehr in den Sinn gekommen war, Tosca vor die Tür zu setzen.

Amnesie. Sie hatte ihre Mittagspausen im Karolinum genutzt, um sich hinten im Büro im Internet darüber schlau zu machen. Amnesie war der Fachausdruck für Gedächtnisverlust, hervorgerufen durch Gehirnerschütterung, Drogenmissbrauch, Stress oder ein traumatisches Erlebnis. Sie hatte über die verschiedenen Arten von Amnesie nachgelesen, hatte Fallbeispiele studiert, hatte erfahren, dass Gedächtnisverlust über Jahre andauern konnte.

Das alles war nicht gerade beruhigend. Sie fand keine Lösung für Toscas Situation. Zudem war sie weder Ärztin noch Psychologin; sie konnte nicht einmal beurteilen, welche Ursachen Toscas Amnesie im Speziellen zu Grunde lagen. Das einzige, was sie beurteilen konnte, war, dass Tosca da draußen ohne Unterkunft hilflos war. Also versuchte sie, nicht an die blutige Bluse zu denken und sich mit der Situation zu arrangieren.

Tosca hatte bisher sehr wenig geredet. Auch daran, dass sie meist mit leerem Blick vor sich hinstarrte, hatte sich nichts geändert.

»Ich bin auf der Suche nach meinen Erinnerungen«, erwiderte sie Laura auf die Frage, was mit ihr los sei. »Bitte lass mir noch ein paar Tage Zeit.« Also ließ Laura sie in Ruhe. Im Grunde ihres Herzens fühlte sie jedoch, dass dieses tatenlose Herumsitzen ihren Gast keinen Schritt weiterbrachte. Tosca wirkte von Tag zu Tag depressiver.

»Ich bin vom Sofa gefallen«, murmelte Tosca mit brüchiger Stimme. »Weiter nichts.«

Das Lächeln, dass sie sich abrang, wirkte wie von weit her. Sie wollte aufstehen, doch Laura legte ihr die Hand auf die Schulter.

»Warte. Ich hole dir ein Wasser.«

Tosca leerte das Glas mit großen Schlucken.

»Merkwürdig, dass alle Leute zu denken scheinen, dass ein Glas Wasser das Allerweltsheilmittel ist«, sagte sie dann nachdenklich. »Als ob sich damit alles wegschwemmen ließe.«

»Tut mir leid, ich wollte nur ...«

Tosca ließ sie ihre Entschuldigung nicht vollenden.

»Es gibt keinen Grund, weshalb du dich entschuldigen müsstest. Mir tut es leid, dass ich dich wieder einmal in Unruhe versetzt habe. Du hattest schon genug schlaflose Nächte meinetwegen. – Diese Hilflosigkeit macht mich wahnsinnig. Diese Ungewissheit, nicht zu wissen, wer man ist ... die Suche nach Erinnerungen, die einfach nicht kommen wollen ... ich habe Angst ...«

Ihre Stimme riss ab; eine einzelne Träne lief ihr über die Wange.

Zögernd legte Laura den Arm um sie. Tosca ließ sich fallen. Sie zog Laura an sich, vergrub das Gesicht an ihrer Schulter. Ihr Körper bebte.

Vorsichtig strich ihr Laura über das Haar. Die unerwartete Nähe war ihr unheimlich. Es war ziemlich lange her, dass sie den Körper eines anderen Menschen so dicht an sich gespürt hatte. Haut an Haut. Von Tosca trennten sie zwei Schichten Stoff. Laura war froh darüber. Sie wusste noch zu gut, wie sie kratzige Haare und heißen Atem auf ihrer Haut gehasst hatte.

Die Situation mit Tosca war damit nicht zu vergleichen. Sie war eine Frau, die weinte, nicht mehr und nicht weniger. Und sie war eine Frau, die schon Tage lang auf einem unbequemen Sofa nächtigte, von dem sie bei der kleinsten Bewegung herunterfiel.

Die Worte kamen Laura ganz wie von selbst über die Lippen. »Du kannst drüben bei mir übernachten. Im großen Bett schläfst du bequemer als hier.«

Tosca putzte sich die Nase.

»Bist du sicher?«

»Natürlich. Das ist kein Problem.« Seit ein paar Tagen gehörten Lügen zu ihrem fixen Repertoire.

Bald lag Tosca auf der anderen Seite des Bettes und hatte ihr den Rücken zugekehrt. Ihr Atem ging ruhig und gleichmäßig. Laura war sich sicher, dass sie eingeschlafen war. Sie selbst fühlte sich hellwach. »Laura?« Tosca drehte sich zu ihr um. »Ich bin dir sehr dankbar für alles. Ich glaube nicht, dass das irgendein anderer Mensch für mich getan hätte und tun würde.«

Laura schwieg.

»Warum tust du das alles ... für eine Wildfremde?«

Laura starrte an die Decke.

»Du hast dich einfach nicht aus meiner Wohnung vertreiben lassen. Erinnerst du dich nicht mehr?«, sagte sie nach einer Weile.

»Das meine ich nicht. Du hast mich ja erst in deine Wohnung geholt. Du hast mich gepflegt, als ich krank war. Das meine ich.«

Manchmal war es besser, eine Antwort nicht zu geben.

»Das erste, woran ich mich erinnern kann, bist du in der U-Bahn«, fuhr Tosca schließlich gedankenverloren fort. »Alles, was vorher war, ist weg. Als hätte ich keine Vergangenheit.«

»Vielleicht sollten wir jetzt bald zur Polizei gehen«, meinte Laura. »Oder in ein Krankenhaus!«

»Ich kann nicht zur Polizei! Die Polizei sieht nur Blut auf einer Bluse. Meine Erinnerungen bringt sie mir nicht zurück!«

»Du kannst aber nicht ewig davonlaufen«, konterte Laura – und biss sich auf die Lippen. Verdammt. Dieser Satz hätte auch von Mutter stammen können.

»Sollte ich mich erinnern können, etwas verbrochen zu haben, würde ich mich sofort stellen«, erwiderte Tosca ruhig. »Aber ich will mich wenigstens an das erinnern, wofür ich bestraft werde. Kannst du das nicht verstehen?«

»Das Blut könnte auch von dir sein«, warf Laura ein, hauptsächlich deshalb, weil sie sich für ihren so klug klingenden Ratschlag schämte. »Vielleicht hattest du Nasenbluten.«

»Das glaubst du nicht wirklich, oder?« Toscas Stimme tönte absolut nüchtern. Minuten verstrichen, ohne dass eine von ihnen etwas sagte.

Laura schloss die Augen. Der Schlaf wollte nicht kommen. Instinktiv spürte sie, dass auch Tosca noch wach lag.

»Ich habe immer wieder diesen Traum«, durchbrach deren Stimme plötzlich die Stille des Zimmers. »Ich bin in einem Keller oder Verließ, ich bin eingesperrt. Aber ich bin nicht alleine. Im selben Raum ist eine Frau … Sie fühlt sich an, als wäre sie tot. Ich versuche, aus diesem Raum zu entkommen, aber es ist nicht möglich. Plötzlich geht die Tür auf. Und ich fühle, dass etwas Entsetzliches auf mich zukommt. Aber ehe ich weiß, was es ist, wache ich auf.«

»Hast du deshalb geschrien?«

»Vermutlich. Ich wache auf und habe schreckliche Angstzustände.«

Unwillkürlich tastete Laura nach ihrer Hand. Ihre Finger schlossen sich um Toscas.

»Hier bist du sicher«, sagte sie und war erstaunt über die Selbstsicherheit, die sie in diesem Moment verspürte. Sie konnte trotz der Dunkelheit erkennen, dass Tosca schmunzelte.

»Das sagt die Frau, die alle drei Türschlösser versperrt, ehe sie zu Bett geht.«

Laura war froh, dass es Nacht war. Die Röte war ihr angesichts Toscas scharfer Beobachtung in den Kopf geschossen. Sie gab ihre Hand frei, zog sich zurück. »Reine Vorsichtsmaßnahme«, murmelte sie. »Gute Nacht.«

Laura hatte erwartet, dass Toscas Redefluss anhielt, nun da sie offen über ihre Ängste und Albträume zu sprechen begonnen hatte. Doch dem war nicht so, wie sie in den folgenden Tagen feststellen musste. Tosca saß nach wie vor die meiste Zeit grübelnd und in ihre eigenen Gedanken versunken auf dem Sofa. Manchmal wirkte sie völlig apathisch.

Allerdings fand Laura ihre Wohnung abends, wenn sie vom Karolinum nach Hause kam, geputzt und aufgeräumt vor, und ein duftendes Essen wartete auf sie. Sie ertappte sich bereits dabei, wie sie sich schon mittags, wenn sie im Gemeinschaftsraum des Auktionshauses eine Wurstsemmel oder einen Joghurt verspeiste, darüber Gedanken machte, was sie abends wohl wieder Köstliches erwartete.

Tosca schlief sehr unruhig und wachte stets früh auf. Auf leisen Sohlen schlich sie sich dann aus dem Schlafzimmer. Laura wachte dennoch jedes Mal auf. Ihr Schlaf war nie tief, obgleich sie sich eingestehen musste, dass sie wesentlich besser schlief, seit Tosca neben ihr lag. Auch wenn diese sich nachts oft unruhig von einer Seite auf die andere wälzte – das Gefühl, nicht allein zu sein, war erstaunlich beruhigend. Wenn sie aufstand, saß Tosca bereits auf dem Sofa und starrte ins Leere.

Am Samstag konnte Laura den Anblick nicht länger ertragen. Es tat ihr weh, Tosca in diesem Zustand von Resignation und Verzweiflung zu erleben. Seit fast drei Wochen hatte sie die Wohnung überhaupt nicht mehr verlassen. Ein Leben auf 75 Quadratmetern musste ja irgendwann depressiv machen.

»Komm mit«, sagte sie einladend, als sie sich für ihren Wocheneinkauf fertig machte.

Tosca schüttelte den Kopf. »Ich weiß nicht. Ich will da nicht raus.«

»Warum nicht?«

Tosca zuckte resigniert mit den Schultern. »Ich habe keine Ahnung, was mich draußen erwartet. Vielleicht werde ich längst polizeilich gesucht.«

»Dann wissen wir wenigstens, wer du bist«, entgegnete Laura. »Im Übrigen glaube ich das nicht. Ich bin jeden Tag in der Stadt unterwegs, und es sind mir bis jetzt keine Plakate mit deinem Foto und der Aufschrift ‚Most wanted' aufgefallen.«

Tosca lächelte schwach. »Ich habe sowieso nichts zum Anziehen«, meinte sie dann.

In Lauras Ohren klang es wie eine willkommene Ausrede. Kurz entschlossen holte sie eine Hose und einen Pullover aus ihrem Kleiderschrank, schob Tosca beides auf den Schoß.

»Deine Hose ist mir sicher zu kurz.«

»Egal.« Laura blieb hartnäckig. »Du gehst mit mir nicht auf den Laufsteg, sondern nur in den Supermarkt.«

Tosca erhob sich seufzend. Wenig später stand sie umgezogen vor Laura, blieb aber skeptisch: »Ich weiß immer noch nicht, was das bringen soll.«

»Vielleicht kommt dir da draußen irgendetwas bekannt vor«, erwiderte Laura, während sie die Treppe hinunter gingen. »Ich habe gelesen, dass die Erinnerung ganz plötzlich zurückkommen kann – zum Beispiel, wenn man etwas Vertrautes sieht.«

Die Erinnerung kam nicht. Sie gingen erst in den nächsten Supermarkt, brachten den Einkauf in die Wohnung und fuhren dann noch in die Innenstadt. In einem günstigen Modeladen kauften sie Tosca eine passende Hose und mehrere Pullis. Als Laura zahlte, musste sie unwillkürlich schlucken: Schon lange hatte sie nicht mehr so viel Geld für Kleidung ausgegeben.

Nach dem Stadtbummel war Tosca niedergeschlagener als zuvor. »Es hat überhaupt nichts gebracht«, stellte sie entmutigt fest, als sie wieder in Lauras Wohnung waren. »Da war nichts, was bei mir irgendeine Erinnerung ausgelöst hätte.«

»Du bist im Supermarkt sehr lange vor dem Weinregal gestanden«, warf Laura ein. »Hat dich das vielleicht an etwas erinnert?«

»Nein, überhaupt nicht! – Ich bin nur stehen geblieben, weil ...«, Tosca schien nun selbst erst zu reflektieren, »weil es mich einfach nur interessiert hat.«

»Das ist doch prima. Tosca, auch, wenn keine konkreten Erinnerungen kommen ... ich finde, du solltest alles aufschreiben, was dir gefällt, wovon du träumst, was du über dich in Erfahrung bringst. Du musst dich selbst kennen lernen!«

Beseelt von ihrer Idee, kramte Laura einen jener zahlreichen Blöcke aus dem Regal, die das Karolinum Jahr für Jahr als Mitarbeitergeschenk verteilte.

»Hier. Schreib einfach alles auf, was du inzwischen über dich weißt. Vielleicht bringt dich das auf eine heiße Spur.«

»Ich kann es mir nicht vorstellen«, meinte Tosca. Sie seufzte. »Ich fühle mich innerlich nur leer.«

Trotzdem nahm sie den Kugelschreiber in die Hand, den Laura vor sie auf den Tisch gelegt hatte, und machte ein paar Notizen.

»Mir schmeckt Rotwein besser als Weißwein, ich schlafe lieber auf der Seite als auf dem Bauch oder Rücken, ich kann anscheinend gut kochen – jedenfalls behauptest du das. Ich mag Kaffee lieber als Tee, bin ordentlich, brauche nicht lange im Bad ...« Tosca legte resigniert den Block zur Seite. »Und was sagt uns das nun?«

»Dass du eine angenehme Mitbewohnerin bist.« Laura sah von ihrem Buch auf. Endlich hatte sie wieder Muse zu lesen. Sie hatte gerade einen englischen Autor für sich entdeckt, der in seinen Thrillern kein Detail über Gewalt und verwesende Leichen aussparte. Die genauen Zersetzungsprozesse des menschlichen Körpers hatten sie in ihren Bann gezogen. Die Überreste eines Verbrannten in einer Hütte in Schottland, der unter geheimnisvollen Umständen Feuer fing, war schließlich etwas völlig anderes als Blut auf einer Seidenbluse oder auf dem eigenen Parkettboden.

»Na toll!« Wütend schmiss Tosca den Kugelschreiber auf den Tisch. In ihren Gesichtszügen stand bitterer Sarkasmus. »Es war sicher immer schon mein Traum, in einer WG zu wohnen! – Mich macht das wahnsinnig, einfach wahnsinnig!«

Laura ließ das Programmheft sinken. Sie konnte Tosca verstehen: Seit mehr als einer Woche schrieb sie jedes kleine Detail nieder, das einen Hinweis liefern konnte – und war doch nicht wesentlich weiter. Trotzdem tat ihr Toscas Ausbruch weh. Sie selbst hatte nun wirklich nie davon geträumt, in einer WG zu wohnen, aber trotzdem akzeptierte sie die Gegebenheiten, wie sie waren. Sie war selbst überrascht, wie schnell sie sich daran gewöhnt hatte, dass ein anderer Mensch sie in der Wohnung erwartete, wenn sie abends nach Hause kam.

Bemüht, sich ihre Verletztheit nicht anmerken zu lassen, griff sie nach dem Block und blätterte über die Seiten.

»Kenne Stilrichtungen der Malerei und Musik«, las sie vor. »Verstehe Englisch mühelos. Habe Italienisch- und Französischkenntnisse. Spreche Hochdeutsch ohne regionale Färbung. Weiß, dass der Finanzminister Josef Pröll heißt und erkenne Karl-Heinz Grasser im Fernsehen. – Das sind doch schon mal wertvolle Hinweise.«

Tosca schnaubte.

»Und was, bitte, kannst du dem entnehmen? Dass ich im Friseursalon die Society-Magazine studiert habe?«

»Nein.« Laura blickte sie ernst an. »Es steht außer Frage, dass du eine höhere Schulbildung hast. Die Art, wie du dich ausdrückst, dein Allgemeinwissen – du weißt über vieles Bescheid.«

»Na toll! Ich hatte gehofft, einen Hinweis darauf zu bekommen, wie mein Leben aussah und was ich beruflich gemacht habe!« Tosca ließ sich auf das Sofa fallen. »Irgendeine Spur, die ich nachverfolgen kann, um Aufschluss über meine Identität zu gewinnen. – Bisher passt das Profil, das ich anhand dieser Angaben erstellt habe, auf jede x-beliebige Person. Da ist nichts Konkretes.«

»Was ist mit deiner Kleidung?«, überlegte Laura laut. »Das Kostüm und der Mantel sehen ziemlich teuer aus. Was ist, wenn wir einfach den Marken nachgehen? Vielleicht ist die Stückzahl limitiert, vielleicht gibt es überhaupt nur wenige Shops, die diese Marken vertreiben ... ich kenne mich nicht aus mit Mode, aber es wäre doch einen Versuch wert. Möglicherweise bist du in einem dieser Läden sowieso seit Jahren Stammkundin – und wirst sofort erkannt. Der Mantel zum Beispiel, der sieht so exklusiv aus.«

Tosca fiel ihr ins Wort. »Dieser Mantel ist nicht von mir, Laura! Es ist eindeutig ein Herrenmantel.«

»Dann sollten wir den Herren dazu finden.«

Tosca erwiderte nichts, sondern starrte auf die Tischplatte. Laura ließ noch eine Weile den Blick auf ihr ruhen, wartete auf eine Erklärung. Als nichts von Tosca kam, stand sie auf und holte aus der Küche eine Flasche Wein und zwei Gläser. Aus den Erfahrungen der letzten Tage wusste sie, dass es wenig Sinn hatte, Tosca mit Fragen zu löchern. Sie sagte ohnehin nur das, was sie sagen wollte. Da war es besser, entspannt ein Gläschen oder zwei zu trinken, als sie weiter zu bedrängen.

Als sie zurück ins Wohnzimmer kam, dachte sie nur noch an den Wein. Auf dem Etikett war ein Salamander abgebildet. Deshalb hatte sie sich beim Kauf für diese Flasche entschieden. Sie würde in ihrer Sammlung leerer Flaschen einen Ehrenplatz bekommen, wenn sie irgendwann endlich für Regale gesorgt hätte.

»Ich glaube ehrlich gesagt nicht, dass das so eine gute Idee ist, den Herren zu finden, dem der Mantel gehört.« Tosca schaute sie mit einem seltsamen Gesichtsausdruck an.

»**Du bist verrückt, völlig verrückt!**« Seine Faust donnerte mit derartiger Wucht auf ihren Schreibtisch, dass das Glas zu ihrer Rechten umfiel. Wasser ergoss sich über die gesamte Tischplatte und durchnässte den Stapel Papier, den sie sich bereitgelegt hatte. »Das kannst du nicht tun! Du ruinierst uns und das ganze Unternehmen!«

»Das hast du doch bereits besorgt«, erwiderte sie ruhig, während sie das nasse Papier in den Reißwolf warf und die restliche Wasserlache mit Taschentüchern aufwischte. »Du hast das Unternehmen ruiniert durch deine grenzenlose Gier und Skrupellosigkeit! Ob im Alleingang oder zusammen mit Albert, das werde ich noch herausfinden. Dass du dabei federführend warst, kann ich jetzt schon beweisen.«

Er lachte höhnisch. »Wir sitzen alle im selben Boot. Du warst daran genauso beteiligt wie wir.«

»Am Aufbau der Firma, ja. Nicht an deinen finanziellen Spekulationen und Betrügereien! Ich bin frühzeitig aus dem operativen Geschäft ausgestiegen und eigene Wege gegangen, das weißt du genau. Was die Bilanzen *meines* Unternehmens betrifft – ich habe nichts zu verbergen. Meine Bücher sind sauber!«

»Auf dem Papier ist unser Unternehmen auch *dein* Unternehmen. Wenn du uns auffliegen lässt, bringst du dich selbst in Bedrängnis.«

»Da irrst du dich. Wie ich schon sagte, ich werde nachweisen, dass ich nichts damit zu tun hatte.«

Er trat gegen den Abfalleimer, das Gesicht verzerrt vor Wut.

»Du verdammte Hexe! Das wird dir noch leid tun! – Ich werde dafür sorgen, dass du keinen ruhigen Tag mehr hast, wenn du das wirklich tust!«

»Ist das ein Versuch, mir zu drohen? Wenn ja, möchte ich dich fairerweise darauf aufmerksam machen, dass dieses Gespräch von meinem Anwalt mitgehört wird.«

Sie deutete auf den Telefonhörer, der seit seinem Eintreten neben der Gabel lag.

Er fegte das Telefon mit einer wütenden Geste vom Tisch. Der Apparat schlug hart auf dem Parkettboden auf. Er versetzte ihm einen zusätzlichen Tritt mit dem Fuß, beugte sich dann zu ihr. Sein Flüstern hatte nun einen bedrohlichen Unterton. »Ich werde es nicht dazu kommen lassen, dass du mich verpfeifst. Eher werde ich dich umbringen, als dass ich die nächsten zwanzig Jahre meines Lebens im Knast verbringe!«

Als er das Zimmer verlassen hatte, fiel ihre Selbstbeherrschung in sich zusammen. Am ganzen Leib zitternd setzte sie sich auf ihren Schreibtischstuhl. Einige Minuten lang war sie nicht in der Lage, einen klaren Gedanken zu fassen. Dann stand sie auf und stellte ihr Telefon zurück auf den Tisch. Es hatte den Wurf fast unbeschadet überstanden. Nur ein kleiner Sprung am Gehäuse zeugte von dem Zwischenfall.

Es war an der Zeit, nun wirklich einen Anwalt einzuschalten. Die Sache wurde zu heiß. Sie hatte geblufft, hatte sein Temperament gewaltig unterschätzt. Sie zückte ihr Adressbuch, wählte eine Nummer – und legte auf, noch ehe abgehoben wurde. Zuerst musste sie noch etwas Wichtiges in Sicherheit bringen. Eilig schlüpfte sie in ihren Mantel, griff nach dem Autoschlüssel.

»Geben Sie meinem Mann in Zukunft keine Termine mehr, und stellen Sie ihn auch telefonisch nicht durch«, wies sie ihre Sekretärin an, ehe sie ihr Büro verließ.

Dorothea Lowetscheks Geschwätzigkeit war die undichte Stelle, durch die Laura erfuhr, dass in diesem Jahr Prämien ausgezahlt worden waren. Da bisher auf ihrem Gehaltszettel neben dem üblichen monatlichen Salär keine Extras gelistet wurden, war sie davon ausgegangen, dass es diesmal keine Sonderzahlungen für die Mitarbeiter gab. Es waren genug Gerüchte kursiert, dass die Geschäftsführung aufgrund der hohen Ausgaben für die prestigeträchtige 250-Jahr-Feier des Karolinums in diesem Sommer rigorose Sparpläne fuhr.

Die Alarmglocken schrillten bei Laura erst, als Dorothea ihr brühwarm von einem Wellness-Wochenende berichtete, dass sie dank der diesjährigen Prämien mit Johanna Fraunberger in Bad Blumau zu verbringen gedachte. Dorothea sah ihr entsetztes Gesicht, wurde rot, stammelte etwas von »Ich habe nichts gesagt« und hatte es dann plötzlich eilig, eine Vitrine im hintersten Teil des Verkaufsraumes umzudekorieren.

Benommen stand Laura an der Kassa und versuchte die Information zu verdauen. Ihre Kolleginnen hatten eine Prämie bekommen. Sie ging leer aus.

Im Laufe des Tages wurde aus ihrer Benommenheit Wut. Die Ungerechtigkeit, die ihr widerfahren war, steigerte ihre ohnehin brodelnde Abneigung gegen den Job und jeden einzelnen Besucher, der das Karolinum betrat.

War es nicht sie gewesen, die durch die Graphiken, die sie

aus der übrig gebliebenen Auktionsware für den Freiverkauf auswählte, den Umsatz erheblich gesteigert hatte? Hatten sich nicht unzählige Kunden nur deshalb für dieses oder jenes Porzellanstück entschieden, weil es von ihr in der Vitrine so besonders schön und sichtbar platziert worden war? War sie nicht diejenige, die die Stammkunden und Sammler telefonisch darüber informierte, wenn neue frei verkäufliche Stücke eintrafen?

Im Grunde hatte alles mit Johanna angefangen, ging es ihr durch den Kopf, als sie abends auf die U-Bahn wartete. Ehe Johanna im Freiverkauf anfing, waren sie ein nettes Team gewesen: die rundliche Christine, die nebenbei Psychologie studierte und mit ihren treffsicheren Analysen über besonders merkwürdige Stammkunden für Heiterkeit sorgte, und Barbara. Die schöne Barbara mit ihrem dunklen Haar und ihrem warmherzigen Lächeln.

Laura spürte einen tiefen Stich im Herzen. Sie hatte schon lange nicht mehr an Barbara gedacht. Sie hatte es sich verboten, an sie zu denken. Doch jetzt war der Gedanke präsent, und die Wunde schmerzte fast so sehr wie damals. Es war ihre Schuld gewesen, dass Barbara gegangen war. Nur ihre Schuld.

Die freie Stelle war mit Johanna besetzt worden, einer vor Ehrgeiz brennenden Architekturstudentin, die sich mit dem Job ihr Studium finanzierte. Johanna stammte aus einem Winzerbetrieb in St. Anna aus der Steiermark. Bis zu ihrer Bekanntschaft mit Johanna hatte Laura die Steirer für ein lustiges, geselliges Volk mit viel Sinn für Gemütlichkeit gehalten. Als Johanna bereits an ihrem zweiten Tag im Karolinum das Ablagesystem neu organisierte und das Ausdruckformular für die Expertisen umänderte, ahnte Laura, dass diese Frau die Ausnahme von der Regel sein musste.

Anfangs verzichtete Johanna sogar auf Mittagspausen. Das hätte Laura herzlich wenig gestört – allerdings erwartete Johanna, dass alle genauso handelten wie sie. Vor der Chefin wusste sie sich immer gut zu verkaufen, auch auf Kosten anderer. Sie zögerte keine Sekunde, wenn es darum ging, ihre Kolleginnen der Untätigkeit und Drückebergerei zu bezichtigen. Wir sind hier zum Arbeiten, nicht zum Tachinieren, war einer ihrer Lieblingssätze.

Christine hatte nach einiger Zeit das Handtuch geworfen. Sie halte diese Frau nicht mehr aus, hatte sie Laura offenbart – und gekündigt. Ihre Stelle war mit Dorothea Lowetschek nachbesetzt worden, die im Expedit eines Papierproduzenten gearbeitet hatte, was sie aufgrund von Bandscheibenproblemen aufgeben musste. Ihr fehlten nur noch wenige Jahre zur Pension und so war sie, wie sie anfangs ständig betonte, dankbar für die Stelle im Karolinum.

Laura stellte sich wieder einmal die Frage, was eine Lagerarbeiterin dazu qualifizierte, Kunstwerke zu verkaufen. Und vor allem, weshalb jemand, der auf Englisch nicht einmal den Weg zur nächsten Toilette beschreiben konnte, eine Prämie bekam, während sie leer ausging. Eine Chefin wie Dr. Sabine Burger sah offenbar nur die Leistung der anderen.

Verbittert und nach wie vor wütend kam Laura zu Hause an. Tosca hatte den Tisch gedeckt; ein dampfender Eintopf stand auf dem Herd. Laura legte ab und ging grußlos an ihr vorbei. Im Moment war ihr alles zuviel. Ihr war weder nach Eintopf zumute noch nach Toscas Gesellschaft. Sie wollte Musik aufdrehen, Tschaikowsky oder Wagner, so laut wie möglich. Die Tristesse in sich übertönen. Doch die Stereoanlage befand sich im Wohnzimmer, und im Wohnzimmer war Tosca.

Was sie jetzt brauchte, um das alles besser auszuhalten, war ein Schluck Wein. Die Flasche mit dem Salamander-Etikett hatten sie gestern gemeinsam geleert. Zum Glück hatte sie noch eine andere auf Vorrat, die ein hübsches Känguruh zierte. Als sie sich in der Küche zu ihrem kleinen Weinregal herunterbeugte, fiel ihr Blick auf die leere Salamander-Flasche. Sie stand beim Abfalleimer, direkt neben dem Sack mit dem Altpapier – so, als sollte sie demnächst entsorgt werden!

Laura beschloss, die Flasche sofort in Sicherheit zu bringen. Sie spülte sie aus, trocknete sie sorgfältig ab, durchquerte schnellen Schrittes das Wohnzimmer und riss die Türe zum Kabinett auf.

Dort erstarrte sie auf der Schwelle. Der Schrei, der sich tief in ihrer Brust formierte, blieb ihr in der Kehle stecken. Ein heiseres Keuchen war alles, was sie hervorbrachte, als sie die gähnende Leere der Kammer sich aufnahm. Keine einzige ihrer geliebten Flaschen war noch vorhanden! Stattdessen blitzte der Parkettboden wie frisch gebohnert, und die alten Krimis, die sie wahllos übereinander in dem schmalen Holzregal gestapelt hatte, präsentierten sich in Reih und Glied.

Laura stützte sich am Türrahmen ab. Ihr war schwindelig. *Ihre* Sammlung! Seit Mutters Tod und ihrer Übersiedlung ins Schlafzimmer hatte sie fast jede einzelne Weinflasche, die sie geleert hatte, hier verstaut. Es war ihre *eigene* Sammlung gewesen, ihr – Lebenswerk!

»Ich habe die alten Flaschen nach und nach zum Container gebracht«, hörte sie Tosca hinter sich sagen. »Du bist wohl schon länger nicht mehr dazu gekommen. Jetzt hast du wieder mehr Platz in der Wohnung.«

Laura rang nach Atem.

Dann hastete sie ins Schlafzimmer. Geräuschvoll warf sie die Türe hinter sich zu und ließ sich aufs Bett fallen. Tränen der Wut und Verzweiflung strömten aus ihren Augen.

Tosca hatte alles zerstört! Was maßte sich diese Person an? Stöberte in ihren Privatsachen herum und entschied darüber, was gut und richtig war! Nach Mutters Tod hatte sie endlich frei darüber entscheiden können, was ihr wichtig war. Nämlich die Weinflaschen und ihre Krimis. Mutter hatte beides nicht akzeptieren können. An Feiertagen hatte es ein Gläschen Eierlikör gegeben; das war der einzige Alkohol, der ins Haus gekommen war. Sie hatte es daher Jahre lang mit dem Wein genauso gehalten wie mit ihren Krimis: sie hatte beides heimlich konsumiert. Mit jeder Flasche, die sie nachts in ihrer kleinen Kammer geleert, und mit jedem Krimi, den sie im Schein ihrer dämmrigen Nachttischlampe gelesen hatte, war ihr Widerstand gegen das Regime ihrer Mutter größer geworden. Sie hatte sich wie die Anstifterin einer bedeutsamen Revolution gefühlt. Die Genugtuung, dass sie diese Dinge in aller Heimlichkeit tat, hatte ihr immer wieder Auftrieb gegeben, das Leben zu ertragen. Den Alltag. Ihre Mutter. Deren Eigenheiten. Die ständige Kontrolle. Laura war eine tickende Bombe. Irgendwann würde sie sich all dessen mit einem Schlag entledigen, es unter sich begraben.

Damals hatte sie die Trophäen ihrer Rebellion heimlich aus dem Haus zum Container schmuggeln müssen. Nach Mutters Tod hatte sie begonnen, sie aufzuheben. Zwar waren die Flaschen nun keine Trophäen mehr, doch immerhin ein Andenken an ihren inneren Widerstand gegen Mutters Regime.

Und Tosca hatte alles zerstört.

So wie Dr. Sabine Burger ihre Aussicht auf eine Prämie zerstört hatte. Der Schmerz vom Nachmittag gesellte sich zu der Verzweiflung über ihre verlorenen Schätze. Seit sie im Karolinum war, bemühte sie sich doch, alles zur Zufriedenheit aller zu erledigen! Sie wickelte Glas und Porzellan bruchsicher in Plastikfolie, obwohl sie davon einen Hautausschlag bekam, sie beantwortete geduldig jede Kundenanfrage, egal, ob auf Deutsch, Englisch oder Italienisch, sie half Dorothea Lowetschek mit der computergesteuerten Kassa weiter, wenn diese sich nicht mehr auskannte, sie stieg auf Leitern und befestigte Bilder an den Wänden, trotz ihrer Höhenangst ... Und ihr Engagement wurde nicht belohnt!

Wütend schlug Laura auf die Bettdecke ein.

»Laura?« Toscas Stimme erklang vor der Schlafzimmertür. »Ist etwas nicht in Ordnung?« Im Eintreten blieb sie überrascht stehen, als sie Laura weinend auf dem Bett liegen sah. »Entschuldigung! Ich ...«

Laura fuhr auf. Der angestaute Zorn des Tages entlud sich in diesem Augenblick. »Kannst du mich nicht eine Sekunde alleine lassen? Musst du überall herumstöbern, mir nachschleichen? Könnt ihr mich nicht endlich alle in Ruhe lassen? – Ich habe es satt! Ich will alleine sein! Ich ertrage das nicht – immer bist du da, immer um mich herum!«

Sie schluchzte in das Kissen. Bilder zogen an ihr vorbei: Mutter, die sie stets mit mahnendem Blick auf die Uhr in Empfang nahm, wenn sie sich auf dem Heimweg verspätet hatte. Dr. Sabine Burger, die sie wieder einmal ins Büro zitierte und ihr Vorhaltungen machte. Barbaras Entsetzen, als sie ihr in einem Anfall von Wagemut im Kino die Hand auf das Knie gelegt hatte. Ihr Weinen steigerte sich zu wütendem Geheul. Die Burger hatte sie um ihre Prämie betrogen. Und diese Tosca hatte sie um ihre Flaschensammlung betrogen. Vom ganzen Leben war sie bisher um einfach alles betrogen worden. Irgendwann verebbten ihre Tränen. Sie fühlte sich leer und ausgebrannt.

Tosca saß im Wohnzimmer auf dem Sofa und starrte wie so oft vor sich hin. »Es tut mir leid«, sagte sie mit dumpfer Stimme, als Laura neben ihr Platz nahm. »Ich verstehe, dass dich meine Anwesenheit auf Dauer belastet. Wenn es dir lieber ist, werde ich gehen.«

»Ach. Und wohin?«

»Sagtest du nicht etwas von einer Notschlafstelle?«

Laura wischte sich mit dem Handrücken die letzten Tränenreste aus den Augen. Ihr Blick fiel auf den gedeckten Tisch. In der Mitte stand eine Kerze. Der Geruch von Irish Stew erfüllte die Wohnung.

»Warum hast du das getan?« Sie konnte nicht verhindern, dass ihr Tonfall anklagend war. Die Tür zum Kabinett stand offen; der Blick auf den blanken Parkettboden schmerzte genauso wie zuvor.

»Ich dachte, dass du Hunger hast«, erwiderte Tosca. »Deshalb habe ich gekocht, wie jeden Tag. Wenn das diesmal ein Fehler war, tut es mir leid. Es ist nicht leicht, deine Bedürfnisse zu erraten.«

Tosca begriff anscheinend gar nichts! Aber es war wohl zwecklos, ihr die Sache mit den Flaschen zu erklären – sie würde sie sowieso nicht verstehen. Niemand verstand sie! Laura fühlte sich grässlich – diesmal allerdings aus anderen Gründen als zuvor.

»Mir tut es auch leid«, sagte sie. »Ich habe es nicht so gemeint. Vergiss das mit der Notschlafstelle. Ich hatte einfach einen schlechten Tag.«

»Was ist passiert?«

Laura rang mit sich. Sie fürchtete, wenn sie erst einmal zu erzählen begann, würde Tosca Fragen stellen. Viele Fragen. Es gab Dinge, die konnte sie ihr unmöglich mitteilen. Sie würde ihr nur ein klitzekleines Bausteinchen ihres ganzen Elends anvertrauen.

»Ich habe keine Prämie bekommen. All meine Kolleginnen schon. Und das, obwohl ich mich so engagiert habe!«

»Das hört sich nach einer ziemlichen Ungerechtigkeit an«, meinte Tosca. »Was wirst du dagegen tun?«

»Was ich tun will?« Laura runzelte die Stirn. »Was meinst du damit?«

»Na ja, ich meine: Wirst du einen Job suchen, oder willst du erst mit dem Chef darüber reden? Oder wirst du dein Engagement künftig herunterschrauben, oder hast du einen anderen Plan?«

Laura schaute sie mit großen Augen an.

»Plan? – Wenn mir das Karolinum keine Prämie zahlt, kann ich ja auch nichts dagegen tun! In meinem Arbeitsvertrag steht ausdrücklich, dass Prämien eine freiwillige Zusatzleistung des Arbeitgebers und daher nicht einklagbar sind.«

»Na ja, das mag rechtlich so sein«, erwiderte Tosca. »Aber lässt du das so auf dir sitzen? Willst du dort weiter arbeiten, als wäre nichts passiert? Das solltest du dir nicht gefallen lassen. Ich an deiner Stelle würde mir zumindest von meinem Chef erklären lassen, warum ich als einzige keine Prämie bekomme.«

»Ich habe eine Chefin«, entgegnete Laura düster. »Und was für eine! Es hat überhaupt keinen Sinn, mit der zu reden! Die macht mich sowieso nur nieder.«

»Ich sehe das anders«, meinte Tosca ernst. »Egal, wie schrecklich sie ist – wenn du ihr diese Frage stellst, kann sie dir die Antwort nicht schuldig bleiben. Im Übrigen, warum arbeitest du in so einem Betrieb?«

»Na ja, ich …« Laura war selbst überrascht, wie leicht sie mit einer derart simplen Frage aus der Fassung zu bringen war. »Ich arbeite da schon so lange.«

»Ist das ein Grund, um sich demütigen zu lassen?«

Was für ein Glück, dass du dort eine Stellung bekommen hast! Eines der berühmtesten Auktionshäuser Europas! Sei doch nicht undankbar! Wie kannst du behaupten, dass du dort nicht zufrieden bist? All diese schönen Dinge um dich herum! Und jeder *kennt das Karolinum, jeder! Wo willst du denn sonst arbeiten, wenn nicht dort?*

Die Kommentare ihrer Mutter zogen eine Endlosschleife. Erneut flammte Wut in ihr auf.

»Ich hasse meinen Job!«, platzte es aus ihr heraus. »Den ganzen Tag habe ich hauptsächlich mit urreichen und schlecht gelaunten Leuten zu tun. Und meine Kolleginnen sind ein einziger Albtraum.«

Und schließlich begann sie doch zu erzählen: von Johanna und ihrem sinnlosen Ehrgeiz, von Dorotheas Geschwätzigkeit und Unwissenheit, was die ausgestellten Kunstwerke betraf, und von ihrer distanzierten Vorgesetzten, die nur dann persönlich wurde, wenn sie andere damit verletzen konnte.

Das Reden tat gut.

Tosca hörte einfach nur zu. Gelegentlich stellte sie Fragen, hielt Lauras Redestrom im Fluss. Erst als Laura sich erschöpft zurücklehnte, ergriff sie das Wort.

»An deiner Stelle würde ich anfangen, Bewerbungen zu schreiben. In diesem Affenstall würde ich keine Stunde länger bleiben! – Was du über deine Vorgesetzte sagst, klingt, als hätte sie eine Persönlichkeitsstörung, von dieser Dorothea ist nicht viel zu erwarten, und was deine Kollegin Johanna betrifft: Die kommt mir vor wie ein Hamster im Rad. Tritt und strampelt, ohne ihrem Ziel näher zu kommen. Immerhin wurde sie doch auch noch nicht befördert, trotz ihrer Arbeitssucht.«

Laura überlegte. So hatte sie das noch nie betrachtet. Ehrgeiz und Überengagement hatten Johanna in der Tat noch keinen Schritt weitergebracht. Sie war noch immer Verkäuferin, genau wie sie.

»Danke fürs Zuhören.« Toscas Situation wurde ihr wieder bewusst, und sie fühlte leichtes Schuldbewusstsein in sich aufsteigen. »Es tut mir leid, dass ich dich mit meinen Problemen so vollgequasselt habe. Verglichen mit dir, habe ich nun wirklich keinen Grund zum Klagen.«

»Danke, dass du mich daran erinnerst.«

Laura wurde rot. »Tut mir leid, ich meinte nicht ... ich wollte dich nicht ...« Sie blickte in Toscas Gesicht und entdeckte zu ihrem Erstaunen ein amüsiertes Lächeln.

»Komm.« Tosca erhob sich vom Sofa und reichte ihr die Hand. »Ich habe eine Idee. Wir heben den Eintopf für morgen auf und gehen heute aus. Das ist besser, als sich gegenseitig anzujammern und weiter in Trübsal zu versinken!«

Laura riss die Augen auf.

»Ausgehen? Du meinst, in ein Lokal?«

»Zum Beispiel.« Tosca lächelte. »Komm schon. Machen wir uns zur Abwechslung einen netten Abend außer Haus!«

»Gut, dass ich dich überreden konnte.« Tosca hakte sich bei ihr ein, als sie die Pizzeria verließen und in Richtung U-Bahn-Station gingen. »Tut mir leid, wenn ich nicht so viel zur Abendunterhaltung beitragen konnte. Mein Schatz an Anekdoten ist derzeit äußerst begrenzt.«

Laura schmunzelte. Der Wandel in Toscas Gemütszustand überraschte sie noch immer. Anscheinend hatte ihre Begleiterin entschieden, ihre Lebenslage mit einem gewissen Galgenhumor zu ertragen. Mehrmals hatte Tosca sie im Laufe des Abends zum Lachen gebracht und damit sogar den leisen Schmerz vertrieben, der immer noch in ihr war, wenn sie an ihre Flaschensammlung dachte.

Tosca so dicht an ihrer Seite fühlte sich warm und vertraut an. Ihre Beine bewegten sich im Gleichschritt.

»Wenigstens haben wir wieder ein Detail über dich in Erfahrung gebracht«, meinte Laura, die plötzlich den Drang verspürte, etwas zu sagen. Irgendetwas, um das Schweigen zu durchbrechen, das sie in Toscas Nähe seltsam belastend empfand. »Du kennst dich gut aus mit Wein.«

»Hmm«, meinte Tosca nachdenklich. »Wussten wir das nicht schon vorher?«

»Nicht so genau«, erwiderte Laura ernst. »Ich meine, auf dieser Karte waren so viele Weine. Du konntest zu jedem etwas Kompetentes sagen.«

»Vielleicht bin ich ja Winzerin.«

Laura brauchte Tosca nicht anzusehen. Sie konnte ihr amüsiertes Lächeln fühlen. Sie dachte unwillkürlich an Johanna, die Winzertochter. Tosca war so ganz anders.

»Vielleicht hast du eine Vinothek«, meinte sie. »Das passt besser zu dir.«

»Oh, tatsächlich?« Tosca blieb stehen. »Und wieso?«

»Na ja, ich meine«, Laura trat verlegen von einem Fuß auf den anderen, »du wirkst einfach so … geschäftstüchtig und welterfahren.«

»Und eine Vinothek-Besitzerin ist das? Welterfahren und geschäftstüchtig?«

»Ich weiß nicht.« Laura setzte sich wieder in Bewegung und zog Tosca mit sich. Das Thema wollte sie nicht gern vertiefen. »Vielleicht stelle ich mir das nur so vor«, schob sie etwas leiser nach.

»Jedenfalls war es ein sehr schöner Abend. Für mich zumindest.«

Für mich auch, wollte Laura sagen, doch Tosca blieb plötzlich abrupt stehen, den Blick nach oben gerichtet. »Sieh nur – was für eine wunderschöne, sternenklare Nacht! Der Himmel schwebt wie ein Zeltdach über uns!«

Laura dachte an Barbara. Im Freilicht-Kino war einmal ein uralter, preisgekrönter Schwarz-Weiß-Film über King Lear gelaufen. Sie hatten den Text kaum verstanden, zumal das altertümliche Englisch von viel zu lauter Musik übertönt worden war, und lieber auf einer Bank im angrenzenden Park zusammen den Himmel betrachtet.

Sie dachte an die seltsamen Umstände ihres Zusammentreffens mit Tosca. Sie dachte an deren Amnesie, von der niemand wissen konnte, wie lange sie noch andauern würde. Sie dachte an die Bluse mit dem Blut. Sie dachte an Toscas Augen, die in der Pizzeria im Schein der Kerze geglänzt hatten wie Diamanten.

Warum hatte sie Tosca nicht einfach in einer Pizzeria kennenlernen können, ohne Blut auf der Bluse, aber mit einer Vergangenheit und einem wirklichen Namen? Sie hätten Freundinnen werden können.

Laura knipste die Nachttischlampe aus. Tosca kuschelte sich in ihre Bettdecke, strampelte sich jedoch nach wenigen Minuten wieder frei.

»Können wir nicht das Fenster aufmachen? Es ist stickig hier – und heiß.«

Laura zog die Bettdecke bis zum Kinn. »Mir ist kalt.« Als

sie Tosca neben sich gequält seufzen hörte, fügte sie hinzu: »Aber wenn du kurz lüftest, werde ich das verkraften.«

Kühle Nachtluft strömte herein. Laura fröstelte unter der Bettdecke.

»Schläfst du nie bei offenem Fenster?«

»Nicht bei Minustemperaturen!«

»Im Sommer aber schon?«

»Selten. Ich bin das nicht gewohnt. Meine Mutter wollte das nie.«

»Wie du am besten schläfst, ist doch deine Sache.«

»Das ist schwierig, wenn Jahrmillionen alles nach ihrem Willen gelaufen ist. Sogar wenn ich die Türe vom Kabinett geschlossen hatte, hat sie sich eingebildet, im Schlafzimmer einen Luftzug zu spüren.«

»Du hast in diesem kleinen Rattenloch geschlafen?«

»Wenn du es so bezeichnest – ja. Aber zumindest hatte ich ein eigenes Zimmer.«

Sie hatte nicht überlegt, sondern spontan geantwortet. Als Tosca sich nun aufrichtete und sie mit offensichtlicher Irritation im Gesicht anschaute, wurde ihr bewusst, dass ihre Spontaneität ein Fehler gewesen war.

»Es ist doch wohl selbstverständlich, dass du ein eigenes Zimmer hattest! Was wäre denn die Alternative? Etwa, dass du mit ihr in einem Bett schläfst?«

Wenn Laura die Fähigkeit gehabt hätte, sich unsichtbar zu machen – in diesem Moment wäre aus ihrer Sicht ein guter Zeitpunkt dafür gewesen.

»Mutter hat das tatsächlich gewollt«, sagte sie leise. »Als ich vierzehn oder fünfzehn war, hatte sie plötzlich die Idee, selbst Obst und Gemüse einzukochen. Sie hatte irgendwo gelesen, dass es früher oder später wegen des Klimawandels zu einem Versorgungsengpass kommen würde, und daher wollte sie für die nächsten Jahre vorsorgen. Mein Zimmer wollte sie in eine Vorratskammer umfunktionieren. Aber ich habe gestreikt.«

Es war das einzige Mal, dass sie sich ihr gegenüber durchgesetzt hatte. Die drei Wochen, in denen ihre Mutter aus Kränkung kein Wort mehr mit ihr gewechselt hatte, waren mit die schlimmsten ihres Lebens gewesen.

»Das ist ja alles total absurd! – Wie viele Jahre habt ihr denn gemeinsam in dieser Wohnung gewohnt?«

Was sollten diese Fragen? »Lange. Seit ich geboren bin.«

Laura wandte den Kopf zur Seite. Sie wollte nicht, dass Tosca sie ansah, wenn sie ihr schon solche Fragen stellte.

»Du hast also dein ganzes Leben mit deiner Mutter zusammengewohnt? Du bist nie ausgezogen, auch nicht für kurze Zeit?«

»Nein.«

Laura hoffte, durch die knappe Antwort deutlich genug signalisiert zu haben, dass dieses Gespräch für sie zu Ende war, doch Tosca blieb hartnäckig.

»Und als sie gestorben war, bist du einfach von deinem kleinen Rattenloch ins Schlafzimmer gezogen? Und schläfst nun in ihrem Bett?«

Toscas Stimme klang so, als würde sie mit einem Salto mortale das Bett verlassen, falls die Antwort auf diese Frage »Ja« lauten sollte.

»In *diesem* Bett hat sie nie gelegen«, erwiderte Laura wahrheitsgemäß und ärgerte sich gleichzeitig über Toscas Frage. Fiel ihr denn nicht auf, dass das moderne Holzgestell so gar nicht zu den schweren, dunklen Schränken passte? – Sie hätte es nicht ertragen können, in jenem Bett zu nächtigen, in dem Mutter gestorben war.

»Seit wann ist deine Mutter denn nicht mehr am Leben?«

Laura fühlte Toscas durchdringenden Blick im Rücken. Der schöne Abend, den sie gemeinsam verbracht hatten, bekam plötzlich eine düstere Note.

»Vor drei Jahren«, antwortete sie unwirsch und warf sich dann herum. »Sonst noch Fragen?«

»Nein. Ich …« Tosca schluckte. »Entschuldige bitte, wenn

ich dir damit zu nahe getreten bin. Ich habe nicht erwartet, dass …« Sie verstummte, schüttelte den Kopf.

»Was hast du denn erwartet? Dass ich meine alte Mutter sich selbst überlasse und die Hälfte meines mickrigen Einkommens in die Miete eines eigenen Ein-Zimmer-Appartements am anderen Ende der Stadt investiere, nur, damit nicht nach Jahren jemand daherkommt und mich ansieht, als wäre ich eine vollkommen kranke, entartete Persönlichkeit?!« Lauras Stimme überschlug sich. Sie wollte nicht weiterreden, wollte ins andere Zimmer flüchten, doch Tosca packte sie jäh am Arm und riss sie zurück.

»Laura, verdammt!« Auch sie war nun aufgebracht. »Was soll das? Ich darf doch wohl noch überrascht sein! Ich habe nicht damit gerechnet, dass dein Verhältnis zu deiner Mutter so eng war, das ist alles! Und zugegeben, ja, es bestürzt mich zu hören, dass du anscheinend nie für dich sein konntest und sie in diesem Ausmaß über dein Leben bestimmt hat – sogar entschieden hat, dass du bei geschlossenem Fenster zu schlafen hast! Über was hat sie noch entschieden? Auch darüber, ob du mit Freunden ausgehen darfst? Wie lange du wegbleibst? Ob du Sex hast? – Das ist doch krank!«

»Das habe ich ja gesagt!«

Der Schmerz und die Wut in Laura waren übermächtig. Sie wollte sich losreißen, doch Toscas Griff war fest. Ihre Hände lagen auf Lauras Schultern und drückten sie auf das Bett.

»Hör mir genau zu.« Ihre Stimme klang scharf und bestimmend. »Ich sagte nicht, dass *du* krank bist. Ich sagte, ich finde *das* krank – die Umstände. Das ist ein gestörter Ablösungsprozess.«

Lauras Tränen begannen zu fließen – erst lautlos; dann ging ihr Weinen in ein heftiges Schluchzen über.

»Laura. – Bitte.« Tosca ließ sie los. Laura hatte immer noch den Wunsch, wegzulaufen, doch ihre Glieder wollten ihr nicht gehorchen.

»Tut mir leid. – Tut mir leid.«

Tosca beugte sich über sie, zog sie sanft an sich. Laura ließ es willenlos geschehen.

»Ich bin zu weit gegangen«, murmelte Tosca an ihrem Ohr. »Ich wollte dich nicht verletzen.«

Eine Hand strich fest und zart zugleich über ihr Haar, über ihren Rücken. Lauras Wille wegzulaufen schrumpfte in sich zusammen. Ihr Schluchzen verebbte. Irgendwann konnte sie Tosca wieder in die Augen sehen. Es war ein schuldbewusstes Augenpaar, das sie da anblickte.

»Ich weiß das doch alles selbst«, sagte sie und zog die Nase hoch. »Ich wusste, dass das nicht normal ist, aber ich konnte es einfach nicht ändern.«

»Diesmal kann ich den Kindern nur Kleinigkeiten zu Weihnachten geben«, klagte die ältere Dame, an die Laura gerade eine Fuchs-Graphik für 560,– Euro verkauft hatte. »Ich weiß ja nicht, wie es weitergeht mit dieser Sache.«

»Ja ja, die Wirtschaftskrise«, mischte sich Johanna, die soeben ihren Kunden verabschiedet hatte, eifrig ein. »Das ist schon bitter. Aber Sie, Frau Dr. Winkler, sind nicht die einzige, die es getroffen hat – mir haben heute schon mindestens fünf Leute erzählt, dass ihre Aktien immens an Wert verloren haben.«

Die Stammkundin bedachte sie mit einem pikierten Blick, doch Johanna plauderte munter weiter, ohne ihn zu bemerken. »Aber es geht ja auch wieder aufwärts. Mein Bankberater hat gesagt, jetzt ist die beste Zeit, um günstig Aktien zu kaufen. Es ist eine Gesetzmäßigkeit der Volkswirtschaft, dass es trotz temporärer Flauten langfristig immer aufwärts geht.«

Laura fragte sich, ob es Johanna eigentlich nicht peinlich war, einer wohlhabenden Frau wie Dr. Elisabeth Winkler, die gewiss von Aktienfonds mehr Ahnung hatte, als Johanna jemals haben würde, einen Vortrag über Volkswirtschaft zu halten. Johannas Gesichtsausdruck – Laura nannte ihn insgeheim die *wichtige* Miene – ließ vermuten, dass sie tatsächlich kein Gespür für diese Dinge hatte. Erst als ihr die langjährige Stammkundin ein süffisantes Lächeln schenkte, schien sie zu bemerken, dass ihr Ratschlag wohl etwas unangebracht war, und schob nach: »Aber Sie kennen sich da wahrscheinlich besser aus als ich.«

»Ja, gewiss sogar.« Die Dame nahm von Laura die Plastiktasche mit ihrem Einkauf entgegen und erläuterte ihr: »Wenn es nur ein paar Aktienkurse wären, mein Kind. Allerdings hat mein verstorbener Mann eine beträchtliche Summe in dieses dubiose Unternehmen investiert, die Siberius-Finanzgruppe. Sicherlich haben Sie davon gelesen: deren Eigentümer sind über alle Berge, vermutlich in Südamerika, und von den sechzig Millionen Euro Fondsvermögen fehlt jede Spur.«

»Ach ... ich habe von der Geschichte natürlich gehört.« Laura betrachtete Johanna von der Seite und wusste sofort: ihre Kollegin hatte in Wahrheit keine Ahnung, um was es ging. Sie hatte noch nie erlebt, dass Johanna es zugab, wenn sie etwas nicht wusste. »Eine schlimme Sache. – Aber wie kann es denn sein, dass sechzig Millionen Euro aus Fonds verschwinden?«

»Das Unternehmen war in Österreich und Deutschland aktiv, aber die Fonds waren in Luxemburg investiert. Die österreichische Finanzmarktaufsicht fühlte sich also nicht zuständig. Aber es kann ja nicht sein, dass ein Unternehmen nach Herzenslust österreichische Kunden hinters Licht führen darf, und die Behörde tut so, als ginge sie das nichts an! Man prüft derzeit die Möglichkeit einer Sammelklage. Ich bin schließlich nicht die einzige, deren Vermögen verschwunden ist. Diese Betrüger hatten immerhin 16.000 Kunden.«

»Das ist ja arg«, meinte Johanna, und Laura, die nur mit halbem Ohr zugehört hatte, da sie nebenbei einen weiteren Kunden abkassierte, war einen kleinen Moment froh darüber, nie in die Verlegenheit zu kommen, Geld in irgendetwas zu investieren.

»Aber die Eigentümer dieser Siberius-Finanzgruppe – werden die nicht verklagt?«

»Natürlich werden sie das. Aber dazu müssen sie erst einmal gefunden werden. Da nicht zu erwarten ist, dass dieses nette Paar das Geld im Koffer mit sich herum trägt, richtet der Anwalt die Klage gegen die Finanzmarktaufsicht.«

Finanzmarktaufsicht. Sammelklage. Luxemburg. Laura schwirrte der Kopf nur vom vagen Hinhören.

»Gott sei Dank treffe ich dich hier!« Berta war hereingestürzt, in der Hand mehrere prall gefüllte Einkaufstaschen. Anscheinend war auch sie damit beschäftigt, Weihnachtseinkäufe zu tätigen. »Ich habe mir solche Sorgen gemacht!«

Laura runzelte die Stirn. Der Satz aus Bertas Mund kam ihr mittlerweile schon fast vertraut vor, auch wenn sie die Sorge nicht begriff.

»Man hört und sieht nichts von dir«, klagte Berta. »Geht es dir wirklich gut?«

Nicht mehr und nicht weniger als jedes Jahr zur Weihnachtszeit, ging es Laura angesichts des täglichen Ansturms von Kunden durch den Kopf. Johannas Interesse an ihrer Unterhaltung im Rücken, antwortete sie: »Alles in Ordnung. Warum soll es mir nicht gut gehen?«

Berta schien Johannas Aufmerksamkeit ebenfalls zu spüren. Sie lehnte sich über die Theke und senkte die Stimme: »Ich habe etwas herausgefunden. Über diese Frau, die neulich bei dir zu Gast war.«

Laura blieb fast das Herz stehen. Was, wenn Berta mehr über Tosca wusste als diese selbst? Wenn sie die Erklärung lieferte für die blutverschmierte Bluse?

Berta ließ ihr keine Zeit, sich weiter den Kopf zu zerbrechen. »Sie hat dich angelogen. Sie hat gar keine Galerie in Düsseldorf!«

»Woher weißt du das?«

»Peter hat im Internet geforscht … damit kenne ich mich ja nicht aus. Aber es gibt überhaupt nichts über eine Tosca Raimund. Peter sagt, dass sei seltsam. Jeder in eurem Alter sei jetzt im Internet zu finden. Sogar über dich gibt es einen Eintrag!«

»Was?« Laura wusste im ersten Augenblick nicht, was sie mehr schockierte: dass Berta und Peter ihr hinterher schnüffelten, oder dass sie in irgendeiner Weise über das Internet auszuforschen war.

»Ja, du bist auf der Home-Seite oder wie das heißt angeführt … auf der des Karolinums. Aber über diese Tosca gibt es, wie gesagt, nichts! – Laura, diese Frau ist nicht ehrlich!«

Ihr erster Schock schlug um in Ärger. Was bildete sich Berta eigentlich ein? Ihr sagen zu können, mit wem sie Umgang haben durfte? Berta hatte kein Recht, in Mutters Fußstapfen zu treten, und sie hatte auch kein Recht, über Dinge zu urteilen, die sie nichts, aber auch gar nichts angingen!

»Tosca ist eine sehr gute Freundin von mir«, erklärte sie so kaltschnäuzig wie möglich. »Ich habe durchaus keinen Grund, ihr zu misstrauen. Sie war bisher in jeder Hinsicht ehrlich zu mir.«

Berta verzog unwillig das Gesicht. »Sag bitte nicht, ich hätte dich nicht vor ihr gewarnt! Vertrau einer alten Frau. Irgendetwas stimmt da nicht.«

Trotz der heftigen Ablehnung, die sie in diesem Moment gegenüber Berta empfand, umspielte ihre Lippen plötzlich ein feines Lächeln. Über Bertas Haupt schwebte einer der schweren Luster, die seit gestern zum Verkauf angeboten waren, wie ein funkelnder Heiligenschein. Was, wenn ihn der Haustechniker nun nicht fest genug angeschraubt hatte?

»Ich nehme doch an, wir sehen uns am Donnerstag?« Vielleicht konnte Berta Gedanken lesen, denn sie klang nun sehr frostig. »Beethoven und Schubert stehen auf dem Programm.«

Die Antwort fiel Laura leichter, als sie erwartet hätte. »Nein, tut mir wirklich leid. Diesmal nicht. Ich bin schon verabredet.«

»Nun gut. Wenn du meinst. Dann noch einen schönen Tag.« Bertas Doppelkinn zitterte, als sie sich dem Ausgang zuwandte. An der Schwelle zum Foyer blieb sie nochmals stehen. »Wenn das deine Mutter noch erleben würde! Der Schlag würde sie treffen!«

Laura erwiderte nichts. Als sie die Prospekte, die sie die ganze Zeit umklammert hatte, nun endlich auf dem Tresen platzierte, zitterte ihre Hand. Warum erledigte der Haustechniker seine Arbeiten auch immer so dermaßen gründlich!

»Schön, dass Sie Ihr Privatgespräch jetzt beendet haben«, kam es bissig von der Dame, die anscheinend schon eine ganze Weile neben ihr gestanden hatte. »Es sind mindestens zehn Kunden im Verkaufsraum, aber Sie halten es für angebracht, hier Besuch zu empfangen. Dafür werden Sie nicht bezahlt!«

»Entschuldigung, Frau Dr. Burger. Es war nicht geplant.«

Hastig stürzte Laura auf den nächstbesten Kunden zu und fragte nach dessen Wünschen. Die Ringe und Broschen, die sie ihm präsentierte, verwandelten sich in ihrer Phantasie in kleine tödliche Geschosse, die Frau Dr. Sabine Burger durchsiebten, bis ihr die Beine unter dem Körper wegknickten und sie vor der Verkaufstheke zusammenbrach.

Johanna hatte sich eine halbe Ewigkeit mit Frau Winkler unterhalten, während Laura ihrer Arbeit nachgegangen war. Kaum hatte Berta sie für fünf Minuten in ein Gespräch gezwungen, auf das sie gerne verzichtet hätte, kam diese elende Chefin und maßregelte sie.

Immer war sie es, die auf der Schattenseite des Lebens stand!

»Laura, darf ich dich etwas fragen?« Tosca blickte sie über den Rand ihres Weinglases ernst an.

»Bitte«, erwiderte Laura arglos. Sie war in Gedanken noch immer bei Berta und der ungerechten Behandlung, die ihr wieder einmal widerfahren war, nicht hier im Wohnzimmer. Dass sie Tosca ihr Einverständnis möglicherweise zu rasch erteilt hatte, wurde ihr erst klar, als diese nachschob: »Etwas Persönliches.«

»Und was?«

»Wie ist deine Mutter eigentlich gestorben?«

»Ein Schlaganfall. Sie starb quasi im Schlaf.«

Es war, als würde sie über das Wetter plaudern. Laura war selbst erstaunt, wie wenig sie die Erinnerungen daran inzwischen berührten. »Sie war schon alt«, fuhr sie fort. »Ich meine: nicht uralt, natürlich hätte sie älter werden können als siebenundsiebzig.«

»Das heißt, du bist aufgewacht, hast dich gewundert, warum sie nicht zum Frühstück kommt, und hast sie dann tot im Bett entdeckt?« »Hmm, ja.« Laura nahm einen tiefen Schluck Wein. *Diese* Erinnerung berührte sie nun allerdings sehr wohl!

»Das ist gruslig«, erwiderte Tosca auch prompt. Ihre Stimme klang nachdenklich. Laura dachte schon, die Fragestunde hätte sich damit erledigt, doch nach einiger Zeit nahm Tosca den Faden wieder auf.

»Deine Mutter war ziemlich alt, als sie dich geboren hat.«

»Ja. Einundvierzig.«

»Was war mit deinem Vater?«

Laura hob die Schultern.

»Ich weiß es nicht. Ich kenne ihn nicht.«

»Hast du sie nie danach gefragt?«

»Natürlich. Aber die einzige Antwort, die ich darauf bekam, war die, dass es mich nicht zu interessieren hätte.«

»Und das hast du akzeptiert?«

Laura seufzte.

»Es blieb mir nichts anderes übrig. Ich war damals vierzehn, und du kanntest meine Mutter nicht. Sie war ... sehr strikt, sehr autoritär. Ich habe auch später nicht mehr gefragt. Es hätte keinen Sinn gehabt. – Als Mutter tot war, hatte ich Zugang zu ihren persönlichen Unterlagen. Jahre lang hatte sie diese persönlichen Dinge in einer Lade in diesem Kasten dort. Versperrt. Nach ihrem Tod habe ich das Schloss aufbrechen lassen, es waren da ja alle wichtigen Dokumente verwahrt. So bekam ich erstmals meine eigene Geburtsurkunde zu Gesicht. Vater unbekannt, hieß es da ... wenn du meine Mutter gekannt hättest, wüsstest du, dass das völlig unmöglich ist. Meine Mutter hätte niemals mit jemandem Verkehr gehabt, ohne nicht mindestens den sozialen Status, die Vermögensverhältnisse oder einen Teil des Familienstammbaums zu kennen! Sie war nicht so ... leichtfertig.«

»Na ja.« Tosca ließ den Wein langsam im Glas zirkulieren und betrachtete nachdenklich die Schlieren, die er bildete. Sie mied Lauras Blick, als sie vorsichtig hinzusetzte: »Vielleicht geschah es ja nicht auf freiwilliger Basis.«

»Du meinst, eine Vergewaltigung?« Laura sah keinen Grund, es nicht direkt anzusprechen. »Ich habe das Zeit meines Lebens in Betracht gezogen. Es hat mich gequält, besonders als ich ein Teenager war. Inzwischen schließe ich die Möglichkeit aus. In den persönlichen Unterlagen meiner Mutter habe ich ein Foto entdeckt. Es zeigt sie und einen Mann an Bord eines Schiffes. Sein Gesicht konnte ich nicht erkennen; es war völlig zerkratzt, wahrscheinlich mit einem Messer oder einer Zirkelspitze. Auf der Rückseite des Fotos steht ›Anna und Sergio 1971‹. 1971 ist das Jahr, bevor ich geboren wurde, meine Mutter hieß Anna und befand sich in diesem Jahr auf einer mehrwöchigen Kreuzschifffahrt im Mittelmeer. Ich gehe davon aus, dass dieser Sergio mein Erzeuger ist.«

»Ein Italiener also.« Sie fühlte Toscas Blick erst über ihr Gesicht gleiten, dann über ihren Körper. Ihr wurde heiß. Schnell senkte sie den Kopf. »Das könnte schon stimmen. Dein Teint ist dunkler, und du hast irgendetwas Südländisches an dir … das ist mir gleich aufgefallen. Deine Augenbrauen, dein volles Haar, dein zierlicher Körper – das könnte tatsächlich passen. Hast du wirklich nie versucht, Details über diesen Sergio herauszufinden? Und was ist mit deinen Großeltern? Oder irgendwelchen Passagierlisten von damals, in denen du nach dem Nachnamen des Mannes suchen kannst?«

Laura lächelte müde.

»Ich habe nach Mutters Tod tatsächlich darüber nachgedacht, Nachforschungen anzustellen. Ich habe mich dann aber entschieden, es bleiben zu lassen. Wer auch immer dieser Sergio ist – die Geschichte mit meiner Mutter ist über 36 Jahre her und hatte offensichtlich kein besonders glorreiches Ende. Möglicherweise war er verheiratet oder hat dann geheiratet. Egal. Ich gehe nicht davon aus, dass er über mein plötzliches Auftauchen besonders begeistert wäre. Ich will keine unnötige Unruhe in sein Leben bringen. Meiner Mutter traue ich zu, dass sie ihm nicht einmal von der Schwangerschaft erzählt hat. Sie war sehr eigenwillig. Ich kann mir überhaupt nicht vorstellen, dass sie es mit einem Mann unter einem Dach ausgehalten hätte. Im Grunde war sie nicht der Typ für eine Partnerschaft.«

Tosca ließ den Wein im Glas kreisen, hielt ihn gegen das Licht. Eine ganze Weile galt ihr ausschließliches Interesse der Farbe des Tropfens. Plötzlich stellte sie das Glas auf den Tisch und warf forsch ihre Haare in den Nacken. »Wie ist das mit dir? Bist du auch nicht der Typ für eine Partnerschaft?«

Laura schluckte. Ihr Magen zog sich zusammen. Ihr Kopf fühlte sich plötzlich ganz leer an. Sie faltete die Hände ineinander, spürte, dass ihre Handflächen feucht geworden waren, und legte sie schließlich auf die Knie. Sie starrte auf ihre Fingerspitzen und sagte einfach nichts. Weil es nichts zu sagen gab und weil sie nichts sagen wollte, weil Toscas Frage in Wahrheit impertinent und aufdringlich war, weil es ihr überhaupt nicht zustand, derartige Fragen zu stellen, weil alle Leute ständig irgendetwas fragten, nach den Toiletten, nach neuen Graphiken, nach dem Weg zum Stephansdom, nach ihren Zeitplänen für Donnerstagabend, nach der Frau, die keine Galerie hatte, nach ihrer Mutter, nach …

»Ist das so eine schlimme Frage für dich?«

Toscas Stimme klang sehr sanft und erstickte ihre aufkeimende Wut. Sie schob die Hände wieder ineinander, starrte auf ihre Fingerkuppen.

»Findest du mich merkwürdig, weil ich nicht verheiratet bin und mindestens fünf Kinder habe?« entgegnete sie, ohne eine gewisse Bitterkeit verbergen zu können. »Denkst du, mit mir stimmt was nicht? Fragst du mich deshalb diese Sachen?«

»Nein!« Tosca runzelte irritiert die Stirn. »Wie kommst du darauf? – Ich frage dich aus reinem Interesse! Es interessiert mich, weshalb ein so liebenswerter, großzügiger und auch eloquenter Mensch wie du alleine ist, das ist alles!«

Liebenswert. Großzügig. Eloquent.

Laura schluckte erneut. Die Beklommenheit, die sie in sich verspürt hatte, wurde vom Klopfen ihres Herzens überlagert. Trotzdem schaffte sie es nicht, Tosca anzusehen, als sie ihre Frage nun doch beantwortete.

»Ich hatte ein-, zweimal eine Beziehung, aber es hat nicht funktioniert. Dann ist Mutter gestorben und ich hatte erst mal andere Sorgen. So ist das.«

»So ist das«, wiederholte Tosca langsam. »Eigentlich keine schwierige Antwort, oder doch? – Und ich bin ganz erstaunt, dass es dir offenbar doch einige Zeit lang gelungen ist, Beziehungen zu führen, obwohl dir deine Mutter ständig im Nacken saß. Ich kann mir nicht vorstellen, dass ihr das gefiel, nach allem, was du mir von ihr erzählt hast.«

»Oh, sie wusste nicht *alles* von mir.« Die Erinnerung an jene Dinge, die sie vor ihr verheimlicht hatte, rief selbst jetzt noch das Hochgefühl erfolgreicher Rebellion in Laura wach. »Ich habe sie oft belogen, um mir Freiraum zu schaffen. – Ich habe ihr beispielsweise erzählt, dass abends im Karolinum Ausstellungen stattfinden, bei denen ich mitarbeiten muss.

Und ich habe so gewisse Dinge getan – in meinem Zimmer. Wenn die Türe zu war.«

Unweigerlich dachte sie wieder an den Verlust ihrer Weinflaschen. Ihre Miene verfinsterte sich.

»Was denn für Dinge?«

Ein amüsiertes Lächeln lag auf Toscas Lippen, als ihr Laura nach einiger Zeit wieder den Blick zuwandte. Ihr Tonfall verriet deutlich, an was sie dachte. Laura errötete.

»Nicht das, was du denkst!«, stellte sie verlegen klar.

»Was, etwa nicht?« Tosca grinste sie breit an. Es war offensichtlich, dass sie es in diesem Moment genoss, sie so verlegen zu sehen. »Wenn du das nicht in deinem Zimmer getan hast, wo denn dann? – Du machst mich wirklich neugierig!«

Auch ohne in den Spiegel zu sehen, wusste Laura, dass ihr Kopf inzwischen die Farbe einer überreifen Tomate angenommen hatte.

»Nein!!!«

Ein gellender Schrei riss Laura aus dem Schlaf. Sie knipste die Nachttischlampe an. Tosca saß aufrecht. Sie zitterte am ganzen Körper; ihr Gesicht war aschfahl.

Laura streckte vorsichtig den Arm nach ihr aus und berührte sie an der Schulter. Tosca zuckte zusammen. Sie schien durch Laura hindurchzusehen.

»Da war ein Mann«, stieß sie dann plötzlich bebend hervor. »Mit einer Pistole. Er hatte sie auf mich gerichtet!«

»In deinem Traum?«

»Ich ... ich war in diesem Keller. Es ...war ... es war stockdunkel. Plötzlich ging die Tür auf und ein Mann kam herein. Er hatte eine Pistole! Laura!« Tosca war so aufgewühlt, dass ihr sogar das Sprechen schwer fiel. Sie warf sich Laura in die

Arme, die ihren schnellen, aufgebrachten Herzschlag spürte, als wäre es ihr eigener. Vorbei war es mit der Selbstsicherheit, die Tosca noch wenige Stunden zuvor ausgestrahlt hatte, als sie sie über ihr Leben ausgefragt hatte. Jetzt herrschte in Tosca offensichtlich nur noch Angst. Todesangst.

Zögernd legte Laura die Arme um ihren Oberkörper. Sie war nicht geübt darin, andere Leute zu trösten.

»Kanntest du den Mann?« Sogar in ihren eigenen Ohren hörte sich die Frage hölzern an.

»Ich weiß nicht.« Tosca vergrub ihr Gesicht in Lauras Halsbeuge. »Ich weiß überhaupt nichts.«

»Vielleicht war es einfach nur ein Traum«, warf Laura vage ein. »Keine Erinnerung.«

»Ich bin sicher, dass es wirklich geschehen ist«, murmelte Tosca an ihrem Hals. »Ich spüre, dass es nicht bloß ein Traum ist. Ich spüre diesen Hass auf mich, den der Mann in sich trägt … und ich will weglaufen, aber meine Beine gehorchen mir nicht!«

»Wie sah der Mann in deinem Traum aus?«

»Ich weiß es nicht.« Trotzdem schien sie zu überlegen. Laura spürte, dass ihre Tränen versiegten. »Er hatte eine Glatze. Das ist das einzige, woran ich mich erinnere.«

»Immerhin«, meinte Laura. »Ein Anhaltspunkt mehr.«

»Ich will mein Leben zurück!« Tosca schluchzte verzweifelt auf. »Ich will wissen, wer ich bin, warum ich in diesem Keller war, was dazu geführt hat, dass ich hier in Wien bei Eiseskälte auf der Straße saß! Ich will wissen, warum mich dieser Mann umbringen wollte … und was mit ihm geschehen ist. Ich kann es nicht ertragen, hier länger untätig herumzusitzen und darauf zu hoffen, dass irgendwann meine Erinnerung zurückkommt! Das bin nicht ich, Laura, das fühle ich! Ich will endlich etwas tun … ich will mich erinnern!«

Laura strich ihr sanft über den Rücken. Sie fühlte sich in diesem Augenblick ebenso hilflos wie Tosca selbst. Sie wollte ihr helfen, wusste aber, dass es nicht in ihrer Macht lag.

»Du wirst dich erinnern«, sagte sie, ohne selbst daran zu glauben. »Es ist nur eine Frage der Zeit.«

»Dieses Herumsitzen macht mich träge und depressiv. Ich kann nicht einmal irgendetwas arbeiten, ohne Papiere! Ich lebe hier auf deine Kosten, ich esse hier mit dir, sogar Kleidung kaufst du von deinem Geld!«

»Mach dir darüber bitte keine Gedanken.«

»Ich kann nicht einmal ein Buch oder eine DVD ausleihen.«

»Sag mir, was du willst, und ich leihe es auf meinen Namen für dich aus.«

»Ich hasse es, so abhängig zu sein!«

»Ich weiß. Aber im Moment können wir das nicht ändern.«

Tosca löste sich aus der Umarmung und ließ sich nach hinten zurück ins Kissen fallen. Laura löschte das Licht. Eine Weile lagen sie still nebeneinander. Laura merkte jedoch, dass die Frau neben ihr weit davon entfernt war, Schlaf zu finden.

»Dieser Mann wollte mich umbringen«, sagte Tosca plötzlich in die Stille des Zimmers. »Was ist, wenn er hierher kommt, um sein Vorhaben zu vollenden?«

»Niemand weiß, wo du bist.«

Laura fragte sich selbst, woher sie die Stärke nahm, dies mit so großer Überzeugungskraft zu behaupten. In Wahrheit machte ihr der Gedanke, dass der Mann aus Toscas Traum ihr tatsächlich auf den Spuren war, ebenso große Angst wie dieser selbst.

»Hast du die Wohnungstüre gut abgeschlossen?«

»Natürlich. Wie jeden Abend.« Laura erinnerte sich noch gut daran, dass Tosca vor einiger Zeit noch über ihre Sicherheitsvorkehrungen gespottet hatte.

Tosca erwiderte nichts. Laura wühlte sich tief in die Bettdecke, den Kopf voller Bilder von glatzköpfigen Männern mit Pistolen, die nur darauf warteten, ihre Wohnung zu stürmen und ein Blutbad anzurichten.

»Laura?«

»Hmm?«

»Ich fühle mich so allein. Bitte, nimm mich in den Arm.«

Toscas Stimme klang wie die eines verzweifelten Kindes. Dünn und voller Furcht. Doch der Körper, den Laura in die Arme nahm, war der einer erwachsenen Frau. Tosca schmiegte sich vertrauensvoll an sie, bettete den Kopf in ihre Armbeuge. Ihr Atem wurde ruhig und gleichmäßig.

Laura starrte mit offenen Augen in die Dunkelheit. Ihre Angst vor dem Mann mit der Pistole war nichts gegen die Furcht, die sie nun ergriff. Eine Furcht, gegen die auch keine drei Türschlösser halfen.

Sie war erleichtert, als Tosca irgendwann zur Seite rollte und ihr den Rücken zukehrte.

Einige Senioren gehen ständig zum Arzt, andere ins Karolinum, hatte Johanna einmal bemerkt und damit treffend auf den Punkt gebracht, was sich gerade in der Vorweihnachtszeit hier abspielte: Betuchte ältere Herren und Damen, die alleine lebten und sich einsam fühlten, kamen täglich, ließen sich Broschen, Porzellan und Graphiken zeigen und luden ihre Sorgen und Probleme beim Verkaufspersonal ab.

An diesem Tag ging es im Verkaufsraum jedoch nicht um die üblichen Krankheiten und Todesfälle im Bekanntenkreis, sondern um Emily, ein Mädchen mit blonden Zöpfen, Sommersprossen und ernstem Blick. Ihr Bild schmückte an diesem Tag die Titelseiten sämtlicher Tageszeitungen.

Bei Emily (7) kommt kein Christkind. So herzlos kann eine Mutter sein: Tochter bei Putzfrau zurückgelassen.

Tränen um die Betrüger-Mama: Emily (7) allein zu Haus –

So und so ähnlich lauteten die Schlagzeilen. Die Medien hatten ihr Weihnachtsdrama.

Während Laura zwei Vitrinen komplett neu dekorierte, diskutierte Dorothea Lowetschek in ihrer Nähe rege mit zwei Kundinnen.

»Bei all den Millionen, die dieses Paar an sich gerissen hat, hätten sie das Flugticket für das Kind auch noch zahlen können«, empörte sich eine der Damen. »Aber nein, die setzen sich ab nach Südamerika und lassen ihr eigen Fleisch und Blut zurück!«

»Ich hoffe, dass sie diese Leute endlich kriegen«, sagte die andere. »Mein Neffe hat dort Geld investiert; als Lehrer am Theresianum hat er wahrlich kein dickes Einkommen. Für die Pension wollte er vorsorgen, weil ja auf den Staat kein Verlass mehr ist. Und was nun? – Alles, was er einbezahlt hat, wird jetzt von diesen Finanz-Banditen in Südamerika verprasst. Und unsere Polizei tut nichts.«

»Na geh, Traudi, in Südamerika kann unsere Polizei ja nichts ausrichten«, warf die erste Rednerin ein.

»Es gibt aber einen internationalen Haftbefehl.« Dorothea Lowetschek wusste Bescheid. »Sie wissen nur nicht, wo die Siberius' sich aufhalten! Südamerika ist ja bekanntlich groß.«

»Ich würde sie mit dem Kind erpressen«, erwiderte Traudi knallhart. »Man wird ja über die Medien international verbreiten lassen können, dass die Kleine todkrank ist ... oder eine Organspende braucht, oder was auch immer! Vielleicht bringt das die Frau dazu, freiwillig nach Österreich zurückzukehren. So kalt kann ein Mutterherz doch nicht sein!«

»Eine Frau, die ihr Kind bei ihrer slowakischen Putzfrau deponiert, um ihre eigene Haut zu retten, ist zu allem fähig!«, behauptete ihre Freundin im Brustton der Überzeugung.

»Polnisch«, verbesserte Dorothea Lowetschek. »In der Kronen-Zeitung stand, polnisch!«

»Ob slowakisch oder polnisch, was macht das schon für einen Unterschied! – Kann mir nicht vorstellen, dass das Kind sich da wohlfühlt, ohne die Mama!« Die Dame senkte ihre Stimme. »Ich bin einmal neben der Siberius gestanden, bei den Salzburger Festspielen! Sie ist ja eine halbe Salzburgerin, die Siberius. So eine arrogante Person! Kein Wort hat sie zu mir gesagt! Nur Champagner getrunken und durch die Gegend gestarrt. Und der Mann hat ausgeschaut wie ein Zuhälter. Kahl geschoren und mit Muskeln bepackt wie ein Boxer! Wie *die* das Vertrauen so vieler Anleger gewinnen konnten, ist mir ein Rätsel. Denen würde ich nicht einmal meine Einkaufstasche anvertrauen!«

Dorothea Lowetschek stimmte ihr in jedem Punkt zu, obgleich Laura stark bezweifelte, dass Dorothea diesem Herrn Siberius tatsächlich den Zugriff auf ihre Finanzen verweigert hätte. Sie erinnerte sich noch gut daran, wie sie ihn unlängst mit glänzenden Augen als großen, starken Mann beschrieben hatte.

Die Kundinnen hatten sich endlich verabschiedet und Laura sich eben Dorothea zugewandt, um das Thema zu vertiefen, als wie aus dem Boden gewachsen Frau Dr. Sabine Burger vor ihnen stand.

»Frau Eisner, Frau Lowetschek! Schon wieder fleißig beim Tratschen! Es stört ja auch nicht, dass vorne ein russisches Ehepaar seit mindestens zehn Minuten auf Bedienung wartet und sich Herr Dr. Baumgarten schon beinahe bei der Geschäftsleitung beschweren wollte, weil sich keiner um ihn gekümmert hat. Zum Glück konnte ich ihn noch aufhalten! – Wo ist denn überhaupt Frau Fraunberger?«

»Seit zweieinhalb Stunden im Lager«, erwiderte Laura und hegte die leise Hoffnung, dass zumindest auch Johanna Tadel ernten würde. Schließlich war es eine absolut unsinnige Idee, das Lager neu zu sortieren, während im Verkaufsraum zahllose Kunden ihre Weihnachtsbesorgungen erledigen wollten.

»Na, wenigstens eine von ihnen, die etwas tut!«, lautete der bissige Kommentar ihrer Vorgesetzten, und Laura gab wieder einmal alle Hoffnung auf. Diese Frau war ihr einfach fremd und würde ihr immer fremd bleiben. Vielleicht würde sie ja irgendwann von einer russischen Verbrecherbande nach Sibirien entführt werden, wenn schon der Aufzug im Karolinum anscheinend zu gut gewartet war, um mit ihr in die Tiefe zu rasen. Allerdings, was machte die Burger schon als Entführungsopfer attraktiv? – Sicher fand sich niemand, der bereit war, für sie auch nur einen Cent Lösegeld zu zahlen!

Das Licht war gleißend hell. Sie blinzelte. Sie lag in einem Bett und hatte ein kompaktes Bündel aus Stoff und Decken im Arm. Es fühlte sich fremd an.

»Ihr Mann ist da«, sagte eine Gestalt in Weiß.

Sie wusste, dass das nicht sein konnte.

Der Mann, der das Zimmer betrat, hielt einen Strauß bunter Blumen in der Hand, deren Sorte sie nicht kannte. Aber sie kannte den Namen des Mannes. Albert. Sie fühlte, dass er nicht hierher gehörte.

»Fünf Minuten«, sagte der Mann. »Ich weiß, dass du das nicht willst, aber ich finde, ich habe ein Recht darauf.«

»Das sehe ich anders«, sagte sie.

Er beugte sich zu ihr. Sie roch an seinem Atem, dass er getrunken hatte. Irgendwo begann ein Baby zu schreien.

»**Mir tut alles** weh«, klagte Laura, als sie sich auf dem Sofa niederließ. Ihr Blick fiel auf Tosca, die im Lehnstuhl saß und wieder einmal vor sich hinstarrte. Kaum ein paar Worte der Begrüßung waren über ihre Lippen gekommen.

Laura spürte wieder jene Wut in sich aufkeimen, die sich ihrer in letzter Zeit des Öfteren bemächtigt hatte. Das Sofa fühlte sich noch härter an als sonst.

»Wir haben heute 28.000 Euro Umsatz gemacht, so viel wie noch nie in diesem Jahr. Du kannst dir nicht vorstellen, wie es heute bei uns zugegangen ist. Es herrschte ein Betrieb wie in einem Ameisenhügel. Überall waren Kunden. Johanna hat mich nicht einmal Mittagspause machen lassen. Ich war gerade dabei, meine Semmel auszupacken, als sie mich wieder in den Verkaufsraum delegierte.« Laura schnaufte. »Und die Burger war zum Ende des Tages nicht einmal in der Lage, uns ein Dankeschön zu sagen. Von Johanna hat sie sich wenigstens verabschiedet. Aber mich hat sie völlig ignoriert. – 28.000 Euro nehmen wir ein, und dann bekomme ich weder eine Prämie noch ein Wort des Dankes!«

Sie boxte mit ihrem Ellbogen gegen die Rückenpolster, nahm den Arm zur Seite und stieß sich dabei an der hölzernen Seitenlehne an. »Ich hasse dieses Sofa!«

Tosca sagte nichts, sah sie aber ausdruckslos an.

»Hast du etwas zum Essen gemacht? – Ich habe solchen Hunger.«

»Nein«, erwiderte Tosca.

»Warum nicht?«

»Darum nicht.«

Tosca sah an ihr vorbei an die Wand.

»Toll«, entgegnete Laura bissig. »Was hast du denn eigentlich getan, während ich in der Arbeit war? Hier herumgesessen und Staubkörner gezählt?«

Tosca richtete den Blick auf sie. Diesmal war es ein direkter, keinesfalls leerer Blick. »Was soll das hier jetzt werden?«

»Nichts. Ich finde es nur eigenartig, wenn ich nach Hause komme und du sitzt da, so gemütlich und erholt ... und mir tut alles weh ... und du redest nichts mit mir ...«

»Laura.« Tosca richtete sich im Lehnstuhl kerzengerade auf. »Ich rede mit dir. Aber du, du jammerst nur. Das ist in

Wahrheit das einzige, was du willst: jammern. Du willst nichts ändern, du willst nicht aktiv werden – willst nicht einmal mit deiner Vorgesetzten sprechen, weshalb du keine Prämie bekommen hast. Nein, denn es ist viel einfacher, die Füße hochzulegen und im Selbstmitleid zu baden. Du möchtest dich nicht auseinandersetzen, weder mit dieser komischen Frau Dr. Burger noch mit deinen Kolleginnen. Du lässt dich lieber tagtäglich demütigen, als dich zu wehren. Du bist nicht in der Lage, um etwas zu kämpfen, was dir wichtig ist, sondern lässt deine innere Wut stattdessen an Mülleimern und Möbelstücken aus. Als ob sich irgendetwas ändern würde, nur weil du auf ein Sofa einschlägst! – Und, ja, wo du mich jetzt mit großen Augen ansiehst: Natürlich habe ich diese Wutanfälle bemerkt. Ich bin ja nicht blind. Aber das ist für dich anscheinend besser, als endlich einmal die Zügel in die Hand zu nehmen und etwas an deinem Leben zu ändern. Klar. Das würde ja auch Energie kosten und du müsstest deinen bevorzugten Zustand der Lethargie verlassen.«

»Was?« Die Farbe war aus Lauras Gesicht gewichen. Sie stand auf. Ihre Knie zitterten, sie fühlte sich, als hätte ihr Tosca mit einem Ruck den Boden unter den Füßen weggezogen. »Das ... das ist doch überhaupt nicht wahr!«

»Doch, das ist wahr.« Tosca wirkte völlig ruhig. »Schau dich um, Laura. Du wohnst wie eine alte Frau – mit Möbeln, die alt, aber alles andere als Antiquitäten sind, sondern simples, altmodisches Gebrauchsmobiliar. Um nicht zu sagen: Sperrmüll. Die Tapete im Wohnzimmer ist eine farbliche Zumutung, außerdem ist sie an einigen Stellen eingerissen. Du hörst Musik, die einem Klassik-Kränzchen im Altenheim gut anstünde, und deine einzige engere Bekannte ist offenbar eine alte Freundin deiner Mutter. Du schaffst es nicht einmal, deine leeren Weinflaschen regelmäßig zu entsorgen! – Wenn ich sage, du verharrst in Lethargie, dann *ist* das wahr. Wahrscheinlich wirst du noch weitere zwanzig Jahre täglich über das Karolinum klagen, und wenn du dann endlich in Pension bist, wirst du darüber jammern, dass du diesen täglichen Wahnsinn nicht mehr hast! Du wirst *immer* jammern, weil es dir lieber ist, als die Initiative zu ergreifen, um etwas zu ändern.«

»Das …« Laura schnappte nach Luft. »Das ist überhaupt nicht wahr! So darfst du nicht mit mir reden!« Die Wut brach aus ihr heraus wie ein Vulkan und machte sie stark. »Du hast kein Recht, so über mich zu urteilen! – Schau dich doch einmal selbst an! Du ergreifst auch keine Initiative, um herauszufinden, wer du bist! Du sitzt auch nur hier herum, hoffst, dass dich irgendwann der Blitz der Erkenntnis trifft, und versinkst einstweilen in Depressionen! Du wirfst mir Lethargie vor und bist selbst kein bisschen besser! – Und wer sagt denn überhaupt, dass du im Berufsleben anders bist als ich? Vielleicht hängst du auch seit Jahren in einem miesen Job, vielleicht erträgst du ja auch Demütigungen am laufenden Band! Woher willst du überhaupt wissen, ob du dich in deinem Leben durchgesetzt hast?« Ihre Stimme kippte. Schnell ging sie zur Tür.

Tosca sollte sie nicht weinen sehen. Es war genug, dass sie ihr all die Schrecklichkeiten ins Gesicht geworfen hatte. An der Türschwelle zum Schlafzimmer packte sie noch einmal die Wut.

»Weißt du was? Es ist gar kein Wunder, dass dich dieser Mann erschießen wollte! So, wie du mit Menschen umgehst, machst du dir zwangsläufig Feinde!«

Sie knallte die Türe hinter sich zu, warf sich auf ihr Bett und ließ ihren Tränen freien Lauf. Sie *hasste* diese Frau! Was bildete die sich ein! Sie gewährte ihr Unterkunft, versorgte sie mit Essen … und das alles dankte sie ihr mit bösen Worten! Nichts davon war so, wie Tosca es sah! Wie sollte sie denn kündigen, wenn sie keinen anderen Job hatte? Sie brauchte das Geld! Sie konnte es sich schließlich nicht leisten, über Monate noch weniger oder gar nichts zu verdienen!

Voller Wut schlug sie auf das Kissen ein, die Hände zu

Fäusten geballt. Das Leben war so verdammt ungerecht ... und Tosca einfach unverschämt!

Sie hielt sie also für lethargisch. Gut, sie würde ihr zeigen, wie lethargisch sie war! Nämlich immerhin nicht so lethargisch, dass sie sich das alles widerstandslos bieten ließe. Sie würde Tosca rausschmeißen. Lady Namenlos hatte eine Grenze überschritten. Sollte sie doch sehen, wo sie zukünftig unterkam!

Endlich würde ihr Leben wieder in geregelten Bahnen verlaufen, ohne eine Mitbewohnerin, die ihr Frechheiten sagte!

In Gedanken sah sie sich nach einem harten Arbeitstag in ihre Wohnung kommen, den Mantel in den Garderobenschrank hängen, ihre Schuhe in einer der zahlreichen Schachteln im Regal zu ihrer Rechten verstauen ... ins Wohnzimmer schreiten, die Stille genießen ... Sie stellte sich vor, wie sie sich später ein Gläschen Wein einschenkte, eine Symphonie auflegte ... sich auf ihr Sofa sinken ließ ...

Das Sofa. Sie hatte diese breite rote Couch gewollt, aber Mutter hatte darauf bestanden, das alte unbequeme Sofa aufzupolstern und neu zu beziehen. Natürlich. Mutter hatte ja auch nie auf diesem Sofa gesessen! Ihr Platz war der Lehnstuhl gewesen, immer schon. Dieser hässliche roséfarbene Lehnstuhl, der sich mit dem altrosa Blumenmuster der Tapete schlug. Und dann dieser wuchtige Esstisch. Warum verstellte man sich mit einem derartigen Monster einen Großteil seines Wohnzimmers? Obendrein war die Tischplatte zerkratzt.

Die Wohnung ist gut so, wie sie ist. Die Stimme ihrer Mutter erfüllte den Raum. *Das Karolinum ist das Beste, was dir passieren kann! Wo willst du denn sonst arbeiten, wenn nicht dort! Dieser Niklas ist kein Künstler, sondern nur ein armseliger Orchestermusiker! Was willst du mit dem? Der wird dich nie ernähren können! Geschweige denn eure Kinder.*

Sie setzte sich auf und putzte sich die Nase.

Abends bist du wieder zu Hause. Es gehört sich nicht für

eine junge Frau, bei einem unverheirateten Mann zu übernachten!

Trotz der Tränen, die noch in ihren Augen waren, musste sie lächeln.

Zumindest in diesem Punkt hatte Mutter geirrt. Niklas war verheiratet gewesen. Nur eben nicht mit ihr.

Sie hatte genug von all diesen mütterlichen Lebensweisheiten. Und vor allem genug von diesen Möbeln. Sie verspürte den plötzlichen Drang, ihrer Mutter alles ins Gesicht zu werfen, was sie stets für sich behalten hatte: dass sie die Enge nicht aushielt. Nicht einmal mehr nach ihrem Tod.

Dass sie lieber etwas viel Spannenderes gemacht hätte, als Germanistik zu studieren – zum Beispiel eine Ausbildung mit Spezialisierung auf Kriminalistik. Oder einen Job als Reisekauffrau – sicher hätte sie dann inzwischen mehr von der Welt gesehen als nur Wien und Umgebung. Damals, kurz nach der Matura, hätte sie gewiss auch noch den Mut gehabt, in fremde Länder zu reisen. Stattdessen verkaufte sie seit Jahren in einem trostlosen überdachten Innenhof des Karolinums Porzellan an einsame Rentner.

Dass sie es als Jugendliche wie eine Folter erlebt hatte, den ganzen Tag mit dem Klassiksender berieselt zu werden.

Sie hatte die düstere Stimme des Radiosprechers noch gut im Gedächtnis. Schon damals hatte sie sich gefragt, weshalb Klassik immer im Trauertonfall angekündigt werden musste.

Tosca saß noch immer in Mutters Lehnstuhl. Sie hatte den Kopf in den Händen verborgen, als Laura zu ihr trat.

»Du irrst dich«, sagte Laura. »Es hat sich was geändert! Seit Mutter tot ist, höre ich immerhin keine Symphonien in Moll mehr.«

Tosca hob den Kopf. Sie sah an ihren geröteten Augen, dass auch sie geweint hatte.

»Aber sicher hast du die CDs noch immer in den Tiefen dieses Schranks verstaut«, sagte sie mit kratziger Stimme. Sie versuchte ein zaghaftes Lächeln. Es sah aus wie eine klägliche

Grimasse. Das Lächeln, das Laura erwiderte, gelang dagegen weit besser.

»Irrtum.« Sie kostete Toscas überraschten Gesichtsausdruck aus, bevor sie hinzufügte: »Sie lagern im Keller.«

Diesmal war Toscas Lächeln überzeugender. Sie griff nach Lauras Hand und drückte sie leicht. Laura wusste in diesem Moment genau, dass das, was sie für Tosca empfand, mit Hass nichts zu tun hatte.

»Du kannst ein ganz schöner weiblicher Macho sein«, sagte Tosca und ahmte Lauras Tonfall von zuvor nach: »Hast du etwas zu essen gemacht?«

Verlegen wollte Laura sich abwenden, doch Tosca hielt noch immer ihre Hand fest und zog sie an sich. Laura verlor das Gleichgewicht, taumelte – und landete auf Toscas Schoß. Sie wollte sofort wieder aufstehen, doch Tosca legte den Arm um sie.

»Bleib«, sagte sie, und fügte leise hinzu: »Du bist nicht die einzige, die einen schrecklichen Tag hatte. Mir geht es auch nicht gut. Ich habe mich an etwas erinnert …«

Sie erzählte Laura von dem gleißenden Licht, der Gestalt im Zimmer und dem Mann mit dem Blumenstrauß, der ihr als ihr Mann angekündigt worden war, obwohl sie sicher war, dass dies nicht sein konnte.

»Aber du kanntest ihn?«

Tosca nickte langsam. »Ja, eindeutig. Ich wusste, wer er war, und dass er nicht hätte dort sein sollen. Allerdings weiß ich nicht einmal, wo ich zu diesem Zeitpunkt war.«

»Vielleicht in einem Krankenhaus«, schlug Laura vor. »Ein Besucher, der Blumen bringt, eine weiße Frauengestalt, die möglicherweise Krankenschwester oder Ärztin ist. Das würde doch passen.«

»Ja«, meinte Tosca nachdenklich. »Aber weißt du, ich fühlte mich nicht krank. Ich war müde. Und ich war auf seltsame Weise glücklich.«

Laura überlegte.

»Vielleicht war es ja doch kein Krankenhaus, sondern zum Beispiel ein Wellness-Center. Vielleicht hattest du Urlaub und warst daher glücklich.«

»Vielleicht. Wer weiß.«

Toscas Arm lag um ihre Taille. Die Berührung und das Schweigen, das sich nun zwischen ihnen auftat, wurde Laura unheimlich.

»Wie ist es eigentlich dazu gekommen, dass du dich erinnerst?«, fragte sie, nur um die Stille zwischen ihnen zu durchbrechen.

»Ich war in der Innenstadt in einem Kaufhaus. Ich wollte sehen, ob ich etwas wiedererkenne. Es kam mir alles fremd vor. Über dem Wühltisch mit den Strümpfen hing eine Neonlampe. Ich sah kurz ins Licht, und plötzlich war diese Szene vor meinen Augen.«

»Dann bringt es doch etwas, nach draußen zu gehen«, stellte Laura pragmatisch fest.

»Möglich.« Tosca wirkte dennoch unschlüssig. »Aber es sind nur Bruchstücke. Es ist, als müsste ich aus vielen Einzelteilen das Puzzle meines Lebens zusammensetzen. Und dabei weiß ich nie, wie viele Teile überhaupt noch fehlen.«

»Irgendwann wirst du es wissen. Ich bin sicher.«

Laura erhob sich. Es war seltsam, auf dem Schoß einer erwachsenen Frau zu sitzen.

»Ich werde das Wohnzimmer neu streichen. Mit weißer Farbe«, Laura richtete ihren Blick auf die Tapete. »Hilfst du mir?«

»Wie bitte?« Das Erstaunen stand Tosca ins Gesicht geschrieben.

»Ja.« Laura war sich einer Sache noch nie so sicher gewesen. »Ich will das. Ich wollte es eigentlich schon weiß haben, als ich noch ein Teenager war. Also, hilfst du mir?«

»Ja, natürlich. – Wann willst du starten?«

»Am liebsten gleich jetzt.« Laura grinste, als sie Toscas Irritation bemerkte. »Allerdings muss ich erst Farbe besorgen.

Also sollten wir das Wochenende ins Auge fassen. Vorausgesetzt, du hast keine anderen Pläne.«

Tosca legte den Kopf schief. »Tja, mal überlegen. Ich glaube, mein Terminkalender schaut im Moment recht leer aus. Ja, ich glaube, das Wochenende wäre für mich in Ordnung. – Aber dann bist du heute Abend offenbar noch frei. Vielleicht hast du ja Lust, diesen Abend mit mir zu verbringen?«

»Hmm.« Laura runzelte gekünstelt die Stirn. »Das wäre sogar möglich. Meine zehn Verehrer sind heute schon anderweitig ausgebucht.«

»Ach, dann komme ich an Stelle Nummer elf? Da bin ich aber enttäuscht!«

Tosca stand dicht vor ihr. Lauras Augen waren auf derselben Höhe wie Toscas Lippen, die sie überrascht betrachtete. Ein Lächeln umspielte sie, das in den Mundwinkeln zuckte, und zum ersten Mal wurde Toscas Lächeln so breit, dass sich Grübchen bildeten.

»Mit welchem Listenplatz hattest du denn gerechnet?«

»Nummer zwei. Direkt hinter Berta.«

Laura schmunzelte.

»So bescheiden. – Falls es dir schon aufgefallen ist: ich habe Berta schon länger nicht mehr getroffen. Sie hat wohl schon Ersatz für mich gefunden.«

»Das kann nicht sein.« Tosca verringerte den Abstand zwischen ihnen auf ein Minimum. In Laura begannen Alarmglocken zu schrillen. »Es gibt keinen Ersatz für dich.«

Sie beugte sich kurz nach vorne und drückte Laura, die sich schlagartig dem Tod näher fühlte als dem Leben, einen kleinen Kuss auf die Stirn.

»Also, was machen wir heute Abend? Schauen wir noch bei einem Weihnachtsmarkt vorbei?«

Ihre Worte erreichten Laura, die sich noch immer in einem Schockzustand befand, erst nach und nach. »Ja ... warum nicht«, sagte sie dann hastig und strebte schon zur Garderobe. »Gehen wir!«

Es war nach dem dritten Glühwein, als Tosca wieder sehr ernst wurde. »In diesem hellen Raum lag etwas, was mich glücklich machte. Ich habe mich noch nie so vollkommen gefühlt. Seit ich die Erinnerung an dieses Gefühl habe, ist mir, als wäre mir etwas entrissen worden ... als würde etwas fehlen.«

»Was glaubst du, was es war?«

»Ich weiß es nicht. Ich weiß nur, dass das Gefühl, es verloren zu haben, noch unerträglicher ist als die Ungewissheit, nicht zu wissen, wer ich bin.«

Sie stand auf freiem Feld. Sie wusste nicht, warum sie dort stand. Es war dunkel. Sie hatte starke Kopfschmerzen. Um sie herum heulte der Wind. Es war eiskalt. Sie fror. Sie trug nur ein Kostüm, an den Beinen eine dünne Strumpfhose. Sie wusste nicht, wohin sie gehen sollte. Sie zitterte am ganzen Körper, aber ihr Zittern kam nicht nur von der Kälte. Sie hatte das Gefühl, als würde sich diese Dunkelheit jeden Moment auftun und sie verschlingen.

Eng schlang sie die Arme um ihren Oberkörper, um sich vor der Kälte zu schützen. Sie wusste, sie konnte hier nicht bleiben.

In der Ferne entdeckte sie Licht. Sie setzte sich in Bewegung. Der Wind und ihre Angst trieben ihr die Tränen in die Augen. Vorsichtig setzte sie einen Fuß vor den anderen. Der Boden war uneben; das Gehen fiel ihr schwer. Mehrmals knickte sie um.

Das Licht gehörte zu einem großen Haus. Das Haus stand auf einer leichten Anhöhe inmitten eines Parks. Sie war sich plötzlich sicher, dass sie von genau diesem Ort gekommen war. Sie zögerte. Ihr Instinkt sagte ihr, dass es nicht gut sein konnte, dorthin zurückzukehren. Ihre Ratio war stärker. Sie würde die Nacht nicht überleben, wenn sie weiterhin in der Kälte stand.

Eine Baumwurzel brachte sie jäh zu Fall. Der Boden war feucht und kalt. Mühsam rappelte sie sich auf.

Humpelnd erklomm sie die Treppenstufen zur Terrasse, tastete sich die raue Hausmauer entlang und spähte durch das Fenster. Sie blickte in einen geräumigen Wohnsalon mit offenem Kamin. Der Raum war hell erleuchtet; im Kamin brannte Feuer. Auf dem kleinen Tisch vor dem Kamin standen zwei Gläser und eine Weinflasche.

Die Terrassentür stand einen kleinen Spalt offen, so als hätte jemand in Eile das Haus verlassen. Sie trat ein, sah sich um. Die schweren Brokatvorhänge zogen ihren Blick auf sich.

Mit langsamen Schritten bewegte sie sich entlang der Fensterseite des Raums, die Vorhänge nicht aus den Augen lassend. Zeichnete sich hinter einem von ihnen etwa eine Silhouette ab?

Hinter ihr ächzte der Parkettboden. Ruckartig blieb sie stehen und fuhr herum. Sie war allein im Zimmer. Zumindest sah es so aus. Sie lauschte. Sie hörte nur ihren eigenen Herzschlag und das Pochen in ihrem Kopf. Klopf. Klopf. Es war, als ob jemand mit einem Holzhammer von innen gegen ihre Schädeldecke schlagen würde.

Langsam setzte sie ihren Weg fort, die Vorhänge immer im Blick. Etwas zog sie in Richtung des Kamins. Sie war sich nicht darüber bewusst, was es war, sondern folgte dem, was ihr Inneres dirigierte.

Sie machte einen weiteren, langsamen Schritt – und erstarrte. Ihr Bein stieß auf Widerstand. Vor Schreck vergaß sie, den Vorhängen weiter Aufmerksamkeit zu schenken, und blickte zu Boden.

Als erstes sah sie Beine. Die Beine steckten in einer dunklen Herrenhose, die Füße in Schuhen aus schwarzem Leder.

Für einen kurzen Augenblick spielten Angst und Kopfschmerzen keine Rolle mehr. Sie kniete sich neben den leblosen Körper. Es war ein Mann mittleren Alters mit dichtem braunen Haar. Er hatte die Augen geschlossen. Eigentlich sah er aus, als würde er schlafen. Doch sie wusste: Niemand würde so am Boden schlafen, reglos, gekleidet in Anzug und Krawatte, schräg unter einem Klavierhocker. Sie kniete sich neben ihn, legte ihre Finger an seinen Hals. Spürte keinen Puls. Die Situation kam ihr vor wie ein Déjà-vue: als hätte sie schon einmal keinen Puls gefühlt, als sie einen Menschen angefasst hatte.

Sie beugte sich über ihn, ganz dicht, um ein Lebenszeichen zu spüren. Ihr Oberkörper berührte den seinen. Dann packte sie ihn an den Schultern, schüttelte ihn. Sein Kopf fiel zur Seite. Sie erstarrte. Ein kleines Rinnsal Blut floss aus seinem Mund.

Die Angst kam zurück und erfasste sie mit Macht. Mit zitternden Händen knöpfte sie seine Anzugjacke auf. Sein Hemd war rot, vollgesogen mit Blut. Auf Bauchhöhe klaffte ein Loch. Sie hatte noch nie eine Schusswunde gesehen und wusste trotzdem sofort, dass es sich um einen Einschuss handelte.

Die Angst wurde zur Panik. Sie starrte zur Tür. Hatte sie im Nebenzimmer etwas gehört?

Sie sprang auf. Ihr Blick fiel auf eine weitere Tür. Sie hatte Angst, in das Zimmer zurückzugehen, aus dem sie gekommen war. Vielleicht war sie nicht allein hier! Vielleicht war derjenige, der diesen Mann erschossen hatte, noch in der Nähe! Vielleicht trachtete er auch ihr nach dem Leben!

Die zweite Tür führte direkt in den Vorraum. Dort sah sie nur noch den Hauseingang. Sie musste hier raus. Schnell. Sie griff nach dem nächstbesten Mantel, den sie fand, und einem Hut.

Draußen schlug ihr die kalte Luft entgegen. Doch nun hatte der Wind für sie etwas Beruhigendes. Er stand im Kontrast zur Totenstille, die drinnen geherrscht hatte. Sie wollte nur fort, weit weg von diesem Haus und allem, was in ihm war.

Sie hastete los. Dass sie einen ihrer Schuhe verloren hatte, merkte sie erst, als sie den rauen Belag der Straße unter der Fußsohle spürte.

»Entschuldigen Sie, Uhren. Wo finde ich denn die im Haus? – Es ist alles sehr schlecht beschriftet!«

»Im zweiten Stock oder in den Juwelierfilialen.«

»Bekommen Sie vor Weihnachten noch Schiele-Graphiken?«

»Nein, ich gehe nicht davon aus. Erst nächsten Frühling wieder.«

»Dieser Siebdruck von Rockenschaub – ist da eine Reduzierung möglich? Der Preis kommt mir überzogen vor.«

»Ich werde beim zuständigen Experten nachfragen. Kleinen Moment.« Laura schwirrte schon der Kopf vor lauter Fragen. Nur noch zwei Wochen bis Weihnachten. Gott, war sie froh, wenn dieser Wahnsinn endlich sein Ende fand!

»Nein, leider ist keine Reduzierung möglich. Der Einbringer besteht auf dem ausgeschriebenen Betrag.«

Der Kunde zog enttäuscht von dannen. Und schon stand die nächste Person vor ihr.

»Wohin kann ich eine schöne, fleißige Frau in die Mittagspause entführen?«

Laura sah auf. Ihr Gesicht erhellte sich schlagartig, als sie Tosca erkannte. »Was ... du kommst hierher?«

Tosca ließ ihren Blick im Verkaufsraum umherschweifen.

»Ich wollte mal sehen, wo du arbeitest.«

»Und?«

»Sieht aus wie auf einem Flohmarkt für Begüterte.«

Laura kicherte. Das hatte noch niemand so treffend gesagt.

»Also, was ist? Kannst du eine kleine Pause machen?«

Laura sah auf die Uhr. »Eigentlich geht um diese Zeit immer Dorothea. Aber vielleicht kann sie mit mir tauschen.«

»Ich kann auch warten.«

»Nein … ich werde lieber fragen.«

Sie wollte vermeiden, dass Tosca länger im Verkaufsraum stand als notwendig. Die Burger konnte jederzeit auftauchen und kontrollieren, ob sie auch arbeiteten wie Roboter. Wenn sie sie nun schon wieder bei einer privaten Plauderei ertappte!

Dorothea bog bereits um die Ecke, einen Wagen mit neuen Ausstellungsstücken vor sich her schiebend. Sie hielt inne, als sie die schlanke, hochgewachsene Frau sah, mit der sich Laura unterhielt. In ihrem Gesicht stand Irritation, aber auch Neugierde. Ehe Laura sich versah, gesellte sie sich ungebeten zu den beiden. »Kann ich helfen?«

»Nein«, sagte Laura kurz angebunden.

»Ja«, sagte Tosca mit einem charmanten Lächeln. »Sie würden mir einen großen Gefallen tun, wenn Sie Ihre Mittagspause ausnahmsweise etwas verschieben. Ich würde sehr gerne mit Frau Eisner einen Kaffee trinken gehen.«

»Mit Laura?« Dorothea machte ein Gesicht, als hätte direkt neben ihr der Blitz eingeschlagen. Toscas Lächeln ruhte unbeeindruckt auf ihr. »Ähm … ja, natürlich. Selbstverständlich.« Laura hatte Dorothea noch selten so verwirrt erlebt.

Wenige Minuten später saßen sie sich in einem altmodischen Kaffeehaus gegenüber. Laura löffelte Suppe, Tosca den Milchschaum einer Melange. War sie eben noch genervt von den vielen Kundenfragen, tanzten jetzt Schmetterlinge in Lauras Laune.

Tosca strahlte. Sie strahlte auch, wenn sie nicht lächelte. Die Aura an Trübsinn und Depression, die sie sonst umgeben hatte, war wie weggeblasen.

Laura ließ den Löffel sinken.

»Ist etwas passiert?«

»Ja.« Toscas Augen sprühten vor Energie. »Ich weiß jetzt,

dass ich keine Mörderin bin. Ich weiß, wie das Blut auf meine Bluse kam!«

In wenigen Sätzen erzählte sie Laura, woran sie sich nun erinnern konnte. Laura hörte ihr aufmerksam zu.

»Wir sollten noch einmal systematisch die Zeitungen nach Mordfällen durchsuchen, die sich zu der Zeit ereigneten, als ich dich gefunden habe«, meinte sie dann. »Wenn du darüber liest – vielleicht macht es plötzlich klick und deine gesamte Erinnerung kommt zurück.«

»Ja!« Tosca nickte. »Ich werde in die nächste Bibliothek gehen; dort dürften alte Tageszeitungen archiviert sein. Über einen Mord wird immer groß berichtet. – Und ich kann das Haus beschreiben, in dem dieser Mann lag. Eine Villa. In einem Park. Mit einer blauen Haustüre.«

Laura ließ den Suppenlöffel auf halbem Weg zum Mund sinken. Eine Villa mit blauer Haustüre, umgeben von Bäumen.

Sie sah das Haus deutlich vor sich.

»Stand die Villa auf einer leichten Anhöhe?«

»Ja!« Tosca wurde blass. Sie griff nach Lauras Handgelenk. »Woher weißt du das?«

Laura atmete tief durch.

»Tosca! Das hast du aus irgendeinem Film. Ich weiß zwar nicht, aus welchem, aber ich kenne diese Villa mit der blau gestrichenen Haustüre auch. Und ich war ganz sicher nie selbst dort.«

Der Glanz in Toscas Augen verschwand. Sie gab ihr Handgelenk frei und lehnte sich zurück.

»Bist du sicher?«

»Ganz sicher.«

Es tat Laura selbst weh, ihre Enttäuschung zu sehen, aber es hatte keinen Sinn, falsche Hoffnungen zu nähren.

»Möglicherweise hast du das alles aus einem Krimi.«

»Nein …« Tosca schüttelte den Kopf. »Der einzelne Schuh, das Blut an meiner Bluse. Ich weiß genau, wie das alles passiert ist. Es war so realistisch! – Ich weiß, dass ich mich über diesen toten Mann gebeugt habe. Und ich kann ihn beschreiben.« Sie senkte ihre Stimme. »Es war derselbe, der in dieses Zimmer mit dem hellen Licht gekommen ist. Der mit dem Blumenstrauß.«

»Das ergibt doch keinen Sinn«, widersprach Laura. Die Schmetterlinge in ihr schlugen nun nicht mehr mit den Flügeln. Stattdessen hatte sich ein flaues Gefühl in ihrer Magengegend eingenistet. Ein leichter Druck, der ihr den Appetit auf Suppe nahm. »Der Mann kann wohl kaum in ein Zimmer kommen, wenn er tot unter einem Klavierhocker liegt.«

»Ich habe keine Ahnung, in welche Reihenfolge meine Erinnerungen zu bringen sind«, erklärte Tosca. »Aber was ist eigentlich mit dir los? – Ich hatte erwartet, dass du dich freuen würdest.«

Laura winkte dem Kellner. Ihre halbe Stunde Mittagspause war fast um. Zu dem Druck im Magen gesellte sich Schuldbewusstsein. Es war nicht ihre Absicht gewesen, Toscas Euphorie zu bremsen.

»Ich will nur nicht, dass du noch trauriger bist«, sagte sie, als sie sich vor dem Lokal voneinander verabschiedeten. »Ich will dir lediglich eine Enttäuschung ersparen.«

»Ich weiß zugegebenermaßen noch nicht gerade viel über mein Leben«, erwiderte Tosca. »Aber eines weiß ich sicher: Du bist nicht meine Mama. Nur Mütter haben den Drang, ihren Kindern Enttäuschungen zu ersparen.«

»Freundinnen auch!«

»Freundinnen?« Tosca zog die Augenbrauen hoch. »Bisher dachte ich, ich sei der Parasit in deinem Leben.«

Laura schaute auf die Straße. »Du weißt, dass ich nicht so denke«, murmelte sie dann verlegen.

»Ja, weiß ich.« Tosca beugte sich vor und küsste sie zum Abschied auf die Wangen. »Ich weiß es, aber ich wollte es so gerne hören.«

Obwohl Toscas Lippen kaum ihre Haut berührt hatten, wurde es Laura ziemlich heiß. Mit geröteten Wangen brach sie auf und prallte fast gegen einen Vespa-Fahrer, als sie sich auf den Weg machte. Kaum zurück am Karolinum, fragte sie sich, wie sie jemanden vermissen konnte, von dem sie sich gerade erst verabschiedet hatte.

»Jedenfalls bin ich keine Handwerkerin.« Tosca stand mit verschränkten Armen in Lauras Wohnzimmer und betrachtete die Wände, an denen immer noch Tapetenreste klebten. Seit dem Morgen waren sie damit beschäftigt gewesen, die Schrankwand auszuräumen und abzubauen, die anderen Möbel ins Schlafzimmer zu stellen oder in die Mitte des Zimmers zu schieben und die alte Tapete zu entfernen.

Die Tapete ließ sich schwerer lösen als der hilfsbereite Mitarbeiter vom Heimwerker-Markt in Aussicht gestellt hatte. Seine Aussage »einfach befeuchten und abziehen« entpuppte sich als gar nicht so leichtes Unterfangen. Der alte Wandbezug löste sich an einigen Stellen leicht, an anderen trotz einer Unmenge Wasser gar nicht. Sie mussten kräftig mit dem Spachtel nachhelfen. Während Laura hartnäckig eine Stelle nach der anderen in Angriff nahm, gab Tosca bald auf.

Sie kniete sich stattdessen vor den Schrankinhalt, der in der Mitte des Zimmers zu einem Haufen aufgeschichtet war.

»Du lieber Himmel, Laura, du hast hier Programmhefte von Vorstellungen am Burgtheater von 1975! Wieso hebst du das auf?«

»Die sind nicht von mir, die sind von Mutter«, erwiderte Laura automatisch.

»Natürlich«, meinte Tosca nüchtern. »Ich habe nicht erwartet, dass du als Dreijährige schon Programmhefte studiert hast. Aber das ist keine Antwort auf meine Frage.«

Laura seufzte.

»Das alles da gehörte Mutter.« Sie deutete auf die mit verschiedenen Papieren und Krimskrams gefüllten Schubladen und den losen Stapel von Heften. »Ich bin noch nicht dazu gekommen, es auszusortieren.«

»In drei Jahren bist du nicht dazu gekommen, dir Platz zu schaffen?« Tosca runzelte die Stirn.

Laura ließ den Spachtel sinken. Ihr Arm schmerzte von der ungewohnten einseitigen Belastung. Sie sah ihre Mutter vor sich, wie sie den Kulturteil der Tagespresse studierte, einzelne Artikel ausschnitt und in die Schubladen einsortierte. Als die Schubladen voll waren, war sie ins Vorzimmer ausgewichen. Ihre zahlreichen Pappschachteln im Regal ließen kaum mehr Platz für Schuhe.

»Schmeiß die Sachen weg.« Sie war überrascht über die Radikalität in ihrer eigenen Aussage. Trotz der Verwunderung, die auch in Toscas Gesicht zu lesen war, behielt sie den eingeschlagenen Weg bei. »Du kannst alles Altpapier aussortieren. Du hast Recht, niemand braucht das mehr.«

»Wenn du meinst ... Ich möchte nicht dein Leben umkrempeln. Ich bin ja nur Gast.« Trotzdem begann Tosca unverzüglich mit der Arbeit. Offenbar hatte sie Sorge, dass der Entschluss auf schwachen Füßen stand.

Laura war dankbar für Toscas Hilfe. Sie wusste, dass sie sich alleine niemals aufgerafft hätte, etwas zu verändern. Gleichzeitig war sie froh, eine Aufgabe für Tosca zu haben. Deren Euphorie darüber, keine Mörderin zu sein, war längst wieder in Resignation übergegangen. Sie hatte Stunden mit alten Zeitungen in der Bibliothek verbracht, war aber bei ihren Recherchen kein bisschen schlauer geworden, was ihre Vergangenheit betraf. Keinen der Artikel, der in dem Zeitraum erschienen war, brachte sie mit sich selbst in Verbindung. Weitere Erinnerungen wollten sich nicht einstellen.

Laura spürte Toscas Verzweiflung darüber, wusste aber nicht, wie sie ihr hätte helfen können. Sie war derzeit genug mit sich selbst beschäftigt. Der Gedanke, dass die linke Bettseite irgendwann wieder leer wäre, wenn sie in der Früh die Augen aufschlug, und dass niemand auf sie wartete, wenn sie abends von der Arbeit zurückkam, machte ihr Angst.

Sie entfernte gerade den letzten Tapetenrest, als Tosca plötzlich innehielt.

»Laura. Da ist ein altes Sparbuch!«

Laura stieg von der Malerleiter herunter und warf einen flüchtigen Blick auf das kleine Büchlein, das Tosca in den Händen hielt.

»Das ist von Mutter. Viel ist da nicht drauf, soweit ich mich erinnern kann. Ich hab es mir behalten, als Notgroschen, falls einmal schlechtere Zeiten kommen.«

»125.000 Schilling«, stellte Tosca fest, als sie das Büchlein aufschlug. »Immerhin, etwas über 9.000 Euro, würde ich sagen. Andere machen damit eine Traumreise!«

»Darauf lege ich keinen Wert. Wie gesagt, das ist ein Notgroschen. Wenn ich beispielsweise im Karolinum gekündigt werde, kann ich damit überleben. Zumindest eine Zeit lang.«

»Wenn du gekündigt wirst, bekommst du erst einmal Arbeitslosengeld. Außerdem, warum sollten sie dir kündigen?«

Laura schwieg. Sie dachte an Barbara. Damals war es fast soweit gewesen. Doch davon wollte sie Tosca auf keinen Fall erzählen.

»Laura!« Tosca wurde plötzlich ganz aufgeregt. »Sieh mal ... Diese 9.000 Euro, das entspricht der Summe, die 1970 auf diesem Sparbuch war! Seitdem ist nichts mehr abgehoben worden. Inzwischen muss es also weit mehr sein, die Verzinsung war damals noch ziemlich gut.«

Laura zuckte mit den Schultern. »Ich kann ja gelegentlich einmal zur Bank gehen und nachfragen«, meinte sie.

»Manchmal verstehe ich dich nicht. Ich hätte mehr Begeisterung über diese Entdeckung erwartet«, erwiderte Tosca.

»Ich wohne in einer abbezahlten Eigentumswohnung, ich habe einen Job«, sagte Laura. »Was soll ich denn noch wollen?«

»Eine tolle Urlaubsreise?«

Laura zögerte kurz, dann schüttelte sie trotzig den Kopf. »Das brauche ich nicht. Ich war noch nie im Urlaub.«

»Was?« Tosca machte ein so entsetztes Gesicht, dass Laura unwillkürlich lachen musste. »Wieso, um Himmels Willen? Du warst noch nie weg aus Wien?«

»Beruhige dich.« Laura legte ihr besänftigend die Hand auf die Schulter. »Natürlich war ich schon einmal weg aus Wien. Mit der Schule war ich natürlich in Linz und in Graz, und mit der Uni war ich später auf einer Studienreise in Weimar. Aber das war kein klassischer Urlaub. Wir waren sozusagen auf den Spuren Goethes unterwegs. Ich fand es sehr anstrengend und war froh, als wir wieder daheim waren.«

»Aber du warst noch nie am Meer?«

Tosca schien es nicht fassen zu können.

»Nein. Mutter war nicht reisefreudig. Es gab schon eine Zeit, da hätte ich irrsinnige Lust gehabt, das alles einmal zu sehen – die Pyramiden zum Beispiel, das Kolosseum, die Katakomben in Paris, das Mittelmeer ... aber Mutter hat mir das systematisch ausgeredet.«

»Mutter ist seit drei Jahren tot!« Tosca spuckte das Wort »Mutter« so harsch aus, dass Laura unwillkürlich zusammenzuckte.

»Bitte, lass uns nicht wieder über dieses Thema streiten«, sagte sie leise. »Du kannst das nicht verstehen.«

»Du hast Recht. Ich werde das nie verstehen.« Tosca seufzte. »Entschuldige. Ich will auch nicht mit dir streiten. Aber je öfter ich von deiner Mutter höre, desto wütender werde ich auf diese Frau!«

»Wahrscheinlich wusste sie es selbst nicht besser. Ich glaube, außer dieser einen Mittelmeerschiffsfahrt ist sie auch nicht weit herumgekommen. Und sie ist auch spät von zu Hause ausgezogen, glaube ich. Damals war das wohl alles auch so üblich: dass die Kinder bei den Eltern wohnten, bis sie sich verheirateten. Mutter hing eben sehr an alten Traditionen.«

Laura ignorierte Toscas zweifelndes Gesicht, ging ins Schlafzimmer und betrachtete mit schiefem Kopf die beige Tapete. Besser als rosé. Aber nicht viel. Genau genommen potthässlich. Leichenblässlich. Ihr war, als sehe sie die Farbe zum ersten Mal. Warum hatte sie das so lange ertragen? »Irgendwann werde ich das hier auch noch ändern«, sagte sie zu Tosca.

»So, wie es momentan aussieht, kann ich dich dann dabei auch noch unterstützen.« Tosca strich sich eine Haarsträhne aus der Stirn. Ein Schatten war über ihr Gesicht gefallen.

»Das kannst du so oder so.« Laura gab sich Mühe, unbekümmert zu klingen. Toscas depressive Phasen machten auch sie traurig. »Auch wenn du wieder weißt, wer du bist – du bist immer herzlich willkommen.«

»Zum Renovieren«, sagte Tosca ironisch. »Weil ich so gut darin bin.«

»Unsinn. Als *Freundin* bist du willkommen! Zum Kaffee trinken oder Abendessen – was immer du möchtest.«

»Ja, sicher. Schauen wir einmal, ob das eine realistische Vorstellung ist.«

Die Ironie war einem Sarkasmus gewichen, der Laura irritierte. Sie wohnten seit mehreren Wochen zusammen. Tosca hatte von ihr Dinge erfahren, die sie nie jemandem erzählt hatte. Sie gingen zusammen aus, aßen gemeinsam zu Abend, unterhielten sich ... was sollte so unrealistisch daran sein, sich wiederzusehen, selbst wenn Tosca ihr Gedächtnis wiedergefunden hatte?

Sie fragte sie direkt. Die Antwort, die kam, traf sie wie ein Faustschlag in die Magengrube.

»Ich denke, wir leben in zwei völlig verschiedenen Welten, die unter normalen Umständen nicht kompatibel sind.«

Laura betrachtete die frisch gestrichenen Wände. Die teure Farbe zu kaufen, hatte sich bewährt. Wie der Mitarbeiter im Heimwerker-Markt prophezeit hatte, war nur ein Anstrich notwendig gewesen. Das Zimmer wirkte mit den weißen Wänden viel freundlicher als zuvor.

»Und? Zufrieden?«

Tosca war hinter sie getreten.

»Ja«, sagte Laura knapp. So sehr sie seit gestern auch versuchte, sich nichts anmerken zu lassen – Toscas Bemerkung kränkte sie noch immer.

»Mit anderen Möbeln könnte das Zimmer noch hübscher wirken.«

»Ja.«

Laura setzte sich auf das Sofa. Sie fühlte sich völlig ausgelaugt. Das ganze Wochenende hatten sie damit verbracht, die Wände zu weißeln, die Möbel wieder aufzubauen und säckeweise Papier zu entsorgen – Papier, das Mutter in all den Jahren angehäuft hatte. In der Schrankwand war plötzlich massig Platz. Allerdings wirkte sie nun noch klobiger als zuvor.

Tosca setzte sich neben sie. »Was ist eigentlich los? Seit gestern redest du kaum mehr mit mir.«

»Nichts«, wich Laura aus. »Ich bin einfach k.o.«

»Aha. Und weiter?«

»Ich fühle mich schmutzig, schlecht, habe Hunger …« Das war nicht einmal gelogen.

»… bin wütend auf Tosca, will ihr aber nicht sagen, weshalb«, setzte Tosca den Satz fort. Sie legte ihr die Hand auf den Oberschenkel. Laura war versucht, sie wegzustoßen, überlegte es sich aber anders. Die Berührung war angenehm.

»Du hast gesagt, du willst mich nicht mehr sehen«, brachte Laura mühsam hervor.

»Was? Wann soll ich das gesagt haben?«

»Gestern. Du hast gesagt, wir leben in zwei völlig verschiedenen Welten.«

Tosca verdrehte die Augen. »Musst du jedes Wort auf die Waagschale legen? – Was ich meinte, ist, dass wir uns unter normalen Umständen sicher nie begegnet wären, das ist alles.« Sie strich mit ihrer Hand Lauras Schenkel entlang, nahm dann ihre Hand in die ihre und drückte sie leicht. »Es ist schwierig für mich, Pläne zu machen, weißt du? – Es ist unmöglich, dir zu versprechen, dass wir irgendwann beim Abendessen sitzen wie alte Freundinnen, ich mit meinem richtigen Namen, du als Laura ... vielleicht wohne ich ja meilenweit weg, in den USA oder auf den Bahamas. Oder ich sitze im Gefängnis.«

»Ich dachte, du seiest dir sicher, dass du keinen Mord begangen hast.«

»Ich weiß, dass ich diesen Mann nicht umgebracht habe. Das heißt aber nicht, dass ich von meiner absoluten Unschuld überzeugt bin.« Toscas Daumen streichelte über ihren Handrücken. Unwillkürlich dachte Laura an Barbara. Sie sah ihre dunklen Augen vor sich, die sie so entsetzt anblickten. Rasch zog sie ihre Hand zurück.

»Gehen wir essen?«, schlug Tosca nun vor. »Die Wohnung riecht noch nach frischer Farbe; ich bin auch zu erledigt, um selbst zu kochen. Außerdem fand ich diese Pizzeria, in der wir neulich waren, ausgesprochen nett.«

Laura dachte an ihr Einkommen und die Rechnung vom letzten Pizzeria-Besuch. Sie lebte derzeit über ihre Verhältnisse, eindeutig. Trotzdem: Toscas Vorschlag war einfach zu verlockend.

Sie stand auf.

»Ich gehe vorher noch unter die Dusche«, sagte sie. Im Vorzimmer drehte sie sich nochmals um.

»Ist dir eigentlich schon aufgefallen, dass wir immer nur dann essen gehen, wenn wir uns zuvor streiten?«

Tosca grinste sie an. »Ich glaube, das ist das Besondere an unserer Beziehung«, sagte sie mit einem Augenzwinkern.

Laura ließ den letzten Schluck Wein auf der Zunge zergehen. »Köstlich«, stellte sie dann fest. »Wieder einmal gut ausgesucht.«

Tosca lächelte sie an. »Ein traubiger Muskateller.«

»Das kannst du wirklich gut. Vielleicht hast du beruflich doch mit Wein zu tun, auf welche Weise auch immer.«

Tosca zuckte mit den Schultern. »Ich kann im Augenblick nicht mehr dazu sagen, als dass ich mich dafür interessiere.«

Laura betrachtete Toscas Gesicht im Schein der Kerze. Der Kontrast von Schatten und Flamme betonte ihre hohen Wangenknochen. Zwischen ihren schmalen Lippen blitzte ein kräftiges Weiß.

Wen haben diese Lippen wohl schon geküsst, schoss es Laura durch den Kopf. Unweigerlich drängte sich ihr das Bild eines attraktiven, gestressten Geschäftsmannes mittleren Alters auf. Einer von denen, die an Heilig Abend kurz vor Verkaufsschluss in den Verkaufsraum stürzten, mit fünf Hundertern wedelten und drängelten: Geben Sie mir irgendetwas Passendes für meine Frau.

Laura hasste die Vorstellung, dass Tosca mit einem Mann zusammen war, der ihr an Weihnachten irgendein einfallsloses Schmuckstück auf den Tisch legte, das eine Verkäuferin ausgesucht und verpackt hatte. Und je länger sie Tosca im Kerzenschein betrachtete, desto mehr verabscheute sie den Gedanken, dass sie möglicherweise verheiratet war. Dass es da jemanden gab, der vielleicht auf ihren Anruf wartete oder schon eine Vermisstenanzeige aufgegeben hatte. Auf einmal empfand sie es als reines Glück, dass Tosca nicht zur Polizei gegangen war. Hätte sie es getan, läge sie jetzt vielleicht in den Armen eines Mannes, der vorgab, sie zu lieben, während sie sich nicht an ihn, ja nicht einmal an ihren eigenen Namen erinnern konnte. Und jetzt nicht hier säße. Mit ihr.

»Was geht dir gerade durch den Kopf?«

Toscas warme Stimme riss sie aus ihren Gedanken.

»Du bist schön.«

Laura biss sich auf die Lippen. Sie hatte schneller geredet als gedacht.

»Du auch.«

Sie suchte in Toscas Ton nach einer Spur Ironie, fand sie aber nicht. Verlegen fixierte sie ihr Weinglas, wand sich unter Toscas ruhigem Blick wie ein Aal.

»Ich habe eine Hakennase«, sagte sie dann, ohne sie anzusehen. »Und einen Überbiss.«

»O, wie schrecklich!« Jetzt war sie wieder da, Toscas Ironie. »Wieso konzentrierst du dich eigentlich so sehr auf das, was du schlecht findest, und nicht zur Abwechslung mal auf das Schöne?«

»Ich sehe mich täglich im Spiegel.«

»Ich sehe eine interessante Frau mit wunderschönen Augen.«

Lauras Herz flatterte. Sie senkte den Blick. Tosca sollte nicht sehen, was dieses Kompliment bei ihr auslöste.

Beruhig dich, ermahnte sie sich selbst. Sie wollte nur etwas Nettes sagen.

Sie war froh, dass im selben Augenblick der Ober auftauchte, und verlangte die Rechnung.

Frisch gefallener Schnee knirschte unter ihren Füßen, als sie die Pizzeria verließen. Die wenigen Autos, die unterwegs waren, bewegten sich wie in Zeitlupe. Ein weißer Teppich dämmte das Motorengeräusch. Die Stadt war still, stiller als sonst.

Lauras Herz flatterte noch immer. Sie vermied es, Tosca anzusehen. Zu groß war die Angst, dass in ihren Augen – diesen angeblich *wunderschönen* Augen – abzulesen war, was sie empfand: die plötzliche Wärme, die sich von ihrem Bauch aus im ganzen Körper ausbreitete. Das Herzklopfen, das ihr fast den Atem nahm. Die Gedanken, die in ihrem Kopf viel zu wilde Sprünge machten und ihr etwas soufflierten, was niemals sein würde.

Auch Tosca war sehr still. Ruhigen Schrittes gingen sie

nebeneinander her, ruhig saßen sie in der U-Bahn gegenüber. Es war spät. Die Straßenbahn, in die sie umsteigen wollten, hatte für heute den Betrieb bereits eingestellt.

»Gehen wir zu Fuß«, schlug Tosca vor. Ihre Stimme klang seltsam gedämpft.

Zwei Betrunkene torkelten ihnen entgegen und durchbrachen mit ihrem Grölen die feierliche Nacht. Tosca griff nach Lauras Hand und zog sie in eine Querstraße.

»Wir machen besser einen kleinen Umweg.«

Trotz des dicken Handschuhs spürte Laura die Wärme, die Tosca ausstrahlte. Sie ließ sich von ihr führen, ohne einen Hauch Aufmerksamkeit auf den Weg zu verschwenden.

Dass Tosca die Orientierung verloren hatte, wurde ihr erst bewusst, als sie vor einem Park standen, der zwar in der Nähe von Lauras Wohnung lag, aber nur über einen kleineren Umweg von der Straßenbahnhaltestelle aus zu erreichen war. Tosca sah sich kurz um. Mit einem Ausdruck von Ratlosigkeit im Gesicht gab sie zu: »Ich habe mich verlaufen. – Aber hier ist es schön. So wundervoll verschneit! Wie ein Märchenwald.«

Der Schnee lag schwer auf den Tannenzweigen; wie eine weiße Decke ruhte er auf dem Rasen und den Wegen.

»Komm!« Tosca ließ Lauras Hand los und lief in den Park. »Lass uns eine Schneeballschlacht machen!«

Schon flog der erste Schneeball haarscharf an Laura, die skeptisch hinter der halbhohen Absperrung stehen geblieben war, vorbei.

»Komm schon! Es ist einfach wunderschön hier!«

Tosca ging weiter ins Dunkle; der zweite Ball flog auf Laura zu. Sie wich ihm gerade noch aus und entschied sich, hier nicht alleine zu warten, bis Tosca wieder herauskam. Obgleich sie kein gutes Gefühl dabei hatte, folgte sie ihr.

Geh bloß nicht bei Dunkelheit in den Park.

Mutter meldete sich aus dem Gebüsch zu ihrer Linken zu Wort.

Wer weiß, was da für Gestalten lauern!

Die Gestalt, die auf sie lauerte, hatte sich hinter einer Bank verschanzt und warf den dritten Schneeball. Er traf Laura mitten auf die Brust und hinterließ einen breiten weißen Fleck auf ihrem Mantel. Lauras Lebensgeister erwachten schlagartig. Als würde sie Tag für Tag nichts anderes tun als Schneebälle zu werfen, bückte sie sich, pappte energisch den ersten Ball zusammen und warf ihn in Toscas Richtung. Er traf die Bank.

»Daneben!« Toscas schadenfrohe Stimme ließ sie einen zweiten und dritten Ball werfen, wieder erfolglos, während sie gleichzeitig ihren Geschossen ausweichen musste. Sie hörte Toscas herzhaftes Lachen und stimmte darin ein. Gegenseitig versuchten sie sich zu treffen, während sie weiterliefen. Laura konnte sich nicht erinnern, als Kind jemals solchen Spaß bei einer Schneeballschlacht gehabt zu haben. Meistens hatte sie ohnehin nur dabeigestanden und zugeschaut.

Ihre Mütze verrutschte, ihre Handschuhe waren schon bald nass. Es war ihr egal. Sie formte den nächsten Ball, holte aus – und traf Tosca mitten auf die Nase.

Tosca stieß einen kleinen Schrei aus und schlug die Hände vor das Gesicht. Bestürzt über ihren Volltreffer und voller Sorge, lief Laura sogleich auf sie zu.

»Um Gottes Willen, habe ich dir weh getan?«

Tosca rieb sich den Schnee aus den Augen. Sie blinzelte.

»Ich werde es überleben«, meinte sie trocken und öffnete ihre Jacke. Laura schmunzelte, als sie beobachtete, wie sich Tosca in mühsamen Verrenkungen säuberte. »Frag mich nicht, wo dieser Schnee überall hingerutscht ist …«

Toscas Bemühungen, den Schnee vollständig aus dem Kragen zu klopfen, während sie gleichzeitig die Jacke anbehielt, ließen Laura ihr lachend zur Hand gehen. Sie stand ganz nah bei Tosca. Ihre Fingerspitzen berührten den Kragen. Den Pullover. Die nackte Haut.

Langsam wandte Tosca sich ihr zu. Ihr Blick war ganz

ernst. Sie sah Laura lange und durchdringend an. Lauras Herzschlag wurde schneller. Sie wollte den Blick abwenden, doch Tosca hielt ihn fest, Lauras Muskeln und Gelenke hatten plötzlich einen eigenen Willen. Ihr Kopf neigte sich vor, als werde er an den Lippen herangezogen.

Und doch war es Tosca, die sich ihr näherte, ihr so nahe kam wie noch keine Frau zuvor, und sie mit sanfter Leichtigkeit mitten auf den Mund küsste. Ehe sich Laura aus der Starre, die sie ergriffen hatte, lösen konnte, zog die andere sich auch schon wieder zurück. Sie klopfte mit großer Sorgfalt die Vorderseite ihrer Jacke ab, obwohl darauf keine einzige Schneeflocke war, und strich sich ihr Haar aus der Stirn.

»Mir ist kalt«, sagte Laura. »Gehen wir nach Hause.« Das Schweigen zwischen ihnen wirkte zunehmend beklemmend auf sie. Toscas Kuss brannte auf ihren Lippen. Ihr Mund war ganz trocken. Sie war froh, als sie die Wohnung betraten.

Tosca ging sogleich ins Badezimmer.

Laura stand aufgelöst in der Küche und versuchte, klar zu denken.

Tosca hatte sie geküsst. Tosca hatte sie geküsst!

Sie schenkte sich Wasser ein und verschüttete die Hälfte.

Was jetzt? Wie sollte es weitergehen? Sollte sie so tun, als wäre nichts passiert? Konnte sie das überhaupt: neben ihr liegen und nicht daran denken, wie warm und weich sich diese Lippen anfühlten?

Sie hörte die Badezimmertür und Toscas Stimme: »Ich gehe zu Bett.«

Klang sie nicht anders als sonst? War da eine bewusste Zweideutigkeit, die sie in ihre Aussage legte, oder das Gegenteil davon?

Laura werkelte weiter, ohne aufzuschauen. Vorsichtshalber hatte sie Tosca, die zum Schlafen immer nur Slip und T-Shirt trug, den Rücken zugekehrt. Heute konnte sie sie so nicht einfach anschauen, so halbnackt. Nicht nach dem, was vorgefallen war!

»Ist gut«, sagte sie. Ihre Stimme klang sogar in ihren eigenen Ohren piepsig.

Später im Badezimmer ließ sie heißes Wasser an sich herabrinnen, bis sie Angst bekam, sich zu verbrühen. Sie wollte sie wegwaschen, all diese Gedanken, die sie seit Jahren quälten. Seit Barbara, die sie fast den Job gekostet hatte.

Sie hatte sie nicht einmal geküsst! So weit hätte sie nie zu gehen gewagt. Sie hatte ihr lediglich die Hand auf das Knie gelegt, damals im Kino, und ihr danach unter Aufbringung ihres ganzen Mutes gestanden, dass sie mehr für sie empfand als nur Freundschaft. Barbara hatte sehr verständnisvoll reagiert. Dann hatte sie ihr mitgeteilt, dass sie demnächst heiraten werde. Laura war geschockt gewesen, hauptsächlich deshalb, weil sie zum ersten Mal davon hörte, dass Barbara überhaupt einen Freund besaß. Barbara war ihre beste Freundin, genauer gesagt: die einzige, die sie je gehabt hatte. Sie standen jeden Tag acht Stunden im Verkaufsraum nebeneinander. Seit ihre Kollegin Christine einmal kurzfristig einen Kinobesuch abgesagt hatte, den sie zu dritt geplant hatten, waren sie oft miteinander ausgegangen. Meistens ins Kino, manchmal auch nur in ein Café oder eine Bar. Sie redeten stundenlang über alles Mögliche und Unmögliche, ohne dass Barbara einen Mann an ihrer Seite erwähnt hätte.

Nach Lauras Geständnis und der damit verbundenen Aussprache war die Verabschiedung nicht anders ausgefallen als sonst: ein Kuss links, ein Kuss rechts und ein »Bis morgen!«.

Laura schlüpfte in ihren Schlafanzug. Sie überlegte, ob sie auf dem Sofa schlafen sollte. Doch im Wohnzimmer roch es noch immer nach Farbe, und auf der Abdeckfolie, die das Sofa schützend überzog, lagerten nach wie vor Malutensilien.

Sie musste da durch. Sie würde tun, als wäre nichts gewesen. Eigentlich war auch gar nichts gewesen. Jedenfalls kein richtiger Kuss Nur eine zufällige Berührung ihrer Lippen, gewissermaßen.

Außerdem: Tosca war nicht Barbara. Barbara war so ein sanfter Mensch, sensibel, einfühlsam. Sie hatten die gleichen Interessen, konnten über dieselben Dinge lachen. Barbara hatte verstanden, dass es mit Mutter nicht so einfach war. Dass sie sich nicht in ihrer Wohnung treffen konnten, weil da kein Platz war, um ungestört zu reden, und dass sie nicht einfach so mit ihr über das Wochenende wegfahren konnte, wegen Mutter.

Tosca verstand das alles nicht. Auch mit ihr konnte sie lachen, aber eben nur manchmal. Tosca urteilte hart, wenn es ihr in den Sinn kam, und sie war oft selbstherrlich und arrogant. Obendrein, Tosca wusste nicht einmal, wer sie war. Und zog sogar selbst in Betracht, sich in irgendeiner Form schuldig gemacht zu haben. Man verliebt sich doch nicht in eine Frau, die weder weiß, wer sie ist, noch definitiv nicht ausschließen kann, dass sie jemanden Leid angetan hat!

Laura atmete tief durch. Mit großen Schritten durchquerte sie das Wohnzimmer.

Im Schlafzimmer war es so still, dass sie nicht einmal Toscas Atem hörte. Schnell schlüpfte sie unter die Decke und drehte sich zur Kante.

Ihr Herzschlag flog wie ein aufgescheuchter Vogel.

Bilder flogen durch ihren Kopf, die sich auch nicht vertreiben ließen, wenn sie die Augen fest zusammen kniff. Was einem Kuss folgen konnte, war zu aufregend, um Schlaf zu finden.

Tosca neben ihr regte sich. Ihre Hand fand unter Lauras Decke. Laura fühlte sie an ihrem Gesäß, an ihren Beinen. Ihr wurde heiß. Sie drehte sich auf den Rücken, sah in Toscas Augen. Ihr Herz raste. Erneut senkten sich Toscas Lippen auf die ihren. Sie spürte Toscas Zunge, die langsam ihren Mund erkundete. Lauras Körper wurde weich, ganz weich. Sie öffnete die Beine, während die Hand der Freundin sie langsam vom Knie an aufwärts streichelte, erst sanft, fast zögerlich, dann immer sicherer und zielstrebiger.

Irgendwann griff Laura nach dieser streichelnden Hand, führte sie dorthin, wo sie sie haben wollte, und kein Stoff trennte sie mehr voneinander.

Tosca lag in Lauras Arm, den Kopf an ihre Brust gebettet. Laura spürte jeden ihrer Atemzüge wie einen Windhauch auf der nackten Haut und fragte sich, wie Tosca überhaupt schlafen konnte, nach all dem, was in den letzten Stunden passiert war.

In ihr selbst herrschte pures Chaos. Sie spürte Toscas Hände, die jetzt ganz ruhig auf der Bettdecke lagen, noch immer auf sich. Sie fühlte ihre Lippen und ihre Zunge, fühlte dieses unbeschreibliche Glücksgefühl, dass sie durchströmt hatte, während sie sich Toscas Zärtlichkeiten hingab. Sie hatte etwas empfunden, von dem sie sicher war, es nie empfinden zu können.

Dabei war es so erstaunlich leicht gewesen, alles zu erwidern, was ihr Tosca zuteil werden ließ. Es kam ganz von selbst, aus ihrem Inneren.

Damals mit Niklas, das war anders gewesen. Vom Kopf her hatte sie es gewollt. Er war nett, sie mochte ihn, sie wusste, es gehörte dazu. Doch für ihren Körper hatte das Wollen nicht gereicht. Er hatte nie bei dieser Sache mitgespielt, nie. Sie hatte ihren Körper lange dafür gehasst, dass er nicht so wollte wie ihr Verstand.

Niklas hatte sie nie etwas davon gesagt. Sie fand schon genug, dass sie mit achtundzwanzig noch immer bei ihrer Mutter wohnte, und dass er ihre erste richtige Beziehung war. Während ihres Studiums hatte sie ein paar Mal mit Max, einem Kommilitonen herumgeknutscht und schlagartig kalte Füße bekommen, als er sie seinen Eltern als seine Freundin vorstellen wollte. Im Grunde hatte sie auch von Niklas anfangs nur Freundschaft gewollt; diese anderen Dinge, das war alles von ihm ausgegangen.

Was wollte sie von Tosca? – Sie fand keine gute Antwort auf diese Frage. Das, was geschehen war, das wollte sie wieder. Von ihr berührt werden. Sie berühren. Aber sonst? – Von Niklas hatte sie alles gewusst, von Anfang an: seinen Geburtstag, seinen Werdegang, seine Träume. Von Tosca wusste sie nichts.

Die Sehnsucht, eine andere Frau zu berühren, war mit ihrer wachsenden Zuneigung für Barbara erwacht. Auch von ihr hatte sie nahezu alles gewusst. Sie hatte Barbara geliebt, und das über Monate. Tosca dagegen kannte sie erst seit ein paar Wochen, und auch nicht wirklich.

Tosca bewegte sich, rutschte mit dem Kopf in Lauras Armbeuge und legte ihr die Hand auf die Brust.

Lauras Brustwarzen versteiften sich sofort; in ihrem Unterleib zog es. Das flaue Gefühl in ihrem Inneren verwandelte sich in leichte Panik. Was war, wenn Tosca plötzlich aufwachte? Was sollte sie zu ihr sagen?

Sie hatten während der ganzen Sache fast kein Wort miteinander gewechselt. Das war auch nicht nötig gewesen. Aber jetzt, wenn sie im nächsten Moment die Augen aufschlug und sie ansah? Was sagte man üblicherweise nach so einem unerwarteten, ungeplanten Ereignis, das alles auf den Kopf stellte?

Laura fand weder eine Antwort noch eine Minute Schlaf.

Die Zeit verstrich in qualvoller Langsamkeit. Kunden kamen und gingen. Laura arbeitete wie ferngesteuert. Jeder Handgriff saß, nichts geschah bewusst.

Das ist der schlimmste Tag meines Lebens, dachte Laura,

und korrigierte sich sogleich: nein, den schlimmsten Tag ihres Lebens hatte sie bereits hinter sich. Der schlimmste Tag ihres Lebens war der nach der Aussprache mit Barbara gewesen, als am Morgen an deren Stelle ihre Kollegin Olivia im Verkaufsraum gestanden hatte. Laura war von der Burger ins Büro zitiert worden. Das Gespräch war so furchtbar gewesen, dass sich Laura mühelos an fast jedes Detail erinnern konnte: das höhnische Lächeln ihrer Vorgesetzten, die gerümpfte Nase, das Kräuseln schmaler altrosa Lippen. Der Vorwurf lautete, eine Arbeitskollegin sexuell belästigt zu haben. Laura war zu fassungslos, um nur irgendetwas zu ihrer Verteidigung hervorzubringen.

Als sie mit Tränen in den Augen und dem Hinweis, dass ihr im Wiederholungsfalle die sofortige Kündigung drohe, aus dem Büro entlassen worden war, stand unerwartet Barbara vor ihr.

»Warum«, war das einzige, das Laura über die Lippen kam, und Barbara hatte erwidert: »Weil ich es tun musste. Das ist besser für dich, Laura. Es ist deine Chance. Homosexualität kann geheilt werden.«

Laura hatte kurz vor dem Zusammenbruch gestanden. Noch immer war da ein Gefühl von tiefster Bitterkeit, wenn sie an diese letzten Worte dachte. Barbara hatte unmittelbar danach gekündigt.

Sie waren sich nie mehr begegnet.

Die Erinnerungen verstärkten das mulmige Gefühl, das sie empfand, wenn sie an Tosca dachte. Die Freundin hatte noch geschlafen, als sie in der Früh leise aus der Wohnung geschlüpft war. Aber wenn sie am Abend zurückkam, was würde sie sagen? Wie würde sie sie ansehen?

Barbaras Blick, nachdem sie ihr die Hand auf den Schenkel gelegt hatte, stand ihr wieder vor Augen. Ein Blick wie ein Entsetzensschrei. Wie hatte sie auch so dumm sein können, trotzdem noch das Gespräch mit ihr zu suchen! Sie gab sich die Antwort selbst: Weil sie keinen Tag länger neben Barbara im Verkaufsraum stehen hätte können, ohne ihr zu sagen, was sie für sie empfand.

Langsam. Das Wort war gestern gefallen. Tosca hatte es gesagt, mehrere Male. Je länger Laura darüber nachsann, desto unwohler fühlte sie sich. Es war also zu schnell gegangen, auch für Tosca. *Sie* hatte es zu schnell vorangetrieben.

Vielleicht war alles nicht gut gewesen. Oder eben nur für sie gut, aber nicht für Tosca. Vielleicht hatte Tosca ihr nur einen harmlosen Gute-Nacht-Kuss geben wollen. Vielleicht hatte sie das alles völlig missverstanden und ihre eigenen Sehnsüchte auf Tosca übertragen. Vielleicht hatte Tosca eben nur mit ihr geschlafen, weil sie sich verpflichtet fühlte – sozusagen aus Dankbarkeit für Kost und Logis.

Laura war ganz übel, als sie das Karolinum verließ.

In der Kärntner Straße schubsten sich die Leute im Kaufrausch. Trotzdem war ihr das Gedränge im Augenblick lieber, als nach Hause zu fahren. Im größten Kaufhaus stand sie lange am Eingang und beobachtete die Menschen, die bepackt mit Tüten und Papiersäcken an ihr vorbeizogen. Die Gesprächsfetzen, die zu ihr drangen, hatten nur ein Thema: Weihnachten. Es ging um den Stress bei den Vorbereitungen, das Weihnachtsmenü, den Besuch der Verwandten. Es ging ums Schenken und beschenkt werden.

Geschenk.

Niklas hatte ihr auch etwas geschenkt, als Dankeschön für die erste gemeinsame Nacht: ein Armband aus echten Perlen. Es musste ein Vermögen gekostet haben, gemessen an den Einkünften eines Orchestermusikers.

Vielleicht war es üblich, sich nach der ersten gemeinsamen Nacht Geschenke zu machen?

Sie wusste nicht, was in so einer Situation angebracht war. Niemand hatte ihr davon erzählt. Enge Freundinnen hatte sie nie gehabt. Und für Mutter war alles von der Taille abwärts tabu gewesen.

Sie streifte durch die Schmuckabteilung. Echtes konnte sie

nicht bezahlen. So landete sie schließlich beim Modeschmuck. Es gab unzählige Ketten mit Anhängern, Armreifen und Ohrringe. Viele Kettenanhänger waren astrologische Symbole, aber sie wusste nicht einmal, was für ein Sternzeichen Tosca war. Und es gab viele Anhänger in Herzform. Auch das konnte sie nicht schenken ...

Drei Minuten vor Geschäftsschluss entschied sie sich für einen phantasievollen runden Anhänger. »Koreanische Glücksmünze« stand als lapidare Erklärung auf einem kleinen Schild. Sie fühlte sich trotz des Geschenks nicht besser als zuvor, als sie nach Hause kam.

Im Wohnzimmer brannte Licht. Tosca saß auf dem Sofa und blätterte in einer Zeitschrift.

»Hallo, ich habe mich schon gewundert, wo du so lange steckst«, meinte sie unbekümmert.

Laura vermied es, sie anzusehen, hängte ihren Mantel in den Garderobenschrank und flüchtete in die Küche. Sie lehnte die Stirn gegen die weiße Kühlschranktür. Was erwartete Tosca jetzt von ihr? Sollte sie einfach so tun, als wäre nichts passiert?

»Wie war dein Tag?«

Laura zuckte zusammen. Tosca stand hinter ihr im Türrahmen.

»Gut, danke.«

Mit Tellern und Besteck in der Hand entkam sie ins Wohnzimmer und begann, den Tisch zu decken. Im Backrohr hatte sie eine Auflaufform entdeckt. Offensichtlich hatte Tosca den *Tag danach* gestaltet wie jeden bisherigen zuvor.

»Ich habe schon gegessen.« Tosca war ihr ins Wohnzimmer gefolgt. »Um halb acht hatte ich so großen Hunger, dass ich es nicht mehr ausgehalten habe.«

Laura begann, begleitet von Toscas überraschtem Blick, Teller und Besteck wieder abzuservieren.

»Ich habe keinen Hunger«, schob sie als Erklärung nach. Allein die Vorstellung, an diesem Abend vor Toscas Augen zu essen, schnürte ihr den Magen zu.

Sie hastete ins Badezimmer und schlug die Türe hinter sich zu. Zitternd setzte sie sich auf den Badewannenrand. Sie war den Tränen nahe.

Langsam.

Das einzige Wort, das gestern zwischen ihnen gefallen war, kam ihr wieder in den Sinn. Bestimmt hatte sie gestern Nacht alles falsch gemacht! Bestimmt machte sie jetzt schon wieder alles falsch.

Mit sechsunddreißig war es auch im Grunde viel zu spät, mit solchem Liebeskram anzufangen. Die Zeit war einfach vorbei. Sie kannte die ungeschriebenen Gesetzmäßigkeiten dieses Spiels nicht, und sie würde sie in diesem Leben auch nicht mehr lernen.

Sie ging unter die Dusche. Das Wasser lief über ihren Körper. Während sie sich einseifte, dachte sie an Toscas Hand, die zärtlich über ihre Haut gestreichelt hatte. Ihr wurde heiß. Sie stellte das Wasser auf eiskalt. In ihrem Inneren glühte die Hitze trotzdem weiter.

Als sie das Badezimmer rund eine Stunde später, eingehüllt in ihren bodenlangen Morgenmantel, verließ, saß Tosca wie zuvor auf dem Sofa und las. Neben sich hatte sie einen ganzen Stapel verschiedener Zeitschriften liegen.

Laura nahm ihre ganze innere Kraft zusammen, holte die Schatulle aus ihrer Tasche und legte sie auf den Tisch.

Tosca sah erstaunt auf.

»Das ist für dich.«

Sie wartete nicht ab, bis Tosca das Schmuckkästchen öffnete, sondern flüchtete ins Schlafzimmer.

Es dauerte nicht lange, und Tosca öffnete die Tür. Zögernd trat sie zu ihr ans Bett und ließ sich an der Kante nieder, die geöffnete Schatulle mit dem Anhänger in der Hand.

»Was ist das?«

»Ein Geschenk.« Laura drehte den Kopf zur Seite. Sie wollte ihr nicht in die Augen schauen. Sie wollte auch nicht hören, dass Tosca bereute, was zwischen ihnen vorgefallen war.

»Und für was?«

»Für gestern«, brachte sie mühsam hervor.

»Aha.«

Tosca klang verblüfft. Lauras Anspannung nahm weiter zu.

»Laura … was ist denn eigentlich los? Warum drehst du so durch?«

Laura schwieg. Tränen stiegen ihr in die Augen. Sie presste ihr Gesicht ins Kissen.

»Du bist manchmal so kompliziert«, stellte Tosca fest. »Jedes Gespräch mit dir kommt mir vor wie ein einziger Eiertanz. Es ist sehr anstrengend, wenn ich mir bei jedem Satz überlegen muss, welche Auswirkungen er auf deine zarte Seele hat.«

Zarte Seele.

Lauras Tränen begannen zu fließen. Mit Toscas Sarkasmus konnte sie in ihrer jetzigen desaströsen Gemütslage noch weniger umgehen als sonst.

»Und wenn du dir nicht mehr zu helfen weißt, beginnst du zu weinen«, setzte Tosca ihre Rede nüchtern fort. »Wie ein Kind.« Sie seufzte. »Hast du schon mal in Erwägung gezogen, dass mich dein Verhalten verletzt? Es ist für mich nicht besonders schmeichelhaft, von dir behandelt zu werden wie ein giftiges Insekt.«

Laura schluckte. Sie wischte sich mit dem Ärmel ihres Morgenmantels die Tränen aus dem Gesicht und drehte sich zu ihr.

»Tut mir leid«, presste sie hervor. »Ich will dir nicht weh tun.«

»Dann tu es nicht!«

»Ich … ich weiß nicht, was ich sagen soll.« Laura wich Toscas Blick aus. »Ich weiß nicht, was du denkst über … du weißt schon … wegen gestern … ich habe keine Erfahrung damit.«

Tosca atmete tief durch.

»Okay.« Sie klang sehr sachlich. »Ich habe nicht erwartet, dass es ein Problem für dich ist, aber wahrscheinlich hätte ich es wissen müssen. Fakt ist, dass ich gestern nicht darüber nachgedacht habe, was ich bei dir damit auslösen könnte. Ich hatte gestern im Übrigen nicht den Eindruck, dass du so gar keine Erfahrung damit hast.« Der Sarkasmus in ihrer Stimme meldete sich zurück. »Mir schien es so, als wüsstest du sehr genau, was du wolltest.«

Das Schamgefühl, das in Laura aufstieg, machte ihr das Sprechen fast unmöglich.

»Ich habe das zum ersten Mal gemacht«, presste sie dann hervor. »Ich meine … mit einer Frau.«

»So, tatsächlich?« Tosca schien nicht sehr überzeugt. »Ich nicht.«

»Was?«

Laura vergaß Scham und Verunsicherung und sah ihr überrascht in die Augen. Ein amüsiertes Lächeln breitete sich auf Toscas Gesicht aus.

»Schön, dass ich nun wieder deine Aufmerksamkeit habe.«

Laura setzte sich auf.

»Woher weißt du das? Ich meine, du … hast du dich erinnert?«

»Ja.«

»Und?«

Tosca zuckte mit den Schultern.

»Nichts *und*. Sie war blond, hatte langes Haar. Das war's.«

»Aber das ist ein Hinweis!«

»Auf was?« Tosca zog die Augenbrauen hoch. »Soll ich nun jede Frau mit blondem langem Haar, die mir da draußen begegnet, fragen, ob sie mit mir im Bett war und auch zufällig meinen Namen kennt?«

Mit ihrer Aussage rang sie Laura das erste Lächeln des Tages ab.

»Das ist nichts, was mich auf der Suche nach meiner Vergangenheit weiterbringt«, stellte sie dann klar. »Das ist etwas, das ich dir anvertraue, damit du nicht weiterhin denkst, dass du die einzige bist, die gestern Spaß hatte.« Das Grinsen in Toscas Gesicht stand im Kontrast zu der entsetzten Miene von Barbara, die Laura noch immer vor Augen stand. Sie atmete tief durch und wischte sich mit dem Ärmel ihres Morgenmantels die letzten Tränenspuren fort.

Vorsichtig tastete sie nach Toscas Hand. Das Chaos in ihr verlor an Bedrohlichkeit. Sie spürte zarte Finger, die sich zwischen ihre eigenen schoben, und sah in Toscas Augen denselben Glanz, den sie am Vortag darin entdeckt hatte.

»Würdest du mich noch einmal küssen?«

Tosca löste ihre Hand aus dem Griff.

»Ich möchte keine Probleme zwischen uns, Laura. Ich weiß nicht, wie lange unsere seltsame Wohngemeinschaft noch Bestand haben wird. Ich will nicht, dass Sex unser Zusammenleben komplizierter macht, als es sowieso schon ist.«

»Gestern hast du das nicht gedacht.«

»Ja. Aber deine heutige Reaktion hat mir gezeigt, dass das ein Fehler war.«

Laura hatte erwartet, aufgrund ihres Schlafdefizits in der vergangenen Nacht sofort einzuschlafen, doch das Gegenteil war der Fall.

Sie hatte Tosca an diesem Abend noch vieles erzählt. Sie war die erste gewesen, der sie erzählte, warum sie auf Niklas' beständiges Werben um sie eingestiegen war: weil sie über Barbara hatte hinwegkommen wollen. Tosca war auch die erste, die von der Sache mit Barbara mit all ihren Höhen und Tiefen erfuhr. Sie hatte ihr zugehört und am Schluss trocken festgestellt: »Ich glaube, diese Barbara hatte zu viel Angst vor sich selbst.«

Von dieser Seite hatte Laura die Geschichte und ihr unschönes Ende noch nie betrachtet. All die Jahre war sie überzeugt gewesen, dass sie Barbaras Nettigkeiten und Aufmerksamkeiten während ihrer Freundschaft falsch ausgelegt hatte. Toscas Anmerkung eröffnete ihr nun eine andere Sicht: Möglicherweise war sie gar nicht im Irrtum. Barbara hatte mit ihr geflirtet, dann aber kalte Füße bekommen. Die Wahrheit tat weniger weh als das Gefühl, aufgrund einer Fehlinterpretation eine Freundschaft verloren zu haben.

Allerdings war es nicht der Gedanke an Barbara, der sie nun wach hielt. Mit den Erinnerungen an die vergangene Nacht wuchs die Sehnsucht. Doch wenn sie den Arm zur anderen Seite des Bettes streckte, griff sie ins Leere. Tosca hatte sich entschieden, wieder im Wohnzimmer zu schlafen.

Laura dachte daran zurück, in welcher Gemütsverwirrung sie den ganzen Tag zugebracht hatte, und konnte sich selbst nicht mehr verstehen. Tosca hatte recht: Sie machte die Angelegenheit unnötig kompliziert. Und das Resultat war nun ein Rückzug aufs Sofa!

Einmal in meinem Leben habe ich Gelegenheit, so etwas Wunderschönes zu tun und zu empfinden, und ich mache es mir kaputt, dachte Laura verbittert. Nie, nie wieder würde sie eine Frau finden, die das auch mit ihr wollte – und dann auch tat! Die meisten Frauen waren gewiss so wie Barbara, die sich letztendlich sowieso nicht traute.

Tosca machte immerhin keine Liebeserklärungen. Das beruhigte Laura. So viel sie in sich hinein horchte, die tiefe Zuneigung, die sie für Barbara empfunden hatte, spürte sie einfach nicht. Tosca beschleunigte ihr Herz, aber nicht durch Worte, sondern durch ihre Berührungen.

Du wirst dich diesem Niklas doch nicht hingeben!

Mutter war entsetzt gewesen, als Laura zum ersten Mal mit ihm ausgegangen war. Was sie wohl erst gesagt hätte, wenn ihr klar geworden wäre, von was ihre Tochter wirklich träumte?

Plötzliche Wut keimte in Laura auf. Wann war es eigentlich je um das gegangen, was *sie* wollte? – Angefangen bei diesem dummen Verkaufsjob im Karolinum. Sie hatte ihn nie gewollt, nie! Doch Mutter, die Stammkundin im Karolinum gewesen war, trug ungefragt ihre Bewerbungsunterlagen in die Personalabteilung! Es war die Zeit, in der Laura eine der wenigen Assistentenstellen am Lehrstuhl für »Ältere deutsche Sprache und Literatur« in Aussicht gestellt worden war. An der Uni zu bleiben und sich durch staubtrockene Schriften zu wühlen, war zwar nie ihr Traum gewesen, aber allemal besser als die Aussicht, in einem Verkaufsraum zu versauern. Aber Mutter hatte ihr so lange zugesetzt, bis sie mürbe geworden war. *Im Karolinum hast du Aufstiegsmöglichkeiten! An der Universität wirst du als Frau nie Karriere machen! Das liest man immer wieder in der Zeitung.*

Zum Teufel.

Nie wieder wollte sie sich in etwas hineindrängen lassen, was sie nicht selbst wollte! Es musste endlich, endlich um ihre Wünsche gehen.

Laura stand auf.

Tosca lag auf dem Rücken. Das offene Haar fiel ihr über das Gesicht. Die Konturen ihres schlanken Körpers zeichneten sich unter der Bettdecke ab.

Laura kniete sich vor das Sofa auf den kalten Parkettboden. Vorsichtig berührten ihre Fingerspitzen Toscas Gesicht, zeichneten ihr Profil nach.

Tosca öffnete die Augen. Ihr Blick weckte eine Heerschar von Schmetterlingen in Lauras Unterleib zum Leben. Gänsehaut überzog ihren Körper. Tosca hob die Bettdecke und rutschte an den hinteren Rand des Sofas. Ihre Arme legten sich um Lauras Körper; ihre Lippen fanden ihren Mund.

Ein heißer Blitz schoss zwischen Lauras Beine. Sie zog Tosca an sich, suchte deren Mund, küsste ihren Hals, bis ihre

Lippen an den Ausschnitt des T-Shirts stießen. Noch im Versuch, sich zu entkleiden, fielen sie beide vom Sofa. Laura prallte hart auf den Boden und stieß einen kleinen Schmerzensschrei aus. Toscas Kuss versiegelte ihr zärtlich die Lippen. Ihre Leidenschaft stieg mit jeder Berührung, und alles, was in der Nacht zuvor geschehen war, wiederholte sich – diesmal sehr langsam, sehr intensiv und ohne die unausgesprochene Distanz, die beim ersten Mal noch zwischen ihnen gestanden hatte.

Die kleine Nordmanntanne war noch nass vom Regen, als Laura sie in die Wohnung zerrte. Es war das erste Mal, dass sie sich einen eigenen Christbaum aufstellte. Ihre Mutter hatte kein einziges Jahr darauf verzichtet, ein Grund mehr für Laura, sich nach Mutters Tod ein Leben ohne Baum zu schwören. Das Ergebnis war, dass sie sich nun mit einer Tanne abschleppte.

Das Menü für den Weihnachtsabend stand bereits fest: Lachsforelle mit Kartoffeln, zuvor eine Brokkolischaumsuppe, danach Maronireis. In einer Vinothek hatte sie eine Flasche des Muskateller gekauft, den Tosca damals in der Pizzeria getrunken hatte.

Sie malte sich aus, wie es sein würde, mit Tosca im Wohnzimmer zu sitzen und an einer schön dekorierten Tafel das Menü zu verzehren, während draußen natürlich Schnee fiel und im Hintergrund feierliche Musik spielte. Zum ersten Mal würde sie auch erleben, was für andere selbstverständlich war: Weihnachten mit einem Menschen an ihrer Seite, der mit einem einzigen Blick jede Zelle ihres Körpers zum Glühen brachte.

Seit jener zweiten Nacht glaubte sie, sämtliche Ängste und

Unsicherheiten für immer abgeschüttelt zu haben. Noch nie hatte sie sich so mit ihrem Körper im Einklang gefühlt. Sie spürte Toscas Begehren, wenn sie beieinander lagen, und zehrte den ganzen Tag davon.

Das Gefühl, begehrt zu werden, verlieh ihr selbst bei der Arbeit eine ungewohnte Selbstsicherheit. Ihre Kolleginnen beobachteten sie mit Skepsis. Dorothea reagierte geschockt auf Lauras Mitteilung, dass sie die Vitrine durchaus auch ohne Hilfe dekorieren konnte, und das sogar weitaus besser. Und Johanna hatte sich nur schwer damit abgefunden, Laura die Kassa zu überlassen, weil diese plötzlich nicht mehr einsah, dass ihr Hauptjob darin bestand, die verkaufte Ware in Plastikfolie einzuwickeln. Es war ihr noch nie zuvor so leicht gefallen, mit einem Schulterzucken zu erklären: »Ich kassiere meine Kunden ab und du deine! Ich bin hier nicht der Packesel.«

Johanna hatte etwas darauf erwidert, allerdings so leise, dass es aus der Entfernung nicht zu verstehen war. Laura war es egal. Sie dachte an Tosca und daran, wie ihr nackter Körper nachts in ihren Armen gebebt hatte.

Auch jetzt dachte sie daran, als sie Tosca am Fenster stehen sah. Sie hatte ihr den Rücken zugekehrt und blickte in den Regen.

Laura trat hinter sie und umschlang ihren Oberkörper mit beiden Armen. Tosca versteifte sich. Ihr Gesicht, das sich in der Fensterscheibe spiegelte, wirkte ernst und angespannt. Laura ließ sie los und trat neben sie.

»Was hast du?«

»Nichts.« Tosca schüttelte den Kopf, wie um das Gesagte zu unterstreichen. Laura griff automatisch nach ihrer Hand und zog sie an sich. Tosca ließ es geschehen.

»Für dich ist das alles so einfach«, sagte sie nach einer Weile. »Wir wohnen hier zusammen, wir schlafen zusammen, wir feiern Weihnachten zusammen … du gehst zur Arbeit, ich mache den Haushalt.«

»Im Moment ist es halt so«, beschwichtigte Laura leise und schmiegte sich an sie.

»Der Moment dauert nur schon sehr lange.« Tosca löste sich aus der Umarmung. »Das ist nicht mein Leben, Laura! Das bin nicht ich! Wenn das noch ein paar Wochen oder Monate so geht, werde ich irgendwann verrückt! Für mich ist dieses Leben die Hölle.«

Ihre Worte trafen Laura wie ein Faustschlag in die Magengrube. Sie ließ sich auf das Sofa sinken, darum bemüht, ihren Schmerz nicht zu zeigen, und mahnte sich selbst zu Vernunft. Tosca war immer noch in einer Ausnahmesituation.

»Für dich ist alles perfekt: Du bist glücklich nach all diesen Jahren der Einsamkeit«, fuhr Tosca fort. »Du genießt es, dass es jetzt jemanden gibt, mit dem du Tisch und Bett teilst – und dass es jemand ist, der dir nicht wegläuft. Ich bin in jeder Hinsicht von dir abhängig, Laura! Ich muss dich um Geld bitten, selbst, wenn ich mir nur eine Zeitung für fünfzig Cent kaufen will.«

»Das ist nicht wahr«, widersprach Laura. »Ich lasse dir immer welches da, damit du einkaufen kannst.«

»Darum geht es doch! Das ist das Leben einer Hausfrau!« Tosca schüttelte verzweifelt den Kopf. »Ich will kein Geld von dir. Ich will überhaupt nichts von dir. Ich möchte ein freier Mensch sein! Ich möchte wissen, wer ich bin und was mich in diese Situation gebracht hat. Ich habe schon Tage in dieser Bibliothek gesessen und ganze Zeitungsstapel durchwühlt, aber ich finde nichts, das irgendeine Erinnerung in mir wachruft.«

»Ich bin sicher, dein Gedächtnis wird zurückkommen«, versicherte Laura und fühlte, wie sich bei diesem Gedanken alles in ihr sträubte.

Ich denke, wir leben in zwei völlig verschiedenen Welten, die unter normalen Umständen nicht kompatibel sind.

Der Satz war in ihrem Gedächtnis eingebrannt. Schon da hatten sie Toscas Worte getroffen. Damals war es nur um Freundschaft gegangen. Jetzt ging es um mehr.

Sie hatte sich dagegen gewehrt und wehrte sich im Grunde noch immer. Gespräche wie dieses machten ihr auf sehr nüchterne und eindringliche Weise klar, dass es völliger Unsinn war, sich zu verlieben. Nichtsdestotrotz: Es war passiert. Mit jeder Berührung, mit jedem Kuss, mit jeder gemeinsamen Nacht war dieses Gefühl innigster Vertrautheit gewachsen und zu jener Sehnsucht geworden, die sie schon damals bei Barbara fast um den Verstand gebracht hatte. Sie sehnte sich nach Tosca, sobald sie in der Früh nur die Wohnungstüre hinter sich schloss, und ihr Herz klopfte wie verrückt, wenn sie bei ihrer Rückkehr schon vom Gehsteig aus Licht in der Wohnung brennen sah.

Sie fühlte deutlich, dass es für Tosca anders war, und hatte sich schon manches Mal gefragt, warum Tosca mit ihr schlief. Aus Angst, mit der Antwort nicht zurecht zu kommen, hatte sie ihr die Frage nie gestellt. Sie wollte das, was ihren Körper zum Glühen brachte und ihre Seele erfüllte, nicht unnötig verkomplizieren. Was Tosca gerade gesagt hatte, bestätigte ihr nur, dass es tatsächlich klüger war, sie niemals nach ihren Beweggründen zu fragen. Vielleicht ließ sie sich auf diese Intimitäten ja nur ein, weil sie glaubte, ihr etwas zu schulden.

Immer wenn Laura in den Spiegel blickte, sah sie ihre Vermutung bestätigt. Warum sollte eine so schöne Frau wie Tosca eine graue Maus mit Hakennase und schwer zu bändigenden Locken wirklich begehrenswert finden?

»Du verstehst mich nicht, Laura.«

Tosca setzte sich neben sie auf das Sofa. »Kannst du dir eigentlich nicht vorstellen, wie sehr mich das alles belastet? – Ich habe dir damals von diesem Raum erzählt, mit dem gleißenden Licht. Ich denke jeden Tag daran. Ich weiß, dass da etwas in diesem Zimmer war, das zu mir gehört. Dieser Mann – vielleicht bin ich ja mit ihm zusammen! Vielleicht wartet er auf mich. Wie soll ich hier sitzen und mich mit dir in Weihnachtsstimmung vertiefen, wenn ich nicht weiß, wer da draußen auf mich wartet?«

Lauras Magen schnürte sich zusammen. Sie hasste das Szenario, das Tosca da zeichnete.

»Wenn du glaubst, du bist mit jemandem zusammen, warum schläfst du dann mit mir?«, entfuhr es ihr. Sogleich biss sie sich auf die Lippen. Gerade diese Diskussion hatte sie vermeiden wollen! Es konnte doch nur schlimmer kommen.

»Darauf kann ich dir keine Antwort geben.«

Tosca erhob sich wieder und ging zum Fenster. Lange stand sie da und starrte in den Regen, während Laura versuchte, mit dem Gesagten klarzukommen. Sie konnte ihr nicht einmal widersprechen: Ja, sie war glücklich, Tosca bei sich zu haben. Das einzige, was ihr Glück trübte, waren Momente wie diese.

Als sie in dieser Nacht miteinander schliefen, klammerte sich Tosca an sie wie eine Ertrinkende. Sie schlief die ganze Nacht in ihren Armen und wollte sie selbst am Morgen kaum loslassen.

Laura verzichtete auf ihre Mittagspause und hetzte zum Naschmarkt. Am Fischstand drängten sich die Leute. Es war goldrichtig, die kostbaren dreißig Minuten für Einkäufe zu opfern. Wäre sie am Abend gekommen, hätte sie gewiss keine Forelle mehr bekommen.

Mit den Gedanken bei der Zubereitung des Weihnachtsmenüs, sah sie dem Verkäufer zu, wie er den Fisch entschuppte und anschließend in Zeitungspapier einwickeln wollte. Plötzlich riss sie die Augen auf.

»Stopp!«

Der Fischverkäufer hielt erstaunt inne.

»Was ist das für eine Zeitung? Von wann ist sie? Können Sie mir die Seite geben?«

Wortlos reichte er ihr das Blatt und griff selbst nach einer anderen Seite. Es handelte sich um das Boulevard-Blatt, das in den U-Bahn-Stationen auslag. Der Artikel trug die Überschrift »*Meine Tochter ist unschuldig!*«, und darunter prangte ein großes Foto von Tosca.

Lauras Blick glitt über das Datum. Es war die gestrige Ausgabe. Wie in Trance nahm sie den Fisch entgegen und zahlte. Hinter einem der Marktstände, zwischen zwei Mülltonnen, fand sie ein ruhiges Plätzchen. Hastig breitete sie die Seite vor sich aus.

Unerschütterlicher Glaube eines Vaters: Hermann Steinfels ist überzeugt, dass seine Tochter Opfer einer Intrige wurde.

Die Fakten sprechen eine deutliche Sprache: 60 Millionen Euro Anlegergelder, von denen jede Spur fehlt, ein ermordeter Komplize und die vermeintlichen Drahtzieher seit Wochen auf der Flucht, vermutlich in Südamerika. Doch Hermann Steinfels, bekannter deutscher Herzchirurg und Vater der mutmaßlichen Finanzbetrügerin Alexandra Steinfels-Siberius (40), ist von der Unschuld seiner Tochter überzeugt. »Ich bin sicher, es handelt sich um ein großes Missverständnis, das sich bald aufklären wird. Meine Tochter ist ein ehrlicher Mensch.« Zu weiteren Stellungnahmen gegenüber den Medien war er nicht bereit.

Laura starrte auf das Foto. Es war offenbar extra für Pressezwecke gemacht worden. Tosca trug ein pastellblaues Kostüm, ihr Haar war sorgfältig gekämmt. Dazu hatte sie dezentes Make-up aufgelegt und lächelte professionell in die Kamera. Sie wirkte einige Jahre jünger, aber es bestand kein Zweifel: die Person auf dem Foto war die Frau, mit der Laura seit mehreren Wochen zusammen wohnte.

Sechzig Millionen Euro Anlegergelder. Ein ermordeter Komplize.

Die Stichworte ließen sie aufhorchen. Der Finanzbetrug, über den ganz Österreich sprach.

Ein Mann, der erschossen worden war. Eine alte Frau, die leblos in einem Keller saß. Eine Villa in einem Park.

Alles, was Tosca ihr über ihre wenigen Gedächtnisblitze erzählt hatte, schoss Laura ins Bewusstsein. Alexandra. Mutmaßliche Finanzbetrügerin.

Sie sah Tosca vor sich, mit dem Sparbuch ihrer Mutter in der Hand: *9.000 Euro, das ist die Summe, die 1970 auf diesem Sparbuch war! Inzwischen muss es also viel mehr sein. Die Verzinsung war damals noch ziemlich gut.* – Deshalb kannte sie sich damit aus! Tosca war Alexandra Siberius-Steinfels.

Nur eines passte nicht. Südamerika. Denn Tosca war hier, bei ihr in der Wohnung.

Laura sah auf die Armbanduhr. In fünf Minuten war die Mittagspause zu Ende. Sie musste ins Karolinum zurück. Gleichzeitig würde sie sich noch weniger auf ihre Arbeit konzentrieren können als in den vergangenen Wochen.

Ihre Entscheidung fiel, als sie an der U-Bahn-Station war: Jetzt konnte sie nicht im Verkaufsraum stehen. Jetzt musste sie einfach mehr herausfinden über die Frau in ihrer Wohnung, von der sie nun zumindest den echten Namen kannte. Sie rief im Karolinum an und sagte, ihr sei übel, sie müsse in der Mittagspause wohl etwas Falsches gegessen haben. Dann machte sie sich auf den Weg.

Alexandra Siberius-Steinfels. Bernd Siberius. Albert von Rheinberg.

Die Namen schwirrten in ihrem Kopf herum. Neben ihr lag ein Stapel Boulevardblätter aus den letzten Wochen. Sie hatte zunächst in den großen Zeitungen nach Informationen gesucht, war dabei aber nur auf spärliche Nachrichten im

Wirtschaftsteil gestoßen. Hier ging es vor allem um den Schaden, der für die Anleger entstanden war; mehrere Fondsexperten renommierter Banken sowie weitere Sachverständige ließen sich darüber aus, auf welche Arten das Geld wahrscheinlich verspekuliert worden war und welche Kontrollinstanzen in der Causa des bankrotten Finanzdienstleisters Siberius Funds versagt hatten.

Das Unternehmen war vor einigen Monaten erstmals ins Licht der Öffentlichkeit gerückt, als Anleger aufgrund der Wirtschaftskrise die Auszahlung ihrer Veranlagungen forderten, jedoch mit seltsamen Briefen vertröstet wurden. Die Auszahlung sei im Moment aufgrund technischer Probleme nicht möglich, hieß es da lapidar. Erst dadurch war die Finanzmarktaufsicht, die sich bis dato aufgrund der international verknüpften, nahezu undurchsichtigen Struktur des Finanzanbieters nicht zuständig gefühlt hatte, auf das Unternehmen aufmerksam geworden. Bernd Siberius und Albert von Rheinberg, die beiden Vorstandsvorsitzenden, hatten sich jedoch unkooperativ gezeigt, was weitere Skepsis von Seiten der Medien, der Anleger und der Behörden nach sich gezogen hatte.

Siberius Funds war vor rund zehn Jahren von Alexandra Steinfels, Bernd Siberius und Albert von Rheinberg gegründet worden. Zum Finanzportfolio gehörten Investmentprodukte, die sich in erster Linie an Kleinanleger richteten, die damit im Rentenalter ihre Pensionslücken schließen sollten. Laura verstand, weshalb sich gerade die Boulevardmedien so sehr auf den Fall stürzten: Durch diese Ausrichtung auf Kleinanleger waren großteils Leute betroffen, die sich das Geld für die Pension mühsam vom Mund abgespart hatten.

Schließlich stieß Laura auf den Original-Bericht mit den Zitaten von Hermann Steinfels. Ein großes deutsches Nachrichtenmagazin hatte sich über zwei Seiten lang mit dem Fall beschäftigt. Neben dem Foto von Tosca – es war dasselbe wie in dem Boulevard-Blatt – fanden sich hier auch Porträtbilder von Siberius und von Rheinberg. Siberius war ein bulliger Typ mit wachem Blick und Vollglatze. Albert von Rheinberg wirkte im Vergleich zu ihm eher schmächtig und wie der Prototyp eines englischen Landadeligen. Sein braunes Haar war für das Foto sorgfältig gescheitelt worden.

Im Artikel hieß es, dass von Rheinberg aus äußerst wohlhabenden Verhältnissen stammte, wogegen Alexandra Steinfels und Bernd Siberius als »typische Kinder aus Mittelklassefamilien« bezeichnet wurden, die »durch Fleiß, Intelligenz und die richtigen Netzwerke« in die höheren Sphären der Gesellschaft aufgestiegen waren. Von Mitgliedschaften in vornehmen Golfclubs war die Rede, vom regelmäßigen Besuch der Salzburger Festspiele und vom »Abfeiern auf Ibiza und Madeira, nur einmal zwischendurch am Wochenende«.

Vor vier Jahren war Alexandra Steinfels dann aus dem Vorstand der Siberius Funds ausgeschieden. Aus familiären Gründen, hatte ihre damalige Aussage gegenüber der Presse gelautet. Wenig später gründete sie jedoch unter dem Dach der Ursprungsfirma ein Immobilienunternehmen, das sich innerhalb kürzester Zeit sehr erfolgreich entwickelte. Steinfels Immo vermittelte nicht nur hochpreisige Luxusdomizile im gesamten deutschsprachigen Raum, sondern agierte auch in mehreren Fällen als Bauträger diverser gewerblicher Immobilien in ganz Europa. Das Nachrichtenmagazin schlüsselte in einer Graphik auf, zu wie viel Prozent diverse Immobilienfonds von Siberius Funds wiederum an die Geschäftsaktivitäten von Steinfels Immo gebunden waren. Die Vernetzung der beiden Unternehmen schien sehr komplex. Trotz der Bemühung des Journalisten, hier mittels Graphiken Klarheit zu schaffen, stieg Laura aus. Ihr Interesse galt der Frau, die nachts in ihren Armen lag, nicht irgendwelchen Finanzkonstrukten, die sie sowieso nicht durchblickte.

Auf der zweiten Seite gab es ein verschwommenes Foto von Bernd Siberius mit Tosca an seiner Seite. *Aufgenommen von einer Überwachungskamera am Flughafen Frankfurt:*

Bernd Siberius mit Ehefrau Alexandra kurz vor dem Abflug nach Südamerika. In Panama verlieren sich die Spuren.

Alexandra alias Tosca war nur von hinten zu sehen.

Laura starrte nochmals auf das Pressefoto. Wie hatte Tosca diesen Mann nur heiraten können?

Emily, das kleine Mädchen von der Titelseite des Gratis-Blattes, fiel ihr ein. Damals hatte sie dieses Kind und sein Schicksal nicht sonderlich interessiert. Jetzt war das anders. Sie saugte förmlich jede Zeile in sich auf. Emily Siberius-Steinfels war sieben Jahre alt und hatte bis vor sechs Monaten mit ihren Eltern in einer Villa in Wien-Hietzing gewohnt. Dann hatten sich die Eltern plötzlich getrennt. Alexandra Steinfels war mit der Tochter nach Salzburg gezogen; lediglich den Firmensitz hatte sie in Wien belassen. In Salzburg war Emily in der Obhut einer Frau namens Edita, wenn ihre Mutter ihren Geschäften in Wien nachging. Edita wurde von den Boulevardblättern salopp als »Putzfrau« bezeichnet; da sie sowohl für Kinderbetreuung als auch für die Haushaltsführung tätig war, schien sie aber eher die Haushälterin zu sein.

Bei dieser Edita war Emily zurückgelassen worden, als ihr Vater mit ihrer Mutter – offenkundig wieder versöhnt – Ende Oktober nach Südamerika flüchtete, nachdem er zuvor von Rheinberg erschossen hatte. Die Tatwaffe mit den Fingerabdrücken von Siberius hatte die Polizei im Park jener niederösterreichischen Villa gefunden, in der Albert von Rheinberg ermordet worden war. Doch auch Fingerabdrücke von Alexandra Steinfels waren in dem Haus nachgewiesen worden.

Laura las alles, was sie zu dem Fall finden konnte. Sie las, bis die öffentliche Bibliothek geschlossen wurde. Mit dem Fisch, der die Zeit im Schließfach der Garderobe offenbar gut überstanden hatte, und Kopien der aussagekräftigsten Artikel in ihrer Tasche machte sie sich auf den Heimweg. Sie fühlte sich von den zahlreichen Informationen vollkommen überfrachtet und benommen.

Alexandra, die Frau, die mit ihr schlief, obwohl sie verheiratet war. Obendrein Mutter einer Tochter, die sie angeblich verlassen hatte, um sich durch eine Flucht nach Südamerika der Justiz zu entziehen. Eine Mutter, die derzeit nicht einmal wusste, dass sie eine Tochter hatte, und die trotz geschlossener Medienmeinung überhaupt nicht in Südamerika, sondern in einer Zweieinhalb-Zimmer-Wohnung im 18. Wiener Gemeindebezirk saß und daran verzweifelte, sich an nichts erinnern zu können.

Sie musste mit ihr reden, musste sie über ihre wahre Identität aufklären. Warum war Alexandra nicht längst dahinter gekommen, wo sie doch selbst schon tagelang in der Bibliothek gewesen war? Weil sie höchstwahrscheinlich nicht in Boulevard-Blättern geforscht hatte. Und weil es wohl auch nicht sicher war, dass ein einziger Zeitungsartikel oder Name unweigerlich eine Erinnerung auslöste.

Sie spann die Geschichte weiter. Sie würde es ihr sagen, vielleicht würde Alexandra daraufhin der Blitz der Erkenntnis treffen … Vielleicht würde sie sich sofort der Polizei stellen … Vielleicht würde sie in Haft kommen. Sechzig Millionen Euro und die mögliche Mittäterschaft bei einem Mord waren kein Pappenstiel. Vielleicht würde sie angesichts der Beweislage auch sofort flüchten – also das tun, was die Medien ihr bereits unterstellten.

Welche Möglichkeit die Frau, die sich Tosca nannte, auch wählte: sie würde bald wieder fort sein. Laura presste die Lippen fest zusammen, um nicht vor innerem Schmerz laut zu schreien.

Die Einkaufstüte mit dem Fisch in ihrer linken Hand wurde bei jedem Schritt, mit dem sie sich ihrer Haustüre näherte, schwerer. Wenn sie daran dachte, erneut ein Weihnachtsfest allein zu verbringen, glaubte sie vor Verzweiflung zerspringen zu müssen. Und wie sinnlos, obendrein über zwanzig Euro in eine Lachsforelle zu investieren, die sie nun alleine verspeisen würde. Oder eben gar nicht.

Langsam erklomm sie die Stufen zu ihrer Wohnung. Mit

jeder Stufe wurde der leise Gedanke, der sich beim Betreten des Hauses in ihren Kopf geschlichen hatte, mehr zum Entschluss: Sie würde Tosca erst nach den Weihnachtsfeiertagen davon erzählen. Sie würde sich eine Gnadenfrist erwirken: drei weitere Tage, in denen sie Toscas Nähe genießen konnte. Und am vierten Tag würde sie es ihr sagen.

Ans Glück darf man sich nie gewöhnen, denn es hält nicht ewig.

Einer von Mutters Standardsprüchen, der ihr da wieder einfiel.

Sie hatte sich zwar vorgenommen, sie und ihre Weisheiten für immer aus den Gedanken zu verbannen, aber in diesem Punkt hatte sie eindeutig Recht. Sie hatte sich zu sehr ans Glück gewöhnt.

Tosca stand am Herd und rührte in einer Pfanne mit Geschnetzeltem, als sie die Küche betrat, um den Fisch im Kühlschrank zu verstauen. Sie lächelte sie an.

»Hunger?«

Ihr Lächeln machte Laura so schwindelig, dass sie sich am Türrahmen abstützen musste.

»Ja, aber immer«, versicherte sie, auch wenn Essen das Letzte war, wonach ihr im Moment der Sinn stand.

Ihr Blick fiel auf Toscas Dekolletee. Erstmals trug sie die Kette mit der koreanischen Silbermünze, die sie ihr vor einigen Tagen geschenkt hatte.

Hastig kramte Laura Teller und Besteck aus dem Küchenkasten. Den Tisch zu decken war besser, als sich weiter damit zu quälen, ob sie ihr die Wahrheit noch ein paar Tage vorenthalten durfte. Sie war schon bei der Türschwelle, als Tosca sie leicht an der Schulter fasste.

»Laura.«

Ihre Stimme klang unglaublich sanft.

»Du bist ein ganz besonderer Mensch für mich. Bitte vergiss das nie, egal, was kommt.«

Lauras Hände wurden so feucht, dass sie kurzzeitig Angst

hatte, die Teller würden ihr aus der Hand rutschen. Eilig verließ sie die Küche.

Das Essen verlief schweigsam. Mit Mühe brachte Laura zumindest eine Portion Reis mit Geschnetzeltem herunter. Jetzt, da sie auf dem Sofa saßen, jede ein Glas Wein vor sich, lag ihr die Portion schwer im Magen. Sie zwang sich, nicht dauernd zu der Stofftasche mit dem Stapel Kopien zu schauen, die sie an den Schuhschrank neben der Badezimmertüre gelehnt hatte.

»Ich habe mich heute wieder an etwas erinnert«, durchbrach Tosca plötzlich das Schweigen zwischen ihnen. Laura zuckte zusammen.

»Ich stand auf einer Landstraße. Es war dunkel. Ich hatte bereits diesen Mantel an, der unmöglich mir gehören kann. Ich hatte Todesangst. Ich wusste nicht, wohin. Dann kam ein Auto und hielt an. Am Steuer saß ein junger Mann. Er war blass und hatte Pickel ... und eine Narbe an der Wange. Ich kannte ihn nicht, aber er nahm mich mit. So bin ich nach Wien gekommen.«

Laura fixierte ihr Weinglas. Sie konnte Tosca nicht in die Augen schauen.

»Wie bist du darauf gekommen?«

»Ich war heute in einer Trafik. Ich wollte mir die neuesten Zeitungen kaufen. Im Laden roch es so stark nach Tabak ... und ein Mann kam herein und verlangte eine Packung Benson & Hedges. Es war wie ein Blitz in meinem Gedächtnis. Ich sah dieses Auto, einen Ford Fiesta, nicht mehr ganz neu. Sein Himmel hatte Wasserflecken, es roch leicht nach Moder ... und ganz arg nach Tabak. Und ich hörte die Stimme dieses jungen Mannes, der mir eine Schachtel Zigaretten reichte und sagte: Wollen Sie eine Benson & Hedges? – Dann fiel mir das plötzlich ein. Ich kann dir nicht sagen, wo wir entlanggefahren sind und woher wir kamen. Aber ich weiß, dass er es war, der mich nach Wien brachte. Er hat die ganze Zeit über geredet. Ich erinnere mich an seinen Namen. Marco. Das

Auto gehörte seinem Bruder, der in Wien wohnt. Er war bei seinen Eltern gewesen. Ich weiß sogar, was er beruflich macht. Das hat er mir auch erzählt. Er arbeitet auf einer Bohrinsel in der Nordsee, hatte Heimaturlaub und war nun wieder auf dem Weg dorthin. Er wollte mit dem Nachtzug nach Hamburg fahren.«

Laura faltete ihre Hände ineinander.

»Das heißt, du willst jetzt diesen Marco finden«, meinte sie und bemühte sich um einen möglichst belanglosen Tonfall. »Vorausgesetzt natürlich, dass dir deine Phantasie keinen Streich spielt.«

Bitte, lass es nicht vor Weihnachten sein!

»Ich weiß, dass das passiert ist.« Tosca sah sie ernst an. »Diesen Marco gibt es. Und ich habe noch mehr Hinweise als seinen Vornamen. Ich habe sein Autokennzeichen – zumindest Teile davon. Ein Wiener Kennzeichen, in der Mitte eine Buchstabenfolge, an die ich mich nicht erinnern kann, und am Schluss die Ziffern 4-5-5.«

Laura hatte den Eindruck, dass ihr jemand eine Schlinge um den Hals legte und diese immer enger zog.

»Begreifst du denn nicht?« Tosca sah sie erwartungsvoll an. »Wir haben endlich konkrete Hinweise! Diesen Marco gibt es, Laura, und er weiß ganz sicher noch, wo er mich aufgelesen hat. Und ich bin sicher, es war in der Nähe dieser Villa mit dem blauen Tor, von der du glaubst, ich hätte sie in einem Film gesehen. Ich kenne die Villa, ich war da! Das ist alles passiert! – Ich werde morgen zur Polizei gehen und eine Aussage machen. Ich will endlich wissen, wer ich bin.«

Ihre Augen blitzten vor Entschlossenheit. Die unsichtbare Schlinge um Lauras Hals zog sich noch etwas fester zusammen. Sie rang nach Atem.

»Morgen schon?«, stammelte sie fassungslos. Sie dachte an den Fisch im Kühlschrank und den Tannenbaum, der bereits in einem Metallständer zwischen Esstisch und Schrankwand stand und nur darauf wartete, geschmückt zu werden.

Sie fuhr sich mit der Zunge über die Lippen. »Ich meine ... ja ... das ist sicher richtig, aber willst du nicht bis nach Weihnachten warten?«

Tosca runzelte die Stirn.

»Wieso? – Ich warte schon lange genug!«

»Aber ...« Lauras Verstand arbeitete auf Hochtouren. Er ließ sie diesmal nicht im Stich. »Morgen ist Heilig Abend. Da gibt es nur eine Notbesetzung, und ich bin sicher, während der Feiertage kann die Polizei überhaupt nichts unternehmen.«

Toscas Euphorie fiel zusammen wie ein Kartenhaus.

Zu der Schlinge, die Laura um den Hals trug, gesellte sich ein heftiges Magendrücken. Zögernd streckte sie die Hand aus und streichelte über den Arm der Geliebten.

»Wahrscheinlich hast du recht«, meinte Tosca dumpf. »Ich sollte warten. Aber das Warten macht mich fertig. Zudem habe ich immer stärker das Gefühl, dass es da draußen jemanden gibt, der mich vermisst. Ich möchte alledem ein Ende machen. Ich will endlich wissen, wer ich bin und was ich getan habe!«

Sie ließ sich in Lauras Arme sinken. Laura umschlang sie und kämpfte mit den Tränen. Sie würde sie nicht mehr oft in den Armen halten. Drei Tage noch. Eine Gnadenfrist, die sie sich durch das schlechte Gewissen, das sie fast auffraß, teuer erkaufte. Tapfer vergrub sie ihr Gesicht in Toscas Haaren und murmelte: »Alles wird gut.«

Sie sagte es hauptsächlich, um sich selbst damit zu beruhigen.

Was will eine Frau von mir, die ihre Kindheit in Schweizer Internaten verbracht hat, mit der High Society Partys feiert, die Golfplätze dieser Welt kennt und binnen weniger Jahre ein

Immobilienunternehmen mit fünfzig Mitarbeitern aus dem Boden gestampft hat? – Laura hatte sich diese Frage den ganzen Vormittag gestellt und kam wieder zu derselben simplen Antwort: Nichts.

Ohne ihre Vergangenheit zu kennen, hatte Tosca den Sachverhalt bereits vor einiger Zeit mit einem einzigen Satz zusammengefasst: *Ich denke, wir leben in zwei völlig verschiedenen Welten, die unter normalen Umständen nicht kompatibel sind.*

Lauras Stimmung war so düster wie die dunklen Wolken, die seit dem frühen Vormittag am Himmel standen. Sie hatte sich ein weißes Weihnachten gewünscht. Doch die Überreste von Schnee, die an den Straßenrändern lagen, waren schwarz vom Dreck und den Abgasen der Autos, und kein Neuschnee in Sicht. Die Wünsche hatten sich in ihrem Leben eben noch nie wirklich erfüllt.

Immerhin, sie hatte den diesjährigen Weihnachtsgeschäft-Wahnsinn mit dem heutigen Tag wieder einmal hinter sich gebracht. Dorothea und sie hatten um Punkt 14 Uhr den Freiverkauf geschlossen. Johanna war schon gestern zu ihren Eltern in die Steiermark gefahren. Und immerhin, sie hatte noch zweieinhalb Tage mit Tosca vor sich. Warum nur drückte ihr schlechtes Gewissen inzwischen so im Bauch, das selbst das Atmen in Toscas Gegenwart schwer fiel?

Es war ganz still, als sie die Wohnung betrat.

Verunsichert blieb Laura im Vorraum stehen und lauschte.

»Tosca?«

Sekunden verstrichen.

Dann, endlich, die vertraute Stimme aus dem Nebenzimmer.

»Ich bin hier.«

Laura atmete erleichtert auf. Sie schlüpfte aus ihrem Mantel und trat ins Wohnzimmer. Tosca saß am Esstisch, nicht auf dem Sofa. Ihr Haar war sorgfältig zu einem Knoten frisiert, sie hatte Lidschatten und Lippenstift aufgetragen und sah aus wie auf jenem Pressefoto, das in der Zeitung abgebildet gewesen war. Zu der dunklen Hose, die sie vor wenigen Wochen gemeinsam mit Laura gekauft hatte, trug sie das anthrazitfarbene Jackett, mit dem sie gekommen war. Die zwei Knöpfe daran fehlten nach wie vor.

Bemüht, sich ihre Verunsicherung nicht anmerken zu lassen, begrüßte Laura sie mit einem Kuss auf die Wange. Toscas Haut fühlte sich kalt an.

Laura beschloss, ihr schlechtes Gewissen zu ertränken, stellte zwei Gläser auf den Tisch und holte den Muskateller aus dem Kühlschrank, den sie eigentlich für den Festschmaus vorgesehen hatte.

»Ein kleiner weihnachtlicher Aperitif«, sagte sie betont munter, als sie Tosca das Glas reichte. Sie stießen an.

Laura nahm einen tiefen Schluck. Das schlechte Gewissen trat langsam den Rückzug an.

»Und?« Tosca stellte ihr Glas auf den Tisch und schenkte ihr ein Lächeln, das auf Laura dünn und unwirklich wirkte. »Was hast du nun geplant?«

»Den Christbaum schmücken. Den Fisch in den Ofen schieben. Kartoffeln schälen. Weihnachten feiern.«

Ihr eigenes Lächeln misslang. Tosca verzog keine Miene.

Das flaue Gefühl in Lauras Unterleib kehrte zurück. Etwas stimmte nicht. Von einer bösen Vorahnung ergriffen, ging sie in den Vorraum. Die Stofftasche mit den Kopien fehlte.

Der Parkettboden hinter ihr knarrte. Tosca war ihr ins Vorzimmer gefolgt.

»Kannst du dich noch daran erinnern, dass du mir vor einiger Zeit sagtest, du würdest mir so gerne helfen, wenn du nur könntest?«

Laura spürte einen dicken Kloß in ihrer Kehle.

Tosca trat auf sie zu und umfasste ihre Schultern. Es war unmöglich, ihr nicht in die Augen zu sehen. Laura sah darin alles bestätigt, was sie befürchtet hatte, als sie die Wohnung betrat. Sie dachte an das kleine Mädchen mit den Zöpfen, dass irgendwo in Salzburg seit Wochen darauf wartete, dass seine Mutter zurückkam. Sie sah sich den Fisch in den Müllkorb werfen und die Kiste mit dem Christbaumschmuck gleich hinterher. Sie wusste: es war vorbei.

»Alexandra«, sagte sie und schloss die Augen. Allein diesen fremden Namen auszusprechen, tat ihr weh.

Tosca ließ sie los.

»Wann wolltest du es mir sagen, Laura? In einer Woche? In einem Monat? Nach einem Jahr? – Wolltest du noch eine Weile zusehen, wie ich leide? Hast du dir gut gefallen in deiner Rolle der selbstlosen Gastgeberin?«

Jedes ihrer Worte traf Laura wie ein Messerstich. Sie schluckte trocken.

»Ich wollte es dir sagen«, presste sie schließlich hervor. »Ehrlich. – Aber ich weiß es selbst erst seit gestern.«

»Gestern wäre zum Beispiel ein guter Augenblick gewesen, um mich aufzuklären. Stattdessen wolltest du mir ausreden, überhaupt zur Polizei zu gehen.«

»Nein! Nein, so war es nicht!«

»Ich sehe die Sache sehr klar, Laura.« Alexandra ging zur Garderobe und schlüpfte in den Herrenmantel, mit dem sie gekommen war. »Ich unterstelle dir keine Bosheit. Ich habe dir viel zu verdanken; ich bin mir dessen bewusst, und sobald ich dazu in der Lage bin, werde ich dir die finanziellen Ausgaben, die du meinetwegen hattest, ersetzen. Das Problem ist, dass du einfach unreif bist. Du verhältst dich wie ein egoistisches Kind, das nur an sich denkt. Du wolltest Weihnachten nicht alleine sein, deshalb hast du es mir gestern nicht gesagt. Du hast lieber mich leiden sehen, als selbst zu leiden.«

»Ich wollte es dir sagen«, wiederholte Laura. Tränen stiegen ihr in die Augen.

»Manchmal ist das Timing sehr entscheidend«, bemerkte Alexandra nüchtern. Sie bückte sich und griff nach einer Plastiktüte, die sie sich offenbar schon zuvor hergerichtet hatte, und die vermutlich die wenigen Habseligkeiten enthielt, mit denen sie bei ihr angekommen war. Panik überkam Laura. Sie würde tatsächlich verschwinden!

Sie stellte sich vor die Wohnungstür. Der Schmerz fraß sich durch in ihren Körper in ihr Herz.

»Bitte«, sagte sie mit zitternder Stimme. »Bleib wenigstens noch bis morgen. – Wo willst du denn hin? Es ist schon Nachmittag. Die Geschäfte haben zu …«

Alexandra lachte hell auf. Es war kein echtes Lachen.

»Glaubst du im Ernst, ich mache jetzt einen gemütlichen Einkaufsbummel? – Verlass dich darauf, ich weiß, wohin ich will.«

»Du bist eine gesuchte Betrügerin! Du hast sechzig Millionen Euro verprasst!«, stieß Laura in ihrer Verzweiflung hervor. »Du kannst nicht zur Polizei gehen! Du wirst verhaftet werden!«

»Mach dich nicht lächerlich, Laura.« Alexandra bedachte sie mit einem kalten Blick. »Natürlich werde ich zur Polizei gehen. Im Unterschied zu dir bin ich erwachsen. Erwachsen sein bedeutet, sich seiner Verantwortung zu stellen. – Und jetzt lass mich bitte vorbei.«

Lauras Tränen begannen zu fließen.

»Ich wollte dich nicht hintergehen«, schluchzte sie. »Bitte, lass uns in Ruhe darüber reden. Ich will nicht, dass du gehst! Ich …«

… liebe dich.

Sie verschluckte die letzten Worte. Sie wusste, dass es keinen unpassenderen Zeitpunkt gab als diesen, um ihre Gefühle zu offenbaren.

»Wenn du etwas für mich tun willst, Laura, dann gib mir ein wenig Geld, damit ich mich fortbewegen kann. Und mach das jetzt nicht zu einem Drama. Uns beide verbindet nicht mehr als die Tatsache, dass du mir freundlicherweise in einer Notlage geholfen hast.«

Laura gab auf. Sie begriff, dass es nichts mehr zu gewinnen gab. Wortlos reichte sie ihr die fünfzig Euro, die sie im Geldbeutel hatte, und gab die Tür frei.

»Leb wohl«, sagte Alexandra.

Ihre Schritte verhallten im Stiegenhaus.

»**Komm mit**«, sagte der Mann mit der Pistole. Er packte sie grob am Arm und zerrte sie die Kellertreppe hinauf. Der Lauf der Waffe bohrte sich in ihren Rücken. Sie leistete keinen Widerstand. In ihr war nichts als die Todesangst, dass diese Pistole bei der kleinsten falschen Bewegung losgehen könnte.

Der Mann brachte sie in ein Zimmer. Der Raum kam ihr vertraut vor: es gab zwei Ledersessel, einen offenen Kamin und alte Gemälde an jeder Wand. Auf einem der Ledersessel saß eine Frau mit blondem Haar. Sie trug ein Kostüm, das dem ihren ähnlich war, und Stöckelschuhe. Hinter ihrem Stuhl stand ein Mann mittleren Alters mit vollem braunen Haar. Seine Finger trommelten nervös auf die Lehne des Sessels.

Der Mann mit der Pistole drückte sie gewaltsam auf den anderen Sessel. Er blieb hinter ihr stehen. Das kalte Eisen bohrte sich in ihren Nacken. Sie wagte kaum zu atmen.

»Bedauerlich, dass wir dir solche Umstände machen müssen, meine Liebe«, sagte der Mann hinter ihr. »Aber du willst ja nicht kooperieren, wie es scheint.«

Sie verstand nicht, wovon der Mann sprach.

Die Frau ihr gegenüber wirkte völlig entspannt. Sie hatte die Beine überschlagen und kam ihr vertraut vor. Sie suchte ihren Blick, doch ihr Gegenüber wich ihm aus. Kannte sie den Namen dieser Frau?

»Alexandra«, sagte der Mann mit dem braunen Haar. Sie schaute noch immer die blonde Frau an. Auch der andere Mann schaute sie an. »Versetz dich doch einmal in unsere

Lage. – Was sollen wir tun, wenn du so unkooperativ bist? Du kannst wohl nicht von uns erwarten, dass wir still abwarten, bis wir festgenommen werden.«

Sie versuchte sich zu erinnern, ob sie diese Männer kannte, und wenn ja, woher. Sie griff sich an den Kopf. Die Schmerzen waren stärker geworden.

»Wir könnten uns auch zu viert ein schönes Leben machen«, sagte der Mann mit dem braunen Haar. Seine Stimme hatte einen einschmeichelnden Klang. »Was willst du denn in Österreich? Die Geschäfte sind tot. Die Leute haben derzeit kein Geld, um es zu investieren, und obendrein würde niemand ausgerechnet uns sein Vermögen anvertrauen, nach den Gerüchten, die schon publik geworden sind ... deine Immobilien wird das auch noch betreffen, du wirst schon sehen. Sie werden deine Firma zerlegen. Du bist viel zu sehr mit dem Unternehmen verbunden, als dass sie dich gehen ließen. Sie werden jede einzelne Akte durchwühlen. Sie werden deine Geschäftskonten sperren. Sie werden deinen Namen in den Dreck ziehen. Du kannst bei dieser Sache nur verlieren! – Geh mit uns nach Venezuela, und wir beginnen alle vier noch einmal von vorn.«

Venezuela. Das kam ihr bekannt vor. Schon einmal hatte jemand es ihr gegenüber erwähnt.

Der Pistolenlauf bohrte sich schmerzhaft in ihren Nacken. Sie reckte den Kopf nach vorn, um dem Druck des Eisens zu entkommen. Eine kräftige Hand legte sich ihr von hinten um die Kehle und hinderte sie an der kleinsten Bewegung. Voller Angst kämpfte sie gegen die wieder aufflammende Panik und wagte nicht, sich zu rühren.

Die werden mich umbringen, war der einzig klare Gedanke, den sie fassen konnte. Und sie verstand nicht einmal, weshalb sie das vorhatten.

»Gib es auf, Albert.« Die Stimme des Mannes mit der Glatze war schneidend unangenehm. »Genug der Diskussion! Deine Taktik ist fehlgeschlagen, sieh es endlich ein! Ich habe dir schon vorher gesagt, dass es zwecklos ist, mit Alexandra zu reden. Meine Frau versteht letztendlich nur eine Sprache, wenn es ums Geschäft geht!«

Nein. Mit diesem brutalen Menschen war sie auf keinen Fall verheiratet!

Der Mann baute sich vor ihr auf. Er war groß, klobig und glatzköpfig. Und er richtete die Pistole direkt auf sie.

»Alexandra, um es kurz zu machen: Wir haben Emily. Wir werden sie an deiner Stelle mitnehmen, und solltest du in irgendeiner Form an die Öffentlichkeit gehen oder der Staatsanwaltschaft unter die Arme greifen, wirst du sie nicht mehr lebendig wiedersehen.«

Er sah nicht nur aus wie ein glatzköpfiger, aggressiver Krimineller, er war offenbar auch einer. Und dieser Mensch behauptete auch noch dreist, er wäre ihr Mann! Das war einfach lächerlich.

Sie war zu verängstigt und fassungslos, um irgendetwas zu sagen. Er deutete ihr Schweigen auf seine Weise.

»Wenn dir das so egal ist, können wir gleich heute damit anfangen. Mir liegt an diesem Kind absolut nichts.«

Ihre Verwirrung wuchs. Welches Kind? – Der pulsierende Schmerz in ihrem Schädel war kaum auszuhalten.

Sie bewegte die Lippen, in dem verzweifelten Versuch, etwas zu sagen, kam aber nicht dazu. Der Glatzköpfige, der glaubte, ihr Mann zu sein, war schneller.

»Du hast wohl geglaubt, dass du mit uns allen spielen kannst. Aber da irrst du dich, meine Liebe. Irgendwann kommt der Tag der Abrechnung. Für dich beginnt jetzt ein ganz neuer Lebensabschnitt. Ab sofort wirst du zur Abwechslung einmal tun, was *wir* dir sagen. Nachdem du nicht mit uns verreisen willst, wirst du eben hier bleiben und genau das machen, was wir von dir erwarten. Du wirst die Schuld für die Krise der Firma restlos auf dich nehmen und dafür sorgen, dass nicht einmal der Verdacht eines Betrugs an uns hängen bleibt. Wahrscheinlich werden sie dich einige Jahre einsperren.

Ich rechne mit fünf, maximal zehn Jahren. Wir kümmern uns einstweilen um Emily. Und wenn du schön brav bist, wirst du sie gesund wiedersehen, sobald die Sache ausgestanden ist.«

Sie verstand immer weniger. Sie sah in den Lauf der Pistole, und sie sah ihn. Er wirkte ungeahnt selbstsicher, fast so, als hätte er diese Szene geprobt. Vielleicht wirkte darum alles auf sie derart unwirklich. Trotz der Waffe war die Angst und Anspannung in ihr gewichen. Es war alles so unglaublich, so absurd. So, als wäre sie in einem Film – aber im falschen.

»Hören Sie.« Sie wollte diese Leute nicht duzen. Warum sollte sie sich mit einer Bande Verrückter auf dieselbe Stufe stellen? Sie kannte sie schließlich nicht. »Das ist eine Verwechslung. Ich weiß nicht, wer Sie sind und was Sie von mir wollen. Sie haben die Falsche!«

Einen Moment lang herrschte perplexes Schweigen. Der Mann mit dem braunen Schopf runzelte ungläubig die Stirn. Der Glatzkopf und die Blondine wechselten einen verwirrten Blick.

Sie schöpfte Hoffnung. Die Sache würde sich bald aufklären, ganz bestimmt. Wie auch immer sie da hineingerutscht war, sie würde dieses Missverständnis aufklären können.

»Willst du uns verarschen? Ist das wieder eines deiner dummen Spielchen?« Er bohrte ihr die Pistole so brutal in den Unterleib, dass sie sich vor Schmerz krümmte. Sie versuchte mit aller Kraft, sich gegen ihn zu wehren, doch er presste sie in den Sessel und kugelte ihr fast den Arm aus. Wilder Schmerz fuhr ihr in die Schulter, ließ sie einen gellenden Schrei ausstoßen, was die Blondine wiederum dazu brachte, entsetzt aufzuschreien.

»Bernd!«

Der Glatzkopf hatte also einen Namen. Und die blonde Frau, die bisher gewirkt hatte, als ginge sie all das, was hier geschah, überhaupt nichts an, machte sich offensichtlich Sorgen um sie.

Während dieser Bernd mit der Pistole herumwedelte und

Flüche ausstieß, versuchte sie die neue Information zu verarbeiten. Was verband sie mit dieser Frau? – Wieder suchte sie Blickkontakt mit ihr. Wieder wich die Andere ihr aus.

Sie betrachtete sie etwas genauer als zuvor. Zweifelsohne eine attraktive Erscheinung. Ihre graublauen Augen waren durch einen kräftigen Lidstrich betont; der Lippenstift kräftig, aber mit Sorgfalt aufgetragen. Sie war ihr selbst nicht unähnlich, hatte in etwa dieselbe Größe, eine ähnliche Figur. Sie hätten Schwestern sein können.

»Also, reden wir Klartext.« Bernd baute sich wieder vor ihr auf. »Deine Albernheiten kannst du dir sparen. Wie ich schon sagte, wir haben Emily, und wenn du hier weiterhin Theater spielst, wird sich das nicht gut auf sie auswirken. Mir ist es egal, was mit deiner Tochter geschieht. Völlig.«

Das alles war ein riesengroßer Irrtum. Sie hatte keine Tochter. Ganz bestimmt nicht. Dass sie Mutter war, war genauso absurd wie die Behauptung dieses Kerls, ihr Mann zu sein.

»Das ist eine Verwechslung«, sagte sie und bemühte sich, die Angst, die wieder in ihr aufflammte, vor ihm zu verbergen. »Ich weiß nicht einmal, von welcher Emily Sie sprechen! Ich habe keine Tochter! Und ich war niemals verheiratet!«

»Tja, vor deinem Gewissen sicher nicht, da hast du recht«, stieß Bernd hervor. Er ließ seine Faust wütend auf den kleinen Tisch hinabsausen. Eines der Weingläser fiel um. Er beachtete es nicht. »Hör auf mit diesem Spiel! – Wenn du nicht Alexandra bist, wer solltest du dann sein? Rumpelstilzchen?«

Sie schwieg. Sie konnte ihm tatsächlich keinen Namen bieten. Im Moment fiel ihr nichts ein, wie sie sich hätte identifizieren können.

»Gut. Wenn du es so haben willst.« Er packte sie jäh am Arm und zog sie gewaltsam hoch. »Wir werden dich hier in den Keller sperren, und du kannst da verrotten! Mach dir keine Hoffnungen! Die Kellerwände sind sehr dick. Niemand wird dich finden.«

Wieder versuchte sie, sich aus der Umklammerung zu befreien. Tränen des Schmerzes schossen ihr in die Augen. Sie konnte ihren Arm nicht bewegen. Er hielt ihn fest, als säße er in einem Schraubstock. Dann aber ließ er abrupt los, holte aus – und schlug sie mitten ins Gesicht. Sie taumelte. Als sie zu Boden sackte, hörte sie die aufgebrachte Stimme der Frau.

»Spinnst du? Willst du sie umbringen?«

»Darauf kannst du dich verlassen!« Sie sah seine Schuhe. Schwarzes Leder, glänzend und spitz. Der Schuh flog auf sie zu, mit Schwung, und landete in ihrem Magen. Sie krümmte sich vor Schmerz. Das war kein Film. Die machten ernst, und sie hatte nicht die leiseste Ahnung, warum.

Sie fasste sich an ihre schmerzende Lippe. Ihre Hände waren voller Blut. Der Schuh kam wieder, mit noch mehr Schwung als zuvor.

»Halt!«

Sie war nicht fähig, ihren Kopf wegzudrehen, ihren geschundenen Körper zu bewegen. Wie gelähmt lag sie da und hörte nur die Stimmen über sich.

Der Mann mit dem braunen Haar hatte sich eingeschaltet.

»Hör auf damit! Du machst nichts besser, wenn du deine Wut an ihr auslässt! Wenn sie schwer verletzt ist oder tot, wird sie uns noch weniger nützen als jetzt! – Wir sperren sie in den Keller und hauen ab. Unsere Flüge gehen in wenigen Stunden. Bis sie gefunden wird, sind wir über alle Berge!«

»Und danach packt sie aus. Das ist genau das, was wir nicht wollen!«

»Nicht, wenn wir das Kind haben!«

Eine Weile war es still. Sie wagte sich nicht zu rühren. Seit dem Tritt in den Unterleib fühlte sie sich, als wäre ihr Körper ein einziger schmerzhafter Klumpen. Sie hatte die Augen geschlossen.

»Dann hol die Alte aus dem Keller«, stieß Bernd schließlich hervor. »Zu zweit kommen die da unten nur auf dumme Gedanken. Außerdem müsste das Betäubungsmittel allmählich nachlassen. Wir wollen ja nicht riskieren, dass sie bei der Polizei einen Überfall meldet, weil sie doch etwas von all dem hier mitbekommen hat.«

»Warum habt ihr sie überhaupt in den Keller geschleppt?« fragte die Frau. »Ihr hättet sie einfach in ihr Bett legen können.«

»Sicher ist sicher.« Das war wieder Bernd. »Schließlich wissen wir nicht, wie lange ihr Tiefschlaf wohl noch dauert. Vielleicht ist sie sogar schon wach, dann müssen wir ihr eine komische Geschichte erzählen. Sagtest du nicht, sie wäre ohnehin senil?«

»Etwas«, bestätigte der zweite Mann. »Ich sehe mal nach, was sich unten tut. Hochtragen müssten wir sie zusammen.«

»Ja, ja.« Bernd wirkte so, als quälten ihn im Moment andere Sorgen als der Zustand einer alten Frau im Keller.

Schritte entfernten sich.

»Wenn Alexandra zur Besinnung kommt und früher gefunden wird als erwartet, sind wir erledigt«, sagte er auch prompt, als sie alleine waren. Ihre Anwesenheit schien er fast vergessen zu haben. Sie hielt die Augen zusammengepresst. Es war gewiss besser, ihn in dem Glauben zu lassen, dass sie ohnmächtig war. »Das erste, was sie tun wird, ist, der Staatsanwaltschaft einen Packen Beweise hinzulegen. – Herrgott, das alles läuft völlig aus dem Ruder! Ich habe ja gleich gesagt, dass es keinen Sinn macht, mit ihr zu reden! Aber dein vertrottelter Ehemann hat noch immer nicht kapiert, mit wem er es zu tun hat! Die Frau ist kalt wie Eis, in jeder Hinsicht. Sie tut, was sie will, und sie nimmt keinerlei Rücksicht auf andere.«

»Ich weiß.« Die Stimme der Frau klang nun etwas belegt. »Aber wir sollten jetzt nicht den Teufel an die Wand malen. Solange wir Emily bei uns haben, wird sie nicht wagen, mit der Staatsanwaltschaft zu kooperieren. Sie liebt Emily über alles, sie würde niemals riskieren, dass dem Kind Leid angetan wird. In dieser Hinsicht kenne ich sie gut genug. Es wird genauso laufen, wie du sagst. Sie wird sämtliche Schuld auf sich nehmen, und ihr geltet allenfalls als Mitläufer. Jeder in der Branche weiß, dass sie auch nach ihrem offiziellen Rückzug aus dem Vorstand der eigentliche Kopf des Unternehmens war. Jeder wird das bestätigen.«

Er atmete tief durch. »Der Plan hat nur einen Schönheitsfehler«, sagte er nach einer Weile. Dann flüsterte er etwas.

»Was?!« entfuhr es ihr. »Wir haben das Kind gar nicht?«

»Pst!« mahnte er. »Geht es noch lauter?«

»Aber wieso nicht?«

Ihre Stimme war jetzt deutlich leiser, verriet aber Panik.

»Du hast doch gesagt, dass du Emily …«

Er fiel ihr ins Wort. »Die verdammte Hexe hat das Kind schon weggebracht. Weiß der Geier, wohin. Sie war sogar seit drei Tagen nicht einmal mehr in der Schule!«

»Na, dann ist es ja kein Wunder, dass sie diese Show abzieht! Möchte einmal wissen, wer hier der Trottel ist – du stehst Albert um nichts nach, wie es scheint!«

»Halt's Maul!«, fuhr er sie roh an. »So kannst du vielleicht mit deinem Schlappschwanz von Mann reden, aber nicht mit mir!«

Er bewegte sich in ihre Richtung.

»Verdammt, was machen wir jetzt mit ihr?«

Sie wagte kaum zu atmen. Es war besser, weiterhin die Ohnmächtige zu spielen, auch wenn sie mehr und mehr davon überzeugt war, dass hier eine abenteuerliche Verwechslung vorlag. Warum war sie überhaupt in diesem Haus?

»Sie ist tot! Verdammt, sie ist tot!« Der Mann, der in den Keller gegangen war, kam zurück. Er hörte sich völlig aufgelöst an. »Was hast du ihr gegeben, zum Teufel?«

»Unsinn! Das kann nicht sein! Ich habe ihr ein harmloses Anästhetikum verabreicht, in niedriger Dosierung! Vielleicht schläft sie nur oder hat einen schwachen Puls, was weiß ich!«

»Da ist überhaupt kein Puls mehr, sie ist definitiv tot!« Der Mann schrie fast. »Du hast sie umgebracht!«

»Ich habe niemanden umgebracht, Albert! Es war ein Unfall, wenn überhaupt. Vielleicht hatte sie sowieso ein schwaches Herz; bei alten Leuten weiß man ja nie. Im Übrigen war es *dein* Plan, Alexandra ausgerechnet hierher zu locken! Da für mich von vornherein klar war, dass mit ihr nicht zu reden ist, hätte ich eine andere Möglichkeit vorgezogen.«

»Und die wäre? Hättest du einen Killer auf sie angesetzt?«

Das Schweigen, das dieser Aussage folgte, sprach mehr als tausend Worte.

Ich muss hier weg.

Sie klammerte sich an diesen Gedanken und versuchte, ihren schmerzenden Körper zu ignorieren.

»Was hast du überhaupt mit ihr gemacht? Warum liegt sie da und rührt sich nicht?«

Albert – jetzt kannte sie auch diesen Namen – klang besorgt. Sie spürte, dass er sich ihr näherte, wagte aber nicht, die Augen zu öffnen. Finger legten sich an ihre Halsschlagader.

»Sie lebt noch.« Er klang erleichtert. »Alexandra!« Er schlug sie sanft auf die Wange, immer wieder, und schüttelte sie leicht. Sie öffnete die Augen. Er kniete vor ihr. Verzweiflung stand ihm ins Gesicht geschrieben. »Komm, mach keine Dummheiten.«

»Wenn die Alte sowieso tot ist, lassen wir sie einfach im Keller, sperren Alexandra dazu und hauen endlich ab«, schaltete sich Bernd ein. »Jede weitere Diskussion ist Zeitverschwendung.«

»Die Alte, wie du sie nennst, ist meine Patentante. Und wir werden sie nicht in diesem Keller lassen. Ich will, dass sie rasch gefunden wird, und ich will, dass sie ein Begräbnis bekommt!«

Bernd lachte spöttisch.

»Albert, Sentimentalität ist hier fehl am Platz. – Die Alte bleibt im Keller, Alexandra leistet ihr Gesellschaft, und wir verduften.« Er trat neben sie, packte sie an den Schultern und riss sie hoch. Sie fühlte, dass ihre Kräfte wieder zurückkamen, und befreite sich mit einer kleinen Drehung aus seinen Fängen.

Die Pistole blitzte wieder in seinen Händen.

»Komm bloß nicht auf die Idee, wegzulaufen.«

Ihre Augen suchten das Zimmer bereits nach einem Fluchtweg ab.

»Wir werden hier niemanden im Keller lassen!«, sagte Albert plötzlich mit einer Bestimmtheit, die sie ihm aufgrund seines bisherigen Auftretens niemals zugetraut hätte. »Ich bin kein Mörder. So war das alles nicht geplant. Ja, es war meine Idee, Alexandra hierher zu locken – weil ich die Chance, sie zu überzeugen, nicht verschenken wollte. Sie ist immerhin ein Mensch, der uns allen einmal sehr viel bedeutet hat. Aber wir haben doch eine Alternative. Wir werden mit Emily abreisen, und Alexandra wird morgen früh bei der Staatsanwaltschaft ein umfassendes Schuldeingeständnis ablegen. Sie wird die Strafe auf sich nehmen, ein paar Jahre ins Gefängnis wandern, und wenn dann Gras über die Sache gewachsen ist, schicken wir ihr die Kleine zurück. Möglicherweise werden wir zwar nie mehr nach Österreich zurückkommen können, aber was macht das schon. Venezuela ist bekanntlich nicht das schlechteste Pflaster.«

Er sah Bernd und die Frau erwartungsvoll an. Die beiden wechselten einen bedeutungsvollen Blick.

»Albert, wir haben Emily nicht«, sagte die blonde Frau, und wurde, kaum dass sie es ausgesprochen hatte, von Bernd jäh angeherrscht: »Könntest du die Güte haben, das nicht ständig in ihrer Gegenwart zu betonen? – Das bringt uns nämlich in die verdammt ungute Situation, sie beseitigen zu müssen, wenn wir unsere Haut retten wollen.«

»Sieh sie doch an!«, verteidigte sich die Blondine vehement. »Dieser irre Blick! – Seit du ihr im Keller den Kerzenständer auf den Kopf gedonnert hast, kapiert sie doch überhaupt nichts mehr! – Ich verstehe sowieso nicht, warum das nötig war!«

»Weil sie gehen wollte und dein talentierter Ehemann nicht in der Lage war, sie aufzuhalten«, kommentierte Bernd süffisant. »Wieder einmal hat unser guter Albert bewiesen, dass er mit Frauen nicht umgehen kann. Er fällt immer wieder auf euch Weiber herein.«

»Es reicht.« Albert verließ das Zimmer. Mit einem dicken Kuvert in den Händen kam er wieder zurück. Er stellte sich vor den Kamin und öffnete es.

»Hören wir auf, ehe sich alles noch mehr gegen uns wendet. Wir haben schon genug am Hals. Eine Leiche im Keller und das Verschulden des größten Anlagebetrugs in der österreichischen Geschichte. – Ich bin nicht bereit, auch noch einen Mord zu decken.«

Langsam zog er ein festes Stück Papier im A6-Format aus der Tasche. Es sah aus wie ein Ticket.

»Ohne Emily als Druckmittel haben wir keine Chance«, sagte er, atmete tief durch und warf dann das Papier ins Feuer. »Alexandra wird uns schonungslos ausliefern. Wir können uns die Mühen einer Flucht also sparen.«

Langsam zog er das nächste Ticket aus dem Umschlag.

»Auch du wirst nicht entkommen, Bernd.« Er sprach wie zu sich selbst. »Du hast meine Patentante auf dem Gewissen, und du wirst dafür büßen.«

Er kam nicht dazu, das Ticket ins Feuer zu werfen. Denn im selben Augenblick peitschte ein Schuss durch den Raum. Albert starrte die Blonde an, dann Bernd. Ein Ausdruck von ungläubigem Erstaunen trat auf sein Gesicht. Er griff sich an den Unterleib – und sackte zusammen. Als sein Kopf mit voller Wucht auf dem Parkettboden aufschlug, bebte der ganze Tisch.

Jemand schrie. Sie war sich in diesem Moment nicht einmal darüber klar, ob es nicht ihr eigener Schrei war.

»Oh mein Gott! Oh mein Gott!«

Die schrille Stimme der Frau erfüllte den ganzen Raum. Sie stürzte auf Albert zu, beugte sich über ihn. »Du hast ihn umgebracht!«

Sie brach in Tränen aus.

Bernd legte die Pistole auf den Tisch. Auf seinem Gesicht zeigten sich rote Flecken. Er fuhr sich mit der Zunge über die Lippen, ehe er das Wort ergriff.

»Das war ein Unfall. Verstehst du? – Ein Unfall!« Er packte die blonde Frau am Arm und zerrte sie von Albert weg. »Hätte ich zuschauen sollen, wie er unsere Tickets vernichtet, nur weil er jetzt die Nerven verliert?«

Er nahm das Kuvert an sich und stieß einen Fluch aus. »Dieser Hurensohn hat ausgerechnet dein Ticket vernichtet!«

Die Frau reagierte nicht. Sie stand einfach nur da, die Hände vors Gesicht geschlagen, und weinte. Bernd stieß eine Reihe von weiteren Flüchen aus.

Sie fixierte die Glastür. Dahinter war es dunkel, stockdunkel. Sie musste hinaus in den Garten führen. Die Glastür war von ihr aus näher als die beiden anderen Türen gegenüber, von denen sie nicht einmal erahnen konnte, wohin diese führten.

»Du hast meinen Mann erschossen!«, schluchzte die Frau plötzlich auf.

»Deinen Mann! Ha!« Es klang verächtlich. »Deinen gehörnten Gatten, den du sowieso verlassen wolltest! – Jetzt spiel hier bloß nicht die trauernde Ehefrau, denn das nimmt dir niemand ab, Betty.«

Minutenlang erfüllte nur ihr leises Weinen den Raum.

Fünf Schritte bis zur Terrassentür. Würde sie den Hebel so einfach herunterdrücken können? Was, wenn die Tür klemmte?

»Betty.« Die Stimme des Mannes nahm einen milden, fast mitfühlenden Tonfall an. »Liebling, wir müssen hier weg, und zwar schnell.«

»Ich kann ... doch ... gar ... nicht weg.« Die Worte kamen stockend, begleitet von hysterischem Schluchzen. »Mein Ticket ... ich will nicht ... ich will nicht ins ... Gefängnis.«

»Du wirst Alexandras Ticket benutzen und ihren Pass.«

»Aber … das wird nicht klappen! Ich … mein Haar ist heller!«

»Das wird klappen. Es muss klappen!«

Bernd stand vor Betty und streichelte ihr über die Wange.

Ihre Entscheidung fiel binnen weniger Sekundenbruchteile. Jetzt oder nie. Sie sprang auf. Der Hebel, der die Glastür öffnete, ließ sich mühelos nach unten drücken. Im Hintergrund hörte sie Bernd schreien. Sie drehte sich nicht um. Sie rannte los, hinein in die Dunkelheit, die sie gnädig verschluckte.

Alexandra Siberius-Steinfels stellte sich der Justiz. Sie erklärte umgehend ihre Bereitschaft, Licht in das Wirrwarr sämtlicher finanziellen Verstrickungen zu bringen und die Aufsichtsbehörde darin zu unterstützen, Entschädigungszahlungen für die Anleger aufzutreiben. Durch ihren entscheidenden Hinweis konnten Bernd Siberius und Bettina von Rheinberg auf der Karibikinsel Margerita festgenommen werden. Siberius, der jegliche Zusammenarbeit mit den Behörden verweigerte, saß seither in Venezuela im Gefängnis. Sein Anwalt bemühte sich derzeit verzweifelt um einen Auslieferungsantrag. Bettina von Rheinberg machte dagegen sofort eine umfassende Aussage. Zu den finanziellen Machenschaften von Siberius Funds, das von ihrem Mann und ihrem Geliebten geleitet worden war, konnte sie nicht viel sagen, dafür umso mehr zu den Geschehnissen in der Villa.

Alexandra war damit von dem Verdacht befreit, von Rheinberg ermordet zu haben, doch in den Medien wurde sie immer noch als skrupellose Finanzbetrügerin dargestellt.

Wenn sie morgens zur Arbeit ging, funkelten Laura die plakativen Schlagzeilen der Zeitungen entgegen; wenn sie abends den Fernseher anschaltete, gab es wöchentlich mindestens einen Beitrag zu Siberius Funds. Zweimal war Alexandra Siberius in Nahaufnahme im Bild gewesen, wie sie umringt von einer Schar von Anzugträgern irgendein Sitzungszimmer verließ und sich dabei gegen die wartende Meute von Journalisten abschirmte. Sie wich der Kamera aus und ignorierte die Mikrophone, die ihr entgegengestreckt wurden. Laura erschien sie blass und gehetzt.

Vier Wochen waren seit Toscas Verschwinden inzwischen vergangen. So sehr Laura mit sich um Gelassenheit rang, wenn sie diese Bilder sah und die Schlagzeilen las – sie konnte sich des Schmerzes, der sich ihrer immer wieder bemächtigte, kaum erwehren. Wie oft hatte sie in diesen letzten vier Wochen im Bett gelegen, sich unruhig von einer Seite auf die andere gewälzt und sich gewünscht, dass ihr Leben auf einer Filmkassette aufgezeichnet worden wäre. Sie hätte sie eingelegt, zurückgespult und auf Stopp gedrückt an jenem Abend, als Tosca und sie sich vor dem Sofa geliebt hatten und für süße, kostbare Sekunden miteinander verschmolzen waren. Wenn sie sich konzentrierte, war die Erinnerung an diesen Augenblick so stark, dass sie den Geruch von Toscas Haar und den Duft ihrer schweißbedeckten Haut überall riechen konnte.

Möglicherweise würde sie den Film auch bis zu jener Stelle durchlaufen lassen, an der ihr der Fischverkäufer den Zeitungsausschnitt übergab. Sie würde nochmals in die Bibliothek gehen, nochmals alle Artikel studieren – nur, um dann nach Hause zu kommen und zu verkünden: »Tosca, ich weiß, wer du bist – und die Artikel in dieser Tasche werden dir deine gesamte Vergangenheit in Erinnerung rufen! Übrigens, unabhängig davon, dass du unzählige Anleger um ihr Erspartes gebracht hast: Ich liebe dich!«

Das war die Stelle, an der das Gerät stets ein entsetzliches Geräusch von sich gab, der Deckel aufsprang und die Kassette ausspuckte. Ihre Phantasie zerplatzte an der Realität. Es gab keine Kassette und keine Möglichkeit, irgendetwas wieder gut zu machen.

Ihr früheres Leben hatte sie wieder. Nach all den Wochen mit Tosca war alles wie zuvor. Aufstehen. Arbeit. Heimkommen. Ein paar Gläser Wein. Ein Krimi oder eine Opernübertragung. Bett. Lediglich die Abende bei den Wiener Philharmonikern entfielen. Berta war immer noch beleidigt.

Dieses Leben war auch früher schon eintönig gewesen, aber sie hatte sich damit arrangiert. Das Leben, das sie jetzt führte, war zwar auf den ersten Blick nicht anders als zuvor, aber auf den zweiten Blick war es leer wie die Weinflaschen, die sie morgens im Wohnzimmer fand. Das Gefühl von Sinnlosigkeit fraß sich von Tag zu Tag mehr in sie hinein und raubte ihr die Energie für alles. An manchen Tagen hatte sie nicht einmal mehr Lust aufzustehen.

Sie hatte erst recht nicht die Kraft, Johanna von der Kassa zu verscheuchen. Also wickelte sie den ganzen Tag Glasvasen und Herend-Porzellan in Plastikfolie und bekam davon Ausschlag. Sie ließ es zu, dass Dorothea die Vitrinen, die sie dekoriert hatte, einen Tag später wieder umräumte. Letztendlich war es ja egal, wie die Dinge präsentiert wurden; die Leute kauften oder kauften halt nicht.

An den Wochenenden, nach den ersten ein, zwei Gläsern Wein malte sie sich in stundenlangen Tagträumereien aus, wie Johanna auf dem Weg zur Arbeit von ihrem Fahrrad gefegt wurde und Monate lang im Ganzkörpergips im Krankenhaus lag. Wie Dorothea von ihrer Friseuse unter der zu heißen Trockenhaube vergessen wurde und aufgrund der rasanten Temperaturentwicklung einen Kreislaufzusammenbruch inklusive Schlaganfall erlitt. Wie ein psychopathischer Kunde im Verkaufsraum plötzlich Amok lief und mit einer antiken Machete ihre beiden Kolleginnen zu köpfen versuchte.

Sie selbst köpfte allenfalls Weinflaschen. Aus ihrer täglichen Flasche wurden allmählich eineinhalb. Es half eben. Jeder Schluck machte ihre innere Wut und Verzweiflung zumindest etwas erträglicher. Sie begann, die Flaschen wieder im Kabinett anzusammeln. Wen konnte das nun stören?

Am letzten Sonntag des Monats ging sie ans Grab ihrer Mutter. Das Laub und der Schmutz, der sich darauf angesammelt hatten, mahnten sie deutlich, wie lange sie nicht mehr da gewesen war.

Sie ließ alles so liegen, wie es lag, und fragte sich, was es überhaupt für einen Sinn machte, dieses Leben weiterzuführen.

An einem Tag Mitte Februar fing der Postbote Laura ab, als sie an ihm vorbei zur Arbeit gehen wollte.

»Frau Eisner, ein Brief für Sie.«

»Ich werde den Briefkasten heute Abend leeren. Werfen Sie ihn einfach ein.«

Laura war in Eile. Wieder einmal hatte sie beim Frühstücken nicht auf die Uhr geschaut.

»Es ist ein Einschreiben. Ich brauche Ihre Unterschrift.«

Resigniert blieb sie stehen.

»Von wem denn?«

Anstelle einer Antwort reichte ihr der Postbote wortlos ein Formular, auf das sie ihre Unterschrift setzte, und den Brief. Sie sah den Namen des Absenders und öffnete den Umschlag noch im Treppenhaus.

Er enthielt vier violette Geldscheine und eine schlichte, weiße Beikarte. Sie erkannte die Schrift sofort.

Liebe Laura. Bitte nimm dies als Anzahlung für alle Ausgaben, die du für mich getätigt hast. Den Rest bekommst du, wenn ich wieder vollständig über meine Finanzen verfügen kann. Ich danke dir für alles. Alexandra – Tosca, wie auch immer.

Wie auch immer.

Laura stopfte Geldscheine und Umschlag in ihre Tasche.

Sie musste die Straßenbahn erwischen. Sie wollte nicht riskieren, schon wieder zu spät zu kommen und Ärger auf sich zu ziehen.

Der Tag schleppte sich dahin. Laura war sich nicht sicher, was besser war: die turbulente Vorweihnachtszeit oder die Flaute, die in den Wochen darauf folgte. Es war kurz nach drei Uhr nachmittags, und in der letzten halben Stunde hatte kein einziger Kunde den Verkaufsraum betreten. Der Tagesumsatz lag bei mickrigen 360 Euro.

Sie stand vor der Theke und trat von einem Bein auf das andere. Seit geraumer Zeit musste sie auf die Toilette. Dringend. Doch Dorothea hatte sich für den ganzen Nachmittag wegen eines Arzttermins entschuldigt, und Johanna war vor einer Stunde in Richtung Lager verschwunden in der erklärten Absicht, die Porzellanfiguren neu zu sortieren. »Da findet man ja gar nichts mehr. Ich werde jetzt ein richtiges System entwickeln!«

Laura versagte es sich, sie darauf hinzuweisen, dass es bereits ein System gab – die Figuren waren nach dem Namen der jeweiligen Manufaktur alphabetisch geordnet. Sie selbst hatte diese Regelung während ihrer Anfangszeit im Karolinum durchgesetzt. Davor hatte im Lager tatsächlich ein heilloses Durcheinander geherrscht.

Im Grunde ging es Johanna sowieso nur darum, Sabine Burger auf sich und ihr Engagement aufmerksam zu machen. Und da die Burger niemals einen Fuß ins Lager setzte, wusste sie auch nichts von Lauras bewährtem System und nahm Johannas neue Struktur gewiss als absolute Errungenschaft zur Kenntnis.

Ihre Blase drückte. Sie versuchte, sie zu ignorieren. Doch

das fiel mit jeder Minute schwerer. Himmel, warum musste Johanna auch ausgerechnet dann ihr neues Ordnungssystem entwickeln, wenn sie nur zu zweit waren?

Laura wählte die Nummer vom Lager. Sie ließ es sehr lange klingeln. Niemand hob ab.

Sicher ist sie gerade auf dem Weg nach unten, dachte sie hoffnungsvoll. Als sie zehn Minuten später immer noch allein war, rief sie bei den Kolleginnen im zweiten Stock an.

»Sylvie, kannst du bitte kurz herunterkommen und mich vertreten? Ich muss dringend wohin!«

Im Hintergrund hörte sie das Klappern von Geschirr und Gelächter. Das Arbeitsklima im zweiten Stock war bedeutend kollegialer als im Parterre.

»Du, das geht jetzt nicht.« Sylvies Antwort kam schnell. »Wir haben gerade so viele Kunden; ich kann hier wirklich nicht weg. Ich komme in einer Viertelstunde, okay?«

Sie legte auf, noch ehe Laura etwas erwidern konnte. So viele Kunden, während hier kein einziger ist, dachte sie verärgert. Will sie mich für dumm verkaufen? Das Summen des Kaffeeautomaten im Hintergrund war schließlich nicht zu überhören gewesen. Die Kolleginnen im zweiten Stock hielten offensichtlich gerade ihr Kaffeekränzchen ab. Klar, dass sich Sylvie da nicht losreißen wollte.

Eine Viertelstunde. Das würde sie auf keinen Fall mehr aushalten. Kurz entschlossen sperrte sie die Kassa ab. Die Toiletten waren am Ende des Verkaufsraums in einem Halbgeschoss.

Sie brauchte insgesamt keine fünf Minuten. Erleichtert eilte sie zurück – und stieß an der Tür fast mit ihrer Chefin zusammen.

»Zum Teufel, wo waren Sie denn? Gerade denke ich mir, ich schaue einmal hier vorbei, und was finde ich? Einen verlassenen Verkaufsraum und zwei Kunden, die verzweifelt nach einer Verkäuferin suchen!«

Laura spürte, wie ihr kalter Schweiß ausbrach.

Ausgerechnet jetzt musste diese Frau hier vorbeilaufen! Es war wie verhext. Sie war wirklich vom Pech verfolgt.

»Ich musste so dringend auf die Toilette und Johanna ist schon seit Ewigkeiten im Lager. Ich habe versucht, sie zu erreichen, aber …«

»So ein Unsinn.« Die Gesichtszüge der Vorgesetzten verhärteten sich. »Frau Fraunberger hat ein Bewerbungsgespräch in der Porzellanabteilung für diese Assistenzstelle, für die ich sie empfohlen habe. Wie soll sie also im Lager ans Telefon gehen, wenn sie da gar nicht ist? Diese dummen Ausreden können Sie sich wirklich sparen! Fakt ist, dass Sie den Verkaufsraum mitten am Nachmittag verlassen haben und bewusst das Risiko eingegangen sind, dass hier währenddessen Selbstbedienung herrscht!«

Laura wusste im ersten Augenblick nicht, was ihr den größeren Schlag versetzte: dass ihre Chefin ihr grobes Fehlverhalten vorwarf oder dass Johanna offenbar für eine Stelle empfohlen worden war, für sie selbst ebenso gut in Frage gekommen wäre.

»Ich hatte die Kassa natürlich abgeschlossen.«

Ihre Stimme zitterte. Ein harter Burgerscher Blick durchbohrte sie.

»Meine liebe Frau Eisner. Hier hängen Bilder und Graphiken im Wert von mehreren tausend Euro. Jedes lässt sich binnen weniger Minuten leicht von der Wand nehmen. Und dann erzählen Sie mir, dass Sie ja immerhin die Kassa abgeschlossen haben! Frau Eisner, das gibt einen Vermerk in der Personalakte. So etwas ist untragbar!«

»Aber …«, setzte Laura an, ohne genau zu wissen, wie sie sich eigentlich verteidigen wollte. Doch Frau Dr. Sabine Burger drehte sich abrupt um und ließ sie einfach stehen. Das Klappern ihrer Absätze hallte wie ein Echo in Lauras Kopf wider.

Ein Vermerk in der Personalakte! Was hatte das überhaupt zu bedeuten? Dass sie knapp davor stand, entlassen zu werden?

Sie stand wieder an der Verkaufstheke. Die Verzweiflung darüber, zu Unrecht verurteilt worden zu sein, trieb ihr die Tränen in die Augen. Wenn die Burger jemanden tadelte, dann immer nur sie! Jahr ein, Jahr aus! Johanna, die noch nicht so lange im Karolinum war wie sie, wurde befördert. Und alle hatten eine Prämie bekommen, nur sie nicht!

Die alte Wunde platzte wieder auf. Eine erste Träne löste sich und rollte Laura über die Wange.

Wenn du dir nicht mehr zu helfen weißt, beginnst du zu weinen. Wie ein Kind.

Sie hörte Toscas Worte so deutlich, als stünde sie neben ihr.

Du jammerst nur. Das ist nämlich in Wahrheit das einzige, was du willst: jammern. Du willst nichts ändern, du willst nicht aktiv werden – nicht einmal mit deiner Vorgesetzten willst du darüber sprechen, weshalb du keine Prämie bekommen hast.

Lauras Tränen versiegten schlagartig.

Diese maßlos arrogante Frau, die sich herausnahm, so über sie zu urteilen!

Sie schloss die Kassa, die sie bereits entsperrt hatte, wieder ab. Es reichte! Sie würde sich solche Unverschämtheiten nicht mehr sagen lassen, und zwar von niemandem. Dass sie den Verkaufsraum erneut alleine ließ, war ihr inzwischen tatsächlich gleichgültig.

Auf der Treppe in den zweiten Stock kam ihr Johanna entgegen, ein breites Grinsen tanzte in ihrem Gesicht. Laura ging an ihr vorbei, ohne sie eines weiteren Blickes zu würdigen. Sie marschierte durch den Verkaufsraum im zweiten Stock, vorbei an den Kolleginnen, und klopfte energisch an die Bürotür ihrer Chefin.

Ein »Herein« wartete sie nicht ab.

Dr. Burger saß hinter ihrem Schreibtisch. Als Laura eintrat, richtete sie sich kerzengerade auf; ihre Miene wurde zu Stein.

»Ich kann mich nicht erinnern, dass ich Sie zu mir gebeten hatte«, bemerkte sie spitz.

»Ich habe mit Ihnen zu reden.«

»Dann lassen Sie sich gefälligst einen Termin geben. In den nächsten Wochen bin ich absolut ausgebucht. Sie werden sich also gedulden müssen.«

Laura trat an ihren Schreibtisch und ließ sich auf dem Besuchersessel nieder. »Nein. Ich werde mich nicht gedulden. Ich habe genug gewartet!«

Die Frau im grauen Kostüm hob überrascht den Kopf. Steile Falten bildeten sich auf ihrer Stirn. Ihre Lippen kräuselten sich.

»Ich arbeite jetzt seit Abschluss meines Studiums hier. Beim Bewerbungsgespräch haben Sie mir versprochen, dass die Arbeit im Freiverkauf nur ein Einstieg ist. Sie haben mir in Aussicht gestellt, dass ich im Laufe der Jahre Schätzmeisterin werden kann. Inzwischen sind viele Jahre vergangen, und ich mache immer noch dasselbe!«

»Na, das liegt ja auch an Ihnen selbst! Wenn keine Leistung erbracht wird, gibt es auch keine Beförderung!«

In Laura herrschte keine Verzweiflung mehr, sondern nur noch unermessliche Wut. Sie sah in dieses kalte, gefühlslose Gesicht, und obgleich Sabine Burger mit ihrem Kurzhaarschnitt, den nach unten gezogenen Mundwinkeln und dem länglichen, dunklen Muttermal nicht die geringste Ähnlichkeit mit Tosca hatte, sah sie dennoch nur deren Gesicht – jenes arrogante, abweisende Gesicht, mit dem sie für immer aus ihrem Leben verschwunden war.

Die Worte sprudelten aus ihrem Mund, als hätte sie sich die Rede vor Wochen zurechtgelegt.

»Frau Dr. Burger! Seit ich die Graphiken für den Freiverkauf auswähle, hat sich der Umsatz auf diesem Segment um mehr als die Hälfte gesteigert. Unsere Stammkunden informiere ich regelmäßig telefonisch oder per Mail über interessante neue Sammlerstücke, und das hat wiederum den Umsatz gesteigert. Die Vitrinen, die ich gestalte, kommen bei der Kundschaft extrem gut an, und ich bin die einzige im Freiverkauf, die italienische Kunden in deren Muttersprache bedienen kann! Wenn Ihnen das alles nicht auffällt, wundere ich mich über Ihre Kompetenz als Vorgesetzte!«

Dr. Sabine Burger machte ein Gesicht, als säße sie einer Außerirdischen gegenüber. Allerdings nur für einige Sekunden, dann verlor sich ihre Fassungslosigkeit.

»Das ist ja wohl eine Unverschämtheit!« stieß sie hervor. »Was bilden Sie sich eigentlich ein? – Sie kommen ständig zu spät, Sie sind nicht teamfähig, und Sie sind verantwortungslos ... das sind Dinge, die mir sehr wohl auffallen und die absolut gegen jede Beförderung sprechen. Im Gegenteil, Sie können mir dafür dankbar sein, dass Sie Ihren Job überhaupt noch haben! Dieser Vorfall damals, mit Frau Rodriguez ..., wenn ich kein gutes Wort für Sie eingelegt hätte, wären Sie von der Geschäftsleitung gekündigt worden! Das sollten Sie sich immer vor Augen halten, bei Ihren Tendenzen!«

Homosexualität ist kein Kündigungsgrund, es sei denn, du arbeitest bei der katholischen Kirche. Lass dir damit nie wieder Angst machen! Auch das hatte Tosca gesagt, damals, als sie ihr von Barbara erzählt hatte.

»Und Sie sollten sich vor Augen halten, dass eine Kündigung aus diesem Grund ein sehr unangenehmes Nachspiel vor dem Arbeitsgericht gehabt hätte, und zwar für Sie und die Geschäftsleitung«, konterte Laura und spürte, wie sich in ihr eine nie gekannte Selbstsicherheit aufbäumte. »Und die mangelnde Teamfähigkeit trifft auf Frau Fraunberger zu. Allerdings scheint Ihnen das bei ihr nicht aufzufallen, was wiederum nicht für Ihre Kompetenz als Vorgesetzte spricht.«

»Frau Eisner, verlassen Sie sofort mein Büro! Ich lasse mir das nicht länger bieten!« Die Chefin erhob sich.

Laura stand ebenfalls auf. »Ich lasse mir das auch nicht länger bieten, Frau Dr. Burger«, sagte sie mit klarer Stimme. »Ich kündige!«

Das Hochgefühl, ihre Seele von einer gewaltigen Last befreit zu haben, hielt bis zum Abend. Dann saß sie in ihrer Wohnung und versuchte mit der Panik fertig zu werden, die sie mehr und mehr überkam.

Bald würde sie nichts mehr verdienen. Da sie selbst gekündigt hatte, würde sie einen ganzen Monat lang nicht einmal Arbeitslosengeld bekommen. Von was sollte sie leben?

Die Arbeit im Karolinum hatte ihr nie Spaß gemacht, aber es war immerhin ein Job. Was sollte sie nun tun? Würde sie in Zeiten wie diesen überhaupt einen neuen Job finden? Wo sollte sie sich bewerben? Und wofür? Was wollte sie in Zukunft überhaupt machen?

Alles, aber nie wieder Verkauf, schoss es ihr spontan durch den Kopf. Allerdings, sie war sechsunddreißig und hatte fast zehn Jahre nur als Verkäuferin gearbeitet. Welcher Arbeitgeber würde ihr denn zutrauen, dass sie mehr konnte, als eine Kasse zu bedienen und die Einkäufe der Kunden bruchsicher zu verpacken?

Mutters Sparbuch. Der Notgroschen. Ihr fiel ein, dass Tosca von Zinsen gesprochen hatte, die im Sparbuch nachgetragen werden mussten, und nahm sich vor, so bald wie möglich zur Bank zu gehen.

Oder sollte sie die Kündigung besser zurückziehen? – Sie sah das hochmütige, kalte Gesicht der Burger vor sich und schüttelte den Kopf. Nein, das musste sie jetzt durchstehen.

Da sie ihrem plötzlichen Mut selbst nicht traute, holte sie noch in derselben Nacht die alte Olympia-Schreibmaschine hervor und verfasste eine schriftliche Kündigung. Als sie den Bogen faltete und in ein Kuvert schob, fiel ihr der Briefumschlag ein, der noch in ihrer Tasche steckte.

Sie würde sich nicht weiter demütigen lassen, und sie würde sich nicht kaufen lassen. Auch nicht von Tosca-Alexandra *Wie-auch-immer*.

Sie legte die vier Geldscheine in ein neues Kuvert und beschriftete es mit Alexandras Absenderadresse. Es war eine

Anschrift in Salzburg. Am nächsten Tag gab sie den Brief per Einschreiben auf der Post auf.

Die Kündigung reichte sie im Personalbüro ein.

Bernd Siberius geständig: Gelder veruntreut, Kompagnon getötet.

Steinfels legt Firmenbeteiligungen offen.

Alexandra Steinfels gibt Auskunft über komplexes Prämiensystem. Brisante interne Berichte eines Siberius-Mitarbeiters bestätigen betrügerische Absichten des Managements.

Anlegerbetrüger Siberius: Statt Knast in Venezuela jetzt in Wien hinter Gittern.

Anlegeranwälte erwägen Klage gegen österreichische Finanzmarktaufsicht wegen Fahrlässigkeit.

Laura überflog die Schlagzeilen der Tageszeitungen, ehe sie sich auf den Weg zur Bank machte. In den vergangenen Wochen war viel Licht ins Dunkel gekommen. Anscheinend trug Tosca derzeit erheblich zur Aufklärung in der Causa Siberius Funds bei – gewiss um ihre eigene Haut zu retten.

Als sie eine Viertelstunde später die Bank wieder verließ, war ihr Tosca zum ersten Mal seit Wochen herzlich egal. Ihr schwirrte der Kopf. 50.093 Euro und 90 Cent! Das war die Summe, die der Bankberater in das Büchlein notierte, nachdem er die Zinsen der zurückliegenden fast vierzig Jahre nachgetragen hatte.

Während sie den positiven Schock erst noch zu verkraften versuchte, hatte der Berater auch schon vorgeschlagen, einen Teil des Geldes in einen lukrativen Fonds zu investieren, sofern sie das Geld nicht unmittelbar bräuchte.

»Da ist der Zinssatz *noch* besser.« Sein Tonfall war an Zuversicht um nichts zu überbieten gewesen.

Laura hatte in den letzten Wochen unweigerlich mehr über Fonds gelernt, als sie jemals für möglich gehalten hätte. Ihre Antwort kam aus tiefstem Herzen: »Nein, danke! – Ich brauche das Geld.«

Vielleicht brauche ich es ja wirklich, sagte sie sich, als sie abends auf ihrem Sofa saß und über die Zukunft nachdachte. Sie hatte in den letzten zwei Wochen regelmäßig den Stellenmarkt studiert, aber kein einziges passendes Inserat gefunden. Die Welt riss sich offenbar derzeit nicht gerade um eine Germanistin über dreißig, die bisher nur im Verkauf tätig gewesen war.

Trotzdem machte ihr der Gedanke an die Arbeitslosigkeit weit weniger Sorge als zuvor. Über 50.000 Euro, davon konnte sie einige Zeit leben.

Ihre Glieder schmerzten an diesem Abend wieder einmal besonders. Den ganzen Tag über hatte sie im Lager Ware in die Regale sortieren müssen. Die Burger war offenbar nicht gewillt, sie in den verbleibenden Wochen zu schonen, im Gegenteil. Seit ihrem Eklat in deren Büro teilte sie bevorzugt Laura für diese Tätigkeiten ein.

In sechzehn Tagen würde alles vorbei sein. Beseelt von diesem Ausblick, ließ sich Laura aufs Sofa zurückfallen – und stieß sich prompt den Kopf an der harten Lehne. Erbost schlug sie mit der flachen Hand auf die Sitzfläche. Die Polsterung gab kaum nach.

Was tat sie sich eigentlich an? Sie setzte sich auf und ließ die Augen über den abgenutzten Esstisch und die klobige Schrankwand schweifen. Ihr Blick blieb an der Vitrine mit den geblümten Porzellanschalen hängen. Mutter war eine begeisterte Sammlerin der Augarten-Porzellanmanufaktur gewesen.

Mutter. Nicht sie. Es reichte. Es reichte jetzt wirklich.

Sie hatte die Initiative ergriffen und etwas geändert. Sie hatte die Wände weiß gestrichen, hatte einen Teil von Mutters

Sachen entsorgt und sie hatte gekündigt. Jetzt war sie bereit für weitere Veränderungen.

Zu verkaufen: Original-Biedermeiersofa von 1850. Antik-Nussbaum. Neue Polsterung. Preis VB. Zu verschenken: Alte Schrankwand mit Vitrine. Esstisch mit Stühlen. Altersbedingte Gebrauchsspuren. Gratis bei Selbstabholung.

Jedes Wort, das sie zu Papier brachte, hatte eine befreiende Wirkung. Anderntags faxte sie den Text an die Anzeigenabteilung des Stadtanzeigers und zweifelte keine Sekunde daran, das Richtige getan zu haben.

Noch zwei Tage, dann war sie frei.

Laura sagte sich den Spruch vor wie ein Mantra, während sie im Lager auf einem Hocker kauernd ein aus 106 Teilen bestehendes Silberbesteck auf Hochglanz polierte. Ein Kunde hatte es vor einigen Stunden angezahlt. Er würde es am nächsten Tag abholen, bestand aber darauf, es frisch geputzt ausgehändigt zu bekommen.

Den Koffer mit dem polierten Besteck in der Hand, trödelte sie über den Hintereingang zurück zum Verkaufsraum. Es war um die Mittagszeit; kein einziger Kunde im Freiverkauf des Karolinums. Schon von Weitem hörte sie zwei vertraute Frauenstimmen, die in ein intensives und erheiterndes Gespräch vertieft waren. Es wurde gekichert und gelacht, dann wieder geredet. Sie blieb abrupt an der Tür stehen, als sie ihren Namen hörte.

»Frau Eisner war eben schon immer mein Sorgenkind«, hörte sie ihre Vorgesetzte sagen. »Ich kann Ihnen sagen, was ich mit dieser Mitarbeiterin alles mitgemacht habe!«

»Was denn?« Das war die Stimme von Johanna Fraunberger.

»Na, kennen Sie denn diese Geschichte mit Frau Rodriguez noch gar nicht?«

Laura blieb fast das Herz stehen.

»Nein, was war denn da?«

Frau Dr. Sabine Burger gab es ein gekünsteltes Lachen von sich. »Aber bitte, diese Geschichte kennt fast das ganze Haus, das kann doch kaum sein, dass das an Ihnen vorbeigegangen ist! – Sie müssen sich vorstellen: Frau Eisner hat Frau Rodriguez abartige Avancen gemacht. Avancen sexueller Natur. Die Arme kam völlig geschockt zu mir und hat mir alles berichtet. Am liebsten hätte ich ja sofort reagiert und Frau Eisner aus dem Haus genommen. Ich meine, so etwas auf Kunden loszulassen, das birgt gewisse Risiken. Ich war natürlich bei der Geschäftsleitung und habe die beiden Herren informiert. Nicht auszudenken, wenn sie sich irgendeiner Kundin in dieser Form genähert hätte! – Die Geschäftsleitung war ebenso erschüttert und besorgt wie ich. Allerdings hat man sich gegen eine Kündigung ausgesprochen. Die Herren hatten wohl Angst, dass die Eisner sie vor das Arbeitsgericht zerrt oder die Geschichte in die Medien bringt. Entlassung wegen Homosexualität ist ja in der heutigen Zeit sehr kritisch. – Ich meine, natürlich ist es völlig abwegig, dass ausgerechnet eine wie die Eisner eine Kündigung angefochten hätte! Aber die Geschäftsleitung wollte nichts riskieren. Jedenfalls, ich bin erleichtert, dass sie jetzt von sich aus geht. Wahrlich kein großer Verlust für das Haus.«

Johanna antwortete irgendetwas, aber Laura nahm es nicht mehr wahr. Sie fühlte sich, als sei ihr der Boden unter den Füßen weggezogen worden. Schamgefühl kroch ihr von den Zehenspitzen hinauf bis zum Haaransatz. Diese dumme Geschichte mit Barbara. Und ihre Chefin erzählte sie hier mitten im Verkaufsraum einer Kollegin!

Es dauerte lange, bis sie sich aus ihrer Erstarrung lösen konnte. Als sie die Kraft besaß, nach vorne an den Tresen zu gehen, hatte Dr. Sabine Burger den Verkaufsraum bereits verlassen. Lediglich Johanna stand an der Kassa und grinste sie breit an.

Laura wusste nicht, was sie in diesem Moment lieber getan hätte: Johanna den Koffer mit dem Silberbesteck ins Gesicht zu werfen oder einfach nur im Boden zu versinken. Letztendlich tat sie weder das eine noch das andere, sondern bemühte sich mit Macht, den Tag zu überstehen.

Abartige sexuelle Tendenzen.

Die vernichtenden Worte ließen sie nachts keinen Schlaf finden.

Abartige sexuelle Tendenzen, das wäre auch der Kommentar ihrer Mutter gewesen, wenn sie je davon erfahren hätte. Doch Laura hatte nie ein Wort über ihre Träume und Sehnsüchte verloren und immer gewusst, dass sie bei ihr auf vollkommenes Unverständnis stoßen würde. Mutter, Berta, Barbara, die Burger, die Stammkunden im Karolinum – niemand würde sie verstehen.

Sie dachte an Tosca und die Selbstverständlichkeit, mit der sie von ihr berührt worden war. Die Erinnerung versetzte ihr einen schmerzhaften Stich ins Herz. Toscas Hand auf ihrer Mitte, ihre Lippen an ihrer Brust – eine tiefe Sehnsucht flammte in ihr auf. Minuten lang gab sie sich Träumen hin, in denen Tosca in ihren Armen lag, die Hände zärtlich über ihre Schenkel gleiten ließ, ihren Körper mit Küssen bedeckte und sie schließlich mit dem geschickten Spiel ihrer Zunge einem weiteren Höhepunkt entgegentrieb. Der Wunsch, dies wieder zu erleben, war unwiderstehlich. In ihrer Phantasie war es Tosca, die mit zärtlichen Fingern ihre Mitte berührte und sie Minuten später zum Stöhnen brachte.

Laura sackte zusammen. Toscas Abbild verschwand vor

ihrem inneren Auge. Zurück blieb die Realität: ein dunkles Zimmer mit einem Doppelbett, in dem sie allein lag. Mit leichtem Kopfschmerz. Ein, zwei Gläser Wein. Du trinkst zu viel, hatte Tosca einmal kritisiert. Inzwischen hatte sie mit dieser Feststellung wohl recht. Sie trank wirklich zu viel. Sie musste damit aufhören. Sie würde irgendwann damit anfangen.

Wieder sah sie Tosca vor sich. Tosca, die ganz offensichtlich nie etwas Schlechtes an dem gefunden hatte, was sie taten. Die sie auch nicht wegen ihrer Gefühle gegenüber Barbara verurteilte, als sie ihr davon erzählte, sondern viel Verständnis zeigte. Und das alles, obwohl sie verheiratet und Mutter einer Tochter war. Tosca war eben offen gegenüber anderen Formen der Liebe.

Liebe. Laura ließ sich das Wort auf der Zunge zergehen. Nein, Tosca hatte sie ganz sicher nicht geliebt, sondern lediglich mit ihr geschlafen. Aber immerhin.

Ohne sie hätte ich nur weiter davon geträumt, dachte Laura. Tosca, die nicht träumte, sondern handelte. Die nicht lange zugehört hätte, wenn andere über sie tratschten. Die sich gewiss nicht hinter dem Regal verkrochen und gegen Schamgefühle gekämpft hätte, sondern selbstbewusst nach vorne getreten wäre.

»Sie reden über mich? Ja, es stimmt: Ich war in Frau Rodriguez verliebt und bin abgeblitzt. Na und? Sind Sie noch nie bei jemandem abgeblitzt? – Übrigens glaube ich nicht, dass sich Ihr Gespräch mit meinem Arbeitnehmerinnenschutz deckt. Ich werde das von meinem Anwalt prüfen lassen. Stellen Sie sich schon mal darauf ein, dass wir uns vor dem Arbeitsgericht wiedersehen!«

Laura kannte sich nicht sonderlich gut aus, was ihre Rechte als Arbeitnehmerin betraf, aber sie war sich sicher, dass Tosca über die aktuelle Gesetzgebung Bescheid gewusst hätte. Wenigstens hätte sie die nötige Selbstsicherheit besessen, es vorzugeben und ihrer Vorgesetzten damit einen gehörigen Dämpfer zu versetzen.

Warum brachte sie das nicht fertig? Warum überkam sie immer noch Scham, wenn sie an etwas dachte, was so schön war und sich für sie selbst so richtig anfühlte?

Sie musste dazu stehen! Sie wollte sich mit ihren Wünschen und Sehnsüchten nicht länger verstecken. Sie wollte eine dicke Scheibe von Toscas Selbstbewusstsein ... In einem alten Kinderfilm hatte eine Fee einfach nur mit den Fingern geschnippt und der schönen Prinzessin von einer Sekunde auf die andere alle Wünsche erfüllt. Unglücklicherweise würde bei ihr keine Fee auftauchen. Sie musste ihr Schicksal selbst in die Hand nehmen, sonst würde sich nie etwas in ihrem Leben ändern.

Als sie am nächsten Morgen aufstand, schmerzte ihr Kopf noch immer. Laura schmetterte ihre leeren Weinflaschen in den Glascontainer und schwor sich, in den nächsten Wochen keinen Nachschub zu kaufen.

Steinfels Immo stellt Millionenentschädigung für betroffene Anleger.

Alexandra Steinfels schafft Klarheit über die Investitionspraktiken von Siberius Funds.

Steinfels Immo zieht sich aus Bauprojekten zurück.

Erste konkrete Anwärter für umstrittene Ferienhaussiedlung in Florida – Millionenerlös möglich.

Laura saß im Schneidersitz in der Mitte des Wohnzimmers und betrachtete zufrieden ihr Tagewerk. Der Gelbton, indem sie drei der Wände gestrichen hatte, verlieh dem Zimmer eine warme, sonnige Atmosphäre und harmonierte perfekt mit dem dunklen Rot auf der Fensterseite des Zimmers.

Mutter würde im Dreieck springen.

Bei dem Gedanken musste sie unwillkürlich schmunzeln. Als sie im Baumarkt Farbe für das Schlafzimmer besorgt hatte, war ihr erster Griff der nach dem weißen Farbkübel gewesen. Durch Zufall war ihr Blick auf ein Plakat neben einer Farbpalette gefallen, die über dem Regal hing. Es zeigte ein bunt gestrichenes Zimmer. Die Farben gefielen ihr nicht, aber die Farbigkeit.

Das Schlafzimmer stand ihr noch bevor. Auch dort würde sie zuerst die Tapete ablösen müssen. Im Verhältnis zum Abbau des wuchtigen Kleiderschranks schien ihr das jedoch wie ein Kinderspiel. Allein schon das Abkleben von Parkettboden, Lichtschaltern und Abschlussleisten war mühsam, trotzdem machte die Neugestaltung der Wohnung ihr ungeheure Freude. Das Ergebnis entschädigte für alle Mühen.

Sie hatte noch viel vor sich: Sie wollte Mutters Kleidung entsorgen, das Regal im Vorraum ausmisten, den Raum ebenfalls streichen und zum krönenden Abschluss das braune Blumenmuster im Badezimmer mit Fliesenfarbe hell überstreichen.

Zudem hatte sie sich vorgenommen, einen Do-it-yourself-Kurs zu besuchen. Sie hasste den Gedanken, für jede Kleinigkeit einen Handwerker bemühen zu müssen, selbst wenn sie nur ein etwas größeres Bild aufhängen wollte. Im Baumarkt hatte sie einen Aushang für einen Kurs entdeckt, der sich ausschließlich an Frauen richtete. Dass auf dem Plakat rosafarbenes Werkzeug prangte, war dämlich, machte aber die Idee an sich nicht schlechter. Immerhin würde sie dort auch andere Frauen kennenlernen, die etwas zu renovieren hatten.

Saudiarabischer Investor kauft Siberius-Ferienhaussiedlung in Florida – Millionenerlös für Steinfels Immobilien.

Der Millionendeal der Alexandra Steinfels: Wie die Ex-

Frau von Anlegerbetrüger Bernd Siberius Anleger auszahlen will.

»Konstruktiv und zielorientiert« – Finanzmarktaufsicht lobt Zusammenarbeit mit Alexandra Steinfels.

Vier Dinge standen Anfang Mai auf Lauras »To-do«-Liste. Drei davon hatte sie bereits in Angriff genommen.

Sie war ihre alten Möbel komplett losgeworden, was zur Folge hatte, dass ihre Wohnung, vom Bett abgesehen, nun völlig leer war und Kleidung, Bücher und andere Besitztümer quer über den Boden verstreut lagen. Das Chaos hatte ihrer Euphorie zeitweise einen Dämpfer versetzt. Es gab genug Augenblicke, in denen sie trotz aller Vorfreude auf ihre neue, moderne Einrichtung am liebsten alles hingeworfen hätte. Oft lagen die Lieferfristen für ein Möbelstück, das ihr gefiel, so weit in der Zukunft, dass sie ihre Ungeduld kaum zügeln konnte. Sie wollte sich *jetzt* einrichten, nicht erst in einem halben Jahr!

Weiterhin durchforstete sie regelmäßig die Stellenanzeigen, aber die Kunst- und Kulturbranche suchte allenfalls Aufsichtspersonal für Ausstellungen, Garderobenfrauen im Theater oder Verkäuferinnen im Museumsshop. Für Stellen in anderen Branchen fehlten ihr die geforderten Qualifikationen. Sie hatte nun einmal kein Wirtschaftsstudium und konnte auch keinen mehrmonatigen Auslandsaufenthalt in den USA oder Kanada nachweisen. Obendrein wusste sie bei vielen Formulierungen nicht einmal, was sich dahinter verbarg. Was beispielsweise war ein »*Senior Trader*«, ein »*Associate in Corporate Treasury Insurance*« oder ein »*Retention Marketing Manager*«? Was wurde von jemandem erwartet, der sich laut Stellengesuch um die »Implementierung von *Cross-* und *Upselling-Maßnahmen*« zu kümmern hatte? – Anfangs war sie schon an den komplexen Formulierungen gescheitert. Inzwischen fragte sie sich nicht mehr, ob sie wirklich die einzige war, die zum Lesen von Stellenanzeigen ein Fremdwörterbuch benötigte. Sie war überzeugt, dass es anderen genauso ging.

Auch ihre Besuche beim Arbeitsamt waren unerquicklich gewesen. Der Betreuer erwies sich als unnahbarer, staubtrockener Mensch in grauem Anzug mit dazu passenden grauen Schläfen, der mit ihrem Studium nicht das Geringste anzufangen wusste. Für ihn war sie eine Verkäuferin, und beim Erstgespräch hatte er ihr tatsächlich Jobs im Textilhandel und an der Kassa eines Supermarktes vorgeschlagen. Sie hatte kräftig geschluckt, sich schnellstmöglich verabschiedet und war gerade dabei, das Büro wieder zu verlassen, als sie die Erinnerung an einen einzigen Satz abrupt innehalten ließ.

Du lässt dich lieber tagtäglich demütigen, als dich zu wehren und deine Position zu vertreten.

Da hatte sie die Klinke wieder losgelassen, sich zurück an den Schreibtisch des erstaunten Betreuers gesetzt und mit fester Stimme gesagt: »Ich bin Akademikerin, keine Verkäuferin. Und ich werde nur einen Job annehmen, der meiner Qualifikation entspricht!«

Seitdem ließ ihr Betreuer sie weitgehend in Ruhe. Einen entsprechenden Job konnte er ihr natürlich nicht präsentieren.

Vielleicht sollte ich mich künftig als Handwerkerin selbstständig machen, dachte sie nicht ohne Ironie während des Wochenend-Kurses »*Pink Power at home*«. Wenn sie einigen Frauen dabei zusah, wie sie mühsam die Bohrmaschine auf- und zuschraubten, den Hammer umfassten, als handele es sich um einen Goldhamster, oder unsicher mit der Zange hantierten, wunderte sie sich über ihr eigenes Können. Die meisten Teilnehmerinnen waren jedoch genauso wissbegierig wie sie. Die Mehrzahl von ihnen wollte ihre Männer beim Hausbau oder der Renovierung unterstützen oder ihnen beweisen, dass Frauen in handwerklichen Dingen nicht unterlegen sind.

Es gab nur eine Frau, die ebenso wie Laura selbstständig eine Wohnung zu renovieren hatte. Marianne war Mutter von drei Kindern und seit der Scheidung von ihrem Mann alleinerziehend. Sie arbeitete Vollzeit in der Buchhaltung einer Werbeagentur, während ihre Kinder in der Schule waren und nachmittags im Hort betreut wurden. Ihr Ex-Mann war arbeitslos und zudem Alkoholiker; er zahlte nur dann Alimente, wenn er das Geld nicht durch den Flaschenhals versenkte. Nach der Scheidung war Marianne mit den Kindern in eine heruntergewirtschaftete Sub-Standardwohnung in Wien-Fünfhaus gezogen, die sie jetzt nach und nach renovierte. Trotz ihrer Lage, die auf Laura wie ein einziges Schreckensszenario wirkte, blickte ihre neue Bekannte voller Zuversicht in die Zukunft. Laura gefiel dieser Optimismus, aber auch die Offenheit, mit der ihr Marianne nach nur wenigen Stunden Bekanntschaft von ihrer Situation erzählte. Sie waren sich auf Anhieb sympathisch. Am Ende des Kurses hatten sie Telefonnummern ausgetauscht und Marianne hatte mit einem offenen Lächeln hinzugefügt: »Würde mich freuen, wenn du dich wirklich einmal meldest!«

Laura hatte sich das fest vorgenommen. Doch auf ihrer »To-do«-Liste stand neben den Schlagworten Wohnung, Job und Heimwerker-Kurs noch ein anderer wichtiger Punkt, und mit dessen Umsetzung hatte sie noch nicht einmal ansatzweise begonnen. Er lautete schlicht, aber einprägsam »Lesben«.

Sie hatte sich entschlossen, Kontakt zu anderen homosexuellen Frauen aufzunehmen. Über einen echten Freundeskreis, der sie mit ihren Wünschen und Sehnsüchten akzeptierte hätte, verfügte sie sowieso nicht. Nun würde sie sich neue Kreise suchen – in einer Lesbengruppe. Da sie jetzt nicht mehr im Karolinum ins Netz einsteigen konnte, saß sie nun oft in einem Internet-Café, um online Informationen einzuholen. Sie notierte sich die Adresse einer Beratungsstelle, die weder dafür warb, sich in besonderem Maße misshandelten und psychisch labilen Frauen anzunehmen, noch sich selbst auf ihrer Homepage als »feministisch-politisch« definierte. Schließlich wollte sie sich einfach nur von Tosca ablenken und neue Bekanntschaften schließen. Sie hasste sich selbst dafür, dass sie immer wieder an Tosca denken musste, aber sie konnte im Augenblick einfach noch nichts dagegen tun. Hoffentlich würde sie durch den Kontakt mit neuen Frauen auf andere Gedanken kommen!

Die Adresse und die Öffnungszeiten herauszusuchen, war die eine Sache. Tatsächlich dorthin zu gehen, eine andere. Obwohl sie den Entschluss gefasst hatte, gab es in ihr doch eine Barriere, ihn auch auszuführen. Mutter, die seit der Umgestaltung der Wohnung beleidigt geschwiegen hatte, brachte sich wieder in ihr Leben ein und verätzte es mit beißenden Kommentaren. *Willst du dich wirklich zu so einer Randgruppe gesellen*, fragte sie Laura fast täglich und schaffte es tatsächlich, sie in ihrem Vorhaben, andere lesbische Frauen kennenzulernen, immer wieder aufs Neue zu verunsichern.

Bis jetzt weißt nur du es, flüsterte Mutter ihr vor dem Einschlafen zu. *Bis jetzt hat sich alles nur hier abgespielt, in deinen vier Wänden. Niemand muss es erfahren.*

Die Unsicherheit, die in ihr noch immer herrschte, festigte sich. Immerhin war sie etwas Vertrautes. Sich ins Ungewisse zu werfen war dagegen neu und machte ihr Angst.

Am ersten schönen Sonntag des Jahres ging sie in den Park, wo sie vor Monaten Tosca mit Schneebällen beworfen und zum ersten Mal ihre Lippen auf ihrem Mund gespürt hatte.

Auf den Parkbänken umarmten sich Pärchen, auf der Wiese lagen ganze Gruppen junger Leute, am Spielplatz tobten Kinder, während ihre Eltern miteinander plauderten. Alle hatten jemanden an ihrer Seite. Nur sie war allein.

Deprimiert ließ sie sich auf einer freien Parkbank nieder. Lange saß sie dort und hing ihren Gedanken nach.

Sie war in dieser Stadt aufgewachsen und hatte dennoch keine Freunde. Warum? – Sie gab sich die Antwort selbst: Weil ihre Mutter ihre gesamte Freizeit in Beschlag hielt. So hatte sie es auf eine einzige Beziehung gebracht, die aber nicht einmal ein Jahr andauerte. Warum? – Weil Niklas sehr nett gewesen war, sie aber im Grunde nie mehr als Freundschaft für ihn empfand. Und warum war sie trotzdem mit ihm zusammen gewesen? – Weil sie über die Liebe zu einer Frau hinwegkommen wollte. Weil sie durch eine normale Beziehung zu einem ganz normalen Mann den mütterlichen Argusaugen hatte entkommen wollen.

Der Kreis schloss sich wieder.

Sie stand auf. Zum Teufel mit dem Kreis! Zum Teufel mit Mutter!

»Ich bin lesbisch«, sagte sie laut zu sich selbst. »Und ich werde so leben, weil ich nicht anders leben kann!«

Die Leute in ihrer Umgebung sahen sie erstaunt an. Zwei Teenager kicherten. Eine ältere Dame blieb kurz stehen und beäugte sie misstrauisch. Als Laura ihren Blick offen erwiderte, ging sie hastig weiter. Ein junger Bursche mit Skateboard meinte: »Ey, na und?«

Ich werde es sehen, antwortete sie in Gedanken und ging voll neuer Entschlusskraft nach Hause.

Das Beratungszentrum lag oberhalb eines Lokals, an dessen Eingang die Regenbogenfahne hing. Als Laura vor dem Haus stand, wurde ihr bewusst, dass sie schon oft daran vorbeigegangen war. Es lag immerhin an einer frequentierten Geschäftsstraße, und doch war es ihr noch nie aufgefallen.

Die schwere Eingangstür öffnete sich ohne Summer. Sie folgte den Hinweisschildern in den ersten Stock. Fünf Minuten ging sie vor der Tür am Gang auf und ab. Was sollte sie diesen Frauen sagen? Wer erwartete sie dort überhaupt?

Irgendwann fasste sie sich ein Herz und drückte auf den Klingelknopf. Hinter der Tür bellte ein Hund. Es dauerte etwas, dann näherten sich Schritte. Eine Frauenstimme sagte sehr entschieden: »Still, Benni!« Dann ging die Tür auf, und eine hochgewachsene Gestalt mit braunem, sehr kurzem Haar erschien im Türrahmen. Laura sah zunächst nur dieser raspelkurze Schopf, die breiten Schultern, das Hemd und die Jeans. In ihrer ersten Verwirrung dachte sie, sie hätte sich in der Tür geirrt und einen Mann vor sich, doch die Person streckte ihr schon die Hand entgegen und sagte: »Hallo, komm rein! Ich bin Petra. Wer bist du?«

Laura nannte automatisch ihren Namen und folgte Petra durch den Hausflur in ein größeres, lichtdurchflutetes Zimmer. Auf einer großen, orangefarbenen Sitzgruppe saßen sieben oder acht junge Frauen und plauderten miteinander. Laura ließ ihren Blick kurz über die Runde schweifen und spürte erneut das Bedürfnis, einfach umzukehren und wegzulaufen. Die meisten Mädchen, die dort saßen und sie nun neugierig anschauten, waren höchstens zwanzig Jahre alt!

Lediglich Petra war etwas älter. »Setz dich«, sagte sie und wies auf einen freien Platz auf der linken Sofahälfte. Die drei Mädchen, die es sich dort schon gemütlich gemacht hatten, rutschten bereitwillig zur Seite.

»Magst du Apfelsaft?«

Ehe sie antworten konnte, hatte ihr die junge Frau neben ihr schon ein Glas eingeschenkt. Sie bedankte sich und versuchte, ihre Nervosität zu verbergen. Welcher Teufel hatte sie da nur geritten? Warum hatte sie sich nicht erst einmal erkundigt, wie alt die Frauen waren, die hier gemeinsam ihr Coming-out bewältigen wollten?

»Wir reden gerade über Lesbenbilder«, sagte Petra. Sie deutete auf ein Flipchart, auf dem bereits drei Worte standen: Unrasierte Beine. Damenbart. »Fällt dir auch was dazu ein?«

Alle Blicke waren auf sie gerichtet. Lauras Kehle fühlte sich trocken an. Ihr Kopf war leer.

»Lesben achten nicht auf ihre Figur«, sagte das Mädchen neben ihr, das ihr zuvor das Glas mit Apfelsaft gereicht hatte. Laura betrachtete das Mädchen aus dem Augenwinkel. Sie war etwa so groß wie sie, sehr zierlich und hatte dunkelbraunes, halblanges Haar. Besonders fielen Laura ihre Wimpern auf. Sie waren bemerkenswert lang und dunkel. Ihr Gesicht hatte noch kein einziges Fältchen.

»Lesben schminken sich nicht«, warf eine pausbäckige Frau von der rechten Sofaecke her ein. Sie selbst trug auffälligen grünen Lidschatten; ihr kurzes Haar war rot gefärbt.

»Lesben reparieren am Wochenende lieber ihr Motorrad, als mit Freundinnen einkaufen zu gehen«, sagte ein Mädchen in einem engen Jeansrock mit einem modischen Bolero-Oberteil.

Oh Gott.

Laura verspürte erneut den Impuls, einfach aus dieser Wohnung zu stürmen und das Ganze zu vergessen. Wahrscheinlich war sie gar keine wirkliche Lesbe.

»Und, Laura, fällt dir noch immer nichts ein?«

Petras Blick ruhte auf ihr.

Der Knoten in Lauras Hals löste sich.

»Aber das sind doch alles Klischees«, brach es aus ihr heraus – und alle begannen schallend zu lachen. Sie wäre am liebsten in den Teppich versunken. Offenbar hatte sie sich gerade hochgradig lächerlich gemacht. Gleichzeitig kam ihr das Szenario lächerlich vor. Was hatte sie beim Ortstreffen der »*Anynomen Pubergirls*« verloren? Sie wollte nur weg! Lediglich die Vorstellung, dass ein übereilter, wortloser Abgang noch peinlicher war als die momentane Situation, ließ sie starr auf dem Sofa verharren.

Petra klopfte ihr auf die Schulter. »Genau! Wir reden ja auch gerade über die Vorurteile, die über Lesben kursieren. Viele Vorurteile tragen allerdings auch ein Körnchen Wahrheit in sich. Schau mich an: wenn ich auf die Damentoilette gehe, muss ich der Klofrau erst mal meinen Personalausweis zeigen. Aber wir sind eben alle sehr verschieden, und deshalb ist es völliger Unsinn, über *die* Lesben im Allgemeinen zu sprechen. Das wollte ich einfach mal zur Sprache bringen. – Und du, Laura, warst du auch schon mal mit so einem Vorurteil konfrontiert?«

Ihr Verstand hatte sich aus seiner Paralyse gelöst und begann zu arbeiten. Sie brauchte nicht lange nachzudenken. Die Szene im Verkaufsraum kam ihr in den Sinn: Dr. Sabine Burger, die Johanna Fraunberger allen Ernstes ihre Besorgnis darüber mitteilte, dass Laura einer x-beliebigen Kundin eindeutige Avancen machen würde.

Sie begann von dem Vorfall zu erzählen – anfangs stockend, dann, als sie merkte, dass ihr die Frauen wirklich zuhörten, immer flüssiger. Sie war selbst erstaunt, wie gut es ihr tat, das Erlebte in Worte zu fassen. Als sie geendet hatte, empörten sich alle über ihre Chefin. Eines der Mädchen nannte Johanna Fraunberger »eine Flasche«; sie sah es als deren Kolleginnen-Pflicht an, so eine Geschichte auszubremsen, anstatt sensationsgierig zu lauschen.

Der Abend war sehr informativ, die Gespräche locker und ungezwungen. Dennoch beschloss Laura für sich, dass sie nicht mehr herkommen würde. Sie wusste doch bereits, dass sie sich nur in Frauen verliebte. Für was brauchte sie also eine Coming-out-Gruppe? – Zum Kennenlernen und Reden waren diese Mädchen doch allesamt zu jung! Wie passte denn sie als angehende Enddreißigerin in diese Runde? Sie kannte nicht einmal die Namen der Lokale, über die sich die jungen Frauen ausgetauscht hatten und die sie anscheinend regelmäßig besuchten.

In der folgenden Woche ging sie wieder zu dem Treffen. Es war immerhin die einzige Ansprache, die sie derzeit hatte.

»Mama, das ist fad hier, da sieht man nichts!« Eine Taucherbrille mit Schnorchel flog schwungvoll durch die Luft und landete auf der ausgebreiteten Decke knapp neben Lauras Füßen.

»Hej! Bist du übergeschnappt? – Du hättest fast die arme Laura getroffen!«

Marianne bedachte ihren Sohn mit einem ärgerlichen Blick. Der Bub setzte sogleich ein zerknirschtes Gesicht auf und murmelte ein »Tschuldigung, war nicht böse gemeint«.

Sekunden später blitzte in seinen Augen wieder der Schalk.

»Ich bin dann mit Tobias und Peter bei der Rutsche!«

Er rannte weg, ohne sich noch einmal umzudrehen.

Marianne sammelte Taucherbrille und Schnorchel ein und verstaute beides in der Badetasche hinter sich.

»Typisch«, sagte sie. »Ich habe ihm ja gleich gesagt, dass es nichts bringt, im Döblinger Freibad zu schnorcheln! Aber nein, die Taucherbrille musste unbedingt mit – er wollte es mir absolut nicht glauben. Letztes Jahr waren wir noch am Meer, das war was anderes.« Sie machte eine kleine Pause, starrte nachdenklich ins Leere. Dann atmete sie tief durch und meinte: »Dieses Jahr gibt es keinen Urlaub am Meer, das steht fest. Abgesehen vom Geld habe ich ja schon ein schlechtes Gewissen, wenn ich einen Nachmittag mit Nichtstun im Bad verbringe. Es gibt noch so viel in der Wohnung zu tun – wenn ich nur an unser Badezimmer denke, wird mir übel.«

»Du weißt, wenn du mit den Fliesen Hilfe brauchst – Anruf genügt«, bot Laura an. »Ich habe Zeit im Überfluss.«

Ihre Arbeitslosigkeit begann ihr allerdings Sorgen zu machen. Ein Job in einer bekannten Wiener Galerie war die einzige Stelle, die in der Kunst- und Kulturbranche ausgeschrieben gewesen war. Sie hatte sich darauf beworben, war aber nicht einmal zum Vorstellungsgespräch eingeladen worden. Auch ihr Berater am Arbeitsamt verlor nach und nach die Geduld. Beim letzten Besuch hatte er ihr einen Kurs nahegelegt, in dem das Verfassen von Bewerbungsschreiben geübt werden sollte. Laura hatte empört darauf hingewiesen, dass Bewerbungsschreiben nun wirklich nichts am mageren Jobangebot änderten, doch der Berater war unerbittlich geblieben.

»Nächsten Monat beginnt ein neuer Kurs«, lauteten seine

Abschiedsworte. »Wenn Sie bis dahin nichts haben, werden Sie daran teilnehmen.«

»Ja, die Jobsuche ist wirklich eine Herausforderung«, meinte Marianne nun. »Bei mir hat es Monate gedauert, und auf dem Arbeitsamt hatte ich auch ein paar unerfreuliche Erlebnisse. Stellenangebote gab es für mich zwar immer wieder, aber teilweise waren die potenziellen Arbeitgeber dann einfach unter aller Diskussion. Mein Horrorerlebnis war, als ich einmal als Bürokraft ans Ende von Wien-Donaustadt geschickt wurde, zu einem Dachdeckerbetrieb. Ich habe ja nichts gegen Dachdecker, aber ich war allein für die Anreise über eine Stunde unterwegs. Und die Arbeitszeiten lagen quer zu den Öffnungszeiten des Horts. – Na ja, ich will dich nicht mit solchen Problemen vollquatschen; du hast ja keine Kinder.«

»Ich kann es mir durchaus vorstellen«, widersprach Laura. Auch wenn sie sich seit ihrer Bekanntschaft beim Heimwerker-Kurs erst zum zweiten Mal trafen, hatte sie doch inzwischen Einblick bekommen in das Leben einer alleinerziehenden berufstätigen Mutter mit drei schulpflichtigen Söhnen. Max, Mariannes jüngster Sohn, der begeisterte Schnorchler, war gerade acht Jahre alt, seine Brüder Tobias und Peter zwei und vier Jahre älter. Dass alle drei äußerst lebhafte und aufgeweckte Kinder waren, war ihr schon beim Besuch in Mariannes halbfertiger Wohnung klar geworden.

Es war Marianne gewesen, die sich vor einiger Zeit bei ihr meldete. Sie selbst hätte nie den Mut gehabt, die Initiative zu ergreifen und die Frau, die ihr schon beim Heimwerker-Kurs sympathisch gewesen war, einfach anzurufen.

Mutter fand immer, man solle sich nicht aufdrängen. Mutter fand es auch unangemessen, sich mit neuen Bekanntschaften in deren Wohnung zu treffen. Von der eigenen ganz zu schweigen.

Doch Marianne hatte Laura zu einer privaten Einladung und der Einsicht verholfen, dass ihre Mutter wirklich eine verschrobene Sichtweise von der Welt gehabt hatte. Marianne war so herzlich und unkompliziert, wie sie sie beim Kurs kennengelernt hatte, und obendrein gastfreundlich. Sie hatten ihren ersten gemeinsamen Nachmittag mit Kaffee trinken und dem Aufbau des Etagenbettes verbracht, das die Möbelfirma am Vortag geliefert hatte.

»Beim nächsten Treffen machen wir was Entspannendes«, hatte Marianne versichert – und Laura prompt eine Woche später gefragt, ob sie mit ins Freibad wollte. Laura war von der Idee völlig überrascht. Die Möglichkeit, dass man einfach so schwimmen gehen konnte, gehörte zu den Dingen, die ihr ins Unvorstellbare entglitten waren. Sie überlegte: In der Tat war sie seit der Schulzeit nicht mehr in einem Freibad gewesen.

Nun saß sie schon seit zwei Stunden neben Marianne und verfolgte staunend mit, wie ihre Haut innerhalb dieser kurzen Zeit und trotz Sonnencreme mit hohem Lichtschutzfaktor stetig dunkler wurde.

Du hast irgendetwas Südländisches an dir.

Unwillkürlich fragte sie sich, was Tosca wohl machte. Schlenderte sie gerade über einen heimischen Golfplatz oder erholte sie sich am Strand von Ibiza von den Strapazen der letzten Wochen?

Sie verwarf den Gedanken wieder. Aus den Medien hatte sie erfahren, dass sich Alexandra Steinfels aus sämtlichen Immobiliengeschäften zurückgezogen hatte und nun sogar ihre Firma auflöste. Mit dem daraus lukrierten Geld sollten die ersten Siberius-Anleger entschädigt werden.

»So nachdenklich? – Ich hoffe, ich habe dir mit meiner Anekdote vom Arbeitsamt nicht für den Rest des Nachmittags die Stimmung getrübt! Hier, iss ein paar Kekse!«

Marianne schob ihr die halbvolle Schachtel zu, die sie vor einer Weile für die Kinder geöffnet hatte. Automatisch griff Laura nach einem Keks. Doch mit Butterkeksen ließ sich die Leere, die sie seit Toscas abruptem Verschwinden in sich spürte, nun einmal nicht füllen.

»Was suchst du eigentlich für einen Job?«, fragte Marianne nun.

Laura seufzte. Eine harmlose Frage, auf die sie im Grunde noch immer keine richtige Antwort wusste.

»Ich habe ehrlich gesagt keine Ahnung«, sagte sie. »Nach meinem Studienabschluss hatte ich eine Karriere bei der Kripo oder als Reisefachfrau in Erwägung gezogen. Aber für beides bin ich inzwischen zu alt. Kein Reisebüro stellt mich noch als Lehrling ein.«

»Dich als Kommissarin kann ich mir noch weniger vorstellen«, meinte Marianne. »Das passt gar nicht zu deinem sanften Wesen.«

Laura lächelte verlegen.

»Ich wollte die Fälle immer durch Logik lösen – herausfinden, wer der Mörder ist, welches Motiv ihn bewegte, wie er die Tat plante ... so wie in den Krimis, die ich lese. Aber wie gesagt, das waren meine Ideen unmittelbar nach Schulabschluss. Sie waren ... nun ja ... etwas unausgereift.«

»Du kannst ja noch immer etwas ganz Neues lernen«, meinte Marianne unbekümmert. »Einen Lehrgang machen. Etwas anderes studieren. Du bist doch noch jung. – Schreib dich für das nächste Semester an der Uni ein und auf geht's!«

Laura lachte verhalten.

»Ich wüsste im Moment nicht einmal, für welches Fach! Obendrein, so einfach ist das nicht. – Das Arbeitslosengeld reicht definitiv nicht zum Leben, und ich möchte meine Ersparnisse nicht noch ein paar Jahre in Lebensmittel investieren. Ich muss baldmöglichst wieder arbeiten. Wahrscheinlich werde ich doch wieder in irgendeinem Laden landen.« Sie seufzte.

»Unsinn, es gibt doch so viele andere Möglichkeiten!« Mariannes Optimismus schien schier unerschöpflich. »Warum gehst du nicht irgendwo ins Büro, als Sekretärin oder Assistentin?«

»Da nimmt mich doch keiner. Ich habe keine Büroerfahrung, und mit diesen Computerprogrammen, die da verlangt werden, kenne ich mich auch nicht aus. Ich kann gerade mal mit Word umgehen, aber bei Excel steige ich auch schon aus.«

»Dann lass dir vom Arbeitsamt einen Excel-Kurs zahlen! – Im Übrigen, nicht für alle Bürojobs brauchst du Excel. Bei uns in der Agentur zum Beispiel suchen wir derzeit für halbtags eine Teamassistentin, die hauptsächlich ein paar organisatorische Dinge zu erledigen hat und am Empfang das Telefon abheben muss. Da ist überhaupt kein Excel erforderlich, das ist ...« Sie unterbrach sich selbst und schaute Laura aus zusammengekniffenen Augen an. »Sag mal, wäre das kein Job für dich? Als Einstieg? Oder vorübergehend?«

»Ich kann das nicht. Ich hab so was noch nie gemacht.«

»Was, das Telefon abheben und dafür sorgen, dass ein Botendienst einen Brief von A nach B bringt?«

Du willst nichts ändern, du willst nicht aktiv werden. Du jammerst nur.

Laura setzte sich auf. »Also gut, an wen kann ich meine Bewerbungsunterlagen schicken?«

Marianne grinste. »Bring sie gleich mit zum Bewerbungsgespräch. Die Stelle ist noch nicht einmal ausgeschrieben. Ich werde am Montag gleich mit unserem Chef reden und dich wärmstens empfehlen. Glaub mir, der ist froh, wenn er sich das Geld für ein Inserat und die Sichtung von stapelweise Zuschriften sparen kann!«

Rhythmische Musik dröhnte aus dem Lautsprecher. Auf der Tanzfläche war es drängend voll; eine Diskolampe drehte sich und tauchte den Raum in grünes, dann in gelbes, dann in rötliches Licht.

Vor ihr knutschten zwei Frauen. Laura bemühte sich,

nicht hinzusehen, tat es aber unwillkürlich doch. Gleich fühlte sie wieder Toscas Hände auf ihrer Haut.

»Zwei Sangria, bitte!«

Eine junge Frau mit schwarz gefärbtem Bubikopf brachte sie zurück in die Realität. Laura füllte zwei der Plastikbecher, die neben ihr aufgetürmt waren, mit Sangria und kassierte neben dem Preis auch noch Trinkgeld. Anfangs hatte sie irritiert, dass ihr die Frauen Trinkgeld gaben, obwohl sie sich ihr Getränk selbst an der Theke abholen mussten. Doch jetzt, da sie schon fast vier Stunden am Stand der Coming-out-Gruppe stand und Sangria in Becher füllte, waren ihre Hemmungen verschwunden. Sie hatte sich das Geld redlich verdient.

Welcher Teufel hat mich nur geritten, als ich eingewilligt habe, hier Standdienst zu machen, fragte sie sich zum wiederholten Male.

Sie fand die Musik schrecklich laut; der Raum war überfüllt, verraucht und heiß. Zudem kannte sie keine – mit Ausnahme der Mädchen aus der Coming-out-Gruppe, die die Idee geboren hatten, auf dem Sommer-Lesben-Fest gemeinsam Sangria auszuschenken.

Eigentlich gab es einen genauen Plan, welche beiden gemeinsam Standdienst hatten. Laura war zusammen mit Milli, dem Mädel mit den langen dunklen Wimpern, für die ersten zwei Stunden eingeteilt gewesen und Milli war nach ihren obligatorischen zwei Stunden im Partygewühl untergetaucht. Nicole, die pausbackige Rothaarige, erschien kurz darauf, aber ohne ihre Freundin Tina, die leider unauffindbar blieb. Kaum dass sie drei Becher Sangria ausgeschenkt hatte, war Nicole von einer Partybesucherin abgeschleppt worden und so blieb Laura alleine am Stand zurück.

Vielleicht bin ich einfach zu alt für diese Art von Festen, ging es ihr durch den Kopf. Tatsächlich waren es überwiegend junge Frauen, die hier tanzten, lachten, flirteten und sich amüsierten. Allerdings gab es auch einige in ihrem Alter, die sich ebenso gut zu unterhalten schienen wie die jungen.

Vielleicht bin ich nur einfach zu spießig, korrigierte sich Laura und fühlte sich auf einmal ziemlich allein. Sie wollte lachen, plaudern und Spaß haben – aber in ihrem Inneren gab es immer noch eine große Barriere, wenn es darum ging, sich unbeschwert zu unterhalten oder gar jemanden anzusprechen, den sie nur flüchtig oder gar nicht kannte.

Was Hänschen nicht lernt, lernt Hans nimmer mehr.

Mutters Sprichwort fiel ihr ein. Mutter, mit der sie in ihren jungen Jahren die Wohnung gehütet und Porzellan abgestaubt hatte, anstatt mit Gleichaltrigen um die Häuser zu ziehen und Party zu machen! Jetzt tat sie sich mit dem Abfeiern offensichtlich schwer.

Jemand klopfte ihr von hinten auf die Schulter. Sie drehte sich um. Milli hatte sich zu ihr hinter die Theke gequetscht.

»Ich habe Ablösung besorgt«, sagte sie. »Eva und Julie übernehmen jetzt und du hast endlich frei!«

»Gott sei Dank.« Erleichtert machte Laura den zwei jungen Frauen Platz. Sie griff nach ihrer Tasche.

»Du willst doch nicht etwa schon gehen?« Milli wirkte völlig entsetzt. »Komm, bleib doch noch!«

Lauras Antwort ging im Lärm unter. Sie mussten sich anschreien, um die Musik zu übertönen. Milli griff entschlossen nach Lauras Hand und schlängelte sich mit ihr durch die Menschenmenge nach draußen. Wenig später standen sie in einem beleuchteten Innenhof. Auch hier waren viele Frauen versammelt; auch hier sorgte reges Stimmengewirr für eine Geräuschkulisse. Immerhin drang die Musik nur noch gedämpft nach draußen.

Die frische Nachtluft ließ Laura tief durchatmen. Sie schob sich neben Milli, die sich an die Wand lehnte und sofort eine Zigarette anzündete. Dass Milli fast ständig eine Zigarette in der Hand haben musste, war das einzige, was sie an der sympathischen jungen Frau störte. Der Rauch brachte sie ständig zum Husten.

»Oh, Entschuldigung.« Milli drehte den Kopf zur Seite.

»Ich vergesse immer wieder, wie empfindlich du gegen den Rauch bist. – Gefällt dir die Party nicht?«

»Das ist irgendwie nichts für mich«, gab Laura zu. »Ich habe es gerne ruhiger.«

»Stimmt, du magst ja Klassik«, erinnerte sich Milli. »Wenn du Lust hast, können wir gerne mal zusammen ins Konzerthaus gehen.« Als sie Lauras überraschten Gesichtsausdruck bemerkte, fügte sie hinzu: »Ich mag Violinkonzerte. Ich spiele selbst Geige, wenn auch nicht besonders gut. Ich war wohl immer etwas zu faul zum Üben.«

Sie lachte.

»Da seid ihr ja, ich suche euch schon ewig!« Nicole, die pausbäckige Rothaarige, stand vor ihnen. Allein.

»Wo ist denn diese Brünette, mit der du vorher losgezogen bist?«, erkundigte sich Laura in Erinnerung an die innigen Blicke, die die beiden am Sangria-Stand ausgetauscht hatten.

Nicole zuckte mit den Schultern.

»Kathi? – Keine Ahnung, ich habe sie schon vor einiger Zeit verloren.« Sie schnitt eine Grimasse. »Im Übrigen hat sie schon eine Freundin – toll! Mir gefallen immer Frauen, die schon anderweitig liiert sind. Es ist ein echter Fluch.«

»Und ich verliebe mich immer in Frauen, die irgendeine Psychomacke haben«, sagte Milli. »Meine erste Freundin war diagnostizierte Borderlinerin und hat sich regelmäßig selbst geritzt, meine zweite Freundin wurde mit der Scheidung ihrer Eltern nicht fertig. Tolle Basis für eine harmonische Beziehung. Ich hoffe, an der Uni ändert sich das jetzt. In der Publizistik soll ja ein wahres Nest an Lesben sein, was man so hört. – Laura, wie findest du denn eigentlich diese da?«

Sie wies mit dem Kinn in Richtung einer androgyn wirkenden Frau in einer eng anliegenden Jeans, die etwas verloren abseits stand und an einem Glas Wein nippte.

»Was?« Laura tat sich schwer, ihre Überraschung zu verbergen. »Aber Milli, die ist schon mindestens vierzig! Du bist neunzehn! Das könnte deine Mutter sein!«

Milli lachte herzhaft.

»Aber Laura, doch nicht für mich! Für *dich* natürlich! – Gefällt sie dir nicht?«

Laura dachte daran, wie ihr Toscas langes Haar ins Gesicht fiel, wenn sie sich küssten, und wie weich sich ihre vollen Brüste auf ihrem Oberkörper angefühlt hatten.

»Ich weiß nicht«, meinte sie ausweichend. »Das ist eher nicht so mein Typ.«

»Dann zeig uns einmal, welche dir gefällt!« Nicole sah sich neugierig um. »Vielleicht die da drüben mit den braunen schulterlangen Haaren? – Die schaut sehr feminin aus, wenn dir das besser gefällt.«

Laura folgte ihrem Blick.

Die Frau sah attraktiv aus. Aber sie hatte weder Toscas aufrechte Körperhaltung noch ihr ebenmäßiges Gesicht.

Noch ehe sie sich äußern konnte, ergriff Milli das Wort. »Das ist doch die Ex von Petras bester Freundin Conny! Die kannst du total vergessen, die ist sowieso nur bi und will ein Abenteuer, sonst nichts! Soviel ich weiß, ist sie sogar verheiratet und hat zwei Kinder.«

»Was, echt?« Nicole schüttelte den Kopf. »Das ist immer dasselbe mit bisexuellen Frauen. Die wollen beides, Mann und Frau, und das am liebsten parallel. Und dreimal dürft ihr raten, für wen sie sich in letzter Konsequenz entscheiden, wenn sie vor die Wahl gestellt werden! Eine Bi entscheidet sich *immer* für die Beziehung mit einem Mann! Die Frau ist nur ein Abenteuer. Es ist ja auch viel bequemer, wenn man gesellschaftlich nichts riskieren muss!«

Sie hatte sich richtig in Rage geredet.

»Reg dich ab«, sagte Milli gelassen. »Wir sind uns wohl alle einig, dass Bi-Frauen für eine Beziehung nicht in Frage kommen. – Aber, was dich betrifft, Laura: wir werden jetzt eine Freundin für dich suchen. Sag uns einfach, was du dir vorstellst, und wir werden dich erfolgreich verkuppeln!«

»Au ja, coole Idee«, stimmte Nicole zu. »Schieß los, Laura: Haarfarbe? Augenfarbe? Größe? Alter? Hobbys? Beruf? Was ist dein Wunschtraum?«

»Also …« Laura fuhr sich mit der Zunge über die trockenen Lippen. Die Euphorie der beiden war ihr unheimlich. »Ich glaube, das ist eher eine Angelegenheit, die ich selbst in Angriff nehmen muss«, meinte sie ausweichend. »Ihr könnt mir keine Frau aussuchen, das ist ja abwegig.«

»Blödsinn«, widersprach Nicole. »Natürlich können wir das. Wir wissen, was gut für dich ist. Wir sind doch deine Freundinnen!«

Als Laura später im Nachtbus nach Hause saß, ging ihr der Satz eine ganze Weile nicht aus dem Kopf. Wir sind doch deine Freundinnen. Nicole, die zwanzigjährige Psychologiestudentin, hatte das mit einer Überzeugungskraft gesagt, als gebe es da nichts zu zweifeln.

Es bereitete ihr regelrecht Gänsehaut, wenn sie sich vor Augen führte, dass Nicole und Milli noch ein ganzes Jahrzehnt vom dreißigsten Geburtstag entfernt waren. Dass sich die beiden an dem Altersunterschied nicht so zu stören schienen wie sie selbst, irritierte sie immer wieder.

Allerdings fühlte auch sie selbst sich bei ihnen wohler als in der Gesellschaft älterer Frauen. Erst vor ein paar Tagen hatte Petra sie in ein Lokal mitgenommen, in dem sich regelmäßig eine »Lesbengruppe 40plus« traf. Laura hatte hauptsächlich zugehört. Die Gespräche drehten sich vorwiegend um Beziehungen und Liebschaften. Sie war schließlich um halb elf gegangen, weil sie nichts mehr hatte hören wollen über Eifersuchtsdramen, schmerzhafte Trennungen oder Dreiecksgeschichten. Es fiel ihr leichter, sich mit Teenagern zu unterhalten, die vielleicht ein oder zwei unglückliche Beziehungen hinter sich hatten oder vielleicht zum ersten Mal verliebt waren. Schließlich entsprach das in den Grundzügen ihrer eigenen Lebenslage.

Das Schreiben war in sterilem Amtsdeutsch verfasst und wies außer einer Unterschrift keine persönliche Note auf. Laura wurde gebeten, sich an einem Mittwoch Ende Juli – in rund drei Wochen – am Wiener Landesgericht einzufinden, um eine Zeugenaussage zu tätigen. Es ginge um »den Aufenthalt von Alexandra Siberius-Steinfels in Ihrer Wohnung«.

Im zweiten Absatz wurde das Schreiben schon deutlicher. Die höfliche Einladung verwandelte sich plötzlich in eine »gerichtliche Vorladung«, und sie wurde darauf hingewiesen, dass sie wahrheitsgemäß und vollständig über Tatsachen und Zustände zu berichten hatte. Außerdem war ihr Erscheinen verpflichtend; ein Zeugnisverweigerungsrecht bestünde nur, wenn sie mit der Partei Bernd Siberius bzw. Alexandra Steinfels verwandt, verschwägert oder verlobt wäre.

Sie bräuchte auf Fragen nicht zu antworten, wenn sie dabei eine eigene Straftat einräumen müsste, erläuterte revidierend Absatz drei.

War es eine Straftat, eine Frau, die sich im Nachhinein als Investmentbetrügerin entpuppte, von der Straße aufzulesen, bei sich wohnen zu lassen und sich dann auch noch in sie zu verlieben? – Es war wohl bloß eine Dummheit, aber die bewahrte sie nicht vor einer Zeugenaussage.

Seufzend markierte sich Laura das Datum im Kalender.

Laura verteilte gerade die Post auf die verschiedenen Geschäftsbereiche, als ihr das Nachrichtenmagazin mit Alexandras Porträt auf dem Titelblatt in die Hände fiel. Alexandra trug ihr Haar aufgesteckt, wie auch auf dem inzwischen hundertfach abgedruckten Pressefoto. Sie sah sehr ernst aus.

Zu ihrem Ärger schaffte sie es nicht, das Nachrichtenmagazin einfach wieder auf den Poststapel von Paul Martin zu legen. So wenig sie sich in den vergangenen Wochen in die Berichterstattung über Alexandra Steinfels vertieft hatte, um sich nicht unnötig selbst zu quälen, so sehr zog sie der Titel nun in seinen Bann.

Es war ihr dritter Tag in der Werbeagentur PCI, die zu den umsatzstärksten der Stadt zählte. PCI stand für »*Paul's Creative Ideas*«. Die Büroräume lagen über zwei Etagen verteilt in einem modernen Bürogebäude in Wien-Leopoldstadt, mit direktem Blick auf die Wiener City. Alle vierzig Mitarbeiterinnen und Mitarbeiter duzten sich.

Für Laura war es völlig ungewohnt, Menschen, die sie zum ersten Mal in der Kaffeeküche oder am Gang traf, mit »du« anzusprechen. Am meisten hatte sie irritiert, dass Paul, der rund vierzigjährige Geschäftsführer, bereits bei der Vertragsunterzeichnung so tat, als kenne er sie schon seit Jahren.

»Das ist halt in der Branche so üblich.« Marianne, deren Arbeitsplatz zwei Zimmer entfernt in der Buchhaltungsabteilung war, zuckte die Achseln. »Du wirst dich schon daran gewöhnen. Ist doch besser, als wenn man an Förmlichkeiten fast erstickt!«

Von Dienstag bis Donnerstag saß sie nun bei PCI an der Rezeption, nahm das Telefon ab und leitete die Anrufer weiter, sortierte die Post, begrüßte Besucher, schrieb Serienbriefe und ging bei anderen organisatorischen Dingen zur Hand. Der Job war nicht anspruchsvoll und auch nicht das, was sie sich unter einem richtigen Beruf vorstellte, aber immerhin musste sie jetzt nicht mehr regelmäßig Termine beim Arbeitsamt wahrnehmen und sich mit ihrem Betreuer und dessen verzerrten Vorstellungen von der Kunst- und Kulturbranche herumschlagen. Obendrein war die Tätigkeit für ihre Verhältnisse sehr gut bezahlt: sie verdiente ebenso viel wie zuvor bei ihrem Fulltimejob im Karolinum, musste aber nur 24 Stunden dafür arbeiten. Zudem hatte sie als Rezeptionistin und Teamassistentin offenbar keinerlei Stress. Sie konnte sitzen, konnte sogar ab und zu im Internet surfen – und niemand störte sich daran, ob sie in der Früh um Punkt neun an ihrem Platz saß oder erst eine Viertelstunde später eintrudelte.

Ihre unmittelbaren Kolleginnen an der Rezeption waren eine blondgefärbte Medizinstudentin namens Susi, die sich mit dem Job ihr Studium finanzierte und davon träumte, Schönheitschirurgin zu werden, und Lina, die einen dreijährigen Sohn hatte und nur deshalb arbeiten ging, weil sie wieder »etwas Abwechslung« in ihr Dasein als Mutter und Hausfrau bringen wollte. Beide waren ebenfalls Teilzeitkräfte und beiden schien ihr Leben wichtiger als ihr Job. Laura stellte dies mit einer gewissen Erleichterung fest, hatte sie doch immer noch Johanna vor Augen, die heimliche Geschäftsführerin des Karolinums. Dagegen war die Zusammenarbeit mit den neuen Kolleginnen so harmonisch, dass sie noch kein einziges Mal ins Phantasieren geraten war, was Susi oder Lina alles zustoßen konnte. Überhaupt schwand in letzter Zeit generell ihre Freude daran, sich für ihre Mitmenschen Todesursachen auszudenken.

»Sind die Poststapel schon fertig sortiert?« Lina riss sie aus ihren Gedanken.

»Äh ... nein, nicht ganz.« Eilig und mit leichten Schuldgefühlen teilte sie die restlichen Briefe auf. Häufig musste sie dabei noch in der Mitarbeiterliste nachschauen. Sie fürchtete schon, dass es Wochen dauern würde, bis sie sich die Namen und Zuständigkeiten all ihrer neuen Kolleginnen und Kollegen einprägen konnte.

»Du musst nicht so hetzen«, warf Lina salopp ein. »Ich habe nur gefragt, weil ich heute das Verteilen der Post übernehmen würde. Ich finde, wir sollten die Poststapel abwechselnd in die Büros bringen. Das ist so eine stupide Sache, da muss es ja nicht immer dieselbe machen. Einverstanden?«

Laura hielt perplex inne. Es dauerte einige Augenblicke, bis Linas Aussage bei ihr angekommen war. »Ja ... okay, danke«, sagte sie dann, noch immer verwirrt über so viel Freundlichkeit.

Wenig später verschwand Lina auch schon mit der Post und ließ sie allein. Das Telefon klingelte. Laura sagte ihren Standardsatz auf, der immer noch etwas fremd für sie klang: »PCI Werbeagentur, Eisner, schönen guten Tag. Was kann ich für Sie tun?« Es war ein Kunde, der jemanden vom Layout sprechen wollte. Laura stellte ihn durch. Dann griff sie nach dem Nachrichtenmagazin.

Kopf des Tages: Alexandra Steinfels. Weiblicher Robin Hood oder femme fatale?

Femme fatale. Das passte. Alexandra war attraktiv und verführerisch, äußerst erotisch und ambivalent. Sie erfüllte damit alle Kriterien, die den Femmes fatales aus alten Filmen zugeschrieben worden waren. Auch mit der Moral hatte sie es scheinbar nicht so genau genommen. Warum sonst steckte sie in einem Finanzskandal?

In zehn Tagen beginnt der Prozess um den bankrotten Finanzdienstleister Siberius Funds. Eine der Schlüsselfiguren ist dabei Alexandra Siberius-Steinfels, Noch-Ehefrau von Bernd Siberius und ehemaliges Vorstandsmitglied. Die Harvard-Absolventin galt lange als Kopf des Unternehmens, zog sich jedoch vor vier Jahren aus dem Vorstand zurück und gründete unter dem Dach von Siberius Funds eine eigene Immobilienfirma, die in zahlreiche Bauprojekte involviert war.

Auf der ersten Seite des insgesamt vierseitigen Artikels ging es wieder einmal um komplexe Firmenbeteiligungen, die von Siberius Funds vertriebenen Fonds, bei denen es sich in Wahrheit nur um wertlose Fondshülsen gehandelt hatte, und um die Strategien, wie es dem Unternehmen über Jahre gelungen war, sowohl die Depotbank in Luxemburg als auch sämtliche Anleger zu täuschen und die Aufsichtsbehörden von Luxemburg und Österreich gegeneinander auszuspielen.

Erst auf Seite zwei wurde es für Laura wieder interessanter.

... gegründet wurde Siberius Funds von Bernd Siberius, Albert von Rheinberg und Alexandra Steinfels vor rund zehn

Jahren. Von Rheinberg, Adelsspross und Enkel des verstorbenen ÖVP-Politikers Caspar von Rheinberg, und Alexandra Steinfels, Tochter eines bekannten deutschen Herzchirurgen und der Salzburger Volksschauspielerin Erika Reindl, studierten gemeinsam Volkswirtschaft in Wien.

Ehemalige Studienkollegen bezeichnen das Verhältnis der beiden rückblickend als »sehr vertraut, aber unausgewogen«. Steinfels absolvierte das Studium zielstrebig und wechselte dann an die renommierte Harvard Business School, die sie nach drei Jahren mit einem MBA-Abschluss verließ. Nebenher arbeitete Steinfels als Sommelière, was ihr in ihrem damaligen Freundeskreis den Spitznamen »Ms. Wine« einbrachte.

Während von Rheinberg in Wien noch mit seinem Studienabschluss beschäftigt war, erwarb sich Steinfels bereits ihre ersten Meriten bei einer internationalen Fondsgesellschaft in New York und Berlin. Innerhalb weniger Monate stieg sie zum Chief Compliance Officer der Firma auf.

In der Berliner Dependance des Unternehmens, der Steinfels insgesamt zwei Jahre vorstand, lernte sie den damaligen Vertriebschef Bernd Siberius kennen. Zu ihrer pompösen Hochzeitsfeier an der Côte d'Azur waren über 400 Gäste geladen, darunter bekannte Namen aus Wirtschaft und Finanz. Der Trauzeuge von Steinfels: Ex-Liebhaber Albert von Rheinberg.

Von österreichischen Branchenblättern hoch gelobt, von internationalen Finanzexperten mit Spannung betrachtet, stieg das bald darauf gegründete Unternehmen Siberius Funds innerhalb weniger Jahre in die Liga der erfolgreichsten Fondsgesellschaften auf. Stetig stieg der Zuwachs an Neuanlegern. Alexandra Siberius-Steinfels' plötzlicher Rücktritt aus dem Vorstand sorgte jedoch bei Finanzexperten für Unruhe, zumal sie familiäre Gründe für ihren Austritt angab, obgleich Tochter Emily zu diesem Zeitpunkt bereits zweieinhalb Jahre alt war. *Unregelmäßigkeiten bei Siberius Funds*, hatte ein Fachblatt schon damals getitelt, und in einem Bericht in einem

Wirtschaftsmedium äußerte ein Experte sogar Zweifel am Fortbestand des Unternehmens. Nur wenige Monate danach zog Alexandra aus dem Nichts eine eigene Immobilienfirma auf. Ein Frauenmagazin hatte sie dafür zur »Unternehmerin des Jahres« ernannt.

Der folgende Themenblock widmete sich dann ausschließlich dem Privatleben des ehemaligen Siberius Funds-Vorstandstrios.

So gradlinig Siberius, von Rheinberg und Steinfels auch in Richtung Erfolg marschierten, so turbulent ging es im Privaten zu. Während Siberius und Steinfels nach außen hin eine harmonische Ehe zu führen schienen, wurden aus Insiderkreisen bereits zum Zeitpunkt ihres Rücktritts aus dem Vorstand Scheidungsgerüchte laut. Es wurde gemunkelt, dass die alte Liebe zwischen Albert von Rheinberg und Alexandra Siberius-Steinfels wieder entflammt war. Pikant: auch von Rheinberg war zu diesem Zeitpunkt bereits verheiratet.

Von Rheinbergs Ehefrau hieß laut Bericht Bettina; es gab auch ein Foto. Abgebildet waren Alexandra Steinfels und eine blonde, schlanke Erscheinung, die ihr auf den ersten Blick sogar ein bisschen ähnlich sah. Die beiden Frauen lehnten an der Reling einer Yacht, ihr Haar wehte im Wind. Sie lachten in die Kamera. Alexandra hatte den Arm um Bettina gelegt.

Sie war blond, hatte langes Haar …

Laura erinnerte sich noch sehr gut an Alexandras Aussage.

Sie legte das Heft zur Seite und atmete tief durch. Damals hatte sie sich gefragt, mit welcher Frau Tosca ihr Bett geteilt hatte. Richtigerweise musste die Frage wohl eher lauten: Mit wem hatte sie *nicht* geschlafen? Für diese Frau war es anscheinend eine Art Volkssport, mit möglichst vielen Menschen Sex zu haben, egal, ob männlich oder weiblich, dachte Laura verbittert. Und nun gehörte auch sie in die Reihe derer, die ihren Verführungskünsten verfallen waren.

»Laura, ich habe dir eine Datei geschickt – bitte druck mir diesen Brief fünfzig Mal aus und verschicke ihn in diesen grünen Kuverts.« Paul Martin brachte sie zurück in die Realität. Er stand vor ihrem Schreibtisch, war offensichtlich in Eile, hielt schon sein Handy in der Hand und trat nervös von einem Fuß auf den anderen. »Diese Aussendung soll noch vor heute Mittag zur Post gehen. Ah ja!« Sein Blick fiel auf das aufgeschlagene Magazin. »Da ist ja das neue *News*. Das hatte ich schon in der Post vermisst.«

»Entschuldigung, ich …« Laura fiel keine passende Ausrede ein. Verdammt, das ist ein neuer Job, und ich vermassle alles, weil ich dem Chef sein Lieblingsmagazin vorenthalte, ging es ihr durch den Kopf. Sie hatte schon die Hand danach ausgestreckt, um es ihm auszuhändigen, als er mit einem heftigen Kopfschütteln abwehrte.

»Nein, nein. Lies es ruhig zuerst. Ich muss jetzt zum nächsten Termin und am Nachmittag habe ich noch allerlei aufzuarbeiten. – Also, ciao dann, ich hoffe, du kommst mit allem klar. Wenn nicht, frag Lina!«

Er warf ihr eine saloppe Kusshand zu und verschwand im Stiegenhaus.

Verdutzt sah Laura ihm nach. Sie musste sich wirklich erst an dieses neue Arbeitsklima gewöhnen. Als alles erledigt war, griff sie wieder nach dem Magazin.

Im Juli dieses Jahres gingen bei der Finanzmarktaufsicht die ersten Beschwerden von Siberius-Anlegern ein, die angesichts der Wirtschaftskrise ihre Depots auflösen wollten, denen jedoch die Auszahlung des Ersparten verweigert wurde. Da Siberius Funds eine Luxemburger Depotbank als Partner hatte, fühlte sich die Finanzmarktaufsicht zunächst nicht zuständig. Erst im September, als sich die Beschwerden häuften und bereits erste Medienberichte aufhorchen ließen, erwachte die Skepsis der Behörde; sie kündigte in Kooperation mit dem Luxemburger Aufsichtsorgan eine Überprüfung der Fondsgesellschaft an. Albert von Rheinberg und Bernd Siberius ließen daraufhin über Anwälte ausrichten, dass das Vermögen über Subfonds auf den Cayman Islands investiert sei und dass Sibe-

rius Funds weder der Luxemburger Behörde noch der österreichischen Finanzmarktaufsicht Einblick in die Geschäftsbücher geben werde. Damit zog das Unternehmen das Misstrauen der Behörden endgültig auf sich, wenngleich den Kontrolleuren zunächst die Hände gebunden schienen.

Zur selben Zeit reichte Alexandra Steinfels-Siberius die Scheidung ein – für frühere Freunde des Paares wenig überraschend. »Bernd und Alexandra führten schon lange keine Ehe mehr«, berichtet Tennis-Profi Thomas Decker, der bis zu dem Finanzskandal mit dem Paar in gutem Kontakt gestanden hatte. »Sie hielt sich hauptsächlich in Salzburg auf, er bewohnte allein das Haus in Wien-Hietzing.«

Ob Bernd Siberius wirklich so allein war, wird von Nachbarn bezweifelt: Bettina von Rheinberg soll hier in den letzten Monaten vor dem Tag X ein- und ausgegangen sein.

Das Geschäftstelefon klingelte. Kathi, eine der Consultants, bat um eine Adressrecherche, und Florian, ihr Kollege, beauftragte sie, aus einer Fülle von Bildern und Texten eine Power-Point-Präsentation zu erstellen. Laura war damit den ganzen Vormittag beschäftigt.

Erst in der Mittagspause hatte sie wieder Gelegenheit, sich mit dem Magazin zurückzuziehen.

Der Tag X: Was sich an jenem Tag in der Villa von Agatha Puldheim-Waldendorf in Niederösterreich abspielte, dürfte Polizei und Staatsanwaltschaft nach wie vor einige Rätsel aufgeben. Fest steht, dass es am späten Nachmittag zu einem Treffen zwischen Albert von Rheinberg und Alexandra Siberius-Steinfels kam. Fest steht ebenfalls, dass auch dessen Ehefrau Bettina mit Bernd Siberius vor Ort war. Irgendetwas scheint dann außer Kontrolle geraten zu sein.

Die Fakten: Stunden später war Albert von Rheinberg tot, erschossen von seinem engen Geschäftsfreund Bernd Siberius. Tot war auch die 86-jährige Hauseigentümerin. Die Obduktion ergab, dass Puldheim-Waldendorf ein starkes Betäubungsmittel verabreicht worden war. Ob es sich um Mord oder Totschlag handelt, wird für beide Todesfälle im September das Gericht klären. In den frühen Morgenstunden des darauffolgenden Tages stiegen Siberius und Bettina von Rheinberg in das Flugzeug nach Panama. Irritierend: obgleich für beide Ehepaare Tickets ausgestellt waren, flog Bettina von Rheinberg unter dem Namen Alexandra Siberius-Steinfels – mit deren Ticket und Reisepass. Dass dies selbst aufmerksamen Zollbeamten entgangen ist, liegt zweifelsohne an der frappierenden äußeren Ähnlichkeit der beiden Frauen.

So mysteriös wie die Annahme der Identität von Alexandra Steinfels durch Bettina von Rheinberg, so obskur ist auch der Verbleib der echten Alexandra Steinfels. Über mehrere Wochen gab es keinerlei Hinweise auf ihren Aufenthaltsort. Für die Öffentlichkeit stand ohnehin fest, dass sie mit ihrem Mann nach Panama geflüchtet war.

Bettina von Rheinberg, die niemals eine Rolle in den Geschäftsaktivitäten von Siberius Funds spielte, stand lange im Fokus der Ermittlungen. Die Exekutive zog kurzfristig in Betracht, dass auch sie nicht mehr am Leben war.

Kurz nach Weihnachten dann der große Knall, der die Causa Siberius in ein völlig neues Licht tauchte; Alexandra Siberius-Steinfels meldet sich bei der Staatsanwaltschaft und erstattet Anzeige gegen ihren Mann Bernd wegen versuchten Mordes und Finanzbetrugs. Wenig später werden Siberius und seine Geliebte, der pikanterweise auch ein homosexuelles Verhältnis mit Alexandra Siberius-Steinfels nachgesagt wird, auf der Isla Margerita in der Karibik verhaftet.

Im Artikel hieß es weiter, dass sich Alexandra als Schlüsselfigur bei der Aufklärung sämtlicher betrügerischer Aktivitäten von Siberius Funds entpuppte. Da Bernd Siberius die Zusammenarbeit mit der Justiz zunächst verweigert hatte, war sie die einzige, die die komplizierten Verstrickungen von Siberius Funds mit ihrer eigenen Immobilienfirma, einzelnen Projekten und von Siberius gegründeten Firmen, die teilweise nur auf dem Papier existierten, vollständig durchblickte. Sie spielte ferner eine maßgebliche Rolle bei der Entschädigung der betrogenen Anleger, in dem sie sich mit Steinfels Immo aus lukrativen Projekten zurückzog und dadurch Gelder freigab. Die Überschrift »Weiblicher Robin Hood oder femme fatale?« bezog sich vorwiegend darauf, dass Alexandra Steinfels damit vielen Kleinanlegern aus der finanziellen Misere half, in die sie Siberius Funds gebracht hatte, andererseits aber von Medienseite mit Skepsis betrachtet wurde. Dass sie von den Geschäftstätigkeiten ihres Mannes nichts gewusst haben wollte, schien dem Verfasser des Artikels unwahrscheinlich. Er ließ sogar anklingen, dass sie möglicherweise auch nach ihrem offiziellen Rückzug weiterhin der inoffizielle Kopf des Unternehmens gewesen war, der Bernd Siberius und Albert von Rheinberg geschickt manipulierte und wie Marionetten tanzen ließ.

Laura betrachtete noch einmal die Fotos, mit denen der Artikel illustriert war. Bernd Siberius war beim Golfspielen und bei seiner Festnahme auf Isla Margerita abgelichtet worden. Auf beiden Fotos wirkte er auf sie gleichermaßen unsympathisch. Albert von Rheinberg lehnte in rotem Hemd und schwarzer Anzughose mit einem Glas Champagner in der Hand an einer Marmorsäule. Auf einem weiteren Foto posierte seine Gattin im knappen Bikini unter Palmen. Ihr Lächeln wirkte auf Laura dümmlich.

Eine tolle Gesellschaft war das, in der sich Alexandra da befunden hatte. Mit all diesen drei wenig sympathischen Leuten war sie im Bett gewesen! Und mit ihr! Nach welchen Kriterien wählte Alexandra ihre Bettgenossen eigentlich aus?

Wahrscheinlich nimmt sie, was sich anbietet, beantwortete sich Laura ihre Frage selbst. Sie schüttelte sich bei dem Gedanken.

Entschieden klappte sie das Magazin zu und legte es zur Seite. Das Kapitel Steinfels war für sie erst dann abgeschlossen, wenn sie ihre Aussage bei Gericht gemacht hatte.

Laura rutschte unruhig auf dem harten Stuhl hin- und her, die feuchten Hände eng ineinander verschränkt. Jedes Mal, wenn sie ihre Position veränderte, quietschte die hölzerne Sitzfläche auf den grauen Metallverstrebungen. Das Quietschen hallte als Echo von den hohen Wänden und der Gewölbedecke wider.

Ihr Blick fiel auf die ziffernlose Uhr. Laut Zeitplan hätte sie bereits vor einer Viertelstunde in den Gerichtssaal gebeten werden sollen. Doch anscheinend zog sich die Verhandlung länger hin als erwartet.

Die zahlreich anwesenden Journalisten machten sie zusätzlich nervös. Sie wollte nicht ins Visier der Medien geraten, nur weil sie Alexandra Steinfels Quartier gegeben hatte. In den letzten Wochen hatte sie genug Artikel gelesen, um genau zu wissen, was die Medien wohl über sie schreiben würden. »Selbstlos, aber naiv« habe sie einer Fremden ohne Erinnerungsvermögen Unterkunft in ihrer Wohnung gewährt. In ihrer Horrorvorstellung sah sie sich bereits auf dem Titelbild einer Illustrierten: *Diese Frau versteckte Alexandra Steinfels.*

Sie wollte nicht über die Details ihres Zusammenlebens öffentlich Auskunft geben, sie wollte nicht einmal verraten, dass es überhaupt ein so enger Kontakt gewesen war. Jetzt hatte sie endlich Freunde, einen neuen Job und damit im Grunde auch ein neues Leben, und zu diesem neuen Leben gehörte eine Alexandra Steinfels definitiv nicht.

Das Herz schlug ihr bis zum Hals, als sie wenig später in den zum Bersten gefüllten Gerichtssaal gebeten wurde. Sie wusste, dass alle Blicke auf sie gerichtet waren, wagte daher kaum, den Kopf zu heben.

Als sie die Vereidigung hinter sich hatte und im Zeugenstand saß, empfand sie dies fast als Erleichterung. Immerhin konnten die Anwesenden hier das Zittern ihrer Knie nicht sehen.

Sie war verwundert, dass der Richter selbst das Wort an sie richtete, kein vor Eifer platzender Staatsanwalt. Seine

Stimme war angenehm tief und hatte eine beruhigende Wirkung auf sie.

»Sie sind Laura Eisner, sechsunddreißig Jahre alt, geboren in Wien, wohnhaft in Wien-Währing. Richtig?«

»Ja.« Sie ärgerte sich, wie piepsig ihre Stimme klang.

»Wie Sie wissen, sind Sie weder als Angeklagte noch als Klägerin, sondern lediglich als Zeugin geladen, die uns hilft, einige Angaben zu bestätigen oder zu widerlegen. Beantworten Sie die folgenden Fragen bitte nach bestem Gewissen mit Ja oder Nein. – Hat Alexandra Steinfels, die hier ebenfalls als Zeugin, nicht als Angeklagte geladen ist, in der Zeit von Ende Oktober bis Heilig Abend des vergangenen Jahres bei Ihnen gewohnt?«

»Ja.«

»Hat Alexandra Steinfels Ihnen gegenüber jemals den Finanzdienstleister Siberius Funds genannt oder sich in irgendeiner Weise über dessen Geschäftstätigkeit geäußert?«

»Nein.«

»Hat Alexandra Steinfels Ihnen gegenüber jemals die Namen Bernd Siberius oder Albert von Rheinberg genannt?«

»Nein.«

»Laut eines medizinischen Gutachtens und ihrer eigenen Angaben litt Alexandra Steinfels während des genannten Zeitraums unter Amnesie. Hatten Sie jemals Anlass zum Zweifel, dass diese Amnesie nur vorgetäuscht war?«

»Nein. Nie.«

Der Richter lehnte sich zurück.

»Danke, Frau Eisner. Sie sind aus dem Zeugenstand entlassen.«

Das war schon alles? – Laura konnte kaum glauben, dass sie deshalb extra einen Urlaubstag hatte nehmen und über eine halbe Stunde vor dem Gerichtssaal hatte warten müssen. Sie hatte sich ihre Befragung wesentlich umfangreicher vorgestellt.

Wahrscheinlich habe ich zu viele Gerichtsfilme gesehen,

ging es ihr durch den Kopf, während sie sich vom Gerichtsdiener zu einem freien Stuhl im Publikumsbereich führen ließ.

»In der nächsten Verhandlungspause können Sie gehen«, flüsterte ihr der junge Mann zu. »Jetzt macht es zu viel Unruhe.«

Laura dachte darüber nach, was die Medien aus ihrer kurzen Aussage machen würden. Möglicherweise war das, was sie gesagt hatte, tatsächlich zu wenig, um sie ins Zentrum des Interesses zu stellen. Vertieft in ihre eigenen Gedanken, verfolgte sie den Fortgang der Verhandlung nur am Rande. Als plötzlich Alexandras Stimme erklang, blieb ihr fast das Herz stehen – um dann umso schneller zu schlagen. Mit weit aufgerissenen Augen starrte sie auf die Frau, die jetzt dort vorn im Zeugenstand saß und sehr sachlich die an sie gestellten Fragen beantwortete.

Kein Zweifel, Alexandra war mit dem hochgesteckten Haar und dem eleganten Kostüm eine höchst imposante Erscheinung. Sie konnte ihren Blick nicht von ihr abwenden. Alle Erinnerungen, die sie längst verdrängt geglaubt hatte, kamen zurück und flammten erneut in ihr auf. Tosca in ihren Armen, ihre zarte Haut, ihre Lippen …

Laura schluckte. Es war nicht gut, daran zu denken. Die Wunden würden nur wieder aufreißen.

Sie wollte sich zwingen, den Blick von ihr abzuwenden, als sie etwas Glitzerndes entdeckte, das sie nahezu erstarren ließ: die koreanische Glücksmünze! Ihr Verlegenheitsgeschenk schmückte Alexandras Hals bei dieser Gerichtsverhandlung.

Laura nahm kein einziges Wort von dem auf, was Alexandra während ihres Auftritts im Zeugenstand von sich gab. In ihr herrschte ein einziges Gedankenchaos. Wieso hatte Alexandra ausgerechnet diesen Schmuck gewählt? Wollte sie ihr damit etwas sagen oder war es reiner Zufall?

Uns beide verbindet nicht mehr als die Tatsache, dass du mir freundlicherweise in einer Notlage geholfen hast.

Endlich war sie diese qualvolle Unruhe und Traurigkeit,

die in ihr geherrscht hatte, seit Alexandra verschwunden war, losgeworden. Endlich hatte sie ihr Leben wieder im Griff, wahrscheinlich besser als je zuvor. Endlich war sie bereit gewesen, das Kapitel Tosca für immer abzuschließen. Und dann erschien Alexandra Steinfels mit dieser Kette um den Hals im Gerichtssaal und brachte all ihre Vorsätze durcheinander!

Nein. Ihr Entschluss stand fest. Sie wollte ein für allemal damit abschließen.

Als zur Verhandlungspause aufgerufen wurde, stand sie auf und drängte zum Ausgang. Es war kaum möglich, an den vielen Leuten vorbei zu kommen. Erst auf den zweiten Blick fiel ihr auf, dass es sich um Journalisten mit Fotoapparaten und Mikrophonen handelte, die sich um einen Mann drängten, der in Handschellen und eskortiert von mehreren Justizbeamten in Richtung Ausgang geführt wurde. Sie erkannte ihn sofort: es war niemand anderer als Bernd Siberius.

»Nehmen Sie bitte den anderen Ausgang.« Der Gerichtsdiener, der sie zuvor zu ihrem Platz geleitet hatte, wies auf eine unauffällige Seitentür.

Dankbar über den unerwarteten Fluchtweg, folgte sie seinem Hinweis und fand sich sogleich in einem schmalen Treppenhaus wieder. Im Halbgeschoss blieb sie abrupt stehen. Denn dort stand, an ein offenes Fenster gelehnt, Alexandra. Sie hielt eine Zigarette in der Hand und blies Rauchwölkchen in die Luft. Als sie Laura erblickte, drückte sie eilig die Zigarette aus.

»Laura!«

Alexandra tat zwei Schritte auf sie zu, blieb jedoch stehen, als die andere keine Anstalten machte, ihr entgegenzukommen.

Laura hatte sich seit dem Erhalt der Vorladung den Kopf darüber zerbrochen, was sie Alexandra sagen würde, wenn sie sich nach all den Monaten wieder begegneten. Sie hatte sich vorgenommen, ihr mit distanzierter Höflichkeit zu begegnen, ohne jede Emotion. Jetzt aber trug Alexandra nicht nur dieses

Schmuckstück, sondern lächelte sie auch noch an. Das und ihr Herz, das in ihrer Brust galoppierte, brachten Lauras Vorsatz ins Wanken.

»Wie geht es dir?«

Alexandras Lächeln wirkte plötzlich etwas verkrampft und unsicher; die Frage klang in Lauras Ohren viel zu steif. Sie verharrte noch immer auf der Treppenstufe.

»Seit wann rauchst du?« Das Herzklopfen lähmte offensichtlich ihr Denkvermögen. Als ob das nicht egal wäre. Was ging es sie schon an, ob diese Frau ihre Lunge ruinierte?

»Ich rauche nicht.« Alexandra blickte über ihre Schulter zurück auf die Zigarettenpackung, die noch am Fensterbrett lag. »Doch. Ich rauche schon, aber erst seit Kurzem und nur gelegentlich. Es ist momentan ... etwas viel.« Sie fuhr sich mit der Zunge über die Lippen. »Es ist schön, dich zu sehen«, sagte sie dann mit leiser Stimme. »Nach all diesen Monaten.« Sie hatte ihre Hände ineinander verschränkt und ließ ihre Daumen kreisen.

»Ich habe oft an dich gedacht«, fuhr sie nach einer kleinen Pause fort, ohne Laura dabei anzusehen. »Ich habe mir vorgestellt, wie du auf deinem Sofa sitzt, mit einem Glas Wein vor dir und einem aufgeschlagenen Krimi auf dem Schoß ...«

Das kam in letzter Zeit nicht mehr allzu oft vor, lag es Laura auf der Zunge, doch sie hielt sich weiterhin zurück. Was für einen Grund gab es, Alexandra wieder an ihrem Leben teilhaben zu lassen?

»Ich habe oft daran gedacht, dich anzurufen.« Alexandra hatte ihren Blick auf den Boden gerichtet. »Ich hatte deine Nummer schon mehrmals gewählt, aber schnell wieder aufgelegt. Ich ... ich hatte Zweifel, ob mein Anruf willkommen wäre.«

Laura schwieg – hauptsächlich weil sie nicht wusste, was sie erwidern sollte. Gleichzeitig war sie von Alexandras Auftreten verwirrt. Die Frau, die hier so herumstotterte und ihren Blick mied, hatte wenig mit der Person gemeinsam, die ihr vor

Wochen kluge Ratschläge für den beruflichen Alltag erteilt hatte. Sie hatte auch wenig mit derjenigen gemeinsam, die eben noch mit fester Stimme im Gerichtssaal ausgesagt hatte.

Ich kenne sie eigentlich überhaupt nicht, ging es Laura durch den Kopf. Und vielleicht war das ja auch besser so. Immerhin war diese Frau in einen der größten Finanzskandale des Landes verwickelt. Auch wenn sie nun nicht mehr auf der Anklagebank saß, deuteten doch alle medialen Gerüchte darauf hin, dass sie die Machenschaften ihres Mannes zumindest gedeckt hatte.

»Laura – es tut mir leid.« Alexandra sah sie nun direkt an. Ihr Blick war klar, sehr intensiv und frei von jener Süffisanz. »Es tut mir leid, dass ich so von dir gegangen bin. Ich habe total überreagiert. Ich war so verwirrt von der Erkenntnis, wer ich bin ... ich habe nur noch mich selbst gesehen und meine eigenen Bedürfnisse. In den vergangenen Monaten habe ich sehr viel über alles nachgedacht. Ich habe inzwischen begriffen, dass du damals nicht anders handeln konntest, als mich vorerst über meine Identität im Unklaren zu lassen. Wäre ich an deiner Stelle gewesen, hätte ich möglicherweise genauso gehandelt.« Sie machte einen Schritt nach vorne, verharrte nun am Treppenansatz. »Ich möchte nicht, dass dieser missglückte Abschied das Letzte ist, was uns verbindet.«

Laura atmete tief durch. Mit einer Entschuldigung hatte sie nicht gerechnet. Das ließ ihren inneren Widerstand, der schon beim ersten Sichtkontakt zu schmelzen begann, vollends dahinschwinden. Zögernd stieg sie die letzten Stufen hinab und wollte die Hand zur Begrüßung ausstrecken, doch Alexandra zog sie in ihre Arme. Ihr Hals roch nach Moschus und Nelke.

Laura spürte das Kribbeln, das die plötzliche körperliche Nähe auslöste, am ganzen Körper.

Das ist alles so falsch, schoss es ihr durch den Kopf. Wie konnte sie sich angesichts der Umstände und von allem, was zwischen ihnen vorgefallen war, so bereitwillig wieder in Alexandras Arme werfen?

Und trotzdem löste sie die Umarmung erst, als sie von oben Schritte und Stimmengemurmel hörten. Drei Männer im Anzug gingen an ihnen vorbei, ohne sie weiter zu beachten.

»Wie geht es dir?«, fragte Alexandra nun zum zweiten Mal.

»Danke. Es geht mir recht gut.«

»Du siehst auch ganz danach aus. Ganz gebräunt bist du.«

»Ja, ich war in letzter Zeit viel an der Sonne.«

»Ich nicht. Ich war ziemlich beschäftigt … mit anderen Dingen.«

Unschlüssig standen sie voreinander. Alexandras Lächeln wirkte noch immer verkrampft. Sie hatte die Hände wieder ineinander verschränkt. »Du hast diese ganze Sache ja vielleicht in den Medien verfolgt. Meine größte Sorge war immer, dass die Journalisten bei ihrer Recherche irgendwann auf dich stoßen und du da hineingezogen wirst. Zum Glück war das Finanzdesaster als solches für die Medien interessanter als mein Abtauchen.«

Alexandra begann in ihrer Handtasche zu kramen.

»Ich würde mir wünschen, dass wir uns treffen, wenn alles vorbei ist.« Sie zog ein dünnes Stück Papier hervor und kritzelte eine Ziffernfolge auf dessen Rückseite. »Das ist meine Telefonnummer. Bitte ruf mich nächste Woche an. Ich will dich wiedersehen!«

Laura nahm den Zettel an sich. In der Ferne erklang ein Gong.

»Ich muss jetzt wieder zurück in den Gerichtssaal.« Alexandra drückte ihr zum Abschied einen Kuss auf die Wange. »Bitte melde dich, Laura. Es ist mir wirklich wichtig.«

»Ja«, sagte Laura.

Bereits auf dem Weg vom Gerichtsgebäude zur U-Bahn bereute sie ihre Zusage. Sie konnte und wollte sich nicht wieder einfangen lassen. Sie hatte sich am Ziel ihrer emotionalen Achterbahnfahrt geglaubt. Keinesfalls wollte sie wieder auf der Startposition stehen und alles noch einmal durchleben müssen. Dass dies so sein würde, hatte ihr diese kurze Begegnung bereits gezeigt: In ihr herrschte ein unerklärlicher Zustand von Unruhe und Anspannung, begleitet von dem Gefühl, etwas verloren zu haben, das sie hätte festhalten sollen.

Laura saß in der kleinen Küche der Agentur, die zugleich als Aufenthaltsraum diente, Marianne gegenüber und stocherte lustlos in einer Portion Spaghetti.

Seit Tagen spukte ihr die Salzburger Telefonnummer, die sie von Alexandra erhalten hatte, im Kopf herum. Bisher hatte sie nicht vorgehabt, sie anzuwählen. Doch am vergangenen Abend war dieselbe Nummer zweimal im Abstand von rund einer Stunde auf dem Display ihres neuen Festnetzapparats erschienen. Sie hatte beide Male nicht abgehoben.

Trotzdem gingen ihr die Anrufe nicht aus dem Kopf. Sie hatte sich nicht gemeldet; und nun meldete sich Alexandra bei ihr.

Ihr kam es so vor, als wäre durch die Anrufe die Zeit zurückgedreht worden. Sie fühlte wieder dieselbe Leere und Unruhe in sich, die sie unmittelbar nach Alexandras Verschwinden in sich getragen hatte.

»Du machst heute ein Gesicht, als würdest du auf ein Begräbnis gehen.« Marianne ließ den letzten Rest Thunfischsalat in ihrem Mund verschwinden. »Ich kann echt nicht länger mitansehen, wie du dich quälst. Wir kennen uns doch jetzt auch schon ein paar Wochen. Du kannst mir also gerne dein Herz ausschütten.«

Laura kämpfte mit sich. Marianne von Alexandra zu erzählen, würde unweigerlich ihr Outing mit sich bringen. Marianne und sie waren nicht nur mehr Freundinnen, sondern nun auch Arbeitskolleginnen. Sie dachte an das Karolinum und die Reaktion ihrer Vorgesetzten auf ihre sexuelle Orientierung.

»Da gibt es nicht viel auszuschütten«, sagte sie daher ausweichend. »Mein Herz ist völlig leer.«

»O je, Liebeskummer«, stellte Marianne trocken fest. »Ich habe es ja geahnt. – Lass dir von einer, die immerhin sieben Jahre älter ist als du und zwei gescheiterte Langzeitbeziehungen sowie eine Ehe hinter sich hat, sagen: Es geht vorbei. Alles nur eine Frage der Zeit.«

»Es war schon vorbei.« Laura schob seufzend ihren Teller zur Seite. Sie brachte keinen Bissen mehr herunter. »Und jetzt fängt es wieder an. Ich hasse das!«

»Dann sag es ihm. Schick ihn endgültig in die Wüste.«

»So einfach ist das nicht. Ich weiß ja nicht einmal, welche Erwartungen da sind. Vielleicht geht es ja sowieso nur um Freundschaft.« Sie brachte es nicht über sich, Alexandra einer verbalen Geschlechtsumwandlung zu unterziehen.

»Na ja, manchmal ist ja eine Freundschaft nicht schlecht. Ich bin mit meinen Exfreunden auch noch immer sporadisch in Kontakt.«

»Ich glaube nicht, dass ich das kann.« Laura schüttelte den Kopf. »Einem Menschen gegenüber zu sitzen und Small-Talk zu machen, ohne daran zu denken, wie er sich in meinen Armen angefühlt hat, das kann ich mir für mich nicht vorstellen.«

»Weil du ihn noch liebst. Deshalb.«

Laura schüttelte wieder den Kopf.

»Ich weiß nicht. Ich dachte wirklich, ich bin darüber hinweg. Wir haben rein faktisch nichts gemeinsam. Sie lebt ein völlig anderes Leben als ich. – Aber als wir uns neulich begegnet sind, war das so eigenartig ... so fremd und vertraut zugleich. Sie zieht mich noch immer in ihren Bann.«

In ihrer Erinnerung war das Treffen im Gerichtsgebäude so präsent, dass sie völlig vergessen hatte, die Aussage geschlechtsneutral zu formulieren.

»Du warst mit einer Frau zusammen?«, fragte Marianne auch prompt. Laura schrak zusammen. Erneut hatte sie die Worte der Burger im Kopf und Barbaras entsetztes Gesicht vor Augen. Doch das Selbstbewusstsein, das ihr die Coming-out-Gruppe vermittelt hatte, war stärker als ihre Angst vor Ablehnung.

»Ja«, sagte sie tapfer. »Ist das für dich ein Problem?«

»Nein, natürlich nicht.« Marianne stützte ihren Kopf in beide Hände und grinste sie an. »Ich bin nur etwas überrascht, das ist alles. Liebeskummer bleibt Liebeskummer. – Was war denn mit euch? Warum ging es auseinander? Oder willst du nicht darüber sprechen?«

Laura zögerte. Sie hatte den Weg schon eingeschlagen; vielleicht war es in Anbetracht dessen sowieso zu spät umzukehren.

»Doch«, antwortete sie mit Nachdruck. Sie präsentierte Marianne eine Geschichte, die zwar den Kern der Sache traf, aber keine Hinweise auf Alexandras Identität lieferte. Zwar traute sie Marianne grundsätzlich, wollte aber dennoch nicht riskieren, dass diese sich in einer schwachen Stunde irgendwo verplapperte und erzählte, sie kenne die ehemalige Geliebte der medienpräsenten Alexandra Siberius-Steinfels.

»Du hast also eine entfernte Bekannte bei dir aufgenommen, die in einer Notlage war, dich in sie verliebt und hattest mit ihr eine Art Affäre, bis zu dem Zeitpunkt, wo sie wieder finanziell auf den Beinen war und ihr euch verkracht habt«, fasste Marianne nachdenklich zusammen. »Und jetzt seid ihr euch wieder über den Weg gelaufen, sie war sehr freundlich, hat sich entschuldigt und will dich unbedingt wiedersehen, und du bist anscheinend immer noch nicht frei von tiefen Gefühlen für sie. So, was ist das Problem?«

Laura seufzte. Sie hatte insgeheim schon damit gerechnet, dass Außenstehende die Komplexität des Ganzen nicht verstehen würden.

»Ich weiß ehrlich gesagt nicht, was das sein sollte zwischen uns – Liebe, Freundschaft, egal«, fuhr sie fort, »ich habe ja schon gesagt, sie lebt in einer völlig anderen Welt als ich.« Und hat auf irgendeine Weise dazu beigetragen, dass viele Leute um ihr Erspartes zittern mussten. Und hat mir die schönsten und schlimmsten Stunden meines Lebens bereitet.

»Du fühlst dich noch immer hingezogen zu ihr, sie fühlt sich offenbar noch immer hingezogen zu dir«, hielt Marianne sachlich fest. »Das klingt für mich sehr verbunden.«

Laura seufzte nochmals. »Sie ist der Prototyp von Karrierefrau. Ich bin das Gegenteil. Sie ist tough, durchsetzungsstark und unheimlich intelligent ...« Sie schwieg. Es bestürzte sie selbst, dass sie so viele positive Eigenschaften an einer mutmaßlichen Finanzbetrügerin fand.

Mariannes Blick ruhte fragend auf ihr.

»Ich bin nicht so zielstrebig«, beendete sie schließlich ihren Vergleich. »Abgesehen davon passen die Lebensumstände einfach nicht zusammen. Sie ist noch immer verheiratet, und sie hat ein Kind.«

»Eine Dreiecksgeschichte also? – Davon würde ich persönlich auch Abstand nehmen!«

»Nein, sie lebt in Scheidung. Ihr Mann ist ...«

Ein zu sechs Jahren Haft verurteilter Anlagebetrüger und Mörder.

»... nicht mehr an ihr interessiert, und sie auch ganz sicher nicht mehr an ihm.«

»Na, dann gibt es ja kein Hindernis.«

Marianne verstand wirklich nichts.

»Sie ist Mutter und hat ein Kind«, wiederholte Laura geduldig. Mariannes fragender Blick vertiefte sich.

»Und? Ich bin auch Mutter und habe sogar drei Kinder, aber trotzdem habe ich noch sexuelle Interessen.«

»Sie ist bisexuell. Das heißt, sie mag auch Männer!«

»Aber jetzt mag sie möglicherweise dich.«

Laura schüttelte den Kopf.

»*Jetzt* mag sie mich«, wiederholte sie gedehnt. »Aber irgendwann wird sie sicher wieder einen Mann wollen. So ist das nämlich mit diesen Bi-Frauen: die wählen immer den einfachsten, gesellschaftlich akzeptierten Weg. Und der ist nun einmal, als Frau mit einem Mann zusammen zu sein.«

Marianne erhob sich und trug ihre Salatschüssel zur Spülmaschine. Laura tat es ihr mit ihrem Teller nach. Sie mussten wieder an die Arbeit. Letztendlich hatte es nichts gebracht, Marianne in ihr Seelenchaos hinein zu lassen. Sie konnte sie einfach nicht verstehen.

»Ich glaube, dass es den meisten Leuten heutzutage ziemlich egal ist, wenn eine Frau mit einer Frau zusammen ist oder ein Mann mit einem Mann«, griff Marianne das Thema wieder auf. »Für mich zumindest macht es keinen Unterschied. – Was mich aber wundert, ist dein Schubladendenken. Nur weil sich diese Frau in der Vergangenheit in Männer verliebt hat, sprichst du ihr ab, dass sie künftig einer Frau treu sein wird. Das klingt für mich wirklich paradox.«

»Aber ...«, setzte Laura an, dann schwieg sie betreten. Marianne hatte Recht. Ihr wurde bewusst, dass es nicht ihre eigenen Worte waren, die sie da wiedergegeben hatte, sondern das, was sie von ihren jungen lesbischen Freundinnen hörte.

»Wenn du meinen Rat hören willst: Schau dir an, ob das, was ihr beide fühlt, für mehr reicht als Freundschaft. Sie wird dir sonst sowieso ständig im Kopf herumspuken, also ist es meines Erachtens besser, du triffst sie und packst den Stier bei den sprichwörtlichen Hörnern.« Sie grinste. »Oder in dem Fall halt besser die Kuh.«

Sie stieg aus dem Zug und musste sich erst einmal orientieren. Am Bahnsteig herrschte ein einziges Gewusel an Leuten: Teenager mit Rucksäcken, Leute in Wandermontur, andere, die ihre Räder den Bahnsteig in Richtung Ausgang schoben. Sie folgte dem Menschenstrom, bis sie rechts die Person erblickte, deretwegen sie überhaupt hierher gekommen war. Alexandra stand seitlich neben dem Aufzug und blickte sich suchend nach ihr um. Als sie Laura erspähte, breitete sich ein Lächeln auf ihrem Gesicht aus.

»Hallo!« Sie schlang ihre Arme um die Besucherin und drückte sich an sie, ähnlich wie vor drei Wochen im Landesgericht. Ihr Blick glitt an Laura herab.

»Du siehst wirklich gut aus. So gesund und«, sie deutete auf den bunt getupften Sommerrock, den Laura zu einem weißen T-Shirt trug, »so farbenfroh. Das ist ganz neu an dir.«

»Danke«, sagte Laura höflich. Tatsächlich wurde ihr selbst in diesem Moment erstmals deutlich bewusst, wie sehr sich ihre Garderobe in den letzten Monaten verändert hatte. Sie hatte zu Beginn des Sommers einiges eingekauft, recht günstig. Die beigegrauen Röcke und Kleider, mit denen sie im Sommer stets im Verkaufsraum geschwitzt hatte, gehörten der Vergangenheit an. »Du siehst auch gut aus«, schob sie nach. Alexandra sah in dem legeren blauen Baumwollkleid und mit ihrem offenen Haar wieder aus wie Tosca, die mit ihr auf dem Sofa gelümmelt und Wein getrunken hatte, nicht wie die unnahbare Frau vom Pressefoto.

Einige Augenblicke lang standen sie genauso unschlüssig voreinander wie bei ihrer Begegnung im Gericht.

»Mami. Darf ich ein Eis haben?«

An Alexandras Seite schob sich ein kleines, zartes Mädchen mit rotblonden Zöpfen vor. Schüchtern und skeptisch zugleich schaute das Kind zu Laura auf; ihre Hand umklammerte die ihrer Mutter.

Alexandra beugte sich zu ihr. »Später, mein Schatz. Wir werden jetzt gleich nach Hause fahren und dann ein ganz leckeres Eis essen gehen. – Laura, das ist meine Tochter Emily.«

»Hallo«, sagte Laura. Emily schaute sie nur misstrauisch an und vergrub ihr Gesicht schließlich im Kleid ihrer Mutter.

Alexandra zog kurz die Augenbrauen hoch, sagte aber nichts, sondern griff nach Lauras kleinem Koffer.

»Das Auto steht unten in der Tiefgarage. Es ist nur eine kurze Fahrt.«

Wir sitzen uns gegenüber wie zwei Fremde, dachte Laura rund eine Stunde später, als sie auf der Terrasse eines der bekanntesten Salzburger Innenstadtcafés saßen und über den Alten Markt schauten. Bisher hatten sie nur Oberflächlichkeiten ausgetauscht.

Selbst während des kurzen Zwischenstopps in Alexandras Unterkunft war es zu keinem persönlichen Wort gekommen. Die Wohnung allein hatte genug Stoff geboten, um sich eine ganze Weile zu unterhalten, denn sie lag im ersten Stock eines gedrungenen alten Gebäudes, den Überresten eines Wehrturms der mittelalterlichen Stadtmauer. Die Treppe führte vom Erdgeschoss, in dem von Fahrrädern über Werkzeugkisten bis hin zu alten Autoreifen alles Mögliche lagerte, steil nach oben. Die Decken waren niedrig, die Fenster klein. Neben einem winzigen Badezimmer und einer überraschend geräumigen Küche mit Sitzgelegenheit gab es ein Schlaf- und ein Kinderzimmer. Die Wände waren bunt gestrichen: die Küche gelb, das Kinderzimmer in hellem Grün und das Schlafzimmer in Rosarot. Rosarote Wandfarbe passte so ganz und gar nicht zu Alexandra, dass Laura sie sofort darauf ansprach. Sie erfuhr, dass die Wohnung in Wahrheit einer Freundin gehörte, die jedoch vor kurzem mit dem kleinen Sohn zu ihrem Lebensgefährten gezogen war und an Alexandra weitervermietet hatte.

»Ich habe derzeit nur beschränkten Zugriff auf mein Eigentum«, erläuterte Alexandra jetzt im Café, weshalb sie einen

VW Golf als Mietwagen fuhr und zur Zwischenmiete wohnte. »Mein Auto gilt noch immer als Beweismaterial und wird erst nach Beendigung des Mordprozesses freigegeben; mein Haus im Nonntal ist laut Grundbuch unglücklicherweise auch Besitz meines Mannes. Daher war es nun für Monate polizeilich versiegelt – man vermutete dort weitere Beweismittel. Das hat sich mittlerweile als nichtig erwiesen und der Prozess um den Anlagebetrug ist ja nun abgeschlossen, aber da unser Scheidungsverfahren noch läuft, muss ich mit dem Einzug in die eigenen vier Wände noch warten.«

Laura wollte gerade nachfragen, weshalb sie so sicher davon ausging, dass ihr das Haus zugesprochen würde, doch da kam der Ober, um die Bestellung aufzunehmen. Der Auftakt für ein persönlicheres Gespräch war damit wieder verklungen, sie saßen sich wieder so gehemmt gegenüber wie zuvor. Auch Emily sagte nichts, was Laura für ein Kind ihres Alters ungewöhnlich fand. Sie saß nur sehr still auf ihrem Stuhl und betrachtete in sich gekehrt die Bilder in der Eiskarte.

Laura dachte unwillkürlich an Mariannes drei Söhne. Wo immer sie auftauchten, herrschte binnen weniger Minuten Unruhe und ein Lärmpegel, der ihr schnell zuviel wurde. Jetzt, da sie dieses stille Mädchen betrachtete, sagte ihr die Lebhaftigkeit der drei Burschen eindeutig mehr zu.

»Wie läuft es in der Arbeit?«, erkundigte sich Alexandra. Für Laura klang es nach der Einleitung zu einem Small Talk. Sie wusste nicht recht, was sie davon halten sollte. Alexandra hatte sich zweifelsohne aufrichtig gefreut, als sie sie schließlich angerufen und ihr ein Treffen vorgeschlagen hatte. Die Einladung nach Salzburg war spontan und aus tiefstem Herzen erfolgt, daran hatte der Gesprächsverlauf keinen Zweifel gelassen. Umso irritierender war es, dass sich Alexandra jetzt, da sie nach Salzburg gekommen war, wieder genauso verunsichert gab wie bei ihrer Begegnung im Gerichtsgebäude.

»Eigentlich ganz gut«, antwortete Laura daher ausweichend. Alexandras Auftreten verwirrte sie. Es stand im Kontrast zu der selbstbewussten Persönlichkeit, als die sie sie kennen gelernt hatte. Wieder hatte sie das starke Gefühl, dass sie sich in Wahrheit völlig fremd waren.

»Das freut mich für dich«, erwiderte Alexandra. »Allerdings bin ich auch überrascht. Ich kann mich noch gut erinnern, wie du unter deiner Chefin gelitten hast.«

»Ich bin nicht mehr im Karolinum«, klärte sie Laura auf und genoss einen Moment lang Alexandras überraschtes Gesicht. In groben Zügen berichtete sie ihr, was sich beruflich getan hatte. »Die Leute dort sind nett, aber es ist kein Traumjob«, schloss sie ihren Bericht. »Es ist sicher nichts für alle Ewigkeit.«

»Ich staune!« Ein unergründliches Lächeln umspielte Alexandras Lippen. »Ich habe nicht erwartet, dass du im Karolinum doch einmal einen Schlussstrich ziehst.«

»Wie gesagt, es ist nur Teilzeit«, erwiderte Laura. »Aber das ist im Augenblick ganz gut. Ich überlege, ob ich mich im Herbst nicht wieder immatrikuliere und nebenbei meine Doktorarbeit schreibe. Ich wollte das schon immer, aber ...«

Sie verkniff sich den Rest des Satzes. Sie wollte nicht gleich wieder Mutter ins Spiel bringen und war dankbar, dass der Ober mit den Getränken und dem Eis kam.

»Wenn du derzeit nur Teilzeit arbeitest, hättest du ja auch gestern kommen können. Dann hätten wir mehr Zeit gehabt.«

»Donnerstags muss ich arbeiten.« Laura wusste nicht recht, was sie von Alexandras Bemerkung halten sollte. Sie war am Freitagnachmittag angekommen und würde bis Sonntag bleiben. Für ein Treffen nach so langer Zeit war dies sicher ein angemessener Zeitraum.

»Ich bin jedenfalls sehr froh, dass du überhaupt gekommen bist«, sagte Alexandra. »Nachdem du dich nicht selbst bei mir gemeldet hattest und auch nicht ans Telefon gegangen bist, war ich mir ziemlich sicher, dass du sowieso nichts mehr mit mir zu tun haben willst.«

Laura schwieg und starrte in ihre Limonade.

»Mami.« Emily schob Alexandra ihren Eisbecher hin. Die zwei Kugeln, die sich noch im Becher befanden, waren dabei, sich zu verflüssigen. »Meine Hände sind ganz voll!« Kläglich streckte Emily ihrer Mutter die Handflächen entgegen. An ihren Fingern klebten Reste von Schokoeis. Alexandra nahm eine Serviette und versuchte sie abzuwischen, gab aber bald auf. »Du musst Hände waschen, Mausi. Geh einfach geradeaus durch bis zu der grünen Tür, da ist die Toilette.«

»Mami!« Emilys Gesicht verzog sich zu einer weinerlichen Grimasse. »Kommst du mit?«

»Nein, Mausi. Das schaffst du auch allein. Du warst hier schon oft.«

Emily blieb stehen. Ihre Unterlippe begann zu zittern.

»Mami«, wiederholte sie flehend.

»Nein, das schaffst du alleine.« Alexandra blieb unerbittlich. Schließlich trottete die Kleine davon. Laura sah ihr nach.

»Sie war nicht immer so.« Alexandra schien ihre Gedanken erraten zu haben. »Sie hat eine schwere Zeit hinter sich. Es ist ja sehr viel passiert, und verständlicherweise war es ziemlich schlimm für sie, als ich plötzlich fort war. Und dann der Medientrubel der vergangenen Monate ... Emily geht in Salzburg zur Schule. Es wurde in den Elternhäusern ihrer Mitschüler ziemlich hässlich über uns geredet, und Kinder sind sowieso unerbittlich – auch wenn sie nur nachquatschen, was sie von ihren Eltern aufschnappen.«

»Letztendlich hat sich ja alles zum Guten gewendet«, stellte Laura fest. »Die Medien haben dich am Schluss immerhin als eine Art Heldin in dieser ganzen Finanz-Causa gefeiert. Weiblicher Robin Hood, haben sie geschrieben.«

»Ja.« Alexandra rührte nachdenklich in ihrem letzten Rest Kaffee. »Viele Anleger haben jetzt zumindest ihre Investitionssumme wieder. Dafür habe ich meine Firma geopfert und stehe jetzt beruflich vor dem Nichts. – Aber bevor du mich jetzt für Mutter Theresa hältst, muss ich dir ehrlich sagen, dass ich das nicht ganz freiwillig getan habe. Im Grunde hatte ich nur die Wahl, mit den Behörden voll und ganz zu kooperieren und Steinfels Immo zu opfern, um aus dieser Misere unversehrt herauszukommen.«

»Irgendwo habe ich gelesen, dass du doch sowieso vor hattest, den Skandal an die Öffentlichkeit zu bringen«, warf Laura ein. »Und dass dein Mann dich daran hindern wollte. Was im Endeffekt dann deinen Gedächtnisverlust zur Folge hatte.«

»Natürlich wollte ich von Anfang an zur Aufklärung beitragen. Aber ich wollte ganz sicher nicht meine eigene Firma opfern!« Alexandra warf ihr Haar in den Nacken. »Ich habe diese Firma mühsam aufgebaut. Ich habe sie absichtlich beizeiten aus Siberius Funds ausgegliedert. Leider gab es dennoch Verflechtungen.«

»Wusstest du tatsächlich nicht, dass dein Mann und sein Geschäftspartner krumme Geschäfte abzogen?«

Alexandras Blick ging durch sie hindurch. Erst nach einigen Sekunden, die Laura wie eine Ewigkeit schienen, rang sie sich zu einer Antwort durch. »Dazu möchte ich im Augenblick nichts sagen.«

Toll, ging es Laura durch den Kopf. Das ist also mein Wochenende mit der Führungsspitze von Österreichs größtem Anlagebetrug.

Das Mozart-Denkmal, Mozarts Geburtshaus, der Dom, Schloss Hellbrunn, die Festung Hohensalzburg – Laura war noch nachträglich davon fasziniert, dass es Alexandra gelungen war, sie innerhalb von nur drei Stunden mit den wichtigsten Salzburger Sehenswürdigkeiten vertraut zu machen. Da sie noch nie zuvor in der Stadt gewesen war, nahm sie die neuen Eindrücke interessiert auf. Trotzdem war sie froh, als sie gegen acht Uhr abends in einem gemütlichen Landgasthof in Salzburg-Anif einkehrten. Ihr taten die Füße weh, vor allem deshalb, weil ihre Sandaletten für längere Märsche nicht geeignet waren.

Das Essen schmeckte köstlich und der Platz unter dem Kastanienbaum war äußerst idyllisch. Trotzdem fühlte sich Laura nicht völlig entspannt. Alexandra wirkte ernst und zurückhaltend, keineswegs so kämpferisch und entschlossen, wie sie einige Medien sie beschrieben hatten. Am meisten machte Laura jedoch zu schaffen, Alexandra als Mutter zu erleben.

Wenn Mariannes Buben um sie herumtobten, war ihr dies ziemlich egal. Trotz Alexandras Erklärungen zu Emilys Verhalten irritierte es sie, dass das Mädchen weiterhin ihren Blick mied und sich ausschließlich mit seiner Mutter unterhielt. Die meiste Zeit saß Emily aber schweigend dabei und schien jedes Wort aufzusaugen, das sie wechselten. Auf der Rückfahrt in die Stadt schlief sie ein.

Alexandra schleppte ihre schlafende Tochter vom Parkplatz zum Haus und hinauf in die Wohnung, zog sich mit ihr sogleich ins Schlafzimmer zurück und ließ Laura mit den Worten »Ich komme gleich, mach es dir bequem!« in der Küche zurück.

Laura ließ sich an dem grün lackierten Tisch nieder und schaute durch das kleine Fenster nach draußen auf den Platz. Es war bereits dunkel, doch waren immer noch viele Leute unterwegs. Ein paar Jugendliche hatten offenbar schon etwas zu viel getrunken, denn sie unterhielten sich lautstark und grölten umher.

»Die zentrale Lage hier hat auch ihre Nachteile.« Alexandra stand hinter ihr. »Magst du ein Glas Wein?«

»Gerne.«

Sie hatte sich so gewünscht, endlich mit ihr alleine zu sein. Jetzt, wo der Moment da war, hatte sie ein mulmiges Gefühl im Bauch.

Vielleicht war es doch keine so gute Idee gewesen, sich

wieder zu treffen. Vielleicht waren manche Dinge im Leben einfach unwiderruflich vorbei. Jedenfalls konnte sie sich im Augenblick überhaupt nicht vorstellen, dass die schlanken Hände, die ihr wenig später ein Weinglas reichten, ihr zärtlich über den nackten Körper gestrichen hatten.

»Zum Wohl. Auf unser Wiedersehen.« Sie stießen an.

Der Wein schmeckte kräftig und herb.

»Das ist eine steirische Besonderheit. Ein Chardonnay, gereift auf vulkanischem Boden bei mediterranem Klima, von einem aufsteigenden, aber schon preisgekrönten Winzer aus der Region.«

»Mit Wein kennst du dich ja wirklich aus«, meinte Laura. »Ich habe gelesen, du warst Sommelière.«

Alexandra nahm auf dem Stuhl ihr gegenüber Platz und stellte ihr Weinglas ab.

»Du hast sicher noch viel mehr gelesen als das.« Ihr Tonfall klang ernst.

»Ja«, bestätigte Laura. »Es war nicht möglich, die Berichte zu ignorieren.«

Alexandra sah sie direkt an.

»Und? Was denkst du jetzt?«

»Ich weiß nicht.« Laura wandte ihren Blick ab. »Ich kenne dich im Grunde nicht wirklich ... ich meine, so wie du wirklich bist. Ich kenne nur Tosca.«

»Tosca und Alexandra haben viel gemeinsam«, erwiderte Alexandra. »Das wirst du bemerken, wenn du Alexandra näher kennenlernst.« Sie machte eine Pause, suchte Lauras Blick. »Vorausgesetzt, du willst das überhaupt«, setzte sie dann hinzu.

Als Laura nichts darauf erwiderte, ergriff sie erneut das Wort.

»Du hast mich vorher gefragt, ob ich von den schrägen Geschäften von Bernd und Albert wusste. Ich wollte dieses Thema vorher nicht in einem belebten Café diskutieren. Fakt ist, dass das Konzept zu Siberius Funds tatsächlich von mir stammt. In Zeiten, in denen die staatliche Pension auf wackligen Beinen steht und die Aktienkurse kontinuierlich steigen, lassen sich Fondsprodukte für Kleinanleger äußerst gut verkaufen. Alle haben Angst, in der Pension zu verarmen – vom einfachen Gärtner bis hin zum Geschäftsinhaber eines größeren Handwerksbetriebs.

Als wir vor zehn Jahren angefangen haben, hatten die meisten keine oder nur wenig Ahnung vom Geschehen an den Börsen, Aktien und Fonds. Die Wirtschaft florierte, die Aktien stiegen. Wir hatten mit Albert zwar einen einigermaßen finanzkräftigen Partner, aber für ein so großes Unterfangen, wie wir es planten, nicht finanzkräftig genug. Denn wir wollten unter den ganz Großen mitspielen. Wir wussten, dass wir das Geld der Anleger anfangs nicht vollständig in die Fonds würden investieren können; wir brauchten das Geld, um weiter zu expandieren. Unsere Vertriebspartner arbeiteten auf Provision. Damit sie vorrangig unsere Investmentprodukte verkauften, mussten wir sie überdurchschnittlich zahlen. Das geschah alles von den Einzahlungen der Kunden.

Offiziell galten die Kundengelder immer als Sondervermögen, das heißt, als Geld, das nicht im Umsatz und damit auch nicht in der Bilanz aufscheint. Es war ja nicht unser Geld, sondern galt offiziell als investiert. Ein komplexes Konstrukt aus verschiedenen Verbindungen verhinderte, dass uns irgendwelche Aufsichtsbehörden auf die Schliche kommen konnten. Es war immer der Plan, auf den legalen Weg zurückzukehren, sobald wir genug Kundengelder lukriert hätten und sich das System rechnen würde. Wir sahen das nur als Übergangslösung, um Startkapital zu beschaffen.« Sie seufzte. »Das hätte auch funktioniert, wenn sich die Kurse weiterhin gut entwickelt hätten. Leider war dem bekanntlich nicht so. Mit der eintretenden wirtschaftlichen Flaute wollten immer mehr unserer Anleger auf ihr Geld zurückgreifen – inklusive der bisherigen Wertentwicklung. Wir konnten aber nicht auszahlen, denn das Geld war entweder durch teure Werbemaßnahmen verbraucht worden, oder es steckte in anderen Projekten, die eine hohe Wertentwicklung bei hohem Risiko versprachen. Ich sah damals noch Chancen, ungeschoren aus der Angelegenheit herauszukommen. Es hätte da die Möglichkeit gegeben, Gelder aus diesen besagten Projekten freizumachen und umzuschichten, Anleger weitgehend auszuzahlen und dann Konkurs anzumelden. Wir wären damals nicht die erste Fondsgesellschaft gewesen, die wirtschaftlich ins Straucheln geriet. Das wäre gewiss nicht weiter hinterfragt worden. Aber Bernd und Albert bissen sich daran fest, Siberius Funds weiterzuführen – in der gehabten Art und Weise. Darum stieg ich aus und gründete Steinfels Immo.«

»Aber du hast es damals schon gewusst«, hielt Laura fest.

Alexandra nahm einen großen Schluck Wein.

»Ich habe mich nicht mehr weiter darum gekümmert«, sagte sie. »Emily ... sie hatte damals gesundheitliche Probleme. Ich wusste einige Zeit nicht, ob sie überhaupt überleben wird. Sie wurde vor einigen Jahren am Herzen operiert, zweimal. Ich hatte andere Prioritäten, als mich um die Geschäfte eines Mannes zu kümmern, der mir schon damals nichts mehr bedeutete.«

»Aber trotzdem hast du Steinfels Immo unter dem Dach von Siberius Funds gegründet, anstatt dich völlig abzuseilen.«

»Weil es nicht anders ging. Ich müsste jetzt sehr ins Detail gehen, um dir die finanztechnischen Hintergründe zu erläutern.«

Laura zeichnete mit ihrem Fingernagel gedankenverloren einen Kratzer in der Tischplatte nach. Sie versuchte zu verarbeiten, was sie erfahren hatte.

»Ich bin keine Heilige«, sagte Alexandra. »Ich habe das auch nie für mich in Anspruch genommen, in keinem Bereich meines Lebens.«

Laura hob den Kopf.

»Ganz sicher nicht«, entfuhr es ihr. »Du hattest auch ein wirklich reges Sexualleben.«

Alexandra verzog das Gesicht. »Richtig«, sagte sie dann. »Ich hatte geahnt, dass dich das beschäftigt. In dieser Hinsicht sind wir eben sehr unterschiedlich.«

Das Schweigen hing schwer im Raum.

Alexandra griff nach dem Wein und schenkte ihnen beiden nach. Sie seufzte.

»Lehnst du mich deshalb ab?«

»Ich lehne dich nicht ab.«

»Doch. Ich spüre, dass du das tust. Du bist ganz anders als früher.«

»Wie denn?«

»So unzugänglich. Du hast mir nur deine Arbeit geschildert, aber nicht wirklich davon erzählt, wie es dir geht. Innerlich, meine ich.«

»Innerlich«, wiederholte Laura und starrte in ihr Weinglas. »Was willst du denn hören? Dass ich geheult und gelitten habe?«

Alexandra schaute hinaus in die Dunkelheit.

»Das meine ich«, sagte sie dann. »Du hast dich total verändert.«

»Es ist viel passiert.« Laura kratzte mit ihrem Fingernagel am Etikett der Weinflasche. Alles war besser, als Alexandra direkt anzusehen. Als Alexandra nichts darauf erwiderte, sagte sie in die Stille hinein: »Ich gehe jetzt regelmäßig in eine Coming-out-Gruppe.«

»Du gehst *was?*« Alexandra starrte sie mit großen Augen an. »Du nimmst mich auf den Arm, oder?«

Laura musste angesichts ihres entsetzten Gesichts kichern.

»Doch. Ich diskutiere mit fünfzehn- bis dreiundzwanzigjährigen Frauen darüber, warum es schöner ist, mit Frauen zu schlafen.«

Alexandras Mund verzog sich erstmals seit ihrem Umtrunk zu einem schiefen Lächeln.

»Das dürfte wohl kaum viel Diskussionsstoff geben, nachdem ihr sicher alle einer Meinung seid. – Ich meine, wieso gehst du da hin? Du weißt doch, was du magst, warum brauchst du dafür eine Art Selbsthilfegruppe?«

»Weil es mir gut tut«, stellte Laura klar. »Und weil ich dadurch Frauen kennenlerne.«

»Teenager?« Alexandra zog ihre Augenbrauen hoch und lächelte süffisant.

»Zum Beispiel«, bestätigte Laura, ohne auf ihren Sarkasmus einzugehen. »Aber auch etwas ältere, interessante Frauen.«

»Aha.« Das Lächeln aus Alexandras Gesicht verschwand. Sie nippte an ihrem Weinglas, wie um Zeit zu gewinnen. »Das heißt, du bist sehr beschäftigt.«

Laura hatte den Eindruck, eine leichte Kränkung aus ihren Worten herauszuhören. »Hast du nie daran gedacht, dich einer Gruppe anzuschließen?«

»Bitte?« Alexandra runzelte die Stirn. »Wieso denn? – Ich weiß, was ich will und warum ich es will, ohne dass ich es mit anderen Frauen lang und breit diskutiere.«

Und was willst du?, lag es Laura auf der Zunge. Doch ihr Mut war nicht groß genug, um die Frage direkt zu stellen. Zudem stand ihr ihre eigene Unsicherheit bezüglich dessen, was sie von Alexandra wollte, bei dieser direkten Wahrheitsfindung entschieden im Weg.

»Hattest du vor Betty schon andere Freundinnen?«

»Betty war nicht meine Freundin. Ich meine, natürlich war sie eine Freundin, aber nicht in *dieser* Hinsicht. Sie war nur eine Affäre, weiter nichts.«

Wie ich, dachte Laura. Unkompliziert und unverbindlich.

Sie kratzte weiter am Etikett der Weinflasche.

»Aber um deine Frage zu beantworten: Betty war die erste Frau, mit der ich geschlafen habe. Es ergab sich einfach so; wir haben dem keine weitere Bedeutung beigemessen. Wir waren beide neugierig, wie es ist, weiter nichts.«

»Und wie war es für dich? Eine neue Erfahrung? Eine Alternative, wenn es mit Männern gerade langweilig ist?« Laura konnte nicht verhindern, dass es jetzt ihre Stimme war, die sarkastisch klang.

Alexandra ging nicht darauf ein. »Ich glaube, da von Alternativen zu sprechen, ist nicht passend«, meinte sie ernst. »Letzten Endes kommt es immer darauf an, welches Verhältnis man zu dieser Person hat. Ob es nur ein Abenteuer ist, ob man Gefühle für sie hat … ob man sie liebt. Egal, ob es sich um einen Mann handelt oder eine Frau.«

Sie erhob sich und stellte ihr Weinglas und die Flasche auf den Küchentisch. »Gehen wir ins Bett. Ich bin müde. Morgen ist auch noch ein Tag.«

Laura blieb sitzen. Sie hatte wesentlich mehr Wein getrunken als Alexandra. Ihr war schwindlig, und ihre Zunge war plötzlich locker und frei.

»Es klingt seltsam, wenn ausgerechnet du von Liebe sprichst«, meinte sie. »Ich kann mir nicht vorstellen, dass du überhaupt jemanden wirklich lieben kannst.«

Alexandra nahm ihr Weinglas und kippte den letzten Schluck ins Spülbecken. »Es tut ziemlich weh, wenn du so etwas sagst.«

Laura stand auf und ging ins Badezimmer. Sie fühlte sich enttäuscht und verletzt und wusste nicht einmal, weshalb. Schließlich war sie in diesem Fall die Verletzende gewesen.

Als sie das Badezimmer verließ, hatte ihr Alexandra in Emilys Zimmer das Bett frisch überzogen. Die Schlafverhältnisse waren klar: Emily lag bereits in Alexandras Doppelbett. Es war offensichtlich nicht vorgesehen gewesen, dass sie das Bett mit ihr teilte.

Die Enttäuschung in Laura wurde zu einer tiefen Traurigkeit.

Ich hätte nicht hierher kommen sollen, war ihr letzter Gedanke, ehe ihr die Augen zufielen.

Das Waldbad Anif lag zwischen hohen Bäumen am Stadtrand von Salzburg. Vom Parkplatz und der Eingangskassa aus mussten sie ein ganzes Stück um den kleinen See wandern, ehe sie auf der Liegewiese ankamen. Die Plätze auf dem Holzsteg direkt am See waren bereits alle besetzt.

Alexandra ging zügig weiter. Als sie um die Kurve bogen, sah Laura, dass noch einer weiterer See existiert. Hier gab es keine Schwimminseln im Wasser und keinen Holzsteg, aber noch viel Liegefläche auf dem begrünten Uferstück. Alexandra stellte die Badetasche unter einer schattigen Buche ab und breitete sogleich die Decke aus.

Plötzlich hielt sie inne und sah Laura kurz an.

»Ich hoffe, hier gibt es dir nicht zu viel Schatten. Emily und ich bräunen nicht besonders gut.«

»Nein, ist okay«, erwiderte Laura und rollte die Badematte aus, die ihr Alexandra in den Arm gedrückt hatte.

Seit sie aufgestanden war, suchte sie nach einem geeigneten Zeitpunkt, sich für ihre gestrige Bemerkung zu entschuldigen. Doch wie schon am Tag zuvor klebte Emily wie eine Klette an Alexandra, was es unmöglich machte, das Thema anzuschneiden.

Auch Alexandra hatte bisher kein Wort darüber verloren. Sie war freundlich, aber es ging eine gewisse Distanz von ihr aus. Schon hatte sie sich auf der Decke ausgestreckt. Emily lag neben ihr und blätterte in einem Heft mit vielen bunten Bildern. Laura bemühte sich, nicht zu oft in ihre Richtung zuzuschauen. Alexandra trug einen knappen schwarzen Bikini und sah in ihren Augen unglaublich sexy aus.

»Mami. Ich will ins Wasser.«

Alexandra rappelte sich seufzend auf. »Jetzt schon? – Wenn es sein muss.«

Laura sah den beiden zu, wie sie die leicht abschüssige Böschung zum See hinunter gingen und sich ins Wasser stürzten. Bald schallte Emilys vergnügtes Jauchzen über den gesamten See, und Laura nahm überrascht zur Kenntnis, dass dieses stille Kind auch andere Seiten hatte. Emily jagte dem Wasserball nach, den Alexandra schwungvoll in Richtung Seemitte warf, und schwamm dabei wie eine Nixe. Ihre hauptsächliche Aufmerksamkeit galt allerdings ihrer Mutter, die kurz untertauchte, prustend wieder hochkam und beim Spiel mit ihrer Tochter gelöst und glücklich wirkte.

Laura fühlte sich in diesem Moment sehr allein und sehr unglücklich. Irgendwie lief das alles nicht so, wie sie sich insgeheim erhofft hatte. Sie hatte schließlich von Vornherein gewusst, dass sie nicht einfach auf ganz normale, platonische Art und Weise mit dieser Frau befreundet sein konnte. Warum fiel es ihr so verdammt schwer, sich einzugestehen, dass sie noch immer sehr viel für sie empfand?

Laura stand auf und stieg ebenfalls die Böschung hinab zum Wasser. Sie steckte den Fuß in das Nass, zog ihn aber sogleich zurück. »Das ist ja eiskalt!«

Alexandra, die einige Meter vor ihr im Wasser strampelte, lachte herzhaft. »Sechzehn Grad. Wenn du dich einmal überwunden hast, ist es sehr erfrischend!«

Laura biss die Zähne zusammen und stürzte sich in den See. Das kalte Wasser raubte ihr fast den Atem. Halbherzig beteiligte sie sich an dem Wasserballspiel, in das sie Mutter und Tochter prompt verwickelten. Emily warf ihr sogar den Ball zu und zeigte dabei erstmals etwas Interesse an ihrer Person. Als jedoch ein kleines Mädchen am Seeufer auftauchte und ihr fröhlich zuwinkte, waren plötzlich weder Alexandra noch Laura, noch der Wasserball länger von Interesse. Emily hatte es nun sehr eilig, ans Ufer zu kommen.

»Mami. Darf ich mit Anna mitgehen?«

»Ja. Wenn du vorher den nassen Badeanzug ausziehst und mir versprichst, nicht ohne Erwachsenen ins Wasser zu gehen, meinetwegen.«

»Versprochen!« Schon zogen die beiden Mädchen ab.

»Anna ist eine Schulfreundin«, erklärte Alexandra. Sie legte sich flach auf den Rücken und ließ sich treiben.

»Mit ihr ist sie gar nicht schüchtern.«

Alexandra machte ein paar Schwimmzüge auf sie zu.

»Wenn sie dich einmal besser kennt, wird das auch anders. Du wirst dir dann dieses ruhige, brave Kind sehnlichst zurückwünschen.«

Sie schwammen einige Längen nebeneinander her. Alexandra steuerte etwas abseits von der Einstiegstelle aufs Ufer zu. Das Wasser war hier viel klarer; Laura konnte die Steine am Seegrund sehen. Ein Schwarm kleiner Fische zog an einer Wasserpflanze vorbei.

Laura atmete tief durch. Jetzt oder nie.

»Alexandra. Wegen gestern ... was ich gesagt habe, das tut mir leid.«

Alexandra drehte sich zu ihr um. »Irgendwann musstest du ja deine gesamte Wut auf mich herauslassen.«

»Ich meine, im Grunde kann ich nicht beurteilen, wen du liebst oder geliebt hast. Oder ... ich weiß nicht.« Laura merkte, dass sie dabei war, sich zu verzetteln.

»Ich nehme zurück, was ich gestern gesagt habe«, erwiderte Alexandra. Mit zwei großen Schwimmzügen war sie bei Laura und stellte sich dicht vor sie. Nur eine Handspanne trennte ihre Körper voneinander. Laura war sich bewusst, dass ihre plötzliche Gänsehaut nicht vom kalten Wasser kam. »Du hast dich im Wesentlichen nicht geändert. Du bist immer noch ein sehr komplexes Wesen. Vielleicht ist es genau das, was mich an dir so reizt.«

Sie fühlte, wie sie in einer Woge von Glück versank, als sie Alexandras warmen Atem auf der Haut spürte und deren Hand, die sich unter Wasser auf ihren Bauch legte. Sie schloss die Augen, als Alexandras Finger langsam abwärts zu wandern begannen. Vorsichtig machte sie einen Schritt nach vorne, so dass sich ihre Körper berührten, und legte ihren Kopf auf Alexandras nasses Dekolletee. Sie hörte ihr Herz. Es schlug genauso schnell wie das ihre. Alle Vorbehalte ihr gegenüber waren in diesem Moment vergessen.

Eine Gruppe von Teenagern stürmte unweit von ihnen mit lautem Gejohle ins Wasser. Alexandra zog ihre Hand zurück.

»Gehen wir raus«, sagte sie leise. »Mir wird allmählich kalt.«

»Mir nicht«, erwiderte Laura und lächelte sie zaghaft an. Ihr Herz schlug Purzelbäume, als Alexandra ihr Lächeln erwiderte. Sie trockneten und wärmten sich in der Sonne, die durch das lose Blattwerk der Buche fiel. Doch der Abstand zwischen ihnen schien Laura jetzt viel zu groß. Sie wartete und hoffte auf eine weitere Geste, ein Wort oder einen Blick, der ihr endgültig bestätigte, was sie sich erhoffte: dass auch bei Alexandra mehr vorhanden war als der Wunsch nach bloßer Freundschaft. Doch die lag mit geschlossenen Augen auf dem Bauch und bewegte sich nicht.

Mit jeder Minute, die Laura länger auf dieser Matte lag, Alexandra in greifbarer Nähe neben sich, aber doch unerreichbar, wuchs die Unruhe in ihr. Nach einiger Zeit hielt sie es nicht mehr aus. Entschlossen packte sie ihr Handtuch und ließ sich direkt neben ihr nieder. Alexandra öffnete kurz die Augen, schloss sie aber sogleich wieder.

Verdammt, dachte Laura und wünschte sich verzweifelt, mit mehr Eloquenz ausgestattet zu sein. Vieles zwischen ihnen musste endlich ausgesprochen werden, damit eine Annäherung auf gleicher Ebene möglich war. Versonnen betrachtete sie Alexandras Rücken. Die Erinnerung an diesen schönen Körper in ihren Armen war übermächtig. Zaghaft streckte sie die Hand aus. Vorsichtig ließ sie ihren Zeigefinger über Alexandras Rücken gleiten, zeichnete ihr Rückgrat nach, ließ die Finger wieder nach oben wandern, malte kleine Kreise zwischen die Schulterblätter. Schließlich setzte sie sich auf, strich erneut Alexandras Rücken hinab und ließ die Hand schließlich auf ihrem Po ruhen, dort, wo das Höschen endete und nackte Haut freigab.

Alexandra, die bis dahin reglos und mit geschlossenen Augen vor ihr gelegen hatte, fuhr abrupt auf.

»Laura, lass das!«

»Tosca mochte das. Alexandra nicht?« Laura lächelte zaghaft und strich ihr mit dem Finger über den nackten Arm. Alexandra griff nach ihrer Hand und hielt sie fest.

Ihre Augen blitzten.

»Du weißt genau, dass ich es mag«, sagte sie leise und sah sich nach allen Seiten um. »Aber wir sind hier in einem öffentlichen Bad! Salzburg ist wie ein größeres Dorf. Jeder kennt so ziemlich jeden. Ich lebe hier!«

»Und du amüsierst dich über mich, weil ich in eine Coming-out-Gruppe gehe! Das lernt man da nämlich zum Beispiel, zu seinen Neigungen zu stehen, und zwar auch in der Öffentlichkeit!«

Alexandra schlang die Arme um ihre angezogenen Knie. »Darum geht es doch gar nicht. Ich stehe sehr wohl zu dem, was ich tue.«

»Was ist es dann?« Lauras Hoffnung auf die Erfüllung ihrer Sehnsüchte sank. Sie dachte an all die Zeitungsartikel, in denen Alexandras Liebesleben beschrieben worden war, und fühlte, wie die Beklommenheit in ihrem Herzen, mit der sie in der Früh erwacht war, wieder zurückkehrte. Was bedeuteten schon ein paar vertraute Berührungen? – Für eine Frau wie Alexandra, die sexuelle Abenteuer am laufenden Band hatte, sicher weit weniger als für sie selbst. »Bin ich dein Geheimnis, oder wie hast du dir das gedacht?«

»Laura.« Alexandra wurde sehr ernst. »Sei froh, dass du bisher mein Geheimnis bist. Wenn du es nämlich nicht wärst, hätte dein Name sicherlich in einer Reihe mit meinem Mann, Albert und Betty gestanden, und zwar in all diesen Schmierblättern, die sich in den letzten Wochen so intensiv mit meinem Liebesleben befasst haben! Es ist alles andere als erbaulich, wenn dein eigener Ehemann nicht einmal davor zurückschreckt, dich töten zu wollen, und du wochenlang nicht weißt, wer du bist. Wenn du dann ausbügeln musst, was dein Mann und dein Freund aus Habgier und Selbstüberschätzung angerichtet haben, und wenn du dazu auch noch in der Öffentlichkeit nahezu zerlegt wirst. Es gab Zeiten, da wurde ich hier in einigen Cafés nicht einmal bedient! Natürlich, denn ich war ja die böse reiche Frau, die den armen Leuten ihr Geld aus der Tasche gezogen hat. Jetzt hat sich das Blatt zum Glück wieder gewendet.« Sie fuhr sich mit der Hand über die Augen. »Was dich betrifft, Laura … es verging fast kein Tag, an dem ich nicht an dich gedacht hätte. Wie ich dir schon sagte: Es gab viele Momente, da hätte ich dich liebend gerne angerufen … nur um deine Stimme zu hören. Ich habe mir sehr oft gewünscht, einfach jemanden zum Reden zu haben. Aber spätestens dann, als du mir das Geld zurückgeschickt hast, wusste ich, dass du keinen Kontakt mehr zu mir wolltest. Ich hatte nicht einmal damit gerechnet, dass du zum Gerichtstermin erscheinst, um deine Aussage zu machen.«

»Ich musste ja kommen«, wandte Laura ein. »Das stand auf der Vorladung.«

Alexandra überging ihren Einwurf. »Jetzt bist du hier, und ich habe im Moment keine Ahnung, was du wirklich willst. Seit du hier bist, gibst du mir kontinuierlich zu verstehen, was für ein gewissenloser Unmensch ich bin, um dann wieder die Hoffnung in mir zu wecken, dass du mich doch gern hast … auf irgendeine Art und Weise …«

Sie brach ab und strich sich ihr Haar aus der Stirn.

»Ist ja auch egal«, sagte sie dann dumpf.

Die plötzliche Verletzlichkeit in ihren Gesichtszügen traf Laura mitten ins Herz. Wenn hier jemand ein Unmensch ist, dann wohl ich, schoss es ihr schuldbewusst durch den Kopf. Warum fiel es ihr so verdammt schwer zu akzeptieren, dass Tosca nicht in allen Punkten dem entsprach, was anscheinend Alexandra ausmachte?

»Ich habe das Gefühl, dich gar nicht richtig zu kennen«, brach es schließlich mit kratziger Stimme aus ihr hervor. »Du bist mir fremd und vertraut zugleich … Ich weiß nicht, wie ich damit umgehen soll.«

Alexandra erwiderte nichts. Sie saß noch immer unbewegt neben ihr, die Arme um die Knie geschlungen, die Gesichtszüge regungslos.

»Mit jeder Zeile, die ich über dich gelesen habe, habe ich mich schlechter gefühlt.«

Nun hob Alexandra den Kopf. Auf ihrer Stirn zeichneten sich steile Falten ab. Laura zwang sich, weiterzusprechen. Sie hatte begonnen, ihre Gefühle offenzulegen, und sie wollte es durchziehen. Wenn sie es jetzt nicht aussprach, dann würde sie gewiss nie wieder den Mut dazu haben.

»Ich habe mich gefragt, warum du mit mir geschlafen hast. Was du an mir findest. Ob du überhaupt je an mir etwas gefunden hast. Ich meine ... du hast damals diesen Satz gesagt, den mit den zwei verschiedenen Welten ...«

»Ich habe dir schon damals gesagt, dass diese Worte anders gemeint waren, als sie offenbar bei dir angekommen sind.«

Laura erwiderte nichts. Sie starrte auf den See vor ihnen, ohne die Landschaft bewusst wahrzunehmen. In ihrem Inneren herrschte ein einziges Chaos an Empfindungen. Alexandra würde niemals eine platonische Freundin von ihr werden können, das war ihr nun völlig bewusst geworden.

»Als ich bei dir wohnte, wusste ich schließlich nicht einmal, wer ich selbst war«, ergriff Alexandra nach einer langen Phase des Schweigens wieder das Wort. »Mein Leben war ohne Struktur, ohne Wurzeln ... ein Leben, das sich nur in der Gegenwart abspielte. Das einzige, was mir Halt gegeben hat, warst du! Ohne dich hätte ich irgendwann nicht mehr die Kraft gehabt, aufzustehen. Ich war überzeugt davon, nie wieder mein Gedächtnis zurückzuerlangen. Die Vorstellung, ohne Vergangenheit zu leben und nie meinen richtigen Namen zu erfahren, hat mich zeitweise innerlich fast umgebracht. Ich hatte keine Energie mehr, konnte mich nicht konzentrieren. Das ist wahrscheinlich auch der Grund, weshalb ich wochenlang Zeitungen gewälzt habe, aber dabei sämtliche Hinweise auf meine Vergangenheit übersehen konnte.«

Laura sah Alexandra vor sich: im Lehnstuhl ihrer Mutter sitzend und mit leerem Blick vor sich hinstarrend.

»Dass ich bei dir, *mit* dir leben konnte, für dich kochen, den Haushalt machen konnte und wir über alles Mögliche geredet haben, das hat mich letztendlich immer wieder aufgerichtet. Du warst die einzige Stütze für mich.« Alexandra schluckte. »Mir wurde erst nach meiner Rückkehr in mein wirkliches Leben bewusst, wie wohl ich mich mit dir gefühlt habe.« Sie senkte die Stimme, sah Laura noch immer nicht an. »Du bist der erste und einzige Mensch in meinem Leben, der mir uneingeschränkt gegeben hat, ohne irgendetwas dafür zu verlangen.«

Die Welt um Laura war mit einem Mal sehr still. Das fröhliche Kreischen der im Wasser spielenden Kinder, die lärmenden Teenager, das schrille Handyläuten aus der Badetasche ihres Platznachbarn – sie nahm all das nicht mehr war.

»Aber ich glaube, du hast dir dein Urteil über mich in den letzten Wochen schon gebildet. Und daher ist es jetzt ohnehin völlig egal, was ich sage oder was ich tue.«

Laura sah die Träne in Alexandras Auge glitzern, noch ehe sie mit dem Handrücken fortgewischt wurde. Skepsis und Widerstand brachen zusammen wie ein Kartenhaus.

»Nein. Ist es nicht.« Laura rutschte dicht heran und legte sanft den Arm um Alexandra. Ihr Herz bebte. Vorsichtig ließ sie sich gegen deren Schulter sinken. Eine Weile saßen sie schweigend da, Wange an Wange. »Ich bin mir doch auch nicht sicher, was du von mir willst«, flüsterte Laura dann.

Alexandra sah sie direkt an, sehr lange und so intensiv, bis Laura das Anifer Waldbad, die Leute um sich herum und all den Schmerz der letzten Monate vergaß und in Alexandras grauen Augen versank. Wie in Trance nahm sie wahr, dass Alexandra ihr den Arm um den Nacken legte, sie an sich zog, ihre Lippen näherte …

»Mami, kann ich ein Eis haben?«

Alexandra fuhr zurück. Laura riss die Augen auf.

Vor ihnen stand Emily. Sie bedachte Laura mit einem kurzen, skeptischen Blick. Laura fühlte sich regelrecht ertappt. An dieses Kind würde sie sich wirklich erst gewöhnen müssen.

Nach dem Abendessen war Emily mit einer bunt bedruckten Schachtel angerückt, in der sich unzählige kleine quadratische Karten befanden. Nun verlor Laura bereits das dritte Memory-Spiel in Folge, hatte aber offensichtlich die Sympathie der Kleinen gewonnen.

Emily freute sich diebisch über ihren dritten Sieg und mischte die Plättchen bereits für die nächste Runde.

Alexandra hatte den Abwasch beendet und trat an den Tisch.

»Wusstest du, dass sogar ein fünf Jahre alter Schimpanse einen erwachsenen Menschen beim Memory schlägt? – Junge Affen und Kinder haben ein fotographisches Gedächtnis, das sich allerdings bei beiden Spezies mit zunehmendem Alter verliert.«

»Das beruhigt mich«, schmunzelte Laura, während Emily bereits wieder das zweite identische Kartenpaar vor sich stapelte. Sie selbst schob ihr Versagen ihrer eigenen Unkonzentriertheit zu. Wie sollte sie sich merken, wo welches Plättchen lag, wenn jeder Blick, jede Geste, jedes Wort von Alexandra wie ein einziges sinnliches Streicheln auf sie wirkte?

»Gewonnen!« Triumphierend deckte Emily die letzten Karten auf und wollte gleich neu mischen, doch Alexandra kam ihr zuvor, sammelte das Memory-Spiel ein und packte es zurück in die Schachtel.

»Für heute ist Schluss«, erklärte sie mit Bestimmtheit. »Es

ist schon halb zehn; höchste Zeit, dass du ins Bett kommst! Ab ins Bad, Zähne putzen und duschen! An dir klebt noch die ganze Sonnencreme!«

Erst sah es aus, als würde Emily einen Versuch machen, das Ins-Bett-Gehen zu verzögern, doch ein mahnender Blick ihrer Mutter genügte, damit sie sich in Bewegung setzte. Sie ließ die Badezimmertür einen Spalt offen und steckte beim Zähne putzen alle halbe Minute den Kopf aus der Tür. Offenbar wollte sie mit aller Macht verhindern, dass ihr irgendetwas entging, das sich am Esstisch abspielte.

Sie sprachen beide nichts. Sie sahen sich nur an. Für Laura war es genug. Mit jeder Faser ihres Körpers sehnte sie sich danach, von Alexandra berührt zu werden, und war trotzdem noch immer nicht sicher, ob sie die richtige Entscheidung getroffen hatte, sich erneut in einem Strudel von Begehren und Gefühlen zu verlieren. Sie würde morgen wieder abreisen. Alexandra würde bis auf Weiteres in Salzburg wohnen und wohl spätestens nach dem September-Prozess gegen ihren Mann, der Scheidung und einer vollständigen Klärung ihrer privaten Vermögensverhältnisse wieder jenes Leben aufgreifen, das sie vor ihrem Gedächtnisverlust geführt hatte. Laura sah sich weder auf Golfplätzen noch bei Empfängen für eine selbst ernannte High Society.

»Fertig!« Emily stand im Nachthemd vor ihnen.

»Okay, Maus, dann ab ins Bett!« Alexandra erhob sich von ihrem Stuhl. »Meinst du, dass du heute einmal wieder in deinem eigenen Bett schlafen willst?«

»Nein!« Emilys Antwort kam wie aus der Pistole geschossen. »Da schläft Laura!«

Über Emilys Kopf hinweg verdrehte Alexandra die Augen gen Zimmerdecke. Dann verschwand sie mit ihrer Tochter nach nebenan.

Sie will mit mir schlafen, schoss es Laura durch den Kopf. Aber will sie auch mehr als das?

Verdammt. Warum konnte sie nicht ein bisschen so sein

wie ihre jungen Freundinnen, die einfach nur einen Abend Spaß hatten, ohne gleich Lichtjahre im Voraus zu planen?

Alexandra kam zurück. Sie trat hinter Laura, beugte sich über sie und küsste sie auf den Haaransatz. Dann legte sie ihr die Hände in den Nacken und begann, sie gleichmäßig zu massieren.

»Du grübelst«, sagte Alexandra leise. »Ich sehe das.«

»Hmm.« Laura schloss die Augen.

»Du siehst total sexy aus in deinem neuen Bikini. Ich musste mich wirklich sehr zusammenreißen, damit ich dich nicht pausenlos anstarre.« Alexandra begann, zart an ihrem Ohrläppchen zu knabbern. Lauras Pulsschlag schnellte nach oben.

»Du auch«, flüsterte sie. »Ich habe dasselbe gedacht, wenn ich dich ansah.«

»Trotz unserer ernsten Gespräche?«

»Vielleicht gerade deshalb.«

Alexandras Lippen glitten ihren Hals entlang. Zärtliche Hände legten sich auf ihre Brüste. Trotz T-Shirt und BH war die Berührung intensiv genug, um ihre Brustwarzen explodieren zu lassen. Alexandra lachte leise; sie ließ ihre Finger um die steifen Nippel kreisen.

»Hast du das vielleicht ein klein bisschen vermisst?«

Wieder ließ Alexandra ihre Lippen an Lauras Hals entlangwandern, biss aber plötzlich sanft zu und entlockte Laura damit ein entrüstetes Quietschen. Sie nahm es offenbar als Aufforderung zu mehr. Ihr zweiter Biss jagte einen warmen Schauder durch Lauras Körper.

Es fiel ihr schwer zu sprechen, doch es war ihr ein Bedürfnis, ehrlich zu antworten. In den vergangenen Monaten war zu viel in ihrem Leben passiert, um Alexandras Anflug von Selbstherrlichkeit einfach kommentarlos hinzunehmen.

»Ich hatte viel Sex in den letzten Wochen«, sagte sie und genoss einen Moment lang Alexandras Reaktion. Der Schock stand ihr für Sekunden ins Gesicht geschrieben. Sie nahm ihre

Hände von Lauras Brüsten und richtete sich auf. Zwar hatte sie sich gleich wieder unter Kontrolle, ihre Miene gab ihre Gedanken aber nicht zu erkennen. Doch die Distanziertheit, die sie nun ausstrahlte, verriet, was in ihrem Inneren vor sich ging. Es war ihr nicht recht, ganz und gar nicht recht. Laura beschloss, sie von ihren Seelenqualen zu erlösen. »Sex mit mir selbst.«

»Du kleines Miststück!« Alexandras Hände packten sie über den Rippen und begannen sie heftig zu kitzeln. Laura wand sich glucksend auf ihrem Stuhl und japste nach Luft. Irgendwann hielt Alexandra inne. Sie kauerte vor Laura und sah von unten zu ihr hoch.

»Ich dachte schon, du hast eine von diesen Siebzehnjährigen aus deiner sagenhaften Coming-out-Gruppe verführt.«

»Weißt du, ich finde reifere Frauen anziehender.« Laura legte ihr lächelnd die Hände auf die Schultern. »Außerdem ist das Verführen eindeutig deine Aufgabe. Ich kann das nicht.«

»Oh, ich war das damals also?« Alexandra zog amüsiert die Augenbrauen nach oben. »Soweit ich mich erinnern kann, warst du diejenige, die mich vom Sofa zurück ins Bett zerrte …«

»Schon wieder Amnesie? – Das war in der zweiten Nacht. Grundsätzlich warst du diejenige, die mich nicht nur zuerst geküsst hat, sondern dann auch noch ihre Hand unter meine Decke schob!«

»Das heißt, ich muss weiterhin den Anfang machen?« Alexandra griff nach ihren Händen und hielt sie fest. Dann zog sie Laura in ihre Arme. Ihr Kuss war zunächst sanft, dann sehr intensiv. Laura erwiderte ihn mit derselben Leidenschaft. Alles, was sie so sehr bedrückt und beschäftigt hatte, verabschiedete sich in eine stille Ecke ihres Hinterkopfs. Sie ließ sich in Alexandras Arme sinken, ließ sich in diesen Kuss fallen und in viele weitere, bog sich der Hand entgegen, die längst unter ihr T-Shirt geglitten war und nun geschickt den Verschluss ihres Büstenhalters öffnete.

Alexandras rasche Atemzüge brannten heiß auf ihrer Haut. Noch heißer war Laura aber an einer Stelle, die bisher noch nicht berührt worden war und nun umso dringender nach Berührung verlangte. Je intensiver Alexandras Finger mit ihren Brustwarzen spielten, desto stärker wurde ihr Verlangen. Sie stieß Alexandra leicht nach hinten, verschloss ihre Lippen mit einem weiteren Kuss und begann, sich an ihrem Bein zu reiben. Der leichte Gegendruck, den Alexandra erzeugte, brachte sie zum Stöhnen.

Als sich Lauras Hand unter ihren Rock schob, ließ sich Alexandra vollständig nach hinten fallen. Ihr Atem wurde schwer. Forschende Finger fanden unter ihren Slip und wurden von Nässe empfangen. Sie stöhnte auf, begann sich zu bewegen – und kam mit einem unterdrückten Schrei, noch ehe Laura selbst am Ziel ihrer Wünsche war.

Schwer atmend hielt Laura inne und schaute sie an. Alexandra lag unter ihr, die Augen geschlossen, den Mund halb offen. Ihr Haarknoten hatte sich vollständig gelöst; wie eine Woge rötliches Gold umfloss das lange Haar ihr Gesicht. Ihr Brustkorb hob und senkte sich. Schließlich öffnete sie die Augen, ein Lächeln im Gesicht.

Laura strich ihr über die Wange.

»Ich habe das vermisst. Sehr sogar«, flüsterte sie und gab Alexandra damit nun die Antwort auf ihre halb im Scherz gestellte Frage. Erwartungsvoll senkte sie ihre Lippen auf den Mund. »Berühr mich. Bitte! Ich muss dich spüren!«

Alexandra nestelte am Reisverschluss ihrer kurzen Jeans. Der Zipper klemmte. Sie mussten sich beide aufsetzen. »Ich will dich auch sehr! – Verdammt, was ist das für ein hartnäckiges Ding?« Sie sahen sich beide kurz an und mussten unwillkürlich lachen.

»Du bist unglaublich romantisch«, scherzte Laura.

»Das ist die Entschädigung für den mangelnden Sarkasmus.«

Erst beim dritten gemeinsamen Zerren gab der Reißverschluss nach. Alexandra erhob sich und zog Laura ebenfalls nach oben. »Setzen wir das im Bett fort. Der Fliesenboden hier ist noch einiges unbequemer als dein Parkett.«

Schon hatte sie ihre Hand auf der Türklinke.

»Aber … Emily!«, wandte Laura ein.

»Psst.« Alexandra legte den Finger auf die Lippen. »Emily schläft in meinem Bett. Wir schleichen uns einfach an ihr vorbei ins Kinderzimmer!«

Emily hatte die Bettdecke bis zum Kinn gezogen und einen braunen Stoffhasen eng an sich gepresst. Sie sah aus wie ein Engel.

Wenn du jetzt aufwachst, werden wir niemals Freundinnen, dachte Laura.

Emily schlief weiter.

Alexandra bedeckte das Gesicht ihrer Geliebten mit unzähligen Küssen. Ihre Haarsträhnen kitzelten an Lauras Hals und ihrem Dekolletee. Draußen brach bereits die Dämmerung herein und tauchte das Zimmer in sanftes Morgenlicht.

Laura streckte sich und stieß prompt mit dem Kopf gegen das hölzerne Klopfteil des Bettes. Jetzt war es ihr ein Rätsel, wie sie es überhaupt geschafft hatten, in dem engen Lager zusammen die Nacht zu verbringen. Geschlafen hatten sie bisher keine Minute.

»Wohin bist du eigentlich gegangen, nachdem du meine Wohnung verlassen hattest?«, stellte Laura schließlich die Frage, die sie schon so lange beschäftigt hatte.

»Zum Bahnhof. Ich bin mit dem nächsten Zug nach Salzburg gefahren. Ich wollte unbedingt zu meiner Tochter. Ich wusste instinktiv: Wenn ich in Salzburg bin, werde ich mich erinnern, wo ich Emily finde. So war es dann auch. Sie war bei Edita, meiner ehemaligen Haushälterin und Freundin. Ich hatte sie selbst zu ihr gebracht, schon Wochen zuvor, weil ich ahnte, dass sie mein Mann als Druckmittel benutzen wird, um mich daran zu hindern, als Kronzeugin gegen ihn auszusagen.«

»Hast du Emily dann vom ersten Augenblick an wieder so geliebt?«

Alexandras kreisender Finger kam kurz zum Stillstand.

»Du meinst, ob ich nicht nur rational begriffen habe, dass sie meine Tochter ist, sondern das auch in mir gefühlt habe? – In dem Moment, wo mir Edita die Tür öffnete und Emily und ich uns nach all dieser Zeit wiedersahen, waren auch all meine Gefühle für sie wieder da. Du hättest die Freude in ihren Augen sehen sollen, als sie auf mich zu stürzte! Sie war überglücklich.«

»Und wie verkraftet sie, dass ihr Vater jetzt im Gefängnis sitzt? – Ich meine, es stand ja in der Zeitung, die Leute reden ja … und sie geht hier zur Schule.«

»Zum Glück sind jetzt Ferien, da konnte ein bisschen Gras über die Sache wachsen. Im September wird es wieder schwieriger, wenn der Prozess beginnt und die Medien voll davon sein werden. Was sie weiß, ist, dass ich einen Unfall hatte, dass ich mein Gedächtnis verloren hatte und deshalb so lange nicht bei ihr sein konnte.« Sie machte eine bedeutungsvolle Pause und fügte dann hinzu: »Dass Bernd im Gefängnis sitzt, ist ihr ziemlich egal. Sie fragt nicht einmal nach ihm. Er hat sich nie weiter mit ihr beschäftigt.«

»Wieso nicht? – Er ist ihr Vater!«

Alexandra drehte sich auf die Seite und sah sie lange an.

»Ist er nicht«, sagte sie dann unvermittelt.

»Was?« Laura brauchte einige Sekunden, um die Information zu verarbeiten. »Und wer ist ihr Vater dann? Albert?«

»Du lieber Himmel.« Alexandra rollte mit den Augen. »Nein, wirklich nicht. Er hat das lange selbst gedacht, war sogar im Krankenhaus kurz nach ihrer Geburt … aber erstens war das mit Albert schon lange vorbei, zweitens wollte ich mein Kind nicht mit solchen Genen belasten.«

»Wie meinst du das denn? – Albert von Rheinberg war immerhin euer Mitbegründer! Und du warst doch einmal mit ihm zusammen, oder nicht?«

»Gott, Laura! Das ist ewig her. Ich war noch Studentin.« Sie seufzte. »Ich glaube, der Spruch ,Ich war jung und brauchte das Geld' beschreibt mein Verhältnis zu Albert ganz gut. Mein Vater war damals noch ziemlich sauer auf mich, weil ich nach der Scheidung entschieden hatte, mit meiner Mutter nach Österreich zu ziehen. Er ist während meiner Studienzeit nur für die nötigsten Kosten aufgekommen. Tja. Und da kam der große, reiche Albert und hat der kleinen, armen Alexandra die Tür in die besten Clubs und zu den interessantesten Netzwerken geöffnet. Ich war damals von ihm beeindruckt. Irgendwann habe ich allerdings erkannt, dass er zwar Geld hat, aber nicht besonders viel auf dem Kasten. Er hat mich nicht mehr interessiert; ich bin ja dann sowieso in die USA gegangen. Als ich Jahre später mit Bernd die Idee zu Siberius Funds entwickelte, nahmen wir Albert mit ins Boot. Wir brauchten Startkapital. Albert war der perfekte Geldgeber. Er überließ uns das Denken, stand aber neben Bernd gerne als Repräsentant des Unternehmens an der Front.«

»Das klingt so, als hättet ihr ihn knallhart ausgenutzt.«

Alexandra atmete tief durch. »Ja«, sagte sie nach einiger Zeit. »Vielleicht war das auch so. Allerdings ließ sich Albert sehr gerne ausnutzen. Er hätte allein niemals ein Unternehmen aufbauen können, und er wusste das.«

»Und wer ist dann Emilys Vater?«

Alexandra grinste.

»Du willst es wirklich ganz genau wissen, oder?«

»Ja.« Laura ging nicht auf ihren neckenden Tonfall ein. Alexandras Schilderung ihres Verhältnisses zu Albert von Rheinberg musste sie erst einmal verdauen.

»Ich wollte ein Kind und Bernd war zeugungsunfähig. Auf

einer Geschäftsreise in London traf ich einen interessanten Mann, einen Australier ... ja, und da ist es passiert.«

»Und er weiß von Emily?«

»Nein. – Er ist verheiratet und hat drei Kinder. Aber glaube mir, er lebt ohne dieses Wissen besser, und Emily und ich auch.«

»Hmm. Daher also der englische Name. Emily«, meinte Laura nachdenklich. Alexandra kuschelte sich an sie heran und legte eine Hand unter der Bettdecke direkt auf Lauras Mitte. »Was hältst du davon, wenn wir ein bisschen schlafen?«

»So wird das nichts mit dem Schlafen. Wenn du deine Hand da lässt ...«

Alexandra lächelte spitzbübisch und begann, ihre Finger langsam zu bewegen. »Ich meinte ja auch ein bisschen miteinander schlafen, Süße.«

Während der Fahrt zum Bahnhof quasselte Emily unentwegt. Laura hörte ihr nur mit halbem Ohr zu; ab und zu, wenn es ihr passend erschien, sagte sie »Hmm« oder »Aha«. Auch Alexandra war ungewöhnlich still; sie schien sich völlig auf den Verkehr zu konzentrieren.

Es war Montag, am späteren Nachmittag. Alexandra hatte nicht viel Überredungskunst anwenden müssen, um sie davon zu überzeugen, noch einen Tag länger zu bleiben als geplant. Am Dienstag wurde sie jedoch wieder in der Agentur erwartet. Nie zuvor hatte sie den neuen Job verwünscht. Jetzt tat sie es, doch es änderte nichts an der Situation.

Alles Schöne ist eben irgendwann zu Ende.

Sie war gekommen mit Skepsis und Vorbehalten, und sie fuhr ab mit dem Wissen, dass sie Alexandra stets mehr bedeutet hatte, als für sie vorstellbar gewesen war, und dass sie ihr noch immer viel bedeutete. Jedes offene Wort zwischen ihnen hatte ihr Selbstbewusstsein gestärkt und wärmte sie von innen. Jeder Kuss, jede Berührung hatte sie darin gefestigt, sich als das zu sehen, was sie anscheinend war: eine attraktive junge Frau, die wusste, was Leidenschaft und Hingabe bedeuten. Das war weitaus mehr, als sie sich von diesem Wochenende erwartet hatte.

Aber was jetzt?

Nüchtern betrachtet, war es unsinnig, sich über eine Fortsetzung ihres Verhältnisses den Kopf zu zerbrechen: Alexandra lebte in Salzburg und sie in Wien. Alexandra hatte Affären und Liebhaber gehabt und dies offenkundig genossen. Sie selbst war in dieser Hinsicht ein unbeschriebenes Blatt und würde es auch bleiben. Sie hatte nicht die geringste Ambition, ihr nachzueifern. Selbst, wenn Alexandra vorerst weiter Interesse an ihr hatte – irgendwann würde sie ihr gewiss langweilig werden.

Laura war sich noch immer im Unklaren, wie Alexandra darüber dachte. Den ganzen Sonntag und den heutigen Tag über hatte sie auf einen geeigneten Moment gewartet, um mit ihr darüber zu sprechen. Der geeignete Moment war nicht gekommen.

Als sie am Bahnhof ankamen, stellten sie fest, dass der Zug nach Wien zehn Minuten Verspätung hatte. Sie gingen trotzdem sofort zum Bahnsteig, denn in der Bahnhofshalle herrschte ihnen zu viel Trubel.

Laura war inzwischen so beklommen zumute, dass sie kein Wort mehr über die Lippen brachte. Sie starrte abwechselnd auf die Gleise und dann wieder auf die Uhr an der elektronischen Anzeigetafel. Mit jedem Vorrücken des Zeigers fühlte sie sich mutloser.

»Ich wünschte, du könntest noch länger bleiben.«

Alexandra stand für ihren Geschmack viel zu weit von ihr entfernt. Auch wenn sie es bisher immer geleugnet hatte – es lag nicht nur an Emilys Anwesenheit. Laura war sich inzwischen sicher, dass sie ein Problem damit hatte, sich mit einer Frau in der Öffentlichkeit als Paar zu zeigen. Das war noch ein Grund, der eher gegen als für eine gemeinsame Zukunft sprach.

»Ich hätte im Augenblick sehr viel Zeit. Es gibt noch so viel zu sehen in Salzburg und Umgebung.«

»Hmm.« Laura schluckte. Da eine ganze Weile niemand etwas sagte, nicht einmal Emily, überwand sie sich zu der Frage: »Was wirst du jetzt machen?«

Die Frage konnte missverstanden werden. Gefährliches Terrain! Auf keinen Fall wollte sie in die Rolle einer unterwürfigen Laura schlüpfen, die nur darauf wartete, von einer wunderschönen, weltgewandten Alexandra aus ihrem eintönigen Dasein gerettet zu werden. Schließlich war ihr Leben nicht mehr eintönig, und sich selbst zu retten war ohnehin der bessere Weg gewesen.

»Ich meine, beruflich natürlich«, fügte sie hastig hinzu.

Alexandras Lächeln fiel dünn aus.

»Ich weiß noch nicht. Vielleicht mache ich ja eine Vinothek auf. Jemand hat mir das einmal empfohlen.«

Trotz der Traurigkeit, die in ihr herrschte, brachte auch Laura ein Lächeln zu Stande.

»Es würde zu dir passen. – Andererseits kannst du ja auch wieder ins Immobiliengeschäft. Du könntest eine neue Firma gründen.«

»Nein. – Laura, ich kann derzeit noch nicht einmal ein fremdes Haus betreten, ohne alle möglichen Zustände zu bekommen. In dieser Hinsicht wäre besser gewesen, ich würde mich nicht im Detail daran erinnern, was mir in dieser Villa zugestoßen ist.«

Ich habe sie nicht wirklich gekannt, ging es Laura durch den Kopf. Während der ganzen Zeit, als Alexandra bei ihr wohnte, hatte sie sie überwiegend als stark und beherrscht erlebt. Das Bild, das die Medien von ihr gezeichnet hatten, hatte diesen Eindruck unterstrichen. Doch die Alexandra, die ihr am Wochenende begegnet war und die jetzt so unschlüssig vor ihr stand, war eine andere. Diese andere Alexandra stand ihrem Herzen noch näher. Und sie wollte sie nicht verlieren! – Aber wie sollte sie das sagen, wenn doch Alexandra ihrerseits nicht einmal angedeutet hatte, wie sie sich die Zukunft vorstellte?

»Laura.« Emily zupfte an ihrem Hosenbein. »Kommst du nächstes Wochenende wieder?«

Laura stockte der Atem. Die Lippen waren mit einem Mal trocken. Ihre Kehle auch. Das einzige, was sie tun konnte, war Alexandra anzusehen.

Sag etwas.

Alexandra wiederum schaute sie erwartungsvoll an.

»Auf Gleis drei fährt jetzt ein …«

Die Lautsprecherdurchsage durchbrach ihr Schweigen. In der Ferne war bereits der sich nähernde Zug zu sehen; am Bahnsteig brach hektische Betriebsamkeit aus. Laura hatte den Eindruck, zur Salzsäule erstarrt zu sein.

Der Zug fuhr ein. Die Türen gingen auf; Reisende drängten hinaus aus dem Zug, andere drängten hinein.

»Entschuldige. Ich fühle mich gerade wie siebzehn.« Alexandra trat auf sie zu und griff nach ihren beiden Händen. »Und ich benehme mich auch so.« Sie holte tief Luft, trat noch dichter auf sie zu und zog sie schließlich in ihre Arme. »Es war ein wunderschönes Wochenende für mich. Du bedeutest mir viel … Ich möchte dich wiedersehen!«

Lauras Herz verwandelte sich von einem steinernen Klumpen in einen flatterhaften Schmetterling.

Sie fielen sich in die Arme. Alexandras Lippen berührten ihr Ohr.

»Ich habe dir ja gesagt … ich bin nicht gut darin, so etwas zu formulieren. Aber ich möchte, dass du ein Teil meines Lebens wirst … und dass ich ein Teil deines Lebens werden darf. Was ich dir am See gesagt habe, meinte ich ganz ernst. Du berührst mich auf eine Art wie niemals jemand vor dir.«

»Ich liebe dich.«

Die Worte kamen wie von selbst über Lauras Lippen, doch auch als ihr bewusst wurde, was sie da gesagt hatte, dachte sie keine Sekunde daran, es zurückzunehmen. Es war genau das, was sie fühlte.

»Oh mein Gott«, flüsterte Alexandra an ihrem Ohr. Ihre Stimme zitterte. Und plötzlich schienen der Bahnsteig, der Zug, Emily und alle Leute um sie herum keine Rolle mehr zu spielen. Sie zog Laura noch enger zu sich und küsste sie innig auf den Mund.

Sie lösten sich erst aus ihrer Umarmung, als die Lautsprecherstimme die baldige Abfahrt des Zuges ankündigte. Laura hatte gerade noch Zeit, sich von Emily zu verabschieden. Sie sprang in den nächstbesten Waggon, als der Schaffner bereits die Pfeife ansetzte. Die Türen schlossen sich, der Zug fuhr los.

Laura stand an der Scheibe und winkte, bis die beiden Gestalten am Bahnsteig immer kleiner wurden. Erst dann begab sie sich auf die Suche nach einem Sitzplatz.

Erst als sie ihren Koffer verstaut und Platz genommen hatte, kam ihr wirklich zu Bewusstsein, was da am Bahnhof gerade passiert war: ein Liebesgeständnis! Eine Liebe, die zweifelsohne erwidert wurde.

Sie biss sich auf die Lippen, um nicht laut zu schreien vor Glück.

Ihr Handy piepte. Das SMS war von Milli aus der Coming-out-Gruppe. Es schien ihr plötzlich wie die Botschaft aus einem anderen Leben.

Wir treffen uns um 22.00 Uhr zum Mondschein-Picknick an der Donau. Bist du mit von der Partie?

Der Zug würde 21.15 Uhr in Wien ankommen. Blieb noch eine dreiviertel Stunde Zeit, um nach Hause zu fahren, das Gepäck abzustellen und sich auf den Weg zur Donau-Insel zu machen. Laura überlegte. Sollte sie sich diesem Stress tatsächlich aussetzen? – Andererseits, es würde ein schöner, warmer Sommerabend werden. Vielleicht der letzte in diesem Jahr.

Und die Alternative dazu wäre, in ihrer Wohnung zu sitzen und sich nach Alexandra zu sehnen. Vielleicht tat etwas Ablenkung gut.

»JA«, schrieb sie zurück, und wunderte sich, als ihr Handy Sekunden danach schon wieder piepte. Diesmal war es nicht Milli, die ihr schrieb.

Ich bin sehr glücklich. Bitte komm nächstes Wochenende wieder! Ich vermisse dich jetzt schon!

»JA«, tippte Laura erneut, doch sie löschte die zwei Buchstaben wieder, ehe sie auf »Senden« drückte. Das, was sie empfand, war zu wenig, um es in ein SMS zu packen.

Sie rief lieber an.

Carolin Schairer (»Marie anderswie«, »Ellen« und »Die Spitzenkandidatin«, alle Helmer) wuchs in Niederbayern auf. Bereits während ihres Studiums arbeitete sie für verschiedene Medien im Print- und Rundfunkbereich. Die Diplom-Journalistin schrieb einige Jahre als Freie für Zeitungen und Magazine, war in der Medienbeobachtung sowie in der Markt- und Meinungsforschung tätig. Sie ist PR-Mitarbeiterin eines Großunternehmens und lebt in Wien. Ihr Roman »Marie anderswie« wurde für den *DeLIA-Literaturpreis für den besten Liebesroman 2011* nominiert.